KB111921

패륜 공작가에는 가정교육이 필요하다

패륜 공작가에는 가정교육이 필요하다 1

마지노선 장편소설

초판 1쇄 찍은 날 | 2022년 3월 10일
초판 1쇄 펴낸 날 | 2022년 3월 17일

지은이 | 마지노선
발행인 | 이진수
펴낸이 | 황현수

기획 | 정수민
편집 | 윤수진

펴낸곳 | 주식회사 카카오엔터테인먼트
등록번호 | 제2015-000037호
등록일자 | 2010년 8월 16일
주소 | 경기도 성남시 분당구 판교역로 221 6(일부)층

제작·감수 | KW북스
E-mail | cl_production@kwbooks.co.kr

ⓒ 마지노선, 2020

ISBN 979-11-385-0320-4 04810
　　　979-11-385-0319-8 (set)

TO DO OR NOT TO DO
THAT IS THE QUESTION

패륜 공작가에는 가정교육이 필요하다

마지노선 장편소설

① 1

Yeondam

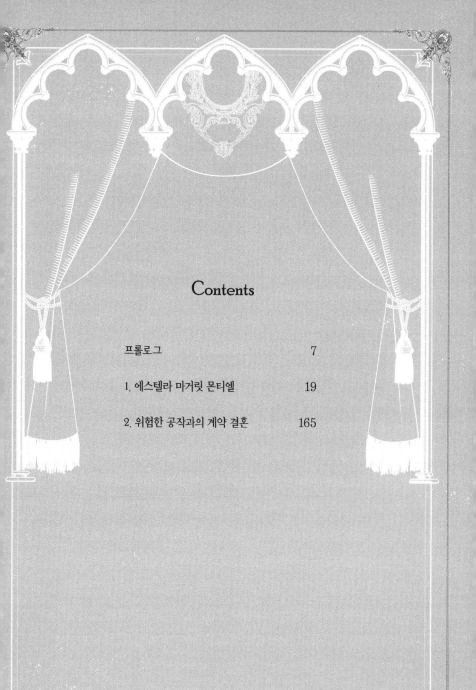

Contents

프롤로그   7

1. 에스텔라 마거릿 몬티엘   19

2. 위험한 공작과의 계약 결혼   165

프롤로그

"들어와요."

디에고가 심드렁한 음성으로 허락을 전했다. 그와 동시에 문틈이 스산한 소리를 내며 벌어졌다. 문을 열고 등장한 건 어딘가 파리한 낯의 여자였다. 그녀가 긴장이 역력한 표정으로 조심스레 걸어 들어왔다.

"부르셨다고 들었습니다."

디에고는 제게로 다가오는 여자를 진득이 눈에 담았다. 단정하게 차려입은 옷은 깨끗했으나 그리 값나가 보이지는 않았다. 한데 틀어 올려 묶은 금발은 관리하지 못한 탓인지 부스스하게 일어서 있었다. 그녀가 티 파티 따위의 사교 행사에 참여하던 시절엔 분명 더 멀끔한 모습이었을 터다.

하기야 노동 계급으로 떨어진 가정 교사 신분에 권세가의 여식인 양 꾸미고 있는 쪽이 더 이상했다. 귀부인의 잘 가공된 말간 낯이 얼마나 대단한 투자를 요구하는지는 디에고도 익히 알고 있는 바였다.

디에고는 그녀에게서 시선을 떼어 내며 소파에 자리를 잡고 앉았다. 그가 가벼운 투로 말했다.

"일단 앉아요. 함께 나눠야 할 이야기가 있을 것 같아 불렀습니다."

디에고의 앞에 자리 잡던 여자의 손이 미세하게 움찔했다. 디에고가 느긋하게 양손의 깍지를 꼈다. 그가 부드러운 음성으로 그녀의 이름을 불렀다.

"에스텔라 양."

"네, 소공작님."

"내가 두렵습니까?"

에스텔라는 대답하지 않았다. 디에고는 천천히 등받이에 등을 기댔다. 그가 방금과 대비되는 불량한 투로 말을 이었다.

"애초에 대화를 요청했던 건 그대 쪽이었던 것으로 기억하는데요."

"……."

"말해 봐요, 미스 마거릿. 내 눈에 띈 의도가 뭔지."

디에고가 그리 말을 맺으며 입꼬리를 끌어 올렸다. 의외로 에스텔라는 디에고를 길게 기다리게 하지 않았다. 그녀가 짧게 심호흡하고는 입을 열었다.

"전 그저 제가 소공작님께 도움이 될 만한 사람임을 알려 드리고 싶었습니다."

"나에게 원하는 게 있습니까?"

디에고는 시간을 낭비하는 대신 곧바로 본론으로 들어갔다. 그에게 제 약점을 틀어쥐고 있는 자와 농담을 주고받는 악질적인 취미는 없었다. 디에고가 신랄하게 말했다.

"무능한 아버지는 노름판에 드나들고 동생들은 변변한 식사조차 못 하지. 어머니는 무기력증에 걸린 지 오래라고 하고."

그가 조사했던 게 사실이 맞는 듯 에스텔라는 묵묵히 입을 다물었다. 속을 알 수 없는 반응에 디에고는 조금 짜증이 일었다. 그가 비꼬듯이 물었다.

"내가 어떻게 그 삶을 구제해야 만족하실까요. 차기 공작 부인 자리라도 탐내시는 건가?"

이번만은 반응이 유난스러웠다. 방금까지만 해도 고개 숙이고 있던 에스텔라가 눈을 동그랗게 뜬 채 디에고를 응시했다. 그녀는 꼭 헛웃음을 내뱉으려는 모양새로 입술을 모았다가, 황급히 오른손을 들어 입가를 막았다. 그것을 보는 디에고의 기분은 더더욱 저조해졌다.

에스텔라가 묘하게 일그러진 표정을 겨우 진정시키고는 입을 열었다.

"공작님, 제가 원하는 건 한 가지입니다."

"말해요."

디에고가 상냥한 태도로 에스텔라를 재촉했다. 에스텔라가 그의 눈을 똑바로 바라보며 대답했다.

"세실리아와 세드릭을 죽이지 마세요."

디에고의 얼굴이 일순 얼어붙었다.

세실리아와 세드릭, 그 이름의 주인은 다름 아닌 그의 이복동생들이었다. 에스텔라가 이 저택에 가정 교사로 입주한 이유기도 했다.

디에고의 눈이 가늘어졌다. 가족을 죽이지 말아 달란 당연한 부탁을 받은 건 그에게 이미 아버지를 살해한 전적이 있기 때문일 터다. 그 비밀이 저 겁 없는 가정 교사에게 새어 나간 건 결코 의도한 바가 아니었지만.

디에고는 얼마 전 복도에서 저를 붙잡았던 목소리를 기억했다.

"소공작님, 검정 보타이가 필요하실 거예요."

그 말을 전할 때의 그녀는 꼭 지금처럼 긴장한 얼굴을 하고 있었다. 알 수 없는 소리에 디에고는 설핏 미간을 찌푸렸었다. 디에고가 에스텔라의 말을 이해한 건 아래층으로 내려와, 막 현관을 벗어날 무렵이었다. 대수롭지 않게 마저 이동하던 그는 발걸음을 멈춰 세우지 않을 수 없었다.

그날이었다. 그가 아버지를 살해하려는 계획을 실행에 옮긴 당일.

디에고의 아버지인 전대 베르타 공작은 적이 많은 사람이었다. 그러나 수도에서 그에게 가장 큰 유감을 가지고 있는 이를 꼽으라면 아마 그건 친아들인 디에고가 될 것이다.

귀족들이 으레 그러하듯, 전대 베르타 공작은 성년을 맞이하던 해 곧바로 부모님이 점지해 준 짝을 맞이했다. 그와 서류로 묶이는 불행을 나눈 여인은 보트리 후작가의 장녀인 돌로레스 보트리였다. 디에고의 친모기도 한 돌로레스는 애석하게도 추녀였다.

돌로레스 보트리는 세간의 미적 기준과 동떨어진 외관을 가졌으나, 동시에 이를 약간의 아쉬움쯤으로 흘려보낼 성숙한 인격의 소유자기도 했다. 세상이 공평하다는 말은 그녀에겐 다소 불행한 방식으로 증명되었다. 그녀의 남편은 그녀의 어른스러움을 닮지 못한 남자였으니까.

돌로레스는 남편의 냉대 속에 학대받다가 마음의 병을 이기지 못해 사망했다. 그녀의 태를 빌려 나온 디에고 역시 베르타 공작에게 경멸받은 건 마찬가지였다.

"그년을 별로 닮지 않은 건 다행이지만, 저 불길한 빨간 머리가 묘하게 재수 없단 말이야."

베르타 공작은 곧잘 그렇게 말했다. 디에고가 장성하기 전까지는 기분 나쁘다는 이유만으로 종종 손찌검을 하기도 했다.

그런 괴물 같은 남자가 새로 맞이한 여인에겐 또 달랐다. 베르타 공작과 재혼한 안나는 평민 출신의 코르티잔이었다. 그녀는 남자를 제 뜻대로 구워삶는 데 재능이 있는 여자였다. 그녀가 애교 있는 목소리를 내며 안길 때면 베르타 공작의 얼굴도 더없는 호인처럼 풀어졌다. 덕분에 안나는 공작 부인 자리를 꿰차고, 아들과 딸을 하나씩 출산할 수 있었다.

안나를 사랑한 베르타 공작은 적자인 디에고가 이미 존재하는데도 후처에게서 본 세드릭을 후계 삼고 싶어 했다. 둘의 나이 차이가 무려 열여덟이나 되는데도, 장자의 몸 한군데를 으스러트려 장애를 만들고 싶어 할 만큼.

디에고는 제 왼손을 흘긋 내려다보았다. 얼마 전 노상에서 만난 강도가 집요하게 노렸던 부위였다. 그들의 본목적에 비하면 지금 남은 얕은 검상 자국 정도는 우스울 터였다. 디에고는 그것이 누구의 소행인지 고민조차 하지 않았다.

디에고는 그렇게 아버지를 죽이고 싶어 하는 괴물로 자랐다. 그 사실에 그는 별다른 유감을 느끼지 못했다.

디에고가 싸늘하게 가라앉은 눈으로 물었다.

"선생님, 의붓어미가 저에게 그리했듯, 제가 아이들에게 독을 섞은 차라도 보낸 적이 있습니까?"

"아직은 때가 아니라 행하지 않으셨을 뿐이니까요."

"'아직은 때가 아니다'라……. 하면, 대체 의붓동생들을 죽이기에 적합한 때는 언제입니까?"

"아이들을 지킬 아버지가 없을 때, 그리고 그들의 어머니가 당신의 신경을 거슬렀을 때가 되겠지요."

"제정신이 아니군요, 미스 마거릿."

디에고가 경멸 어린 얼굴로 말했다. 에스텔라가 다급하게 제안했다.

"제가 공작님을 위해 전대 공작 부인을 이 저택에서 내칠 수 있도록 돕겠습니다."

"내가 이 헛소리를 계속 듣고 있을 이유가 있나?"

"저는 그녀를 합법적으로 이 저택에서 끌어낼 수 있는 방법을 알아요."

에스텔라는 사정하는 것처럼 말했으나 그럼에도 비굴해 보이지는 않았다. 말도 안 되는 제안을 하면서도 마냥 진실 어린 표정을 해 보인다. 그녀의 행동은 언제나 동기를 짐작할 수 없었다. 저 건방진 자신감은 대체 어디서 나오는 걸까.

디에고는 양팔을 모아 팔짱을 꼈다. 짧은 한숨 끝에 그가 불량하게 되물었다.

"날 도와서 그대가 얻는 게 뭐기에?"

"말씀드렸잖아요. 제가 가르치는 아이들의 안전이라고요."

"내가 분란의 씨앗을 살려 둘 거라고 생각합니까? 그대를 포함해서 모두를 치워 버리면 간단히 끝날 문제입니다."

"세드릭은 착한 아이예요. 아직 어린 세실리아는 더 말할 것도 없고요. 공작 부인은 코르티잔 출신이니 저택에서 내쫓긴다면 아무도 그녀에게 줄을 대지 않을 거예요. 버림받은 그들이 그럭저럭 살아갈 수 있을 정도의 금전을 지원하는 것까지가 제 요구 사항입니다."

"그건 그대가 바라야 하는 일이 아닙니다."

"소공작님께서 '아이에겐 죄가 없다'는 말을 믿는 분이셨다면, 제 요구가 조금 달라질 수도 있었겠지요."

에스텔라의 태도는 의연했다. 처음 이곳에 들어왔을 때까지만 해도 두려움이 섞여 있었던 그녀의 눈이 결연함으로 빛났다.

그에 디에고는 조금 어이없는 기분이 되었다. 그녀가 돈을 요구할지 모른다고 생각했던 제 자신이 멍청하게 느껴지기까지 한다. 쉬운 답을 두고 왜 에둘러 그녀를 흠집 내는 답을 골랐을까. 아니다. 제 쪽의 문제는 아니었다. 그건 아마 그녀가 보통 사람은 도통 택하지 않을 선택지를 골랐기 때문일 터다.

아이들을 살려 달라니.

디에고는 그녀의 요구 사항을 조용히 입안에서 굴렸다. 세드릭과 세실리아를 죽이지 말라는 말을 들었을 때, 디에고는 마치 속을 들킨 사람처럼 동요했다. 베르타 공작 암살 계획엔 당연히 이복형제의 죽음 역시 포함되어 있었다. 일을 계획한 자신도 그게 비겁한 짓거리라는 사실은 인지하고 있었던 모양이었다. 그녀의 요구가 제 안에 남아 있는지도 몰랐던 양심 언저리를 찌른 걸 보면.

"좋습니다, 미스 마거릿. 제안을 받아들이죠."

조금 전까지의 긴장감과는 어울리지 않는 산뜻한 어조로, 디에고가 대답했다. 그가 양손을 깍지 껴 턱밑에 대며 말을 이었다.

"하지만 나는 그대의 말처럼 분란의 씨앗을 안 보이는 곳에 치워 둘 생각은 없습니다. 난 세드릭과 세실리아를 이 저택에 둘 거예요. 그리고 그 교육을 미스 마거릿이 맡아 주길 바랍니다."

"……예?"

"나는 선생님께서 내 동생을 은혜도 모르는 배은망덕한 아이로 기르지 않으시리라 믿고 있겠습니다."

마지막 말은 경고에 가까웠다. 어차피 정식 작위 승계식이 가까운 때에 예정되어 있었다. 가정 교사까지 죽여 입을 막을 수도 있었지만, 중요한 시기에 그렇게까지 큰일을 벌이고 싶진 않았다.

말마따나 에스텔라는 아이들을 건드리지 않는 것만으로 침묵을 지켜 주리라. 디에고는 그녀가 아이들을 아끼는 마음 여린 여자라는 것쯤은 알고 있었다.

디에고는 이야기를 마무리 짓고 그만 자리에서 일어나려 했다. 저 건방진 가정 교사가 어떤 계획을 가지고 있든 그의 제안을 거절할 이유는 없으리라. 혹여나 세드릭을 살려 후일을 도모하겠다는, 그야말로 분에 넘치는 야망을 가졌다고 해도 마찬가지였다.

그런데 에스텔라는 커다란 눈을 깜빡이며 이렇게 말했다.

"하지만 저는 아이들과 함께 저택을 나가려고 했는데요."

디에고는 그녀의 눈을 가린, 두터운 유리알 너머를 신경질적으로 응시했다. 그로서는 저 뿌연 안경 너머의 속내를 짐작할 수 없었다.

"선생님께는 두 가지 선택지가 있습니다. 그 애들을 잘 보듬어 끌어안든지, 아니면 가르치던 아이들의 피를 보고 나가시든지."

디에고가 싸늘하게 정리했다. 그에겐 이복형제의 처분 외에도 신경 써야 할 일들이 많았다.

결국 에스텔라의 어깨가 내려앉았다. 그녀는 작은 한숨 끝에 알겠다고 조그맣게 대답했다. 그러고는 나가라는 말도 하지 않았는데 제멋대로 인사를 남기고 방을 빠져나갔다. 디에고는 어이없는 얼굴로 닫힌 방문을 응시했다.

여러모로 겁을 상실한 여자였다. 디에고가 타인의 건방진 태도에 살의를 느끼는 귀족이었다면 그녀의 목은 이미 남아나지 않았을 터다. 하기야, 제 쪽도 그리 변변한 인간은 아닌 듯싶지만 말이었다.

"친부를 죽인 미치광이가 저깟 여자 하나를 함께 못 벨까?"

디에고가 자조하듯 중얼거렸다. 곧 그의 입가에서 연기 같은 웃음이 사라졌다. 디에고는 자리에서 몸을 일으켜 보고 있던 서류로 되돌아갔다. 아버지의 사망 신고서에 서명을 남길 시간이었다.

디에고는 서명란 위에 방금 그에게 깊은 인상을 남긴 '에스텔라 마거릿 몬티엘'이라는 이름을 적을 뻔했다가, 그만 실소하며 깃펜을 고쳐 쥐었다. 곧 종이 위엔 완벽한 서명이 올라앉았다.

1. 에스텔라 마거릿 몬티엘

에스텔라 마거릿 몬티엘이 베르타 공작가에 들어온 건 지금으로부터 딱 한 달 전이었다. 그리고 에스텔라가 대한민국의 꿈 없는 초등교사였던 전생을 기억해 낸 것도 정확히 같은 날의 일이었다.

그녀가 지난번 삶을 떠올리게 된 데 딱히 전조랄 것은 없었다. 수도에 도착하기 전 마지막으로 들렀던 여관에서 깨어난 순간, 그녀의 머릿속엔 이미 전혀 다른 가치관이 스며 있었다.

처음에 그녀는 자신이 꿈을 꾼 줄 알았다. 그도 그럴 게 제가 떠올린 기억은 너무도 터무니없는 것투성이였으니까. 부지불식간에 머리를 지배한 세계 속에선 문명의 발전 수준과 어울리던 사람, 심지어는 자신의 생김새까지도 확연히 달랐다.

주변 사람 모두가 검정 머리칼과 검정 눈동자를 가지고 있는 나라라니. 꼭 어느 동방의 이야기 같지 않은가. 지금 향하고 있는 목적지의 여파인지 꿈속의 직업은 교사로, 서른 명이 넘는 아이들을 가르치고 있기까지 했다.

한낱 망상치고 그 내용은 몹시 방대하고 사실적이었다. 에스텔라는 아침 식사로 빵을 씹어 먹는 동안 이와 완전히 달랐던 꿈속의 식사에 대해 깊이 고찰하는 시간을 가졌다. 쌀밥과 찌개, 몇 가지 저장 반찬의 맛을 떠올린 에스텔라는 마침내 그것이 제 전생의 기억이었음을 인정했다. 단순히 꿈일 뿐이었다면 그 안에서 먹었던 전통 발효 음식이 이렇게 그리울 리 없었다. 어쩐지 속이 느글느글해져 에스텔라는 먹고 있던 빵까지 내려놓았다.

'한국인은 밥을 먹어야지.'라는 말을 30년 넘게 듣고 살아왔는데 자신도 모르는 사이 빵만 먹고 22년을 버텼다. 어이가 없었다. 쭉 몰랐으면 될 것을, 왜 이렇게나 장성한 다음에 새삼 전생을 기억해 냈단 말인가?

사람은 죽고 나서 지옥에 가거나 천국에 가는 게 아니라 그냥 새로 태어나는 거였다. 인류 공통의 궁금증을 풀었음에도 그다지 기쁘진 않았다.

어느 날 아침 눈을 떴는데 생과 사에 대한 진리를 깨닫게 된다면, 사람들은 보편적으로 이러한 생각을 가질 것이다.

'진짜 황당하네……'

죽었을 때의 기억은 찰나였다. 학교로 출근하던 중 갑작스러운 교통 정체에 급히 브레이크를 밟았는데, 뒤따라오던 트럭이 이를 확인하지 못하고 그대로 들이박은 것이다.

앞차의 트렁크가 코앞으로 다가왔을 때, 그녀는 직감할 수 있었다. 자신이 이 사고에서 살아남을 가능성은 없다는 것을. 그 예감은 실제로 꼭 들어맞았다. 그녀가 눈을 뜬 건 한국과는 전혀 다른 나라에서였다. 아니, 비단 국가만 달라진 것도 아니다. 그녀는 완전히 다른 세계 속에 있었다.

에스텔라는 신분에 맞지 않는 가난을 가진 시골 여자였다. 동시에 그녀는 아무도 신분을 말하지 않는 도심 속에 살았다.

에스텔라는 지금까지 죽음에 대해 진지하게 생각해 본 적이 없었다. 또한 그녀는 한 번의 죽음을 거치고 다시 눈을 떴다.

삶을 보는 관점이 완전히 뒤바뀌었지만 그녀를 둘러싼 상황은 여전했다. 에스텔라에겐 사색에 잠길 짬도 주어지지 않았다. 그녀는 베르타 공작가의 거버니스[1] 자리를 노리고 구직 면접을 보러 가던 중이었으니까. 세대를 거듭할수록 가난해진 가문 때문에 귀족 신분과 어울리지 않게 일자리를 알아보아야 했던 것이다. 변변치 않은 지방 귀족 출신 영애의 흔한 말로였다.

얼마 전 베르타 공작가에서 가정 교사를 해고하며 빈자리가 생겼고, 에스텔라는 소식을 듣자마자 망설임 없이 수도로 편지를 부쳤다. 답신에서는 의외로 선선히 면접 시일을 알려 왔다.

에스텔라는 이제 와 소용없게 된 전생의 지식보다는 곧 맞닥트릴 면접에 대해 더 진지하게 고민했다. 그도 그럴 것이 까딱하다간 사고사에 이어 아사 경험을 더하게 될지도 몰랐다.

"아가씨, 도착했습니다아."

그 말과 함께 마차가 덜컹이는 소리를 내며 멈췄다. 에스텔라는 긴장을 가라앉히려 노력하며 지면으로 내려섰다. 그야말로 웅장한 크기의 저택이 그녀를 반겼다. 부지를 둘러싼 높은 담벼락 중앙에는 쇠창살로 된 대문이 단단히 버티고 서 있었다. 그 위세가 대단했던 탓에 에스텔라는 살짝 기가 질렸다.

그녀가 떠날 준비를 하고 있는 마부에게 조심스럽게 질문했다.

"이제 어디로 들어가야 하죠?"

---

1) 거버니스(governess) : 가정 교사

"그걸 나한테 물어보면 어떡해요?"

마부는 황당하다는 듯 퉁명스레 대답하고는 사라졌다. 삯을 내고 탄 마차니 그로서는 손님이 내린 후의 일을 신경 쓸 필요가 없긴 했다.

"……."

에스텔라는 잠시 망설이다가 문지기에게로 다가갔다. 살벌한 표정이라 별로 말을 걸고 싶진 않았지만, 이외에는 저 거대한 철문 안으로 들어갈 방법이 없어 보였다.

그녀가 목을 가다듬으며 말했다.

"저, 가정 교사를 구한다고 해서 찾아왔는데요."

그리 말하며 그녀는 경비병이 입고 있는 제복을 감탄스러운 눈으로 응시했다. 다행히도 상대는 에스텔라에게 곧장 알은체를 해 왔다.

"아, 혹시 에스텔라 마거릿 몬티엘 양 되십니까?"

"네."

"집사님께 이야기 들었습니다. 안으로 들어오시죠."

경비병의 응대는 생각보다 훨씬 신사적이었다. 드높은 담장의 위세와는 달리 진입이 시시했다.

그녀는 자신을 안내하는 경비병의 뒤를 따라가며 주변을 둘러보았다. 처음 보는 온갖 고풍스러운 장식물이 눈길을 잡아끌었다. 거대한 저택의 위용과 잘 일궈진 화단은 베르사유 궁전을 연상시킬 정도였다.

안으로 들어서고 나서도 에스텔라는 웅장한 내부를 살피느라 정신이 없었다. 그녀의 행동을 촌뜨기의 유난 정도로 인식한 듯 경비병이 질문을 건네 왔다.

"수도에 온 건 처음이신가요?"

"네, 처음이에요."

에스텔라가 선선히 대답했다. 경비병이 유쾌한 투로 말을 받았다.

"수도는 확실히 별천지죠. 황궁 외엔 이만한 건축물을 찾아보긴 어렵겠지만 말이에요. 저도 타지 출신이라 처음 이곳에 취직했을 때 어찌나 기가 죽던지……. 아, 도착했습니다."

경비병이 아차 하며 반걸음 뒤로 물러섰다. 그러고는 앞에 서라는 듯 에스텔라를 향해 손짓했다. 그녀는 경비병의 안내에 따라 커다란 문 앞에 섰다. 남자는 짧게 경례하며 행운을 빌어 주었다.

"면접에서 좋은 결과 있으시길 바랄게요."

경비병이 떠난 것을 확인하고, 에스텔라는 심호흡을 하며 문 위에 노크를 남겼다. 면접이라는 단어는 예고만으로 사람을 떨리게 하는 구석이 있었다. 그러나 방 안의 사람은 그녀에게 숨 돌릴 틈도 주지 않았다.

"들어오세요."

에스텔라는 조심스럽게 문을 열고 들어갔다. 방 안엔 한 노년의 남자가 앉아 있었다. 가지런히 쓸어 넘긴 백발과 외알 안경, 깔끔히 정리된 수염까지. 그의 외양은 정확히 특정 직업 하나를 연상시켰다.

'집사인가?'

"어서 오세요, 미스 몬티엘. 저는 이 베르타 공작가를 총괄하여 관리하고 있는 하비에르입니다."

말을 마친 집사가 악수를 청했다. 내밀어진 손을 맞잡으며 에스텔라도 자신을 소개했다.

"안녕하세요, 에스텔라 마거릿 몬티엘입니다. 미스 마거릿이라고 불러 주세요."

그에 집사의 눈이 이채를 띠었다. 다만 그건 찰나의 일로, 하비에르는 에스텔라의 의도를 이해하고는 고개를 끄덕였다.

귀족은 노동을 하지 않는다. 권력과는 애초에 멀게 자랐다고 해도 귀족 여성인 에스텔라가 구직을 하게 된 것은 부끄러운 일이었다. 몬티엘이 유명하지 않은 성이라고는 하나 가문의 이름으로 불리며 부림당하고 싶진 않았던 것이리라.

아니나 다를까 그녀는 어색하게 웃으며 이렇게 덧붙였다.

"굳이 성을 드러내고 다니기는 민망해서요."

"이해합니다, 미스 마거릿."

하비에르가 가슴에 손을 올리며 고개를 끄덕였다. 존중의 표시였다. 짧게 예를 갖춘 그가 탁자 위에 늘어놓았던 이력서를 집어 들었다. 에스텔라가 일주일 전 이 저택으로 보냈던 물건이었다.

하비에르는 잠시간 에스텔라가 써 내린 줄글을 진지하게 읽어 내렸다. 깔끔한 필체만 보아도 제법 괜찮은 교육을 받았음을 짐작할 수 있었다.

"공고에서 확인하셨듯이 가르치셔야 할 아이는 두 분이십니다. 세드릭 도련님과 세실리아 아가씨시지요."

묘하게 낯익은 이름들이었다. 에스텔라는 의아해하면서도 착실하게 고개를 끄덕였다. 하비에르가 에스텔라를 종이 너머로 흘긋 넘겨보았다.

"몸은 건강해 보이시고."

"아이 둘을 감당할 정도는 됩니다."

"나이는 스물둘이라고 하셨지요?"

"예."

"좋습니다. 저를 따라오세요. 입주 가정 교사니만큼 저택 안에 방을 마련해 드릴 겁니다. 식당 위치나 유념하실 수칙 같은 건 이동하면서 알려 드리지요."

집사가 자리에서 몸을 일으켰다. 그에 에스텔라의 눈이 크게 떴다. 소파에 앉은 지 채 5분이나 지났을까. 성급한 고용 결정에 그녀는 몹시 당황했다. 에스텔라가 집사를 따라 일어서며 더듬더듬 물었다.

"저, 이게 끝인가요?"

"예, 무슨 문제라도?"

"어…… 그러니까, 제게 아이들을 가르칠 만한 소양이 있는지 확인도 하지 않으시기에요."

하비에르가 "아." 하고 문가로 향했던 몸을 에스텔라 쪽으로 돌렸다. 그가 부드러운 음성으로 물었다.

"이력서에 적은 사항 중 거짓이 있습니까?"

"아니요."

이해할 수 없는 상황에 머리를 굴리면서도 에스텔라는 재빠르게 고개부터 내저었다. 하비에르가 대수롭지 않은 투로 질문을 던졌다.

"그럼 간단하게 하나만 묻죠. 사과 스물세 개가 들어 있는 궤짝이 총 여섯 개가 있으면 총 사과의 수가 어떻게 되죠?"

갑자기 분위기 곱셈……?

그녀는 얼떨떨한 기분을 느꼈으나 그럼에도 착실하게 대답했다.

"138개요?"

"합격입니다."

"……고작 이걸로요?"

"세드릭 도련님은 여덟 살, 세실리아 아가씨는 다섯 살이십니다. 그 이상이 필요할까요?"

집사가 그리 말하며 부드러운 웃음을 지어 보였다.

전임자가 공작 부인에게 해고된 지 벌써 2주가 지났다. 세드릭과 세실리아가 선생 없이 지낸 지도 2주가 되었다는 소리였다. 공작 부인의 까칠한 성격 때문에 온갖 소문이 다 돌고 있어 더 이상 수도에선 일할 사람을 찾을 수도 없었다. 그 와중 나타난 구세주 같은 인물이 바로 에스텔라였다. 하비에르는 그녀를 결코 놓칠 생각이 없었다.

사실 집사의 기준에선 이 질문도 제법 난도를 높인 것이었다. 메스키다 왕국의 교육 수준은 그리 높지 않은 편이었으니까. 에스텔라의 빠른 대답은 그가 생각하는 자격 요건을 정도 이상으로 충족시켰다. 에스텔라에겐 그보다 손쉬운 합격이 또 없었지만 말이었다.

원래도 곱셈을 못 하진 않았지만 전생을 떠올린 덕분에 계산 속도가 확연히 더 빨라졌다. 전생에서는 무려 유치원 시절에 어머니가 벽지에 붙인 곱셈 포스터로 구구단을 떼었었다. 몸에 익지 않으려야 않을 수가 없다.

'임용 시험을 안 봐도 교사를 할 수 있다니.'

에스텔라는 피식 웃음 지었다. 지금 살아가는 세상의 좋은 점을 하나 더 깨달았다.

더 질문이 없냐는 듯 집사가 에스텔라를 응시했다. 에스텔라는 다른 질문을 보태는 대신 순순히 집사를 따라나섰다. 하비에르가 그녀를 안내하며 이런저런 설명을 늘어놓았다.

"사실, 세실리아 아가씨와의 수업에선 거의 놀이 친구 역할에 가까우실 겁니다. 세실리아 아가씨는 언어 발달이 좀 더디셔서요. 통상적인 수업을 따라가긴 조금 무리가 있으십니다."

"말을 잘 못 하시는 건가요?"

"식사나 화장실, 이름 같은 간단한 단어만 뱉으실 수 있는 정도입니다."

"세드릭 도련님은 괜찮으신 거죠?"

"말썽쟁이이신 것만 빼면 건강하십니다. 사실 진짜 다루기 힘든 쪽은 그분이시죠."

그리 말하며 하비에르가 싱긋 웃어 보였다. 그러고는 대뜸 도련님 자랑을 하기 시작했다.

"장자이신 디에고 소공작님만큼은 아니지만, 세드릭 님도 굉장히 영특하신 분입니다. 아마 학습 진도가 늘어지는 일은 없을 거예요."

'모르는 소리.'

그녀의 미간이 슬그머니 좁혀 들었다. 가장 지도하기 어려운 게 바로 어린 남자아이들이었다. 제법 힘이 센 데다 사고를 치는 정도도 여자아이들과는 차이가 있기 때문이다. 말썽쟁이 소리를 들은 경력이 있다면 더더욱 그렇다.

그녀는 초등 교사로 근무하던 시절, 2층 창가에 매달려 놀다가 밖으로 떨어졌던 저학년 학생 하나를 떠올렸다. 이제는 오래되다 못해 전혀 다른 세상의 일이 되었는데도 그때 일을 되새기자 가슴이 선뜩해졌다.

말 안 듣는 남자아이와 언어 장애가 있는 여자아이라……

제법 까다로운 학생들이었다. 에스텔라는 공작가가 제시한 높은 봉급에 흥분했었다. 자본주의 사회에서 한 가지 불변의 진리가 있다면 바로 이유 없는 돈은 없다는 것이다.

'아니, 신분이 있으니 자본주의 사회만은 아닌가?'

피식 웃던 그녀는 무언가 기시감을 느끼고는 목 주변을 긁었다. 두 아이의 설명을 듣자 왠지 알 수 없는 친숙함이 느껴졌다. 조금 전 둘의 이름을 알게 되었을 때와 비슷했다.

"일단은 가르치실 분들을 먼저 소개드릴 겁니다."

에스텔라는 어딘지 찜찜함을 느끼면서도 착실히 하비에르의 뒤를 따랐다. 걸음을 쫓기 부담스러울 정도로 그는 보폭이 컸다. 이곳저곳을 이동하는 데다 계속 설명이 이어지니 영 정신이 없었다. 그 와중에 제게 벌어진 불가사의한 일을 제대로 소화할 짬이 났을 리 없다.

때마침 하비에르가 제자리에 멈춰 섰다.

"세드릭 도련님의 방은 여깁니다, 저 끝 쪽에 있는 방은 세실리아 아가씨의 방이고요."

그녀는 집사가 가리킨 위치를 대강 눈으로 외워 두었다. 복도의 끝과 끝이라 잊어버릴 일은 없을 듯했다. 하비에르가 고개를 끄덕이고 있는 에스텔라를 돌아보았다. 그가 방금과는 다른 심각한 어조로 입을 열었다.

"일단 두 분을 뵙기 전에 한 가지 주의 드릴 점은…… 디에고 님과 두 분이 마주치지 않도록 하셔야 한다는 겁니다. 가능한 한 미스 마거릿도 소공작님을 피하시는 편이 좋고요."

"예?"

그녀가 의아한 얼굴을 하자 하비에르가 곤란하단 듯 웃었다. 그녀는 더더욱 알 수 없는 기분이 되었다. 아까 전 '디에고 도련님'이라는 사람을 입에 담았을 때 집사의 목소리에선 친근함이 느껴졌었다. 왜 새삼 요주의 인물처럼 묘사하는지 알 길이 없었다.

하비에르가 내키지 않는 어조로 설명했다.

"디에고 님은 신사적인 분이고, 세드릭 님과 세실리아 님 역시 더없이 사랑스러우신 분들이지만…… 어디에나 어른의 사정이라는 게 있는 법이죠. 세실리아 님과 세드릭 님은 디에고 님과 어머니가 다르셔서, 상호 편하지는 않은 사이이십니다."

또다. 또 알 수 없는 기시감이 그녀의 가슴 위로 내려앉았다. 디에고, 세드릭, 세실리아, 배다른 남매들…….

그녀의 얼굴이 일순 굳어 들었다.

"잠깐만요."

"예."

"……소공작님의 성함이 '디에고'이시라고요?"

집사가 의아한 얼굴로 고개를 끄덕였다. 에스텔라의 목소리가 한층 더 낮고 조심스러워졌다.

"제가 가르칠 세드릭 도련님과 세실리아 아가씨는…… 그분과 어머니가 다르시고요?"

"맞습니다."

에스텔라의 얼굴이 해쓱해졌다. 아침까지만 해도 그녀는 왜 이제와 전생이 기억났는지 모르겠다며 황당해했었다. 에스텔라는 어쩐지 지금, 그 이유를 알게 된 것만 같은 기분이 들었다. 유쾌함보다는 섬뜩한 느낌을 자아내는 사유였다.

방금 들은 설명이 진짜라면, 그리고 그녀의 판단이 정확하다면 여긴…….

'제목이 「위험한 공작과의 계약 결혼」이었던가?'

에스텔라는 전생의 자신이 죽기 전 읽었던 소설책 하나를 기억에서 끄집어냈다. 사고가 나기 전날 밤, 밤을 새워 가며 책장을 넘겼었기에 떠올리지 못할 수가 없었다. 그것이 지금 제게 실제로 도래한 세상이라면 더더욱 말이다.

어딘지 익숙한 것이 가문의 이름뿐이었더라면 에스텔라도 이를 기우라고 생각하고 넘겼을 것이다. 그러나 아이들의 연배와 성별, 그리고 가족 관계까지도 겹치는 상황에서 현실을 부정할 순 없었다. 그 소설 속에선 무려 자신의 명칭마저도 똑같이 등장했었다. 책속에서 아이들을 돌봤던 가정 교사 '미스 마거릿'은 에스텔라가 곧 가지게 될 직함이었다.

에스텔라는 책의 내용을 필사적으로 정리하려 애썼다. 제목이 위험한 공작이었든 사악한 공작이었든, 어찌 됐든 주인공이 계약 결혼을 했던 것은 확실했다. 개성 없는 제목에서 짐작할 수 있듯 내용물 역시 흔하기는 마찬가지였다.

여주인공인 아드리아나는 늙고 못생긴 권력자에게 팔려 가게 된 불쌍한 여자다. 그녀는 이 상황을 타개하기 위해 한 젊은 귀족 남성에게 계약 결혼을 제의한다. 그게 바로 베르타 공작가의 주인이자, 이 소설의 남자 주인공인 디에고였다.

아드리아나에게 그와 거래할 만한 품목은 없었으나, 그녀는 우연한 기회를 통해 디에고가 선량한 얼굴 뒤로 숨긴 비밀 하나를 알고 있었다.

그 비밀은 무려…… 디에고가 아버지와 이복형제들을 죽인 살인마라는 사실이었다!

지금 떠오른 기억이 시사하는 바를 말해 볼까?

그녀의 현 주소지, 베르타 공작가는 불행하게도 패륜 집안이었다. 곧 최고의 패륜아에게 몰살당할 예정인.

"미스 마거릿?"

"……"

"미스 마거릿!"

"네?"

뒤늦게 하비에르가 자신을 부르는 소리가 들려왔다. 그녀가 놀란 눈으로 돌아보자 하비에르가 걱정스럽게 물어 왔다.

"무슨 문제라도 있으십니까?"

"아, 아니요……. 제가 어떻게 처신해야 할지 조금 걱정이 되어서요."

에스텔라가 더듬더듬 대답했다.

혼란을 완전히 추스를 수는 없으나 방금보다는 판단력을 되찾은 상태였다. 어찌 됐든 호흡하고, 걸을 수 있다는 사실이 그녀의 불안을 가라앉혔다. 적어도 지금의 자신에겐 생각을 정리할 머리 정도는 붙어 있었으니까.

"그런 걱정을 하실 필요는 없습니다. 미스 마거릿의 역할은 아이들을 가르치는 것뿐이니까요."

"……네, 이해했습니다."

"시간이 좀 지체되었네요. 우선 안으로 들어가시죠."

에스텔라는 하비에르의 안내에 의해 '도련님'이 기다리고 있다는 방으로 끌려들어 갔다. 순간 뒤돌아 뛰쳐나가고 싶은 충동을 느꼈으나, 도망갈 곳은 없다고 말하는 것처럼 뒤편에서 나무 문이 서늘한 소리를 내며 닫혔다. 그럼에도 에스텔라는 좀처럼 제 죽음의 원인이 될 아이를 마주 보지 못했다.

먼저 앞으로 나선 하비에르가 세드릭에게 다가가며 물었다.

"도련님, 세실리아 아가씨는 어디 계십니까?"

"방금까지 여기 있었는데, 화장실에 가고 싶다고 나갔어. 그러게 좀 일찍 왔어야지."

앳된 목소리가 짜증스럽게 답했다. 에스텔라는 홀린 듯이 앞으로 걸어 나갔다. 집사에게 가려졌던 세드릭의 모습이 천천히 드러났다.

에스텔라는 잠시간 세드릭의 얼굴을 눈에 담았다. 미인으로 유명한 어머니를 닮아 제법 귀여운 생김이긴 했으나 얼굴엔 온갖 심술이 들어차 있었다. 그녀가 이 소설을 읽으며 떠올렸던 모습과 꽤 비슷한 외양이었다. 호되게 깨진 듯 붕대를 감아 고정한 무릎만 보아도 얼마나 잘 뛰어다니는지 짐작할 수 있었다. 아니, 소설 내용만 보더라도 세드릭은 더없는 악동이었다.

'진짜네, 이건.'

에스텔라는 그만 눈을 감아 버렸다. 이 모든 것이 악몽은 아닐까. 어쩌면 고향을 벗어나기 전, 먼 길을 떠나는 데 대한 불안으로 끔찍한 꿈을 꿔 버린 게 아닐까 싶었던 것도 사실이었다.

그러나 그녀는 모든 사물이 이토록 선명하게 인식되는 꿈은 한 번도 경험해 본 적이 없었다. 이 공간에선 분명 과한 현실감이 느껴졌다. 차마 현실이 아니라고 부정할 수 없을 정도로.

에스텔라는 조용히 주먹을 말아 쥐었다. 그녀는 소설 속에서 '미스 마거릿'이라는 가정 교사가 어떻게 처분되었는지 똑똑히 기억했다. 조연인 '미스 마거릿'의 출연 분량은 매우 형편없었지만, 그 죽음만은 디에고의 이복형제와 함께했기에 제법 기억에 남는 문장이 되었다.

'미스 마거릿'은 세드릭과 세실리아를 습격에서 지키려다가 칼에 맞아 죽는다. 별게 개죽음인가? 그런 게 개죽음이다.

'죽었는데 또 죽을 예정이라고?'

암담한 미래에 그녀는 반사적으로 주먹을 틀어쥐었다. 아니면, 이쪽에서의 제가 죽음을 맞는 순간 그녀는 구겨진 차체 속으로 돌아가고 마는 것일까. 긴 환각을 마무리한 채. 그러나……

그녀는 문득 생각했다. 만일 이게 진짜라면, 설마 소설 속에서 다시 태어나는 말도 안 되는 일이 실제로 일어난 거라면.

저 애를 두고 도망가면 나는 살겠지.

"뭐야 이 얼빠지게 생긴 건."

그녀의 생각을 엿보기라도 한 듯 처음으로 세드릭이 들려준 말은 인신공격이었다. 에스텔라의 눈이 번뜩 뜨였다.

그녀는 당황하여 이렇다 할 대답도 하지 못했다. 적어도 대한민국에서는 저보다 신분이 높은 꼬마가 없었다. 말은 잘 안 들을지언정 그래도 선생님이라고 존대 정도는 해 줬다는 소리였다. 그런데 세드릭은 제 쪽을 향해 아예 삿대질까지 하고 있었다.

"안경이 너무 두꺼워서 눈이 잘 안 보여. 저렇게 어리바리해 가지고 악마랑 싸워 이길 수 있겠어?"

"악마?"

에스텔라가 황당하다는 듯이 중얼거렸다. 뒤편에 서 있던 집사가 곤란한 얼굴로 속삭였다.

"친모이신 마님을 말씀하시는 겁니다."

"……"

친모를 악마라고 부르는 사내아이라.

에스텔라는 더더욱 세드릭을 감당할 자신이 없어졌다. 저를 향한 에스텔라의 반응이 호감 쪽은 아니라는 걸 세드릭도 알아챈 모양이었다. 세드릭이 팔짱을 낀 채 그녀를 위아래로 흘겼다.

"뭘 봐?"

에스텔라는 순간, 직업 정신에 맞지 않는 이기적인 선택을 아주 진지하게 고려했다.

진짜 버리고 도망갈까…….

❦

기억이 몸에 종속되는 것이라면, 두 가지 삶을 기억하는 이는 어떤 존재로 불려야 하는 걸까?

"미스 마거릿! 여기 좀 와 봐요."

뒤편에서 들려온 부름에 에스텔라는 고개를 돌렸다. 주방 일과 잡일을 도맡아 하는 게일 아주머니가 그녀를 향해 손짓하고 있었다. 에스텔라는 의아한 얼굴을 하면서도 순순히 상대에게 다가갔다.

"무슨 일이세요?"

"정원에 있는 나무에서 살구를 좀 따 봤어요. 아주 잘 익었더라니까?"

그리 말하며 게일 아주머니가 바구니 위를 덮은 천을 들춰 보였다. 말마따나 토실토실하게 잘 익은 살구가 가득 쌓여 있었다. 에스텔라는 작게 감탄했다.

"알이 굵네요."

"이 화원의 과실수들이 얼마나 튼튼한 놈들인데, 주인 나리들이나 하인들이나 죄 조경수인 줄로만 알아서 문제예요."

이어 게일 아주머니가 에스텔라의 귓가에 대고 은밀히 속삭였다.

"이거 먹고 힘내라고 주는 거예요. 젊은 아가씨가 그 체력 좋은 애들을 어쩜 그렇게 잘 다루는지. 가정 교사로 들어온 건 처음이라고 하지 않았어요?"

에스텔라는 어색한 표정으로 웃어 보였다. 실제로 그 나이대 아이들을 7년 가까이 가르친 경험이 있다고는 절대 말할 수 없었다. 에스텔라는 들릴 듯 말 듯한 한숨을 내쉬었다.

그녀가 이 말도 안 되는 상황에 봉착한 지 어느덧 한 달에 가까워지고 있는 시점이었다. 에스텔라는 스물두 살까지 자신에게 주어진 상황에 충실하게 살아왔다. 에스텔라의 인생사를 듣는다면 누구라도 성실하다는 칭찬을 전할 것이다. 그러나 지금 이 시점에서, 에스텔라는 그에 가엾다는 평가 역시 추가되어야 한다고 생각했다.

그녀는 본디 상류층 여성에게 걸맞은 심도 있는 교육을 받고 자랐다. 에스텔라가 어렸던 시절만 해도 몬티엘 남작가에 자녀의 교육을 책임질 재산 정도는 남아 있었다. 그러나 안 그래도 기울어 있던 가세가 흔적도 없이 주저앉으며, 에스텔라의 교양은 생계 수단으로 전락하고 말았다. 아버지의 노름을 도화선으로 약혼자와도 파혼했다. 기구한 인생이 아닐 수 없었다.

그런데 이 세상이 누군가의 창작으로 만들어졌으며, 자신은 그 안에서 의미 없이 죽어 나갈 조연임을 알게 된 것이다. 황당한 일이 아닐 수 없었다.

심지어 그녀는 전생을 떠올림으로써 이전엔 몰랐던 불편함을 겪고 있기까지 했다. 현대에 비해 훨씬 답답한 의복과 다른 양식의 음식들, 모바일 기기의 부재와 다시는 못 보게 된 지인들……. 지난 시간 동안 그녀가 받아들여야 했던 것들은 이외에도 무수히 있었다.

에스텔라는 그 와중에도 상황을 긍정적으로 받아들이려 노력했다.

따지고 보면 마냥 단점만 있는 것도 아니었다. 어찌 됐든 덕분에 죽음을 피할 수 있는 기회를 얻은 건 사실이었으니까.

낯선 자신을 하나 더 끼고 살게 되었음에도 불구하고 에스텔라는 베르타 공작가에 제법 잘 적응했다. 주변 모두가 전과 같은 호칭으로 불러 주는 마당에 새삼 자아에 대한 혼란을 겪을 이유는 없었다.

어쩌면 그녀는 전생을 떠올리기 전보다 더 효율적으로 일상을 영위하게 되었다고 볼 수도 있었다. 고용인의 미덕이란 본디 고용주의 심기를 건드리지 않는 것인데, 그녀는 이미 베르타 공작의 가족 관계를 다 파악하고 있어 문제를 일으킬 일이 없었으므로.

평화로운 일상이 이어지는 동안 에스텔라는 패륜 살인마 남주인공을 제법 잘 피해 다녔다. 다행히도 디에고는 제 이복동생들과 만나면 그날 하루 재수가 더러워진다고 생각하는 인물이었다. 양쪽에서 마주치기를 극도로 꺼리니 존재감도 공기처럼 다가왔다. 이렇게 평생 피하기만 할 수는 없을 테지만.

"미스 마거릿, 여기 받아요. 잘 씻어 뒀으니 세실리아 아가씨랑 좀 나눠 드세요."

에스텔라는 애매한 표정으로 콧잔등을 찡긋했다. 바구니를 받아 들다가는 불쑥 생각났다는 듯 되물었다.

"세드릭 도련님은요?"

"어휴, 도련님은 이런 건 줘도 안 드실걸? 맨 설탕 들어간 것만 찾는 분이신데요, 뭐."

그리 말하며 게일 아주머니가 호호 웃었다. 하기야 세드릭은 편식이 심한 편이라 과일이 조금이라도 새콤하면 입에 대질 않았다.

길 가다 마주친 호의 덕분에 어쩌다 보니 옆구리에 간식을 낀 채 교실로 들어가게 되었다. 에스텔라는 감사하다는 인사를 남기고는 다시 발길을 옮겼다. 지겨운 아침 출근만은 다른 세계에 와서도 달라지는 법이 없었다.

ᒪᗩᑎᒍ

여러모로 보아도 먹을 것을 담은 바구니에 세드릭은 대번에 관심을 보였다.

"이게 뭐야, 나 주려고 갖고 왔어?"

에스텔라가 들어서자마자 세드릭이 곧바로 달려 나오며 물었다. 에스텔라가 새로운 교육 환경에 적응했듯 세드릭도 에스텔라에게 익숙해진 건 마찬가지였다. 불편한 첫 만남 때만 해도 친해질 수 없을 줄 알았는데, 세드릭은 되바라진 꼬마치곤 선생을 제법 잘 따랐다.

"이건 세실리아 아가씨 건데요."

그리 말하며 에스텔라가 책상 위에 바구니를 내려놓았다. 세드릭은 아랑곳하지 않고 그 위를 덮은 천을 잡아당겼다. 안에서 토실토실한 살구 알이 모습을 드러냈다. 흥미를 잃고 떠나갈 줄 알았는데 세드릭은 날름 과실 하나를 집어 들었다.

"왜 세실리아만 줘? 선생 눈엔 내가 안 보이나 보지?"

"아니, 이틀 전에 딸기 안 드시겠다고 떼쓰시다가 마님께…… 씨는 삼키는 거 아니에요!"

황당한 얼굴로 대답하던 에스텔라가 반사적으로 세드릭의 등을 때렸다. 컥, 하는 소리와 함께 에스텔라의 반대편 손으로 두꺼운 씨앗이 떨어졌다. 세드릭이 더욱 황당한 얼굴로 그녀를 돌아보았다.

"날 쳤어……?"

"아니, 먹는 방법을 모르면 물어보시지 그 딱딱한 걸 왜 삼켜요? 못 살아, 정말."

"날 혼내……?"

"그럼 지금 이게 칭찬하는 걸로 보이세요?"

에스텔라가 세드릭이 뱉어 낸 씨를 흔들며 엄한 얼굴로 질책했다. 처음 베르타 공작가의 가정 교사 자리에 지원했을 땐 꽤 긴장했었는데, 교사 경험을 탑재하고 보자 이 고귀한 도련님 아가씨가 그냥 애 같이 느껴졌다. 바지에 실례를 하고 울던 반 아이들이 생각나 좀처럼 상전 모시듯 할 수가 없다.

세드릭은 충격에 젖은 얼굴로 "말세야, 말세……." 하고 중얼거리고는 자리로 돌아갔다. 에스텔라는 짧게 어깨를 으쓱이고는 세실리아에게 향했다.

"아가씨, 씨는 드시지 마시고 과육만 베어 무세요."

에스텔라가 조곤조곤 말하며 세실리아의 턱 밑에 냅킨을 대 주었다.

뽀얀 뺨이 부지런히 움직이는 걸 보며 에스텔라는 흐뭇한 미소를 지었다. 반짝이는 은빛 머리카락과 동글동글한 얼굴이 더없이 사랑스러웠다.

"세실리아."

세드릭이 손등에 뺨을 괸 채 건들건들한 음성으로 세실리아를 불렀다. 세실리아가 고개를 갸웃했다.

"웅?"

"넌 이 오라버니의 빈 입이 눈에 보이지도 않니?"

"웅!"

망설임 따윈 없이, 세실리아의 고개가 위아래로 세차게 흔들렸다. 그러고는 욕심껏 양손에 살구를 한가득 쥐었다. 한 알도 빼앗기기 싫다는 의지가 엿보였다. 세드릭은 또다시 심각한 표정으로 말세라고 중얼거리기 시작했다.

　에스텔라는 웃음을 삼키며 젖은 손을 대충 닦아 냈다. 슬슬 수업을 시작할 시간이었다.

　"그럼 수업 시작할게요. 우선 어제 배웠던……."

　"세드릭, 내 아들 여기 있니?"

　때맞춰 문 쪽에서 간드러진 목소리가 흘러들어 왔다. 에스텔라는 공작 부인 안나를 발견하자마자 황급히 두 손을 모았다. 안으로 걸어 들어온 공작 부인이 턱을 들며 물었다.

　"수업 중이었나?"

　"네, 막 시작하려던 참이었습니다."

　"그런 듯하군."

　공작 부인이 그리 말하며 세드릭의 손에 쥐인 책을 흘긋 응시했다. 그러고는 어깨를 움츠린 세실리아에게로 눈을 돌렸다.

　"그런데 왜 세실리아가 여기 함께 있지?"

　"아……. 세실리아 아가씨가 심심해하셔서요. 딱히 방해가 되진 않으시기에 아가씨도 수업을 참관하시도록 하고 있습니다."

　에스텔라가 긴장한 얼굴로 대답했다. 원래대로라면 수업은 한 사람씩 진행되어야 했지만, 에스텔라와 같이 있고 싶다고 떼를 쓴 탓에 세실리아도 세드릭의 수업에 한 자리를 차지하고 있었다. 세실리아가 저를 살뜰히 보살펴 주는 에스텔라에게 정을 붙인 덕분이었다.

　가정 교사든 사용인들이든 아무래도 후계자가 될 가능성이 있는 쪽에게 더 관심을 쏟기 마련이었다. 무엇보다 세실리아의 어눌한 말씨를 인내심 있게 들어 주는 사람은 그렇게 많지 않았다. 그리고 그건 친모인 안나도 마찬가지인 듯했다. 공작 부인이 싸늘한 눈빛으로 세실리아를 돌아보았다.

"세실리아, 집사의 말론 네가 수학 공부를 시작했다던데. 덧셈은 익혔니?"

"우……. 아아니……."

"아니, 말은 제대로 할 줄 알긴 하나?"

안나가 그리 말하며 미간을 좁혔다. 에스텔라는 공작 부인의 눈에서 경멸의 빛을 읽었다. 주눅이 든 세실리아는 제대로 대답도 하지 못했다. 에스텔라가 황급히 세실리아의 앞을 막아섰다.

공작 부인이 마음에 들지 않는다는 듯 물었다.

"미스 마거릿, 세실리아의 진도가 왜 아직 저 모양인지 내게 좀 설명해 주겠나?"

"죄송하지만 마님, 세실리아 아가씨는 아직 수를 배우기에 적합한 상태가 아니십니다."

"지금 내 아이가 지진아라고 말하는 건가?"

추궁하는 것처럼 목소리가 더 높고 날카로워졌다. 아무래도 입바른 소리가 고귀한 마님의 심기를 불편하게 한 모양이었다. 베르타 공작가의 현 안주인인 안나는 성질이 불같이 뜨겁기로 위상이 높았다. 에스텔라의 얼굴도 슬그머니 초조한 모양새를 띠었다.

에스텔라로서는 공작 부인이 제 이름이나 제대로 기억할지 의문이었다. 다만 그녀를 지칭하는 '미스 마거릿'이 3개월 전 쫓겨난 '미스 링턴'과 하등 차이가 없는 무게일 것임은 분명했다. 쫓겨나는 건 상관없지만 아이들을 못 돌보게 되는 건 곤란한 일이다.

"그런 말씀을 드리는 것은 아니오나……."

"왜? 맞잖아. 지진아."

옆에서 끼어든 앳된 목소리에 에스텔라는 그만 두 손으로 얼굴을 덮을 뻔했다. 방금 세실리아에게 지진아 소리를 내뱉은 장본인은 바로 그 친오라비인 세드릭이었다. 에스텔라가 가늘어진 목소리로 겨우 세드릭을 제지했다.

"도련님, 동생분께 그런 언사는……."

"그럼 여섯 살이 다 되어 가는데도 입도 못 여는 게 지진아가 아니면 뭔데?"

세드릭이 코웃음을 치며 짧은 다리를 놀려 공작 부인에게로 다가갔다. 그러고는 뽐내듯이 이렇게 말했다.

"어머니, 세실리아는 내버려 두고 제 진도나 좀 물어봐 주세요. 제가 얼마 전에 메스키다 왕국의 역사서를 다 떼었거든요."

아들의 무례를 꾸짖으려던 공작 부인의 눈이 커졌다. 그녀가 허리를 굽혀 세드릭의 어깨를 붙잡았다. 그러고는 확인을 구하듯 되물었다.

"세드릭, 그게 정말이니? 네가 정말로 메스키다의 정사를 다 외웠어?"

세드릭이 고개를 끄덕이자 공작 부인이 믿기 힘들다는 듯 에스텔라를 쳐다봤다. 교사인 에스텔라가 듣기에도 믿기 힘든 이야기였다.

공작 부인이 에스텔라에게 재차 질문했다.

"교재가 무엇이었지? 설마 어린이들이 읽는 그림책은 아니었겠지?"

"……체사리오 경이 집필한 「메스키다의 혈통」을 보셨습니다."

에스텔라가 잠깐 뜸을 들이고는 대답했다. 「메스키다의 혈통」은 성인이 독파하기도 힘든, 제법 난도 있는 역사서였다. 고작 여덟 살인 세드릭이 진도를 다 떼었다는 것은 두 가지 경우로 설명될 수 있다.

첫째, 세드릭은 천재다.

"세상에, 내 아들. 정말 천재구나. 이 어미는 너만 보면 식사를 걸러도 배가 부르다."

그리 말하며 공작 부인이 장하다는 듯 세드릭의 머리를 쓰다듬었다. 그녀가 들뜬 기색으로 자리에서 몸을 일으켰다.

"이럴 때가 아니구나. 공작님께 말씀드려 네게 좋은 선물이라도 주어야겠다. 가까운 시일 안에 만찬이 있을 테니 기대하렴."

"네, 어머니."

"내가 공부를 방해했지? 난 나가 볼 테니 이만 수업 들으렴."

공작 부인이 흡족한 얼굴로 세드릭을 내려다보았다. 세드릭은 기대하고 있겠다며 태평한 얼굴로 어미를 배웅했다. 공작 부인은 문을 열고 나서기 전, 에스텔라의 존재를 떠올린 듯 새침한 얼굴로 이렇게 톡 쏘아붙이는 걸 잊지 않았다.

"세드릭을 잘 가르치고 있다고 하니 이번만은 넘어가겠어. 하나, 그대는 내가 지급하고 있는 수업료가 두 명분의 것이라는 걸 기억하는 게 좋겠군."

"……명심하겠습니다."

에스텔라가 깊게 고개 숙이자 공작 부인은 못마땅한 얼굴을 하면서도 곧 돌아섰다. 이윽고 문이 닫혔다. 소란의 근원이 빠져나가자 넓은 방 안에 잠시 고요함이 감돌았다. 에스텔라가 닫힌 문을 빤히 쳐다보다가는 세드릭을 불렀다.

"도련님."

"왜?"

공작 부인이 의심도 않았을 두 번째 사실은⋯⋯.

"거기까지 진도 안 나가셨잖아요."

세드릭이 거짓말쟁이라는 것이다.

"그게 중요해?"

세드릭이 뻔뻔한 얼굴로 되물었다. 세드릭은 아예 여봐란듯이 으스대기까지 했다.

"내가 선생님을 해고의 위기에서 구해 준 거야. 모르겠어?"

"그게 맞긴 한데⋯⋯. 저 만찬을 장식할 피날레가 공작님의 질문 세 례면 어쩌시려고요?"

"그때까지 열심히 진도를 나가면 되겠지."

세드릭이 대책 없는 얼굴로 대답했다. 에스텔라는 포기의 한숨을 내쉬었다. 세드릭이 또래보다 영특한 꼬마인 것은 사실이었다. 정말 역사서를 다 떼게 할 수는 없어도 공작의 확인 절차에 합격할 만큼은 지식을 욱여넣을 수 있을 것이다.

세드릭은 곧바로 제자리에 돌아가는 대신 세실리아에게로 향했다. 그러고는 세실리아의 바로 옆자리에 엉덩이를 앉혔다.

"세실리아, 갔어."

"가으⋯⋯ 써?"

"그래, 갔어. 그러니까 고개 들어도 돼."

세실리아가 숙였던 고개를 들었다. 주눅 든 눈으로 세드릭과 에스텔라를 번갈아 보더니 곧 말간 웃음을 떠올렸다. 세드릭은 조그만 손으로 역시나 조그만 세실리아의 정수리를 쓰다듬어 주었다. 에스텔라의 눈이 의외란 듯 크게 뜨였다.

「메스키다의 혈통」을 독파했다는 것이 거짓말이듯, 세실리아를 욕하는 말도 진심은 아니었던 모양이었다. 세드릭은 친모를 어떻게 대해야 세실리아가 안전한지 이미 경험으로 체득한 듯했다.

'의외로 자기들끼린 우애가 좋단 말이야.'

에스텔라는 괜스레 마음이 싱숭생숭해졌다. 지난 한 달간 그녀가 본 세드릭과 세실리아는, 그냥 아이였다. 세드릭은 나이에 비해 어른스럽고 세실리아는 조금 발달이 느리지만, 당연히도 그런 특이점이 형제에게 살해당해야 할 이유가 되진 않는다.

아직까지 도망과 체류 사이에서 좀처럼 결정 내리지 못하고 있는 것도 그 사실이 에스텔라를 약하게 만들었기 때문이었다. 그녀가 아이들을 살릴 수 있을지는 알 수 없지만, 미래를 아는 자신이 사라진다면 운명은 결코 바뀌지 않을 테니까.

에스텔라는 미간을 좁히며 기억을 재차 더듬어 보았다. 디에고가 계획을 실행에 옮긴 날이 언제였더라. 아이들의 죽음은 어찌 됐든 공작이 먼저 죽고 나서 벌어지는 일이었다. 문제가 있다면 기일을 알아챌 만한 마땅한 단서가 잘 떠오르지 않는다는 점이다. 에스텔라가 알고 있는 건 예고한 사건이 올해 안에 일어날 예정이라는 것과, 두루뭉술하게 서술되었던 날씨 정도였다.

"선생, 악마한테 안 혼나게 도와줬으니까 오늘 수업은 건너뛰자."

세실리아의 머리를 쓰다듬던 세드릭이 문득 꾀를 냈다. 에스텔라가 식겁한 얼굴로 세드릭을 제지했다.

"도련님, 어머님을 그렇게 부르면 안 된다고 제가 몇 번이나……."

"또 잔소리!"

물론 세실리아를 잘 챙기는 것과 상관없이, 세드릭은 에스텔라에게 여전히 싸가지 없었다. 잠깐 뭉클했던 감정이 흔적도 없이 식었다. 에스텔라가 눈을 가늘게 뜨며 대답했다.

"선생님은 원래 잔소리를 하는 존재랍니다. 해 둔 말이 있으니 이제부턴 역사학 진도를 나가야 해요."

세드릭의 볼이 부풀었다. 에스텔라는 재빨리 당근을 꺼내 들었다.

"대신 120페이지까지만 다 보면 연무장으로 나가 기사님들 대련을 참관하게 해 드릴게요."

세상이 바뀌어도 변하지 않는 사실이 있다면 아이는 아이라는 사실이다. 어느새 진지한 눈이 된 세드릭을 보며 에스텔라는 책을 읽어 내리기 시작했다.

⊱✿⊰

"업어 줘!"

점심시간이 되자마자 세드릭이 소리친 말이었다. 에스텔라는 반사적으로 얌전히 앉아 있는 세실리아를 돌아보았다. 자신이 업어야 할 쪽이 있다면 세실리아일 텐데 웬 건강한 사내아이가 떼를 쓰고 있었다.

"……죄송한 말씀인데 도련님 많이 무겁거든요."

"난 애잖아."

에스텔라가 가르치는 꼬마는 어른스러운 척을 해야 할 때와 실제 생체 나이를 이용해야 할 때를 구별할 줄 아는 몹시 영악한 놈이었다. 에스텔라는 결국 포기하고 세드릭을 업어 들었다. 작은 남자아이라가뿐할 정도는 아니어도 잠깐은 버틸 만했다.

"아가씨, 제 손 잡으세요."

에스텔라가 세실리아에게로 손을 뻗었다. 세실리아가 자리에서 벌떡 일어나 에스텔라에게 아장아장 다가왔다.

"슨쌍님! 밖에 나가?"

"네, 아가씨. 그런데 선생님을 부를 땐 발음에 유의해야 해요."

에스텔라의 상냥한 정정에 세드릭이 피식 웃었다. 그가 에스텔라의 귀 뒤에 대고 지적했다.

"선생님께서 북부 억양을 쓰니까 세실도 갈수록 혀가 짧아지잖아."

저런 되바라진 놈.

건방진 말투가 밉지만은 않은 건 아이의 성격이 가정 환경을 통해 형성된다는 걸 알기 때문이겠지. 에스텔라는 힘겹게 문밖으로 나서며 한숨을 내쉬었다.

공작 부인이 아들에게 거는 기대는 부담스러울 정도였고 이를 못마땅해하는 이복형은 무서운 인물이었다. 편안해야 할 집 안에 적이 있다는 건 생각 이상으로 신경 줄을 갉아 먹는 일이다.

"연무장으로 가면 식사는 또 거르실 거지요?"

"식당까지 갈 시간 없잖아."

"그럴 작정이실 줄 알았어요."

에스텔라가 아니나 다를까 하는 표정으로 어깨를 으쓱였다. 성장기 아이의 식사를 거르지 않고 챙기는 것도 가정 교사의 업무 중 하나다. 에스텔라는 지나가는 하녀를 붙잡고는 연무장으로 간단한 요깃거리를 보내 달라 부탁했다.

"저어…… 기 꽃!"

주변을 두리번거리던 세실리아가 불쑥 복도 저편으로 달려 나갔다. 에스텔라는 빈손을 확인하고는 황급히 세실리아를 따라 달렸다.

"아가씨, 헉, 허억…… 뛰시면 다, 쳐……."

원체가 저질 체력인 데다 등엔 다 큰 애를 업고 있었다. 에스텔라는 곧 죽을 것처럼 헐떡거리며 겨우 세실리아를 따라잡았다. 사실 따라잡았다고 말하기엔 어폐가 있었다. 막 코너를 돌았을 즈음, 멀리 달려 나가던 세실리아가 돌아와 그녀의 치맛자락 뒤로 숨었으니까.

"아가씨?"

의아한 목소리를 낸 에스텔라가 정면으로 고개를 돌렸다. 그녀의 어깨가 그만 빳빳이 굳어졌다. 돌아가자고 재촉이라도 하듯, 세실리아가 치맛자락을 당기는 힘이 느껴졌다.

"안녕…… 하십니까, 소공작님."

에스텔라가 겨우 굳은 혀를 움직여 인사했다. 디에고와의 급작스러운 대면은 그녀를 몹시 당황케 했다. 먼발치에서 지나가는 걸 본 적은 있어도 이렇게 가까이에서, 심지어 인사까지 건넨 건 처음이었다.

에스텔라는 잠시간 멍하니 디에고의 얼굴을 쳐다보았다. 깔끔하게 쓸어 넘긴 검붉은 머리는 어딘지 금욕적인 인상을 주었다. 짙은 눈썹 아래로 깊이 파인 눈두덩과 높은 콧대는 한 시대를 풍미한 영화배우를 연상시켰다. 기본적으로 미소를 띠고 있지만 동시에 그것이 진심이 아님을 잘 드러내고 있는 남자였다.

에스텔라는 잠시 후에야 겨우 정신을 차리고 시선을 비켜 냈다. 외관은 더없는 신사처럼 보이나 곧 본인을 제한 일가족을 몰살할 인물이다. 긴장하게 되는 건 어쩔 수 없었다. 디에고가 그런 에스텔라를 무심한 눈으로 응시했다.

"새로 오신 가정 교사분이신가 보군요."

그러고는 에스텔라의 등에 업힌 세드릭을 넘겨보았다. 그의 눈동자에 에스텔라의 삐죽 솟은 잔머리나, 관자놀이를 적신 땀 같은 것이 담겼다. 그가 짧게 에스텔라의 상태를 평했다.

"아이들을 돌보느라 다망하십니다."

에스텔라는 미끄러진 세드릭의 다리를 겨우 추슬러 올렸다. 에스텔라가 애써 태연한 척 대답했다.

"성장기 아이들은 잘 뛰어다니는 법이니까요."

"듣기로는 선생님께서 온 뒤로 세드릭의 말썽이 많이 줄었다고 하더군요."

이게 말썽이 줄어든 것이었단 말인가?

에스텔라는 반사적으로 제 등에 업힌 세드릭을 돌아보았다. 진위 여부를 묻고 싶었으나 그녀의 앞엔 아직 디에고가 있었다. 금방 그들을 지나쳐 갈 줄 알았는데 의외로 디에고는 계속해서 대화를 이어 나갔다.

"그러고 보니 막 어머님께 세드릭의 칭찬을 듣고 온 참입니다. 동생의 학습 능력이 남다르다지요?"

웃음기 섞인 질문이었으나 눈매는 딱딱하게 굳어 있었다. 에스텔라는 이것이 탐사와 비슷한 목적임을 어렵지 않게 알아차렸다. 곧바로 자리를 떠나지 않은 건 이 때문이었나.

에스텔라는 디에고에게 세드릭의 칭찬을 하는 게 그다지 바람직하지 않다는 걸 알았다. 하지만 공작 부인이 이미 자랑을 늘어놓은 상태라면 선택의 여지가 없었다. 에스텔라가 공손히 대답했다.

"「메스키다의 혈통」을 막 다 익히신 참입니다."

"벌써?"

그가 감탄하듯 말했다. 에스텔라는 그것이 칭찬인지 비웃음인지 분간할 수 없었다. 세드릭이 영재라면 디에고는 천재에 가까웠다. 공작 부인이 감읍하는 세드릭의 진도를, 디에고는 그보다 어릴 때 훨씬 빠르게 앞서 나갔다. 디에고가 피식 웃음 지으며 중얼거렸다.

"아버지께서 가장 총애하는 아들답군."

"소공작님."

에스텔라가 해쓱한 얼굴로 그를 불렀다. 그의 눈이 느른히 세드릭에게로 굴렀다. 세드릭은 몸을 움츠린 채 에스텔라의 어깨에 이마를 대고 있었다. 에스텔라는 그제야 세드릭과 세실리아 모두 디에고에게 인사조차 건네지 않았다는 걸 깨달았다.

디에고가 나직한 음성으로 제 이복동생을 불렀다.

"세드릭."

"……네, 형님."

"이젠 내게 알은체조차 않는구나."

세드릭이 들릴 듯 말 듯한 음성으로 죄송하다고 말했다. 디에고가 짧게 혀를 차는 소리가 유독 크게 울렸다. 디에고가 소매 끝에 달린 커프스단추를 매만지며 말했다.

"연장자가 말을 하고 있는데 시선만 피하다니, 이런 예의 없는 행동이 또 어디 있단 말입니까. 지식을 채우는 것도 좋지만 예법 교육에도 신경 쓰셔야 할 모양입니다."

"주의하겠습니다."

저를 책하는 말에 에스텔라가 황급히 고개를 숙였다. 딱히 사죄를 들으려는 의도는 아니었던 듯 디에고는 짧게 어깨만 으쓱였다.

"하기야 큰 기대는 않습니다. 이런 기본적인 예법이란 마땅히 부모가 먼저 신경 써야 할 부분인데, 선생님께서도 익히 아시다시피 두 분 모두 그런 쪽으로 가르침을 주긴 힘드신 분들인지라."

디에고가 나긋한 목소리로 말을 맺었다. 어느 모로 보나 제 부모를 흉보는 말이다. 하기야 베르타 공작은 전처를 학대하고 외도까지 행한 인물이었고, 공작 부인은 그런 남자의 구미에 완벽히 들어맞는 짝이었다.

솔직한 심정으로, 에스텔라는 디에고의 말이 틀리지 않았다고 생각했다. 그러나 그걸 아이들이 고스란히 듣고 있다는 건 또 다른 문제였다. 에스텔라의 손에 힘이 들어갔다. 등허리에는 어느새 식은땀이 배어 나와 있었다.

그녀가 눈을 질끈 감으며 말했다.

"실례지만 소공작님, 이 나이대 아이들도 말씀하시는 뜻을 모르지 않습니다."

디에고의 시선이 순간 의외라는 듯 그녀를 스쳤다. 그가 어이없는 기색으로 대꾸했다.

"제가 지금 제 이복동생들을 대단히 배려하는 것처럼 보였던가요."

그것 참 재밌는 일이군요. 디에고가 전혀 재밌지 않다는 듯한 목소리로 말을 맺었다. 에스텔라는 저 멀끔한 낯 아래 어떤 잔혹함이 숨어 있는지 익히 알고 있었다. 에스텔라는 세드릭을 바닥에 내려놓았다. 세실리아를 끌어 세드릭과 손을 맞잡게 하고는 당부하듯 말했다.

"도련님, 먼저 연무장으로 가 계세요. 혼자 걸으실 수 있죠?"

"응……."

"세실리아 아가씨의 손을 꼭 잡고 가서야 돼요."

세드릭은 평소에 좀처럼 보지 못했던 기죽은 표정을 하고 있었다. 세드릭이 눈치를 살피며 디에고를 슬쩍 올려다보았다. 에스텔라는 그런 세드릭을 재촉하듯 가볍게 등을 두드렸다. 그에 용기를 얻은 세드릭이 느릿한 걸음을 떼었다. 도망칠 기회만 엿보고 있었던 듯 아이들이 재빠르게 달려 나갔다.

디에고는 고개를 돌려 멀어지는 작은 등을 잠시간 응시했다. 그가 싸늘한 기색으로 말끝을 흐렸다.

"내가 아이들을 보내라 하진 않았는데……."

에스텔라의 독단을 질책하는 말이었다. 에스텔라는 심호흡을 하고는 의연히 어깨를 폈다.

"어른의 사정은 어른끼리 이야기해야 하는 법이니까요."

육아의 원칙은 아이를 성인과 같이 인식하되 성인처럼 대하지 말아야 한다는 것이다. 아이의 의견을 존중할지언정 어른의 책임을 덧씌워서는 안 된다는 뜻이었다. 에스텔라는 세드릭과 세실리아가 일찍 철들기를 바라지 않았다. 에스텔라가 디에고에게 고개를 조아리며 말했다.

"세드릭 도련님의 예절 교육에 관해선 제가 앞으로 더 신경 쓰겠습니다. 그분께서는 어린 마음에 낯설어 그리한 것이지, 결코 소공작님을 무시하신 것이 아니에요."

디에고는 잠시간 그런 에스텔라를 무심한 눈으로 내려다보았다. 그가 불쑥 물었다.

"이름이?"

"에스텔라 마거릿 몬티엘입니다. 미스 마거릿이라고 불러 주시면 됩니다.”

“미스 마거릿, 집사가 왜 동생들 걱정을 덜었는지는 어렴풋이 알겠습니다. 아이들을 제법 잘 가르치고 있는 모양이군요.”

갑작스러운 칭찬에 에스텔라는 당황하여 눈만 깜빡였다. 디에고가 대수롭지 않은 어조로 말을 이었다.

“그러고 보니 어머님께서 세드릭의 영특함을 칭찬하는 자리를 만들려 하셨는데, 제가 아버지께 바쁜 일을 상기시킨 탓에 꽤 먼일이 될 뻔했죠.”

“……예?”

“한데 제가 도와드리면 일이 좀 수월하게 풀릴 듯도 싶군요. 내일쯤엔 시간을 낼 수도 있겠어요.”

“소공작님, 그게 무슨…….”

“내일 만찬 자리에서 세드릭의 재롱을 기다리고 있겠다는 말입니다.”

청천벽력 같은 소리에 에스텔라가 입만 뻐끔거렸다. 「메스키다의 혈통」은 500쪽짜리 책이었고 오늘 익힌 건 겨우 120쪽 분량이었다. 아무리 요점 정리를 해서 중요한 것만 가르친대도 내일까지는 무리였다. 물론 폭탄을 던진 디에고에게 세드릭의 진도 상황은 전혀 고려 대상이 아니었다.

“그럼 만찬 자리에서 뵙지요.”

볼일은 끝났다는 듯 디에고가 고개를 까딱이고는 지나쳐 갔다. 상냥한 웃음이 더없이 재수 없어 보였다면 그건 에스텔라의 사감일까?

에스텔라는 한참을 멍하니 제자리에 멈춰 서 있었다. 지금 당면한 상황이 도저히 믿기질 않았다. 에스텔라는 그만 헛웃음을 흘렸다.

"그 책을…… 하루 만에 다 가르치라고……?"

세드릭이 만약 질문에 답하지 못해 창피를 당한다면 공작 부인은 가차 없이 에스텔라를 자를 터였다. 세드릭과 세실리아가 죽기도 전에 제가 먼저 디에고에 의해 생계를 잃게 생겼다. 내일 저녁까지 시간이 얼마나 남아 있는지 셈해 본 에스텔라가, 대뜸 세드릭을 찾아 달리기 시작했다.

오늘은 무조건 밤샘 공부였다.

∽∽∽∽

"도련님…… 이만 일어나세요."

"어? 으어?"

세드릭이 비몽사몽한 얼굴로 번뜩 눈을 떴다. 에스텔라는 부들거리는 손을 뻗어 세드릭의 입에 붙은 종잇장을 떼 주었다. 세드릭의 입술은 자는 동안 흘린 침으로 번들거리고 있었다. 세드릭이 입가를 닦아 내며 주변을 두리번거렸다.

"지그음…… 몇 시……?"

"만찬까지 한 시간 정도 남았어요. 이제 옷 입으면서 요점 정리한 거 다시 읽으셔야 돼요."

그리 말하며 에스텔라가 세드릭을 의자에서 일으켰다. 세드릭은 비척거리며 걸음을 옮기다가 그만 바닥에 호되게 머리를 찧을 뻔했다. 그도 그럴 것이 밤을 새우다가 겨우 30분가량 눈을 붙인 참이었다.

그나마 다행인 것은 디에고가 제안한 것이 오찬이 아니라 저녁 만찬이었다는 점일까. 그게 아니었다면 그 두꺼운 책을 하루 만에 다 보겠다는 계획은 엄두도 못 냈을 터였다. 뱉은 말에 책임을 느낀 세드릭이 진도에 잘 따라 준 것도 한몫했다.

에스텔라는 한숨과 함께 머리칼을 쓸어 넘겼다. 한국에서 정교사가 되기 전, 그녀는 돈벌이 수단으로 과외를 했었다. 암기식 과목을 세뇌하듯 주입시키는 게 바로 그녀의 특기였다.

'대한민국 주입식 교육 만세.'

에스텔라는 옛 고국에 무궁한 감사를 표하고는 퀭한 눈 밑에 분을 두드렸다. 혹여나 디에고에게 그들이 고군분투했던 흔적을 들킨다면 꽤 자존심이 상할 것 같았으므로.

곧 하녀들에 의해 빨래되어 온 세드릭이 정돈된 모습을 드러냈다. 에스텔라는 세드릭의 손을 잡고 식당으로 향했다. 본래 그녀는 제 방에서 따로 식사하는 편이었지만, 오늘은 만찬에 초대받아 베르타 공작 일가의 모임에 낄 수 있었다.

그 말인즉 세드릭이 실수를 하는 처참한 광경을 두 눈으로 마주해야 할지도 모른다는 뜻이었다. 세드릭이 틀린 대답을 하자마자 대번에 저를 노려볼 공작 부인을 상상하니 등허리가 섬찟해졌다.

식당 문 앞에 선 에스텔라는 잠시간 심호흡을 했다. 세드릭이 그녀를 위로하듯 말했다.

"괜찮아, 공부 열심히 했으니까."

"도련님임……."

에스텔라가 울상을 지으며 세드릭을 돌아보았다. 어른스럽게 위로를 건네는 세드릭에게 그만 감동할 뻔했다. 이어진 뒷말만 아니었다면.

"틀리면 그냥 좀 맞지, 뭐."

"……."

그냥 좀 맞고 끝날 문제가 아니라는 걸 세드릭만 모른다. 에스텔라가 세드릭을 흘겨보며 대꾸했다.

"누가 도련님을 때려요? 제가 잘리겠지."

내가 잘리면 너도 죽어!

경고의 의미로 눈을 부라렸으나 세드릭은 듣는 둥 마는 둥 식당 문을 열었다. 다행인지 불행인지 자리에 착석해 있는 것은 디에고 하나뿐이었다. 세드릭은 자연스럽게 디에고의 건너편으로 가 앉았다.

에스텔라는 본래대로라면 세실리아의 몫이었을 세드릭의 옆자리를 잠시간 응시했다. 공작 부인이 반쪽짜리 딸아이를 경멸한 덕분에 세실리아만은 이 자리에서 빠질 수 있었다.

"안녕하십니까, 소공작님."

에스텔라가 의자에 앉으며 디에고에게 인사했다. 눈치를 보던 세드릭도 따라서 더듬더듬 입을 열었다.

"안녕하세요…… 형님."

"그래, 세드릭. 아버지께서 네게 거는 기대가 크신 모양이더구나. 부디 오늘 우리를 실망시키지 않길 바라마."

안 그래도 창백했던 세드릭의 얼굴이 중압감으로 푸르죽죽해졌다. 단번에 세드릭을 격침시킨 디에고가 이번엔 에스텔라 쪽으로 고개를 돌렸다.

"선생님께서는 꽤 피곤해 보이시는군요."

"어머, 간밤엔 푹 잤는데 왜일까요?"

에스텔라가 태연한 얼굴로 냅킨을 무릎 위에 펴며 대꾸했다. 그를 지켜보는 디에고의 눈이 가늘어졌다.

"듣자 하니 어젯밤 공부방의 불이 꺼지질 않았다던데……."

"하녀 아이들이 미뤄 둔 청소를 실행에 옮긴 모양이네요."

그리 대꾸하며 에스텔라가 무해한 미소를 띠었다. 그에 디에고가 재 밌다는 듯한 표정으로 등받이에 몸을 기댔다.

에스텔라는 알 수 있었다. 무엇이 그의 심기를 건드렸는지는 몰라도, 그는 자신을 싫어했다. 아니면 원체 모든 인간을 증오하는 성격이든지.

'누가 피도 눈물도 없는 패륜 살인마 아니랄까 봐.'

신경전은 오래 이어지지 못했다. 공작 부인과 공작이 도착한 덕분이었다. 에스텔라는 작게 심호흡을 했다. 결과는 이제 그녀의 손을 떠났다.

"세드릭, 내 귀여운 아들."

베르타 공작이 안으로 들어오며 세드릭의 이마에 짧게 키스했다. 세드릭이 곧바로 입술이 닿았던 자리를 문지르자 베르타 공작은 호탕한 웃음을 터트렸다. 아내와 함께 상석으로 가 앉는 동안, 베르타 공작은 디에고가 있는 쪽엔 한 번도 시선을 주지 않았다. 그것은 어떤 극명한 차이를 드러냈다.

에스텔라는 반사적으로 디에고를 돌아보았다. 곧이어 베르타 공작이 말을 걸어 온 통에 길게 이어지진 않았지만.

"새로 구한 가정 교사에 대한 칭찬이 자자하다더니 그 이유를 알겠소. 원체 영특하긴 해도 학업에는 흥미가 없던 아이인데. 세드릭이 아무래도 임자를 만난 모양이오, 선생."

"과찬이십니다."

아무렇지 않은 척 대답했으나 에스텔라는 내심 불안함을 느꼈다.

공작과 공작 부인은 딱히 세드릭의 진도를 검증하려 들지 않겠지만, 복병은 건너편에 앉은 디에고의 존재였다. 아니나 다를까 전채가 나오기도 전 디에고가 먼저 운을 떼었다.

"세드릭, 네 역사학 진도가 빠르다는 소식은 들었다."

"네에⋯⋯."

"어떻습니까, 아버지. 세드릭이 잘 배우고 있는지 한번 확인해 보심이."

디에고가 부드러운 미소를 띠며 제안했다. 그리고 베르타 공작은 제 친아들을 경계해 마지않는 인물이었다. 베르타 공작은 내키지 않은 표정을 지었으나 거절할 만한 마땅한 구실이 없었다. 베르타 공작이 냅킨을 집어 들며 세드릭에게 물었다.

"세드릭, 섭정 테리오사가 대기근 때 이주민들을 어떻게 처분했는지 답을 들을 수 있겠느냐."

"어⋯⋯."

세드릭이 말끝을 흐리며 눈알을 굴렸다. 에스텔라는 긴장하여 허벅지 위에 놓인 손에 힘을 주었다. 그녀가 정리해 준 요점 정리 노트에도 들어 있는 내용이었다. 맞춰야만 했다.

다행히도 곧 감을 잡은 듯 세드릭이 입을 열어 대답했다.

"이주민들은 마땅히 자리 잡을 터가 없었기 때문에 대개 절도나 매춘 같은 불법적인 길로 빠졌습니다. 섭정 테리오사가 이를 엄벌하도록 명하였기 때문에 대부분이 최하층인 노예가 되었어요. 덕분에 골머리를 앓던 범죄도 근절하고, 메스키다는 더욱 부강해질 수 있었습니다."

막힘없는 대답에 에스텔라는 그만 안도의 한숨을 내쉬었다. 베르타 공작이 여봐란듯이 어깨를 으쓱였다. 디에고가 전채 요리를 천천히 씹어 넘기고는 이어 물었다.

"하지만 몇 세대 후 왕실에서는 반대로 노예제 폐지를 주장하고 나섰지. 이유가 무엇이냐."

"노예들이 출산을 거듭하며 머릿수가 많아졌기 때문입니다. 귀족들은 장기적으로 비용이 더 드는 자유민을 고용하기보다는 노예를 부리고 싶어 했고, 때문에 서민들은 생계가 매우 어려워졌어요."

이번에도 세드릭은 어렵지 않게 대답했다. 디에고가 지체하지 않고 이어 물었다.

"노예제 개혁을 숙원으로 삼은 왕은 누구였지?"

"브란테…… 2세입니다."

잠시간 눈알을 굴리던 세드릭이 끝내 맞는 답을 내놓았다. 불안한 눈으로 세드릭을 지켜보던 에스텔라는 속으로 쾌재를 불렀다. 역대 왕의 계보를 노래로 만들어 가르친 보람이 있었다. 아무리 어려운 단어도 단순 무식한 멜로디에 끼워 넣으면 암기가 쉬워지는 법이다.

디에고의 갑작스러운 질문에 긴장한 표정을 하고 있던 공작 부인도 얼굴을 활짝 폈다. 심지어 그녀는 에스텔라를 매우 사랑스럽다는 듯 바라보기까지 했다. 공작 부인이 두 손을 모아 박수를 쳤다.

"어쩜! 당신 아들 아니랄까 봐 저렇게 영특한 것 좀 보세요. 조금만 더 자라면 당신 일을 도울 수도 있겠어요."

그리 말하며 공작 부인이 디에고를 돌아보았다. 우아하게 턱을 치켜드는 모습이 사뭇 도발적이었다. 디에고는 그에 동요하지 않고 세드릭에게 칭찬을 남겼다.

"수업을 빠지지 않고 잘 들은 모양이구나."

세드릭의 볼이 빨갛게 달아올랐다. 세드릭은 디에고의 앞에서만은 굉장히 얌전한 태도를 취하곤 했다.

한참 나이 많은 형을 동경의 대상으로 삼기라도 했을까, 세드릭이 우물쭈물하다 겸양의 말을 뱉었다.

"아니요, 형님께서는 이보다 더 뛰어나셨다고 들었는데요. 저는 형님처럼 되는 게 꿈이에요."

디에고가 의외라는 표정으로 흘긋 세드릭을 넘겨보았다. 제 아들이 대뜸 이복형을 칭찬하고 나서자 공작 부인의 낯이 빳빳이 굳어졌다. 좌중의 반응을 살피던 베르타 공작이 상황을 정리하듯 잔을 들었다.

"우애 좋은 모습이 보기 좋구나. 오늘은 술이 당기는 날이니 마음껏 마시자꾸나. 세드릭, 너는 빼고 말이다."

"저도 마시면 안 돼요?"

"허허, 대신 네게는 내가 큰 상을 주마. 뭐가 갖고 싶니?"

베르타 공작의 제안에 세드릭이 흥분하여 소리쳤다.

"진검이요!"

"흠, 그래. 너도 네 검을 가질 때가 되었지."

베르타 공작이 턱을 쓰다듬으며 고개를 끄덕였다. 그의 시선이 이번엔 에스텔라에게 향했다. 그가 에스텔라에게 인자한 미소를 내보이며 말했다.

"그래, 우리 선생님께도 마땅히 포상을 드려야겠군. 무엇을 원하시오?"

"저는……."

에스텔라가 잠시간 말을 골랐다. 베르타 공작이 재촉하듯 턱을 까딱였다. 에스텔라가 긴장한 얼굴로 대답했다.

"물건보다는 현금이 좋습니다, 공작님."

베르타 공작이 벙찐 표정으로 에스텔라를 바라보았다. 설마하니 돈으로 달라는 답이 나올 줄은 몰랐던 듯했다. 그가 한참 폭소하다가는 대답했다.

"푸핫, 내가 범상치 않은 인물을 모셨나 보군. 좋소, 그리하겠소."

그의 웃음 속에는 에스텔라의 세속적인 발언에 대한 조롱이 담겨 있었다. 그러나 에스텔라는 그에 크게 연연하진 않았다. 공작은 곧 죽을 목숨이었고 자신은 여주인공처럼 간 크게 디에고와 거래할 깜냥도 없었다. 남은 방법은 아이들을 데리고 도망치는 것뿐인데, 주머니 사정이라도 넉넉지 않으면 금방 지치게 될 것이었다.

"만찬이 끝나면 잠깐 내 집무실로 와 주시오, 어음을 내줄 테니."

그리 대답한 공작이 식사를 마저 이었다. 검증을 마친 세드릭은 어느새 기고만장해져 있었다. 세드릭이 특유의 재수 없는 표정으로 눈썹을 들었다 내리는 걸 보며, 에스텔라는 잠시간 아이 둘과 함께하는 도피 생활이 얼마나 힘겨울지 상상해 보았다. 거추장스러운 책임감을 덜어 내는 데는 결국 실패했지만.

❧

만찬은 꽤 늦은 시간이 되어서야 마무리되었다. 공작 부인이 계속해서 잔을 채워 주어 베르타 공작이 뜻하지 않은 과음을 한 덕분이었다. 가장 먼저 자리에서 일어선 건 내일 외출이 있다고 전한 디에고였다. 세드릭과 에스텔라가 그다음으로 눈치를 보며 자리를 피했다. 에스텔라는 세드릭을 침실까지 데려가 하녀에게 넘겨주었다. 아이는 슬슬 이를 닦고 꿈나라로 갈 시간이었다.

세드릭을 두고 나온 에스텔라는 잠시간 고민했다. 베르타 공작은 에스텔라에게 만찬이 끝나고 집무실로 오라고 말했었다. 하지만 만취한 그가 어음을 내주겠단 약속을 기억할지나 의문이었다.

에스텔라는 잠시간의 고민 끝에 결국 집무실로 향했다. 어찌 됐든 약속한 돈을 못 받게 됐을 때 아쉬운 쪽은 저였으니까.

애석하게도 우려했던 일은 곧 현실이 되었다. 도착한 집무실엔 아무도 없었다. 돈이라도 놓여 있길 바랐는데 책상까지 말끔하게 치워진 상태였다. 내심 예상한 일이었기에 에스텔라는 크게 실망하진 않았다. 어쩌면 베르타 공작은 아직 술잔을 기울이고 있을지도 모른다.

그녀는 베르타 공작을 기다리는 대신 곧바로 밖으로 나왔다. 다행히 집무실 옆엔 시간을 죽일 만한 장소가 하나 있었다. 에스텔라는 집무실과 이어진 서재로 발을 들였다. 방대한 서고엔 온갖 책들이 진열되어 있었다. 이전에도 몇 번 들르긴 했으나 저를 위한 책을 골라 본적은 없었다.

에스텔라는 손으로 책등을 쓸며 천천히 앞으로 걸어 나갔다. 간간이 불이 밝혀져 있었기에 글자를 식별할 수 있을 정도로는 사위가 밝았다. 서재 곳곳을 살피던 에스텔라는 곧 익숙하고도 반갑지 않은 얼굴을 발견했다.

"소공작님?"

워낙 의외의 인물이었던 탓에 반사적으로 알은체하고 말았다. 디에고가 소리가 들려온 쪽으로 천천히 고개를 돌렸다. 에스텔라는 순간 아차 싶었으나, 되도록 자연스럽게 대화를 이었다.

"이 밤에 서재는 어쩐 일이세요?"

"그러는 선생님께선 왜 여기……."

말을 멈춘 디에고가 곧 생각났다는 듯 고개를 끄덕였다.

"아, 어음."

디에고가 그리 말하고는 책장에서 책을 꺼내 어깨 위로 들었다.

"저는 잠자리에서 읽을 책을 가지러 온 참입니다."

여전히 감정이 드러나지 않는 목소리였다. 만찬 때 그도 와인을 몇 잔 비웠던 걸로 기억하는데 취한 기색은 전혀 없었다. 하기야 그는 자리에서 일어날 때도 더없이 멀쩡한 얼굴을 하고 있었더랬다. 어쩌면 내일 약속이 있다는 말도 핑계였을지 모르겠다. 뭐가 됐든 에스텔라가 상관할 바는 아니었지만.

"아……. 네, 그럼 살펴 가세요."

살인마와 오래 대화하는 취미는 없었다. 에스텔라는 고개를 가볍게 숙여 보이며 그를 지나쳤다. 그런 에스텔라를 빤히 지켜보던 디에고가 불쑥 그녀를 붙잡았다.

"솔직히 말씀드리면 좀 놀랐습니다."

"예?"

"세드릭이 제대로 수업을 듣고 있지 않다는 것쯤은 알았으니까."

에스텔라는 제자리에 멈춰서 디에고를 올려다보았다. 그가 책을 한 손에 든 채 그녀에게로 걸어왔다. 에스텔라는 반사적으로 주춤 뒤로 물러섰다.

에스텔라가 제게서 멀어지려 할수록 디에고는 그에 상응하는 간격을 좁혔다. 덕분에 에스텔라는 벽면 끝까지 뒷걸음질 치는 기행을 선보이게 되었다. 더 이상 물러설 곳이 없자 에스텔라는 방어적인 자세를 취했다.

"……왜 이러세요?"

"대화를 하려는데 자꾸 멀어지시니, 제가 가까이 갈 수밖에요."

"다섯 걸음 뒤에서도 대화는 할 수 있어요."

"그럼 이 무식하게 두꺼운 안경알 때문에 눈이 안 보이잖습니까."

그리 말하며 디에고가 에스텔라의 안경을 툭툭 쳤다. 무식하게 두껍다니. 혹독한 평가에 에스텔라는 충격을 추스를 수 없었다. 시력이 그렇게 나쁘진 않았지만, 고전적인 가정 교사처럼 보이게 하는 액세서리라 특히 애용했었는데…….

"하룻밤 사이 이상한 마술을 부렸더군요."

그리 말하며 디에고가 에스텔라의 목깃에 달린 끈을 당겼다. 본래 리본을 매는 용도지만 식사 후 속이 더부룩해 풀린 채로 늘어트려 두었던 물건이었다. 디에고에 의해 곧 감쪽같이 말끔한 리본이 만들어졌다. 에스텔라는 옷깃 너머로 닿는 그의 손이 꽤 뜨겁다고 느꼈다.

아마 이건 제 정신을 분산시키려는 수작일 것이다. 에스텔라는 대화에 집중하려 노력했다.

"마술이라뇨?"

"생각보다 벼락치기에 재능이 있다 싶으셔서."

"세드릭 도련님이 그 책을 다 익히신 건 사실이에요."

비록 어젯밤을 꼬박 새워 이뤄 낸 성과였지만, 그렇다고 그게 성과가 아니게 되는 것은 아니었다. 에스텔라는 당당하게 어깨를 폈다.

"애석하게도 그렇더군요."

디에고가 담담한 음성으로 대꾸했다. 그에 에스텔라의 눈이 세모꼴이 되었다. 디에고가 진심으로 동생의 성취를 눈에 거슬려 하는 듯 보였기 때문이다.

이 남자는 대체 뭐가 문제였길래 학대한 아버지에 이어, 동생들까지 죽이고 말았을까. 적어도 죄 없는 아이들만은 살려 줄 수 없었던 걸까.

에스텔라의 입에서 저도 모르게 날 선 말이 튀어나왔다.

"……동생분께서 배움에 뜻이 있으면 좋은 것 아닌가요?"

디에고가 잠시간 알 수 없는 눈으로 에스텔라를 응시했다. 그가 무감각한 투로 말했다.

"선생님께서는 참 재밌는 말씀을 하십니다. 세드릭이 정말 내 동생이고, 내가 진짜 그 애의 형인 것처럼."

"두 분은 가족이에요."

"고지식한 소리는 좀 재미없는 것도 같고."

디에고가 흥미 없는 표정으로 다시 리본을 풀어 버렸다. 에스텔라는 용기를 내 그의 손을 밀어냈다. 다행히 디에고는 순순히 한 걸음 뒤로 물러서 주었다. 심지어 곧이어 돌아온 말은 칭찬에 가까웠다.

"생각보다 제대로 돼먹은 사람처럼 보여서 말입니다. 이 집과는 어울리지 않게."

"전 그저 교사로서 해야 할……."

울컥 반박하려던 에스텔라가 순간 멈칫했다. 뒤편에서 끊겼다 이어지는 라디오 같은 소리가 들려온 탓이었다. 당연히 여기는 그런 기계가 아직 발명되지 않은 시대였고, 그렇다는 것은 곧 제가 들은 게 사람의 말소리라는 사실을 의미했다.

에스텔라의 미간이 좁아졌다. 얇은 벽 뒤에 누군가 있는 걸까. 그러고 보니 집무실과 문 하나를 사이에 두고 있듯, 서재는 공작 부부의 침실과도 길이 이어져 있었다. 에스텔라는 뒤편에서 들려온 소리에 무의식적으로 귀를 기울였다.

"병신을 만들…… 더 자라기 전에……."

"것 봐요. 뭐 좋은 꼴을……. 다고 그 애를……. 내버려……."

"아무리 그…… 도 적장자……. ……후작가에서 눈에 ……을 켜고 있는데 그렇게 쉽게 처리…… 수 있을 것 같아?"

서재엔 디에고와 에스텔라밖에 없었으므로 둘이 대화를 멈추자 주변엔 완벽한 정적이 내려앉았다. 침묵 속, 벽 너머의 음성만 유난히 크게 울렸다. 디에고도 에스텔라와 같은 소리를 들은 듯 벽으로 가까이 다가갔다.

"……무슨 소리가 들린 것 같은데."

디에고의 목소리를 들음과 동시에 에스텔라는 벼락처럼 깨달았다. 이 뒤에 누가 있고, 또 어떤 이야기를 나누고 있는지까지.

에스텔라는 숨이 멎을 듯한 기분으로 디에고를 응시했다. 그녀는 황급히 벽에서 등을 떼어 냈다.

"벽 아, 안에 쥐가 사나 봐요. 오래된 저택엔 종종 그러니까……. 아무 일도 아니니 이만 비키세요."

"무슨 말입니까. 방금 말소리가……."

에스텔라는 반사적으로 손을 뻗어 그의 두 귀를 막았다.

그녀의 손바닥이 디에고의 관자놀이에 찰싹 달라붙었다. 디에고가 흔치 않게 당황한 표정으로 그녀를 응시했다. 그러나 에스텔라의 기지를 비웃기라도 하듯 벽 너머에선 폭발적인 고성이 흘러나오기 시작했다.

"잘하셨어요! 덕분에 디에고도 지금 저렇게나 장성했죠! 수도에는 이제 검술로 상대할 자가 없다던데 대체 어떤 수를 쓸 심산이죠?"

"내가 처리할 사람을 불렀다고 하지 않아! 남부에서 솜씨 좋다고 손 꼽히는 자객이야. 제길, 돈이야 부르는 대로 준다고 했으니 목을 따 든, 어디 한 군데를 병신으로 만들든 뭐라도 해 주겠지!"

이 시대의 방음은 끔찍한 수준이라는 걸, 에스텔라는 참으로 원치 않는 방식으로 알게 되었다. 에스텔라의 낯이 희게 질려 갔다. 그녀는 디에고가 이 끔찍한 말들을 듣지 않길 바랐다. 그러나 그녀의 자그마 한 두 손으로는 그를 지킬 수 없었다.

당황한 표정을 띠던 디에고의 낯이 점차 딱딱하게 굳어 갔다. 디에 고가 제 귀를 막은 그녀의 손을 치워 내려 했으나, 에스텔라는 필사적 으로 버텼다. 에스텔라가 속사포처럼 내뱉었다.

"듣지 마세요. 아무것도 아니에요."

그러나 베르타 공작은 그들에게 희망이라곤 남겨 주지 않을 작정인 듯했다. 그가 화풀이를 하듯 마저 소리쳤다.

"당신이야말로 세드릭 간수 좀 잘해! 작위는 제 형 것이니 물려받 을 수 없다는 개소리를 내뱉기 일보 직전인 것 같으니까! 어딜 재수 없게, 그 새끼를 닮고 싶다는 둥······."

"듣지 마세요. 제가 별일 아니라고 말씀드렸잖아요. 제발······ 듣지 마세요."

에스텔라가 애원하듯 반복해 말했다. 뒤편에선 베르타 공작이 디에 고의 처분을 논하는 소리가 끝없이 이어지고 있었다.

에스텔라는 그만 눈을 감아 버렸다. 차라리 이 순간이 멈췄으면 좋 겠다는 생각이 들었다. 그녀는 디에고를 경계했지만, 그것이 그가 제 친부에게 이런 소리를 듣길 바란다는 뜻은 결코 아니었다.

「위험한 공작과의 계약 결혼」은 여주인공의 1인칭 시점으로 쓰여 있었다. 디에고가 아버지를 살해할 결심을 다지기까지 당했던 일들은 여주인공과 엮여 들기 위한 설정에 불과했다. 디에고가 얼마나 무심하고 정이 없는 남자인지를 몇 번이고 강조하던 여주인공의 독백이 아직도 기억에 선명했다. 그가 그렇게 되기까지 어떤 심경의 변화가 있었는지는, 당연히 책 속에 적혀 있지 않았다. 아버지가 마지막의 마지막까지 배신했다는 걸 알았을 때, 그가 이렇게 질리도록 싸늘한 눈을 하게 된다는 것도, 결코.

"왜 나를 보내려 했는지는 알겠습니다."

디에고가 설핏 웃으며 조용히 에스텔라의 손을 떼어 냈다. 에스텔라는 힘없이 두 손을 허벅지 위로 떨어트렸다.

에스텔라는 베르타 공작의 죽음이 가까운 때에 예정되어 있음을 알 수 있었다. 소설을 읽음으로써 알아낸 사실은 아니었다. 아마 이게 글자들 사이에 숨은, 디에고가 친부를 살해할 결심을 다진 이유였을 것이다.

죽기 싫으면 먼저 죽여야 하는 게 생존의 법칙이니까. 디에고에게 집과 가족은 배신의 다른 말이었을 테니까.

지금까지의 계획이, 그녀를 이루던 가치관들이 뒤엉키는 기분이었다. 에스텔라는 언제나 세드릭과 세실리아만을 동정해 왔다. 살아남은 남주인공에게 그녀의 동정이 가 닿은 적은 없었다.

"방금 들은 이야기는 잊어요."

디에고가 에스텔라를 흘긋 넘겨보며 말했다. 정작 디에고는 그리 충격받은 기색이 아니었다.

오히려 에스텔라가 더 얼굴을 일그러트리고 있었다. 에스텔라는 디에고에게 어떠한 위로라도 건네고 싶었으나, 마땅히 떠오르는 말이 없었다. 친부에게 살해당할 위기에 처한 사람이 어떤 심정일지 짐작조차 되지 않았으니까.

"……소공작님은요, 괜찮으신가요?"

"괜찮지 않을 이유가 있습니까?"

모든 감정을 죽인 목소리가 유독 섬뜩하게 느껴졌다. 에스텔라는 이것이 결코 정상적인 반응은 아니라고 생각했다.

"방금 들었던 일은 입 밖에 내지 않는 게 좋을 겁니다. 혹여나 그들에게 이 일을 빌미로 돈을 뜯어낼 생각도 말아요. 수도를 벗어나기 전에 죽을 테니까."

비밀 이야기를 나눈 동지애라도 느낀 걸까. 디에고는 그녀에게 제법 현실적인 경고를 남겨 주기까지 했다. 에스텔라가 힘없이 대답했다.

"그럴 생각은 처음부터 하지 않았어요."

"현명한 사람이라 다행이군요."

디에고는 미련 없이 그녀에게서 뒤돌아섰다. 애초에 그들은 얼결에 함께 비밀 이야기를 나누어 들었을 뿐, 접점이랄 것도 없는 사이였다.

그러나 그는 다섯 걸음 정도를 옮기고는 다시 제자리에 멈춰 섰다. 에스텔라를 돌아보지 않은 채 말했다.

"일자리는 다른 저택을 알아보는 편이 좋을 겁니다. 이런 곳에 계속 머물다간 미쳐 버릴 테니까."

흘리듯이 건넨 저 말이 마지막 자비라는 것을, 에스텔라만은 알아보았다.

⊱─≾⊰

"어제 과음이라도 했어?"

어딘지 익숙한 말에 에스텔라는 반사적으로 고개를 돌렸다. 눈앞엔 동료 교사가 아닌 여덟 살배기 사내아이가 있었다. 현실 도피는 썩 효과가 없었던 모양이었다. 에스텔라는 영혼 없는 눈으로 다시 탁상 위에 드러누웠다.

"선생님은 술이 뭔지도 몰라요."

"냄새나는데."

세드릭이 인상을 찡그리며 코를 막았다. 에스텔라는 소매를 들어 킁킁 냄새를 맡아 보았다. 아닌 게 아니라 실제로 술을 잔뜩 들이부었으니 냄새가 날 법도 했다.

에스텔라는 어젯밤 뜬눈으로 밤을 지새웠다. 차갑게 굳은 디에고의 표정이 계속해서 머리를 어지른 탓이었다. 그가 내보인 분노 속 체념이 그녀의 가슴에도 얹혔다.

인정하지 않을 수 없었다. 자신이 안일했다는 걸. 어쩌면 이 상황이 너무도 꿈 같았던 나머지 막연히 이야기 속 끔찍한 결말은 다가오지 않으리라 생각했던 건지도 모른다. 그도 그럴 것이 아이들과 함께하는 일상은 정신없을지언정 한없이 평화로웠으니까.

베르타 공작은 이제 죽음의 한 발짝 뒤에 섰다. 자신이 디에고를 막을 수는 없었다. 또한 막아야 할 일이라고 생각되지도 않았다. 공작이 디에고를 처분하기로 결심한 이상, 공작이 죽든 디에고가 죽든 끝을 보게 될 것이었다. 그 간단한 수식에서 살아남아야 하는 이가 있다면, 적어도 친아들을 학대하다 못해 죽이기로 결심한 인물 쪽은 아니라는 생각이 들었다.

'이젠 더 미룰 수도 없어. 방법을 찾아야 해.'

막연하게 도망을 생각해 두고 있긴 했지만, 미혼 여성이 아이 둘을 건사하는 건 전생의 세계에서도 감당하기 힘든 일이었다. 상황을 마냥 낙관적으로 점치는 것도 무리가 있었다. 때를 잘못 잡는다면 자칫 납치범으로 몰릴 여지까지 있다.

"후우……."

도무지 마땅한 해답이 보이지 않는다. 자신도 살고, 아이들도 살 방법이.

에스텔라는 깊은 한숨 끝에 겨우 눈만 들어 세드릭을 응시했다. 세드릭은 제 이복형에게 살해당할 미래는 꿈도 못 꾼 채 콧노래를 부르고 있었다. 그러고 보니 어제 만찬 자리에서 세드릭은 답지 않게 디에고에 대한 동경을 드러냈다.

"도련님, 도련님은 형님이 좋으세요?"

에스텔라가 세드릭을 향해 힘없이 물었다. 뜬금없는 물음에 세드릭이 입술을 삐죽 내밀었다.

"갑자기 그게 무슨 소리야?"

"만찬 자리에서 형님처럼 되고 싶다고 하셨잖아요."

"그냥 형 좀 띄워 준 거야."

"그런 것치곤 되게 진심 같아 보이시던데."

세드릭의 뺨이 확 붉어졌다. 조그만 입술을 우물거리던 세드릭이 새침하게 되받아쳤다.

"그러면 뭐 해, 형님은 날 싫어하는데."

"아니, 당연히 좋을 수가 없는 사이……."

에스텔라의 대꾸가 이어질수록 세드릭의 표정이 어두워졌다. 에스텔라는 재빠르게 말을 멈추고는 다른 질문을 던졌다.

"도련님은 디에고 님이 왜 좋으신데요?"

"형님은 원래 좋은 사람이었어. 어머니 때문에 요즘은 무서워졌지만 말이야."

세드릭이 시선을 피하며 웅얼거리듯 대답했다. 에스텔라는 의외라는 눈으로 세드릭을 응시했다. 생각지도 못한 좋은 평가였다. 그도 그럴 것이 연무장으로 가는 길에서 마주쳤을 적 세드릭은 디에고를 마주 보지도 못했으니까.

그게 아니더라도 에스텔라는 '좋은 사람'이라는 말이 디에고에게도 가 붙을 수 있는 수식이라고는 상상도 해 본 적이 없었다. 공작부인이 디에고를 본격적으로 견제하기 전까진 그도 아이들에게 친절했을까. 그가 아직 어리고, 친부에게 아직 희망이란 걸 가지고 있었을 때엔…….

에스텔라는 그만 고개를 저었다. 이런 생각은 좋지 않았다. 생존 전략을 세우기에도 급급한 때에 사감을 섞어서 좋을 게 없다. 그러나 굳은 다짐에도 불구하고, 그녀는 머릿속에 떠오르는 디에고의 목소리까지 막진 못했다.

"일자리는 다른 저택을 알아보는 편이 좋을 겁니다. 이런 곳에 계속 머물다간 미쳐 버릴 테니까."

어젯밤 디에고가 제게 건넸던 경고였다. 무뚝뚝한 목소리였으나 그 안엔 분명 배려가 숨어 있었다. 그는 아이들을 처리할 때에 죄 없는 그녀까지 같이 쓸려 나가길 바라진 않았던 것이리라. 적어도 그녀는 그의 안에 숨어 있는 상냥함을 보았다.

그런 그가 아이들을 죽이고 싶지 않게 만들 수는 없을까? 그가 아이들에게 정을 붙인다면, 아니 적어도 아이들이 제게 해가 되지 않으리란 확신을 가지게 된다면······.

에스텔라는 슬며시 세실리아의 옆으로 가 앉았다. 에스텔라가 되도록 상냥한 목소리를 자아내며 물었다.

"아가씨는요, 첫째 오라버니가 좋으세요?"

"으으, 아아니."

"······."

세실리아가 볼을 부풀린 채로 고개를 내저었다. 진심으로 아니라는 듯한 표정이었다. 세실리아는 나이가 나이니만큼 좋고 싫음에 대한 반응이 분명한 편이었다. 하기야 디에고가 상냥했다는 시절은 세실리아의 기억엔 남아 있지 않을 것이다.

하지만 세실리아, 직장인들이 상사가 보기 좋아서 그 앞에서 방긋방긋 웃어 대는 건 아니란다. 생존을 위해서라면 약간의 희생은 필요한 법이지 않겠니?

자고로 집안이 평안해야 모든 일이 잘 풀린다고 했다. 디에고의 정신 건강을 위해서라도 꿈자리에 등장할 희생자의 수는 줄이는 편이 좋으리라. 에스텔라는 이 이복형제들의 극적인 화해 자리를 주선해 보기로 마음먹었다.

'이렇게 귀여운 애들이 안겨 드는데 설마 죽이기야 하겠어?'

그가 정말 피도 눈물도 없는 사이코패스라면 또 모르겠지만, 그녀가 본 그는 그렇지 않았으니까.

작정하고 만나려 들자 디에고는 굉장히 얼굴 보기 힘든 사람이 되었다. 따로 인편을 통해 약속을 정하는 방법도 있겠으나, 다른 사용인을 통해 접선을 계획하기엔 공작 부인의 눈이 걸렸다. 아마 가정 교사가 제 아이들과 디에고의 만남을 주선하고 있다는 사실을 알면 공작 부인은 크게 노할 터였다. 에스텔라는 문책 끝에 쫓겨나는 제 모습을 어렵지 않게 상상할 수 있었다.

하는 수 없이 에스텔라는 시시때때로 직접 디에고의 방문을 두드렸다. 그리고 그녀는 디에고가 아침 일찍 저택을 나서 저녁 늦게 돌아오는 아주 바쁜 사람이라는 걸 알게 되었다. 야외 수업을 빙자해 아이들과의 만남을 주선하기엔 몹시도 애매한 시간대였다. 하지만 그가 사람이라면, 그리고 일정에 변동이라는 게 생긴다면 가끔 남아도는 시간이 생길지도 모른다는 게 에스텔라의 판단이었다.

막연한 기다림은 일주일 후 겨우 결실을 얻었다. 기대 없이 남긴 노크에 마침내 응답이 돌아온 것이다. 화창한 주말의 일이었다.

"들어와."

순순한 허락에 방문을 두드리던 에스텔라의 손이 멎었다. 약간의 당황과 생리적인 두려움이 가슴 언저리를 간지럽히고 지나갔다.

에스텔라는 심호흡 끝에 조심스럽게 문을 열고 들어섰다. 그리고는 그대로 제자리에 얼어붙었다. 옷을 갈아입고 있었던 듯, 상대의 널따란 등이 어떤 가림막도 없이 그녀의 시야에 들어왔기 때문이다. 디에고가 셔츠에 팔에 끼우며 나직이 말했다.

"옷 다 입고 볼 테니 서류는 옆에 둬."

그는 들어온 인물이 제 수족쯤이라고 판단한 모양이었다. 에스텔라는 뒤늦게 제 신분을 밝히지 않았다는 걸 깨달았다. 하기야 그걸 언급하지 않았기에 그를 만날 기회를 얻게 된 건지도 모른다.

에스텔라는 반 박자 후에야 입을 열어 용건을 꺼냈다.

"저어, 소공작님. 마거릿입니다. 찾아뵌 건 다름이 아니고……."

에스텔라가 말을 채 다 잇기도 전, 디에고가 휙 몸을 돌렸다. 무방비한 상황이기 때문인지 그는 흔치 않게 당황한 표정을 내보이고 있었다. 그는 상황을 깨닫자마자 벌어져 있던 셔츠 깃을 당겨 단추를 끼웠다. 곧 보기 좋은 근육들이 가려졌다. 에스텔라는 저도 모르게 침을 꿀꺽 삼켰다. 음험한 상상을 해서는 결코 아니었다.

에스텔라가 황급히 용건을 내놓았다.

"부탁드릴 것이 있어서요."

디에고는 잠시 대답조차 하지 않고 그녀를 응시했다. 에스텔라는 그의 눈에 스민 감정이 황당함에 가깝다는 걸 어렵지 않게 알아볼 수 있었다. 디에고는 그녀의 방문이 달갑지 않음을 노골적으로 드러내고 있었다. 이 저택의 사람들은 디에고에게 아군과 적군으로 양분될 테고 에스텔라의 위치를 분류하자면 후자에 가까웠다.

곧 그의 입가에 헛웃음이 떠올랐다. 디에고가 유쾌하지 않은 기색으로 입꼬리를 당겼다.

"그게 뭡니까."

디에고는 이런 상황을 익히 경험해 왔다. 말 몇 번 섞은 여자가 주제도 모르고 그의 옆자리를 탐하는 일은 이제 지겹기까지 했다. 저 가정 교사는 지난번 그의 비밀을 엿들은 일로 일종의 내적 친분이라도 느낀 듯했다. 아니나 다를까 그녀는 그의 눈을 좀처럼 마주 보지 못했다.

"오늘은 날이 좋아서요. 후원엔 꽃도 아주 예쁘게 피었고, 또 하늘도 맑고 해서……."

에스텔라의 횡설수설이 이어질수록 디에고의 미간이 깊게 파였다. 에스텔라가 숨이 차 잠깐 말을 멈춘 사이, 디에고가 그녀를 제지하듯 입을 열었다.

"이봐요, 미스 마거릿. 지금 무언가 착각을 하고 있나 본데……."

"……아이들과 바깥나들이를 하기로 했어요. 후원에 나가는 것뿐이라 소공작님도 부담 없이 참석하실 수 있을 것 같아서 찾아왔습니다."

엉뚱한 상대의 반응에 디에고와 에스텔라 모두 멈칫했다. 반문이 이어진 것도 동시였다.

"착각이요?"

"바깥나들이?"

디에고의 표정이 다소 위협적이었기에 에스텔라는 어깨를 움츠렸다. 질문의 우선권은 아무래도 고용주 쪽에게 주어지는 법이다. 그녀가 자그마한 음성으로 대답했다.

"네, 아이들과 야외 수업을 진행해 보려고요."

디에고는 입을 다물었다. 그의 가치관으로는 도저히 에스텔라의 저의를 이해할 수 없었던 탓이다.

만일 그녀가 디에고에게 사적인 감정을 품었다면 아이와의 동석은 피해야 했다. 디에고가 세실리아와 세드릭을 불편하게 여긴다는 것은 이 저택의 모두가 알고 있는 사실이었으니까. 저 가정 교사의 자그마한 머릿속에 무슨 생각이 들어 있는지 짐작조차 되지 않았다.

"그 야외 수업에 왜 나를 동석시키려고 하는지, 솔직히 잘 이해가 가진 않는군요. 아무래도 상대를 잘못 찾아온 것 같습니다만."

그럼에도 불구하고 에스텔라의 제안이 주제넘은 일임은 분명하다. 디에고가 불쾌함을 숨기지 않고 말했다. 에스텔라는 그에 크게 주눅 들진 않았다. 그가 거절을 돌려줄 것쯤은 예상하고 있었다. 에스텔라가 망설이다가는 입을 열었다.

"그날은 먼저 들어가셨죠."

예상치 못한 서두에 디에고가 멈칫했다. 디에고가 이내 싸늘한 음성으로 대꾸했다.

"당신이 그날의 일을 입에 담아 뭘 얻으려는 건지 모르겠는데."

"소공작님, 제 말은……."

"그때 경고를 한 가지 더 남겨 줄 걸 그랬군요. 그 일을 빌미로 나를 흔들려고 한다면, 그들보다 더 질 나쁜 방식으로 당신을 대할 거라고."

그리 말하며 디에고가 성큼 에스텔라의 앞으로 다가섰다. 에스텔라는 가까스로 뒷걸음질 치려던 걸음을 제자리에 붙들었다. 디에고가 에스텔라를 향해 위협적으로 상체를 숙이며 말했다.

"미스 마거릿, 하나 분명히 하죠."

"……말씀하세요."

"그대는 내 약점 같은 걸 쥐게 된 것이 아닙니다. 오히려 행동과 언사를 더욱 조심해야 하는 위치가 되었지요. 내 말, 이해했습니까?"

제게 적의를 가진 남성에게 대적하는 건 상당한 긴장을 요하는 일이었다. 에스텔라는 되도록 의연해 보이려 애쓰며 대답했다.

"소공작님, 전 소공작님의 약점을 쥐고 흔들려는 게 아닙니다. 그게 약점이라고 생각하지도 않고요."

"그럼 내가 이 상황을 어떻게 해석해야 합니까?"

"거래라고 표현할게요. 소공작님께서도 손해 볼 것 없는 이야기일 겁니다."

디에고는 아무 대답도 하지 않았으나 그렇다고 그녀를 제지하지도 않았다. 에스텔라가 잠깐 뜸을 들이고는 입을 열었다.

"전 소공작님께서 가신 후에도 서재에 남아 있었어요. 덕분에 다른 이야기도 엿들을 수 있었죠. 베르타 공작에게 협조하는 인물이 보트리 후작가에도 있다고요."

실제로는 베르타 공작이 말해서가 아닌, 책에서 보아 알고 있는 사실이었으나 어차피 디에고가 그녀의 거짓말을 알아챌 일은 없었다. 디에고의 목울대가 툭 불거졌다가 내려앉았다.

보트리 후작가는 디에고의 외가였다. 그들은 베르타 공작이 멋대로 후계자를 바꾸지 못하도록 디에고를 뒷받침하는 세력이기도 했다.

"물론 소공작님의 능력을 의심하는 건 아니지만, 예기치 못한 적을 미리 분별해 낼 수 있다는 건 꽤 메리트 있는 일 아닌가요?"

에스텔라의 말이 사실이었다. 디에고는 친모에게 애착을 가지고 있는 만큼 외가에도 큰 신뢰를 보내 왔다. 쌓아 온 관계가 있으니만큼 대놓고 그들의 뒤를 캘 수는 없는 입장이었다.

"내게 원하는 게 뭡니까."

디에고가 낮게 가라앉은 음성으로 물었다. 이 이야기가 새어 나가지 않도록 주의라도 하듯이.

그에 에스텔라가 의아한 표정을 했다. 고개를 오른편으로 슬쩍 갸웃거리다가는 재차 아까의 요구를 반복했다.

"말씀드렸듯 오늘 하루 아이들과 함께 놀아 주시는 거요……?"

그 가벼운 어조에 디에고는 잠시간 제가 잘못 들은 것은 아닌가 하는 의심에 빠졌다. 그래, 그녀가 요구한 일은 분명 아이들과의 나들이 자리에 참석해 달라는 것이었다. 하지만 배신자를 일러 주는 중한 사안을 대가로 원하는 게 고작 그뿐이라고?

믿을 수 없는 일에 디에고가 가시 돋친 목소리를 냈다.

"정말 그딴 일이면 됩니까?"

"그딴 일이라니……. 아이들 지도는 생각보다 힘든데요. 나름 의미도 있고."

에스텔라가 애매한 표정으로 대답했다. 디에고는 사용인에게 곧잘 친절하다는 평가를 듣는 인물이었으나 에스텔라에게만은 본래의 인성을 드러내는 일이 잦았다. 디에고가 의심이 걷히지 않은 표정으로 대꾸했다.

"그대가 거짓말을 하는 게 아니라고 내가 어찌 믿겠습니까."

"제가 알려 드린 이가 배신자가 아닌 것으로 판명이 난다면, 그치를 대신해 절 죽이러 오세요."

덤덤한 대꾸에 디에고가 멈칫했다. 제 목을 내놓은 것치고 에스텔라의 반응은 지나치게 무심했다. 디에고가 헛웃음을 지으며 되물었다.

"고작 나들이를 함께해 달라는 부탁을 하려고 목숨을 겁니까?"

에스텔라는 그에 함께 웃음 짓진 않았다. 그녀는 농담 따위를 건네고 있는 것이 아니었다. 목숨이 소중하지 않아서 이러는 것도 아니다. 사람을 살리려는 짓이었다.

에스텔라가 디에고를 똑바로 올려다보며 되물었다.

"그 사람이 누군지 알고 싶으신가요?"

디에고가 서늘한 눈으로 그런 에스텔라의 시선을 맞받아쳤다. 그녀의 알 수 없는 계획에 말려들어야 답을 얻을 수 있다는 게 조금 불쾌하기야 했으나, 어쨌든 겪어 봐야 판별이 날 일이기도 했다. 만일 저 가정 교사의 말이 거짓이라고 해도 그 진위 여부를 파악하는 것만으로 의미가 있었다.

디에고가 곧 입가에서 웃음기를 지우며 되물었다.

"어디로 나가면 됩니까?"

⋘⋙

수도에서 디에고만큼 많은 여인들의 관심을 사는 사내는 없을 것이다. 당연히도 그는 평생을 숱한 유혹과 추파 속에 살아왔다. 하지만 단언컨대, 그를 불러낸 약속 장소에 얇디얇은 슈미즈가 아닌 아이들을 준비한 건 에스텔라가 처음이었다.

"소공작님, 여기요."

디에고는 떨떠름한 기색으로 에스텔라가 내미는 찻잔을 받아 들었다. 맑게 우린 홍차가 잔 안에서 흔들리고 있었다. 에스텔라는 아이들에게도 순서대로 차를 나눠 주었다. 세드릭은 디에고의 존재를 의식한 듯 긴장한 기색이었으나 제법 의연한 표정으로 차를 한 모금 들이켰다. 디에고는 왼편으로 시선을 돌리다가 그대로 세실리아와 시선이 마주쳤다.

"히끅."

세실리아가 희게 질린 얼굴로 입을 틀어막았다. 세실리아는 주춤주춤 엉덩이걸음으로 에스텔라에게 가 붙었다. 꼭 못 볼 꼴이라도 본 듯한 반응이었다. 덕분에 아무것도 하지 않았는데도 디에고는 스스로가 악당이 된 듯한 기분에 휩싸였다. 저 애에게까지 제가 무섭게 군 적이 있던가. 기억에는 없는 일이었다.

"드세요. 해가 따듯하긴 해도 아직 날이 차니까요."

에스텔라가 제 몫의 잔을 들어 올리며 디에고에게 재차 권했다. 디에고는 못마땅한 마음을 숨기며 찻잔을 입가로 가져갔다. 차 맛이 제법 괜찮았기에 디에고의 기분은 외려 더욱 하락세를 탔다.

저를 경계하는 꼬맹이 둘과 속 모를 여자 하나라……. 썩 유쾌하진 않은 조합이었다.

"야외 수업이라고 하지 않았습니까?"

디에고가 꼭 피크닉을 나온 것으로 보이는 그들의 행색을 지적하듯 말했다. 에스텔라는 지지 않고 제 무릎 아래 깔려 있던 책을 하나 집어 들었다.

"네, 자연을 즐기는 수업이요."

에스텔라가 가지고 온 책은 식물도감이었다. 남의 눈을 피해 밖에서 만나긴 해야 하는데 마땅한 수업이 떠오르지 않아 그녀도 꽤나 고심했었다. 에스텔라는 학교에서 근무하던 기억을 힘겹게 추려 식물에 대해 가르쳐 보는 시간을 갖기로 했다. 근처로 오지 말라고 하녀들에게 따로 언질해 둔 참이었으므로 방해받을 걱정은 없었다. 그들이 디에고와 남모를 회동을 갖고 있다고는 아무도 짐작하지 못하리라.

"도련님, 아가씨. 오늘은 식물 종자를 몇 가지 배워 보는 수업을 할 거예요."

찻잔을 바닥에 내려놓던 디에고가 반사적으로 에스텔라에게 시선을 돌렸다. 본래의 작고 조곤조곤하던 목소리는 어디 가고 그녀는 꼭 배우처럼 과장스러운 투로 말하고 있었다.

그러고 보니 아이를 대할 때의 그녀는 특별히 더 상냥하다.

"이걸 배워서 어디다 쓰는데?"

세드릭이 검지로 책 모서리를 찌르며 물었다. 에스텔라가 그 건방진 손동작을 제지하며 싱긋 웃었다.

"꽃의 종자를 알아 두는 건 센스 있는 선물을 할 때에 꼭 필요한 교양이에요. 정원이 얼마나 잘 꾸며져 있는지는 주인의 품격을 말하는 척도가 되고요."

세드릭은 아릿한 검지를 슬그머니 굽히며 고개를 끄덕였다. 에스텔라가 질문이 있냐는 듯 세실리아를 돌아봤다. 세실리아는 꽤 흥미가 당긴 듯 뺨에 홍조를 띠고 있었다.

애초에 유아용이라 전문적이진 않은 책이었고, 식물에는 철이 있으므로 설명할 페이지는 그리 많지 않았다. 에스텔라는 열 몇 가지 정도의 봄꽃을 일러 주고는 내기를 제안했다.

"이 책에 나오는 꽃을 가장 많이 찾아오는 사람이 이기는 거예요."

"상 줘?"

세실리아가 기대 어린 눈으로 물어 왔다. 에스텔라가 냉큼 고개를 끄덕였다.

"물론요."

"멍데?"

"음……. 제가 정하면 재미없으니까 이긴 사람이 정하는 걸로 해요. 간식을 달라고 하셔도 되고, 수업을 한 번 빼 달라고 하셔도 되고?"

디에고가 어이없다는 듯 에스텔라를 응시했다. 고용주 입장에서 듣기에 썩 마음에 드는 예시는 아니었다. 수업 시간에 합법적으로 놀 시간을 빼 주겠다는 가정 교사를 어떻게 대해야 할까.

그러나 에스텔라는 디에고에게 시선조차 주지 않은 채 "준비, 땅!" 하고 소리쳤다. 아이들이 황급히 신발을 주워 신으며 달려 나갔다. 그제야 에스텔라의 관심이 디에고에게도 돌아갔다. 그녀가 의아한 눈으로 디에고를 돌아보았다.

"안 가세요?"

주변을 둘러보아도 이미 아이들은 모두 떠난 후다. 그 사실을 알아차린 디에고가 반 박자 후에야 되물었다.

"……나 말입니까?"

"수업 도와주시기로 하셨잖아요?"

그럼에도 내키지 않는 이야기였다. 아이들처럼 이 후원을 뒤져 꽃이라도 뽑아 오라는 말인가. 디에고가 곤란한 표정으로 거절을 말하려 할 때였다. 에스텔라가 의미심장한 눈웃음을 보였다.

"그리고 우승은 소공작님이 제일 급하실 텐데요."

디에고의 입가가 굳었다. 그가 미세하게 미간을 좁혔다.

"그러니까, 설마 그 배신자의 이름을 일러 주는 조건이……?"

"설마 앉아서 시간만 죽이다 가려고 하셨던 건 아니죠?"

에스텔라가 '설마?' 하는 표정으로 반문했다. 꼭 결과를 날로 먹으려는 양심 없는 인간을 보는 듯한 눈빛이었다. 속았다는 생각이 디에고의 뇌리를 맹렬히 스쳤다. 표정이 한층 더 험상궂어졌음은 당연한 바다.

"그러니까 지금, 답을 알고 싶으면 저 거지 같은 식물도감을 섭렵하라?"

"······말씀이 좀 거치신······. 아니, 네. 맞는 말씀이세요."

디에고의 언사를 지적하던 에스텔라가 포기했다는 투로 한숨을 내쉬었다. 디에고는 잠시간 가는 눈으로 그녀를 떠보듯 응시했다. 음험한 속내는 없는 듯하나 그래서 디에고가 더 다루기 힘든 종류의 인간이었다.

디에고는 짧게 헛웃음을 내뱉고는 자리에서 일어섰다.

"미스 마거릿, 지난번 내가 세드릭을 시험했던 일로 심술을 부리려는 거라면······."

"소공작님, 아이들이 소공작님이 생각하시는 것보다 많이 영특해서요. 더 늦게 가면 진짜 지실지도 몰라요."

에스텔라의 경고는 어디까지나 진심이었다. 디에고는 아랫입술을 깨물다가는 자리를 박차고 나섰다. 신발을 구겨 신던 그가 험상궂은 얼굴로 에스텔라를 돌아봤다. 그가 입고 있던 재킷을 거칠게 벗어 돗자리 위로 내던지며 말했다.

"젠장맞을, 내가 교사란 직업군을 증오하게 된다면 그건 다 당신 때문입니다. 알겠습니까?"

더 말을 붙였다간 뒷수습이 힘들어질 태세다. 에스텔라는 그의 비위를 맞추듯 그가 집어던진 겉옷을 들어 가지런히 갰다. 접어 둔 옷을 무릎 위에 둔 채 작게 손을 흔들어 인사를 남기는 것도 잊지 않았다.

디에고는 어색한 웃음을 띤 그녀의 입가를 흘기다가 이내 몸을 돌렸다. 저 여자에게 놀아나고 있는 기분을 도저히 지울 수가 없었다.

'봄꽃 종류를 아는 게 어디 필요한 일이라고.'

그리 생각하며 디에고가 짜증스럽게 길을 헤쳐 나갔다. 기실 에스텔라의 말이 사실과 영 다르진 않았다. 실제로 교양 상식으로 식물의 종자를 배워 두는 경우도 왕왕 있었다. 디에고 역시 그러한 가르침을 전혀 받지 않은 건 아니다.

하지만 지금 에스텔라가 찾아오라 한 꽃들과는 극명한 차이가 있는 것이, 보통은 가문의 상징이나 중요한 무역품 정도가 교육 대상이라는 점이다. 이런 하잘것없는 들꽃 따위가 아니라.

디에고는 문득 걸음을 멈춰 세웠다. 눈앞에 늘어진 장미 덤불을 내려다보며 중얼거렸다.

"하기야, 들꽃은 아니지."

공작 부인이 엄선하여 모아 둔 종자들이다. 평민 출신치고 안나는 귀족가의 안주인 행세를 제법 그럴듯하게 해냈다. 철마다 정원을 손질해 손님들에게 흠 잡히는 일이 없도록 했고, 옷차림 역시 조금이라도 천박하게 보일 법한 디자인은 기피했다. 공작 부인이 자신을 이 저택에서 치워 낼 결심만 하지 않았더라면 디에고도 그녀를 조금은 인정했을지도 모른다.

친부인 베르타 공작은 영지민들의 원성을 사긴 해도 아직 가주 자리를 굳건히 지키고 있다. 공작 부인 안나는 남편을 살뜰히 보살피며 어느덧 사교계의 주요 인사로 자리 잡았다. 세드릭 역시 제법 영특하므로 아마 후계자 자리가 주어진대도 그럭저럭 잘 해낼 것이다.

어쩌면 이 아름다운 일가에 방해자라곤 저 하나뿐인지도 모른다.

신발 바닥으로 말려들어간 자갈 알갱이가 살갗을 할퀴는 것이 느껴졌다. 애초에 흙바닥을 오래 밟으리라곤 생각지 않았던 탓에 목이 낮은 구두를 그대로 신고 나온 차였다. 디에고는 목을 답답하게 옭죄는 타이를 끄르고는 마저 걸음을 옮겼다. 시야가 높아서인지 주변이 잘 눈에 들어오진 않았다. 덕분에 한참 돌아다닌 후에도 디에고는 빈 손을 벗어나지 못했다.

디에고가 왔던 길을 되짚으려 걸음을 돌릴 때였다. 근처에서 부스럭거리는 소리가 들려왔다. 디에고가 눈살을 찌푸리며 인기척이 난 쪽을 돌아보았다. 덤불 사이를 파고든 은빛 머리칼이 눈에 들어왔다. 어딘지 익숙한 길이와 색깔이었다. 아까 자신을 기피하던 이복 누이와 꼭 같은 모양이다.

디에고는 문득 깨달았다. 꼭 제가 직접 수풀을 뒤질 필요는 없다는 사실을.

디에고는 세실리아에게로 다가가 잠시간 뒤척이는 뒷모습을 지켜보았다. 꼬물거리는 손으로 화단 안에서 민들레 하나를 뽑아내고는 바닥을 기어 빠져나온다. 환희에 물든 눈으로 꽃을 응시하던 세실리아가 천천히 얼굴을 굳혔다. 제 위로 늘어진 검은 그림자를 발견한 탓이었다.

세실리아는 본능적으로 제 손에 쥔 꽃송이들을 뒤로 숨겼다. 디에고가 그런 세실리아의 앞으로 성큼 다가섰다. 그가 무릎을 굽히고 앉으며 나직이 세실리아의 이름을 불렀다.

"세실리아."

"으으……."

"많이 찾았나 보구나."

"아앙 대!"

세실리아가 크게 도리질을 쳤다. 디에고가 황당하다는 얼굴로 되받아쳤다.

"내가 네 걸 빼앗기라도 하려는 것 같으냐."

매우 그런 것 같아 보였다.

세실리아는 경계 태세를 지우지 않고 슬금슬금 뒤로 물러났다. 디에고가 인내심 어린 표정으로 그런 세실리아에게 손을 내밀었다.

"아가, 몇 개나 모았는지 한번 보여 줘 보렴."

"시으어……."

"쉿, 네가 얻고 싶은 게 뭐니. 과자? 장식 핀? 뭐가 됐든 네 가정 교사보다 내가 쥐여 주는 물건이 나을 거다."

세실리아의 눈알이 재차 굴렀다. 이번엔 그 안에 두려움이 아닌 세속의 계산이 깃들어 있었다. 디에고가 승자의 오만한 미소를 띠며 손끝을 까딱였다.

"그래, 착하지……. 이리 내렴."

파사삭.

그때 뒤편에서 나뭇가지가 부러지는 소리가 들려왔다. 디에고는 반사적으로 고개를 돌렸다. 어찌나 주물럭거렸는지 반쯤 시든 꽃을 한 송이 쥔 세드릭이 허망하게 서 있었다. 은밀한 거래 현장이 발각되는 순간이었다.

세드릭이 믿기지 않는다는 듯한 표정으로 중얼거렸다.

"형…… 형님이……. 부정행위를……."

세드릭에게 디에고는 먼 사이일지언정, 원칙을 지키고 아랫사람을 배려하는 모범적인 형님이었다. 디에고의 어두운 면모를 본 세드릭은 충격을 숨기지 못했다.

"세드릭, 전부 오해니 이쪽으로 와 보렴."

디에고는 방금 세실리아에게 했던 것처럼 침착하게 세드릭을 진정시키려 했다. 문제가 있다면 그의 이복동생은 지나치게 충동적이라는 점이었다.

"에스텔……!"

세드릭이 나머지 음절을 마저 뱉기 전, 디에고는 황급히 동생의 입을 틀어막았다. 세드릭은 그에게서 벗어나려 힘껏 발버둥 쳤으나 성인 남성의 힘을 이길 수는 없었다. 디에고는 혀 밑으로 욕설을 짓씹으며 세드릭을 누르는 손에 힘을 주었다. 그러고는 제 동생이 불의에 맞서는 정의감 있는 인물로 자라났다는 사실에 깊이 통탄했다.

디에고는 재빠르게 세드릭의 귀에 대고 회유의 말을 속삭이기 시작했다. 흡사 악마의 유혹과 같았다.

"쉬이, 진정해라. 입만 다물어 주면 네가 원하는 건 내가 들어주마. 그러니……."

디에고의 목소리가 천천히 잦아들었다. 제 위로 드리워진 어떤 그림자를 느낀 까닭이었다. 디에고는 천천히 고개를 들어 빛을 가린 대상을 올려다보았다. 어쩌면 당연히도, 그 주인은 방금 세드릭이 부르짖었던 에스텔라였다.

에스텔라는 이 상황을 파악해 내는 데 그리 긴 시간을 소요하지 않았다. 에스텔라의 눈은 이미 반쯤 경악으로 물들어 있었다. 아이들을 구슬려 꽃을 뜯어내다니. 어찌 보면 설정값에 맞게 몹시 악당다운 행적이었으나…….

"아니, 어떻게 애들을 협박해서 이길 생각을……."

동시에 매우 없어 보였다.

아이들과의 친분을 쌓아 주려 자리를 만들었더니 그는 무려 협박범으로 돌변해 있었다. 이 '가화만사성' 계획이 마냥 순탄하게 흘러갈 것이라고 생각지는 않았으나 이건 예상보다 더 심했다.

에스텔라는 기함한 표정으로 한참 디에고를 내려다보았다. 빼도 박도 못할 상황에 디에고는 한숨을 내쉬며 세드릭의 입에서 손을 떼어 냈다.

눈치를 보던 세실리아가 슬쩍 그런 디에고의 무릎 위에 제가 모은 꽃을 놓아 주었다. 언뜻 보기에도 적지 않은 수였다. 디에고는 그것들을 들어 에스텔라에게 내밀었다. 그가 아랑곳하지 않는 기색으로 뻔뻔하게 항변했다.

"그 꽃을 직접 모아 오란 말은 없지 않았습니까?"

미남이 선물하는 꽃이라. 그림만 보아서는 흡사 고백과도 같은 장면이었다. 옆에서 지켜보던 세실리아가 양 뺨을 감싸며 눈을 반짝였다.

"선생임! 고백바닷어!"

소동은 생각보다 싱겁게 마무리되었다. 세실리아가 '이 꽃은 디에고가 모은 것이 맞다'며 변호를 자처하고 나선 덕분이었다.-물론 실제로는 저렇게 완전한 문장이 아닌 "띠에고 꺼!", "재 거 마자!" 따위의 말을 소리쳤었다.- 세드릭이 배신감 어린 눈을 하건 말건, 세실리아의 열렬한 지지로 인해 내기의 우승자는 결국 디에고가 되었다.

"세실리아는 어떻게 꾀어내셨어요?"

에스텔라가 멀리서 땅을 파며 노는 남매를 지켜보며 물었다. 디에고는 조용히 벗어 두었던 겉옷을 다시 꿰어 입고 있었다. 그가 시치미를 떼며 대꾸했다.

"무슨 말씀을 하시는지 모르겠군요."

에스텔라는 비난 어린 눈빛을 겨우 지워 냈다. 살인-예정-마에게 대놓고 따지고 들기엔 그녀도 목숨의 소중함을 알았다. 에스텔라가 한 수 물러서자 디에고가 곧장 질문을 던졌다.

"그래서 이름이 뭡니까? 그 배신자."

잠시 망설이던 에스텔라가 곧 순순히 대답했다.

"……작은외삼촌 되시는 프란첼 님이요."

외가가 불려 나왔을 때부터 대강 후보지에 올려 두었던 인물이었다. 디에고가 놀란 기색도 없이 연이어 질문했다.

"이유는?"

"현 보트리 후작님께서는 건강이 좋지 않고, 몇 해 전 장자가 전염병으로 사망해 마땅한 후계자가 없으니까요. 둘째가 장성하기 전 보트리 후작님께서 타계하시면 소공작님께 작위가 갈 확률이 높겠죠."

"내가 후작 위를 욕심낸다고 생각한단 말입니까?"

"조카의 목숨을 위협하는 데 그 정도 사유쯤은 있어야 하지 않겠어요?"

에스텔라의 말에 디에고가 불신을 내보이는 일은 없었다. 그는 이득을 위해 가족을 해칠 수 있는 자들 사이에서 평생을 보낸 인물이었다. 그에게 작은외삼촌의 결정은 이해 범위 안에 있었다. 디에고가 대수롭지 않은 어조로 말했다.

"하기야 작은외삼촌께선 어렸을 때부터 날 못마땅해하셨죠. 아니면 어머니를 미워했든가."

"어머님을요?"

"큰외삼촌께서 결국 작위를 물려받긴 했지만, 그게 아니었어도 작은외삼촌에게 가주 자리가 가진 않았을 겁니다. 두 번째로 총애받은 자식은 제 어머니라고 들었으니까."

디에고의 어머니라. 에스텔라는 그녀에 대해 아는 것이 많지 않았다. 작중에서 디에고의 어머니는 이미 죽은 인물이었으므로 언급되는 횟수도 손에 꼽았다. 가장 기억에 남는 건 그녀가 더없는 추녀라는 문구였다. 작가가 성의를 들여 서술한 외관엔 일종의 악의마저 느껴졌었다.

에스텔라는 줄기에서 잎을 떼어 내다 말고 디에고를 돌아보았다. 그의 얼굴을 살피며 조심스럽게 물었다.

"소공작님의 어머님은…… 어떤 분이셨나요?"

"현명한 분이셨습니다."

짧은 답이었으나 동시에 응축된 애정이 묻어 나왔다. 디에고는 그리 말하고는 곧장 침묵했다. 에스텔라는 어색한 기분으로 마저 꽃을 다듬었다. 물끄러미 그녀의 손짓을 지켜보던 디에고가 다시 입을 열었다.

"한데 그건 뭐 하는 겁니까?"

에스텔라는 꽃을 쥐고 있던 손을 엉거주춤하게 들어 보였다.

"이왕 꺾었으니 잘 말려 두려고요. 잎을 떼어 내야 부스러기가 덜 떨어지거든요."

그 말에 흥미가 당긴 듯 디에고는 에스텔라가 왼편에 모아 둔 꽃을 하나 집어 들었다. 손질이 끝난 쪽이었다. 에스텔라는 디에고가 들여다보고 있는 보랏빛 꽃을 흘긋 넘겨보았다. 그러고는 지나가듯 설명했다.

"그건 버베나예요."

곧바로 나오는 이름에 디에고가 눈썹을 추켜세웠다.

"혹시 전문 분야가 식물학이었습니까?"

"아니요. 저도 다 아는 건 아니고⋯⋯. 이건 제가 예전에 쓰던 화장품 원료여서요. 향이 좋아서 기억하고 있었어요."

에스텔라가 곤란하단 듯 웃으며 대답했다. 동명의 바디 제품을 애용했던 탓에 익히게 된 이름이었다.

하기야 그게 아니더라도 다른 이들에 비하면 확실히 꽃 종자를 잘 알아보는 편이긴 했다. 사고가 있기 몇 년 전 돌아가신 전생의 어머니가 특히 관심 있어 한 분야였기 때문이다. 그녀의 어머니는 길을 지나가다가도 꽃을 발견하면 곧잘 이름과 꽃말 따위의 것을 일러 주었다.

어머니의 죽음 후, 그녀는 모르는 생김새의 식물을 발견하면 사진을 찍어 검색해 보곤 했다. 이제 질문에 대답해 줄 사람은 없는데도 답은 알 수 있었다. 확실히 이곳으로 오기 전의 그녀는 박식한 척하기 좋은 세상에 살고 있었다.

"참, 제가 살던 곳에선 꽃말이라는 게 있었어요."

에스텔라가 분위기를 환기하듯 말했다. 디에고의 어머니 얘기를 들었더니 저도 괜히 감상에 젖은 모양이었다. 다행히도 디에고는 바뀐 화제를 곧바로 뒤따라왔다. 에스텔라가 꺼낸 단어에 관심을 보인 것이다.

"꽃말?"

"꽃마다 뜻하는 말들이 있거든요. 여기랑 뜻까지 비슷한지는 잘 모르겠지만⋯⋯. 민들레는 '행복'이었고, 팬지는 '나를 생각해 주세요'였나. 음, 유채꽃은 잘 기억이 안 나고요."

"그럼 이건 뭡니까."

디에고가 제가 쥐고 있던 꽃송이를 가만히 돌리며 물었다. 궁금증이 도졌다기엔 굉장히 무심한 투였다.

에스텔라는 잠시간 고민했다. 딱히 궁금해 보이지도 않는데 곧이곧대로 사실을 말할 필요가 있을까. 아니, 굳이 돌려 말하기엔 지나치게 별것 아닌 일 아닌가?

에스텔라가 은근슬쩍 그의 시선을 피하며 흘리듯 말했다.

"어…… '가정의 평화'…… 라고 들었던 것도 같고요?"

'젠장…….'

에스텔라가 생각하기에도 제 목소리는 더없이 멍청하게 들렸다. 이럴 거면 차라리 다른 뜻이라며 둘러댈 걸 그랬다. '가정의 평화' 따위를 들먹이기엔 이 집안이 지나치게 콩가루긴 했다. 아니나 다를까 디에고가 내보인 반응도 비웃음에 가까웠다.

"잘도 그런 걸 심었단 말이지."

디에고가 피식 웃으며 그대로 꽃송이를 돗자리 밖으로 던져 버렸다. 그와 동시에 소맷단이 당겨지며 그의 손목이 드러났다. 언뜻 붕대 위로 붉은 기가 비쳐 보였다. 에스텔라는 당황하여 무의식적으로 그의 팔을 붙잡았다.

"……쓰레기는 던지지 마라, 뭐 이런 겁니까?"

짐작할 수 없는 의도에 디에고가 저를 붙잡은 손을 내려다보며 물었다.

"아니요, 소공작님. 그게 아니라, 방금 상처가……."

"별것 아닙니다."

그리 말하며 디에고가 손을 한 번 폈다가 다시 주먹 쥐었다. 그의 왼손이 다시 에스텔라의 시선이 닿지 않는 곳으로 돌아갔다. 하지만 그렇다고 이미 본 것을 모른 척할 수도 없는 노릇이다. 에스텔라가 추궁하듯 물었다.

"자객이 다녀갔었나요?"

"상대는 보냈다고 하니, 왔겠지요."

디에고가 심드렁한 음성으로 대답했다. 에스텔라의 관심이 귀찮다는 투였다. 그러나 디에고가 아무렇지 않아 보일수록 에스텔라는 손끝이 차게 식는 기분이었다. 그녀가 깔깔한 입안을 겨우 혀로 적시며 물었다.

"많이…… 다치셨어요?"

"미리 알고 있었으니 크게 다치진 않았습니다. 손목을 내준 건, 아버지께서 거금을 쓰신 만큼 상대가 꽤 대단했어서."

그리 말하며 그가 짧게 인상을 썼다. 디에고는 제 감정을 도통 내보이지 않는 사람이었으므로 에스텔라는 그를 대할 때 갖은 상상을 하게 되었다. 이를테면 제 친부가 보낸 살수와 대면했을 때 그가 느꼈을 기분 같은 것.

에스텔라의 안색이 안 좋아진 것을 느꼈는지 디에고가 그녀를 돌아보았다. 언뜻 평화로워 보이는 얼굴로 눈을 깜빡이다가는 나직이 말했다.

"별일 아닙니다."

에스텔라는 잠시간 그런 그를 빤히 마주 보았다. 그의 이야기를 읽었지만 실상 그녀는 디에고에 대해 아는 것이 많지 않았다. 소설 속의 냉혈 공작은 평면적이었고 여주인공에게 사랑을 느끼는 과정 역시 썩 납득이 되진 않았었다.

하지만 실제의 그는 몇 문장만으로 묘사되기엔 지나치게 다면적인 사람이었다. 때문에 굳이 그를 특정한 단어로 정의 내리고 싶진 않았지만, 에스텔라가 보기에 그는…… 꼭 굳은살 같은 남자였다.

"선새임, 나 졸려."

세실리아의 목소리와 함께 옷깃을 당기는 힘이 느껴졌다. 에스텔라는 퍼뜩 정신을 차리고는 세실리아를 끌어 제 앞에 앉혔다. 아니나 다를까 손발이 흙으로 엉망이 되어 있었다.

에스텔라는 가지고 왔던 물수건으로 세실리아의 손을 꼼꼼히 닦아 주었다. 혼자 남은 게 싫었는지 세드릭 역시 금방 제자리로 돌아왔다. 한참 뛰어논 덕분이지 아이들의 얼굴은 보기 좋게 달아올라 있었다.

"도련님도 낮잠 주무실 거예요?"

"응, 나도 졸려."

세드릭이 그리 말하며 눈가를 비볐다. 누가 남매 아니랄까 봐 세실리아와 하는 짓이 판박이였다. 에스텔라는 어느새 벌러덩 드러누운 아이들에게 담요를 덮어 주었다. 디에고가 흥미롭다는 투로 말했다.

"바구니 안에서 뭐가 많이도 나오는군요."

"덕분에 외출 한번 하려면 전쟁이죠. 이런 집은 사용인을 쓰면 되니 육아가 힘들진 않겠지만, 저 같이 금전적인 여유가 없는 사람들은 좀 달라요."

"저녁은 자유 시간 아니었습니까?"

생뚱맞은 질문의 이유를 잠시 후에야 알아차렸다. 에스텔라가 손을 내저으며 대답했다.

"아, 전 제 아이를 기를 경우를 상정하고 말씀드린 거예요."

에스텔라의 말에 디에고는 생각지도 못한 답을 들었다는 표정을 지어 보였다. 에스텔라는 어쩐지 그가 지금 무슨 생각을 하는지 알 것 같았다. 가정을 꾸릴 것을 상정하고 살아가는 사람들과 혼자임을 당연하게 여기는 사람들 사이엔 큰 간극이 있는 법이다.

그가 물었다.

"약혼자가 있습니까?"

에스텔라는 저도 모르게 피식 웃음을 흘리고 말았다. 제 파혼 과정을 설명하자면 밤을 꼬박 새워도 모자랄 것이다. 에스텔라가 고개를 내저으며 간단한 요약을 들려주었다.

"그랬다면 이곳으로 오지 않았겠죠. 아버지가 사고 쳐서 차인 지 오래예요."

"있긴 있었군요."

그가 물고 늘어지듯 대답했다. 그러나 그 사실을 지적하기엔 상대의 목소리가 지나치게 담담했다.

에스텔라가 망설이다 반문했다.

"소공작님은 정혼자가 있으신가요?"

"없습니다."

"어…… 왜죠?"

에스텔라가 어리벙벙한 얼굴로 되물었다. 그러고 보니 소설 속에서도 공작의 정혼자에 관해 언급한 적은 없었던 것 같다. 그 정도 되는 신분의 사람이 왜 미리 혼약자를 정해 두지 않았을까. 이해할 수 없다는 반응에 디에고가 제법 성실한 설명을 돌려주었다.

"결혼은 거래죠. 이래봬도 장자니 격 떨어지는 집안과 맺어 줄 수도 없는 차에, 아버지께서 제게 힘을 실어 주는 짓을 행하셨을 리가요."

"그래도 이건 말이 안 되는 상황인 것 같은데……."

"애초에 가정을 이루고 싶은 생각도 딱히 없어서 말입니다."

디에고가 에스텔라의 말을 자르며 대꾸했다. 그러고는 불쑥 에스텔라에게로 고개를 돌렸다. 그가 잠시간 알 수 없는 눈으로 그녀를 보다가는 입을 열었다.

"당신은 좋은 양육자가 될 것 같습니다."

"……좋은 평가네요. 감사합니다."

에스텔라가 어딘지 떨떠름한 투로 대답했다. 사연 있는 미남은 심장에 좋지 않다는 사실을 체득하게 된 덕분이었다. 그나 자신이나 딱히 상대에게 이성적인 관심을 두고 있는 건 아닌데도 가끔 공기가 묘해질 때가 있었다. 제 망상뿐인 일인지는 몰라도.

에스텔라는 곯아떨어진 세드릭의 이마를 말없이 쓸어 주었다. 그 모습을 지켜보던 디에고가 툭 내뱉듯이 말했다.

"이런 한낮에 잘도 자는군요."

"한낮이니까 낮잠이라고 부르는 것 아니겠어요?"

에스텔라가 장난스러운 투로 반문했다. 그러다가는 따뜻한 미소를 지으며 마저 대답했다.

"아이들은 쉽게 졸려 하거든요."

디에고가 손등에 턱을 괴었다. 어딘지 뻐딱해 보이는 자세였다. 그가 세실리아의 통통한 손가락을 건드리며 중얼거렸다.

"아이란 참 약하군요."

"소공작님도 저만할 때가 있으셨어요."

"그랬겠죠, 분명."

디에고가 성의 없이 대답했다. 그의 시선은 세드릭과 세실리아에게 가 있었으나, 딱히 그 아이들을 보는 건 아닌 모양새였다. 디에고가 알 수 없는 눈빛으로 중얼거렸다.

"이렇게나 작은데……."

에스텔라는 그 뒷말을 어렵지 않게 짐작할 수 있었다. 이렇게 작은 아이를 제 성질대로 다루던 남자를 에스텔라 역시 알고 있었으므로.

에스텔라는 문득 고개를 젖혀 하늘을 올려다보았다. 디에고와 함께한 오후는 생각보다 훨씬 평화로웠다. 날은 맑았고 수풀 근처에선 연신 새가 지저귀는 소리가 들려왔다. 전생의 기억을 떠올린 이후, 그녀가 살았던 도심 속에서의 추억은 이런 자연의 풀 내음마저 낯설게 만들었었다.

에스텔라가 불쑥 물었다.

"다음에 또…… 이런 자리를 만들어도 될까요?"

디에고가 천천히 고개를 들어 에스텔라를 마주 보았다. 그는 곧바로 대답하지 않고 긴장한 표정의 그녀를 응시했다.

디에고는 이제 알 것 같았다. 저 여자는 감히 저를 동정하고 있었다. 그녀는 이복동생들과 만나는 자리를 만들어 제게 가족의 정 따위의 것을 일깨워 주고 싶었던 것이리라. 그리 생각하니 그녀가 배신자를 일러 주는 일을 고작 이런 식으로 소비한 이유도 간단히 설명이 되었다.

그녀는 그에게 얻고 싶은 것이 없으니까. 그녀에게 아이란 사랑받는 게 당연한 존재이고 가족은 단란해야 함이 마땅하니까.

"아니요."

"……."

"미스 마거릿, 그러지 말아요."

하지만 그는 그럴 수 없는 사람이다. 디에고도 제가 어딘가 고장 난 인간이라는 것쯤은 이미 인지하고 있었다. 그럼에도 에스텔라의 오지랖이 썩 기분 나쁘지 않았던 건 그 가족의 정이라는 게 실제로 그의 결핍이 맞았기 때문이겠지.

디에고는 그대로 자리에서 일어섰다. 그의 목소리에 어린 단호함을 읽어 냈는지 그녀는 이렇다 할 대답이 없었다. 그녀는 디에고를 붙잡지 않았고, 그는 그들을 뒤로 한 채 걸음을 옮겼다. 더 이상 이들과 깊이 엮여 봐야 좋을 게 없었다. 디에고는 거사를 앞두고 있었고 에스텔라는 그에 방해가 될 것이 분명한 인물이었다.

만약 저 아이들을 이 저택에서 치워 낼 때에 그녀가 막아선다면 어찌할까. 그녀가 싸늘한 시체가 된 모습을 상상하자 가슴께 어딘가가 불편해졌다. 아까 받아 마셨던 차가 어디 얹히기라도 한 것처럼. 그러고 보니 집사에게 그녀가 북부 출신이라는 설명을 얻어들었던 것도 같다. 휴가를 빌미로 잠시 고향에라도 내려 보낸다면…….

디에고의 발걸음이 멈칫했다. 어처구니없는 생각에 저도 모르게 헛웃음이 터져 나왔다. 제가 그런 식으로 신경 써 줄 필요가 하등 없는 여자가 아닌가.

쓸데없는 생각을 치워 낸 디에고가 다시 발걸음을 떼었다. 저택으로 되돌아가는 길을 밟는 그의 얼굴엔 표정이 없었다.

⚜

세드릭은 가벼운 걸음으로 교실로 향했다. 오늘은 마침 대축일이 시작되는 날로, 저녁부터 신전에서 기도가 이어질 예정이었다. 공작부부는 모두 외출할 테니 모처럼 있는 자유의 날이다. 경쾌한 걸음걸이가 마치 날아갈 듯 이어졌다.

세드릭은 근래 대체로 기분이 좋았다. 우선 키가 조금 자랐고 세실리아는 말이 늘었다. 하지만 가장 믿기지 않는 변화를 꼽으라면 바로 디에고와 전보다 가까워졌다는 사실이 될 터다.

만찬 자리에서 칭찬을 들었을 때만 해도 더 말을 섞는 일은 없을 것이라 생각했는데 그 말도 안 되는 일이 실제로 일어나고야 말았다. 그의 가정 교사가 야외 수업에 디에고를 끌고 오는 기적을 선보인 덕분이었다. 디에고는 귀찮다는 표정을 하면서도 낮잠 시간까지는 자리를 지켜 주었다. 세드릭이 제 형과 거리낌 없이 대화를 나눈 건 그때가 처음이었다.

그러고 보면 에스텔라가 공작저에 들어온 이후로 항상 좋은 일만 벌어지는 것 같았다. 물론 두꺼운 역사책 한 권을 통으로 독파했던 밤은 끔찍한 기억으로 남았지만, 그걸 에스텔라의 탓으로 돌리기엔 조금 양심에 찔렸다. 어디까지나 제 입이 원흉이 된 일이 아니었던가. 덕분에 형과 가까워질 계기를 얻었으니 오히려 잘된 일이 아닌가 싶었다. 이렇게 서로에게 날 세우지 않는 시간이 계속되다 보면, 어쩌면 정말 디에고와 친해질 수도 있지 않을까.

아마 대개는 세드릭이 디에고에게 호감을 가지고 있는 걸 이상하게 생각할 것이다. 세드릭의 어머니는 디에고를 경계했고 디에고 역시 이복동생들의 존재를 반기지 않았다. 분명 세드릭도 이복형의 존재를 마냥 껄끄럽게만 여기던 때가 있었다.

그 와중 호감이 생겨난 계기라고 하면 간단하다. 일전에 디에고는 세드릭을 곤경에서 구해 준 적이 있었다. 애초에 우연이나, 의도치 않은 친절 정도에 불과할 테지만 어찌 됐든 은혜를 받은 기억은 남았다.

물론 그것을 완벽한 구제라고 볼 수는 없었지만 말이었다.

애초에 그 곤경이라 하면······.

"어머니?"

문을 열고 들어가던 세드릭이 놀란 얼굴로 멈춰 섰다. 여느 때처럼 도착한 교실 안에는 에스텔라가 아닌 어머니가 기다리고 있었다. 공작 부인이 안쪽에 비치된 책을 넘겨보다 말고 고개를 돌렸다. 그녀가 인자한 미소를 띠며 말했다.

"할 얘기가 있어서 왔다. 가정 교사한테는 수업을 좀 늦게 시작할 것이라 일러두었어."

"세실리아는요?"

"하녀들에게도 언질을 넣었으니 아직 방에 있겠지."

공작 부인이 흥미 없다는 듯 대꾸했다. 세드릭도 세실리아에 관해 굳이 더 캐묻진 않았다. 그의 어미는 하자 있는 동생을 입에 담는 걸 반기지 않았으므로.

그녀가 책장에 꽂힌 책을 가만히 쓸며 말했다.

"지난번 만찬에서는 아주 잘했다. 혹시 배움이 미숙할까 좀 걱정도 했는데 기우였더구나. 각하께서도 흡족해하셨어."

"과찬이세요."

"과찬은 무슨. 이젠 네가 후계자가 되는 게 예정된 수순이라고 봐도 될 것 같구나. 사소한 문제가 조금 있긴 하지만, 그래도 곧 해결이 될 게야."

안나는 그리 말하며 어딘지 불편한 기색으로 코를 찡긋했다. 사소한 문제가 그리 사소하지만은 않았던 탓이다. 얼마 전 디에고에게 보냈던 살수는 끝내 그들에게 어떤 소식도 전하지 못했다. 이유야 뻔했다. 그러지 못할 상태가 되었을 테니까.

'사람 죽이는 걸 업으로 한다는 자가 고작 그따위 애송이 하나를 못 베어서는.'

하지만 디에고도 사람이니 매번 미꾸라지처럼 위기를 빠져나가진 못할 것이었다. 유명 인사니만큼 막무가내로 해치울 수는 없겠지만 언제고 기회는 있었다.

디에고의 말끔한 얼굴을 떠올린 공작 부인이 불쾌감으로 인상을 찌푸렸다. 마침 세드릭에게 전할 말이 떠올랐다.

"그러고 보니 네게 주의 줄 말이 있다는 걸 잊었구나. 지난번 네가 식당에서 디에고를 칭찬했던 일……. 그래, 꽤 좋은 작전일 수 있었지만 내뱉는 자리가 잘못됐어. 앞으로는 아버지 앞에서는 그러지 않도록 유의하렴, 알겠니?"

덕분에 베르타 공작에게 한 소리 들었던 걸 생각하면 지금도 기분이 썩 유쾌하진 않았다. 무엇보다 제 아들이 디에고를 존경한다고 말한 것 자체가 그녀에겐 몹시 자존심 상하는 일이었다. 공작 부인이 쐐기를 박듯 되물었다.

"조롱할 의도가 아니고서야 우리가 그놈을 칭찬할 일이 무어 있겠니?"

"어머니, 저는……."

세드릭이 어머니를 부르다 말고 멈칫했다. 공작 부인이 왜 그러냐는 듯 세드릭을 돌아보았다. 세드릭에겐 그보다 더한 부담이 또 없었다. 그러나 어떤 말은 꼭 뱉어야만 한다.

세드릭이 힘겹게 말했다.

"저는 작위에 관심이 없어요."

"또 그 소리니?"

세드릭의 진지한 표정은 보이지도 않는지 공작 부인이 피식 웃음을 터트렸다. 세드릭의 의사엔 크게 관심이 없다는 듯한 반응이었다. 그녀는 세드릭이 작위를 거부하는 걸 그저 어리광으로 취급하곤 했다. 하지만 세드릭은 나름대로 진심이었다. 형의 것을 빼앗을 마음 따윈 없었고 그 때문에 괜한 신경전을 벌이고 싶지도 않았다. 애초에 머리 아픈 가주 노릇은 세드릭의 관심 분야가 아니었다.

"저는 형님만큼 잘할 수 있을 것 같지 않아요. 아시잖아요, 형님께서 저보다 훨씬 더 뛰어나다는 걸."

세드릭이 초조한 얼굴로 손끝을 뜯었다. 세드릭은 허락을 구하듯 공작 부인을 올려다보며 말을 맺었다.

"장자는 형님이신데 제가 무슨 욕심을 부리겠어요."

힘겹게 말을 마친 세드릭이 어머니의 얼굴을 살폈다. 꾸며낸 인자함 따위는 어느새 자취를 감춘 낯을 보며, 세드릭은 얼마 전 새로 들어온 가정 교사를 떠올렸다.

에스텔라는 꼭 교과서에 나올 것 같은 틀에 박힌 선생님이었고, 그렇기에 반대로 이 저택에선 매우 특이한 사람이 되었다. 세상 사람들 전부가 보통과는 다르게 대접하는 사람을 차등 없이 대하면 외려 그 편이 더 특별 취급에 가까워진다. 그동안 어머니의 명을 받고 후계자 교육을 하기에 급급했던 지난 선생들과는 달리, 에스텔라는 세드릭을 마냥 애처럼 취급했다.

에스텔라라면 제가 이런 말을 할 때 크게 웃으며 코를 쥐고 흔들어 주었을 것이다. 너는 아직 그런 생각을 할 때가 아니라며.

그러나 지금 세드릭의 앞에 서 있는 건 가정 교사가 아니라 그의 어머니였다.

"네가 어려서 뭘 모르는 게다. 넌 네가 작위를 양보하면 그대로 형이란 작자와 행복하게 가족 놀음하며 살 수 있을 것 같니? 공작님께서 돌아가시면 이 저택에서 널 비호해 줄 사람이라곤 없을 텐데?"

돌려받은 반응도 애정이 아닌 비웃음에 불과했다. 공작 부인이 싸늘하게 딱 잘라 말했다.

"정신 차리렴, 세드릭. 네가 동질감을 느끼는 그 알량한 반쪽짜리 피는 그놈이 가장 증오하는 것이란다."

자신을 꾸짖는 어머니의 목소리는 꼭 동화책을 읽어 줄 때 흉내 내는 악당의 대사처럼 들렸다. 조금 다른 점이 있다면 제 어미는 오로지 아이를 겁주기 위해 그렇게 말한다는 사실이다.

공작 부인이 비아냥거리듯 말을 맺었다.

"나도 네 아버지도 사라지고 나면, 그 피도 눈물도 없는 놈은 단칼에 네 목을 벨 게다."

"아니에요."

"맞아! 그러니까 그따위 꿈같은 소리는 그만 지껄여!"

마침내 공작 부인에게서 고성이 터져 나왔다. 세드릭은 움찔 뒤로 물러섰다. 저보다 한참 눈높이가 높은 어른의 분노에 자연히 두려움이 샘솟았다. 세드릭은 반쯤 울 것 같은 기분을 숨기며 고개를 저었다.

"아니에요, 형님이 그러실 리 없어요."

"하, 세드릭. 너는 같이 있어도 말 한마디 나누지 않는 사이가 진짜 형제 같니? 그놈은 네 형이 아니야!"

"그렇지 않아요. 형님과도 웃으면서 대화…… 할 수 있었어요. 불편하지 않을게요."

"뭐?"

공작 부인이 잘못 들었다는 듯 되물었다. 세드릭은 희망을 가지고
필사적으로 그녀의 치맛자락을 붙들었다. 마치 애원이라도 하듯이.

"얼마 전엔 같이 나들이도 했었는데⋯⋯. 형님은 절 그렇게 싫어하
시는 것 같지 않았어요. 저희 잘 지낼 수 있을 거예요. 예?"

공작 부인의 얼굴이 싸늘하게 굳었다. 그녀가 세드릭을 향해 숙였
던 고개를 들며 허리를 꼿꼿이 세웠다. 그러고는 감정이 없는 목소리
로 물었다.

"방금 뭐라고 했니?"

⊶⊰⊱⊷

에스텔라는 오랜만에 여유 있는 아침 시간을 가졌다. 공작 부인이
오전 수업은 걸러도 된다는 전달 사항을 남긴 덕분이었다. 하녀에게
이야기를 전해 듣자마자 에스텔라는 곧장 다시 침대 위로 드러누웠
다. 드물게 얻어낸 꿀 같은 늦잠이었다.

한껏 자유를 즐기고 다시 일어났더니 어느덧 시간은 한낮에 가까워
져 있었다. 에스텔라는 자리를 털고 일어서 식당으로 향했다. 미래라
는 배가 난파되어 망망대해를 떠돌고 있는데도 졸리면 잠이 왔고 때
가 되면 배가 고팠다.

요 며칠 디에고의 얼굴을 보지 못했다. 이전엔 바빠서 못 만난다는
확신이 있었는데, 요즘은 딱히 그렇지만도 못했다. 에스텔라가 찾아가
면 어느 때고 디에고의 방은 비어 있었다. 아예 밖에서 숙식을 해결

하는 게 아닌가 싶을 정도였다. 야외 수업 때 분위기가 썩 나쁘지 않았던 것 같은데, 혹 제가 알아차리지 못한 문제라도 있었을까.

'일부러 거리를 두는 건가?'

일리 있는 가정이었다. 자신이 생각해도 제 접근이 좀 부담스러웠을 것 같긴 했다. 앞으로도 이런 자리를 만들어도 되겠느냐 물었을 때 거절의 답변이 돌아온 걸 보면 더더욱 그러했다.

만일 형제들 사이에 우애를 쌓아 주겠단 계획을 그르친 거라면 어떻게 해야 할까. 소설 속 여주인공처럼 그에게 거래라도 청해 봐야 하나?

"늦게 나오셨네?"

죽상을 하고 주방 문을 열자마자 친근한 인사말이 들려왔다. 에스텔라는 황급히 얼굴을 폈다. 지난번에 살구를 나눠 줬던 친절한 게리 아주머니가 이번엔 양파 바구니를 옮기고 있었다. 에스텔라가 안으로 들어서며 말했다.

"마님께서 세드릭 도련님과 면담을 하겠다고 하셔서요. 수업 시간이 미뤄졌어요."

"그래서 이제 일어났구만? 뭐라도 좀 드릴까?"

"남은 식사 있나요?"

"한창때 아가씨를 굶길 순 없으니 뭐라도 내와야지."

게일 아주머니는 꼭 에스텔라가 세드릭의 연배라도 되는 것처럼 말했다. 아무래도 어른들 보기에 젊은이는 다 애 같아 보이나 싶었다.

곧 에스텔라의 앞에 뜨끈한 스튜 한 그릇이 놓였다. 한술 떠 입에 넣자 속에서 뜨끈함이 번졌다. 식사가 맛있어야 일할 힘이 난다던데, 그런 면에 있어서 베르타 공작가는 꿈의 직장이었다.

에스텔라가 반쯤 스튜 그릇을 비우는 동안 게일 아주머니는 양파를 손질했다. 먹일 입이 많아서인지 다듬어야 할 채소도 한 솥이었다. 뿌리 부분을 도려내고 껍질을 벗기는 노련한 손길에서 오랜 경력이 느껴졌다.

게일 아주머니는 언제부터 공작가에서 일했던 걸까. 세드릭이 말한, '디에고가 친절했던 시절'도 그녀의 기억에 있을까?

에스텔라가 눈치를 보다가 슬그머니 물었다.

"저, 혹시 이 저택에 얼마나 계셨어요?"

"나요? 음…… 어디 보자. 15년이 넘었나, 안 넘었나……."

예상보다도 긴 시간이었다. 그렇다면 게일 아주머니는 현 공작 부인인 안나가 저택에 들어오기 전부터 이곳에 있었던 셈이다. 에스텔라가 은근한 목소리로 본론을 꺼냈다.

"그럼 전 마님도 알고 계시겠네요?"

"엄마나?"

게일 아주머니의 눈이 동그랗게 뜨였다. 다소 과하다 싶은 반응에 에스텔라는 조금 당황했다. 게일 아주머니가 피식 웃으면서 경고했다.

"그분은 절대 꺼내면 안 되는 금기어예요. 나 외엔 아무한테도 물을 생각 말아, 알겠어요?"

금기라니. 좀 과하다 싶은 표현이었지만 이해가 안 가는 건 아니었다. 새 부인이 자리 잡은 상황에서 굳이 전 부인을 언급하여 심기를 거스르려는 사람은 없을 것이다.

괜한 질문을 던진 걸까. 게일 아주머니가 공작 부인에게 조르르 달려가 일러바칠 것 같진 않았지만 민감한 화제를 건드렸다는 생각은 들었다.

에스텔라가 불안한 얼굴로 고개를 끄덕이자 그제야 게일 아주머니의 표정이 풀어졌다. 게일 아주머니가 쉼 없이 손을 움직이며 말했다.

"전 마님은 좋으신 분이었어요. 조금 까다롭긴 했지만 그게 뭐랄까…… 고귀함을 드러내는 특징 같았죠. 지금은 다 바뀌었지만 예술에 조예가 깊으신 분이라 저택을 꼭 미술관처럼 꾸미셨었어요."

그리 말하며 게일 아주머니는 무언가 골똘히 생각하는 표정을 지었다. 생각 외로 쉽게 이야기를 듣게 될 모양이었다. 게일 아주머니가 추억에 잠긴 음성으로 마저 이야기했다.

"나야 평생을 벌어도 못 살 그림 같은 게 왜 있는지 이해를 못 하는 사람이지만, 마님을 보면 그런 게 왜 존재하는지는 알 것 같았지요."

말을 마친 그녀가 입가에 작은 미소를 떠올렸다. 흠이라곤 찾아볼 수 없는 긍정적인 평가였다. 본처는 곰 같을지언정, 첩에게선 찾아볼 수 없는 인덕을 갖춰야 한다는 통념에 부합하기라도 하듯이.

에스텔라가 스푼으로 접시 바닥을 긁으며 물었다.

"병으로 돌아가셨다고 들었는데, 정확히 어떤 병에 걸리셨던 건가요?"

게일 아주머니가 잠깐 뜸을 들이고는 대답했다.

"원인 불명이에요."

"전염병이라고 하지 않았나요?"

"의사는 그렇다고들 했지."

"꼭 그렇게 생각하지 않는 것처럼 말씀하시네요."

에스텔라는 그리 말하며 게일 아주머니에게 곧은 시선을 보냈다. 게일 아주머니가 마침내 들고 있던 칼을 내려놓았다. 그녀가 조리대 너머로 에스텔라를 넘겨보며 말했다.

"아가씨, 그해 수도에서 같은 병을 앓은 건 전대 마님 딱 한 분뿐이셨어요."

"……."

"그리고 장례를 치르자마자 저택에는 새 마님이 들어왔죠. 사별한 부인을 향한 애도라고는 찾아볼 수가 없는 결정이었어요."

게일 아주머니가 쓴웃음을 지으며 고개를 숙였다. 멈췄던 손을 다시 놀리며 씁쓸한 투로 말했다.

"귀족 나리들껜 그런 건가 봐요, 부부 사이라는 게."

그건 신분이 아니라 인간됨의 문제가 아니었을까. 에스텔라는 소리 내어 고용주를 비난하는 대신 가만히 입꼬리만 끌어올렸다. 베르타 공작을 욕하는 건 자칫 디에고의 역성을 드는 것처럼 비칠 여지가 있었다.

게일 아주머니가 에스텔라를 흘긋 넘겨보며 단속하듯 말했다.

"어디 가서 이야기하고 다니진 말아요. 다른 곳에서 이상한 소리 들을까 봐 내가 직접 말해 준 거야."

"음, 어떤 말씀을 하시는지 잘 모르겠는데요. 저희가 무슨 이야기를 했던가요?"

에스텔라의 능청에 게일 아주머니가 피식거렸다. 에스텔라가 웃음기 담긴 얼굴로 이어 물었다.

"그런데 저택에 왜 이렇게 사람이 없어요? 일도 혼자 하시고."

"어머, 몰랐어요? 오늘 저녁부터 대축일 행사가 시작되잖아요. 대부분 다 외출했어요."

처음 듣는 소식에 에스텔라가 눈만 끔뻑였다. 맘 편히 이야기 나눌 상대가 아이들 외엔 없다 보니 이런저런 소식에도 느렸다.

가정 교사란 아주 묘한 위치였다. 하녀들은 에스텔라의 생활을 매우 살뜰히 돌봐 주었지만, 사적인 친분을 가지기엔 신분상의 문제가 있었다. 아무리 몰락했다고 해도 귀족은 귀족이라는 걸까.

"주인 내외분도 저녁엔 기도하러 신전으로 가실 거예요. 그래서 아침에 시간을 뺀 게 아닌가 싶은데."

"기도……"

불륜을 저지른 남녀가 참가하기엔 지나치게 성스러운 행사였다. 헌금을 바치면 신은 그런 사람들에게도 축복을 내려 주는 걸까. 접시에 담긴 고깃덩이를 씹어 넘길수록 불경한 생각에도 살이 붙었다.

문득 에스텔라의 손이 멎었다. 메스키다는 농경 국가였고 대축일은 한 해 농사를 점치던 연례행사에서 기원했다. 겨울이 끝나고 식물이 싹 트는 봄이 되면 이번 한 해도 무탈하기를 하늘에 비는 것이었다.

에스텔라가 전과 다르게 한층 낮아진 음성으로 중얼거렸다.

"지금이 봄이었지, 그래."

게일 아주머니가 무슨 소리냐는 듯 에스텔라를 응시했지만 대답할 정신이 없었다. 에스텔라는 지금 붙잡은 생각의 꼬리를 놓치지 않기 위해 집중했다. 에스텔라는 여주인공과 남주인공이 처음 만났던 그 순간을 필사적으로 복기하려 애썼다.

아드리아나가 디에고를 찾아왔을 적, 언뜻 더워지는 날씨에 대한 묘사가 등장했었던 것도 같았다. 제 기억이 맞는다면 베르타 공작이 죽은 건 아마 봄이었을 것이다. 단서를 가져다 붙일수록 점점 기억이 선명해지는 게 느껴졌다.

에스텔라는 본래 베르타 공작이 밀폐된 공간에서 살해당했다는 것만 기억하고 있었다. 베르타 공작은 개인 기도를 하기 위해 출입이 제한된 기도실로 들어갔다가 디에고에 의해 살해당한다. 여주인공인 아드리아나가 디에고의 비밀을 알게 되는 것도 바로 그때였다. 귀찮게 쫓아오는 하녀를 피해 숨어 있다가 살해 현장을 목격한 것이다.

'베르타 공작처럼 신앙심을 모르는 자가 이유 없이 신전을 찾아갔을까?'

에스텔라는 곧바로 부정했다. 아마 그를 신전으로 보낸 강제적인 힘이 있었을 것이다. 이를테면 반드시 참여해야 하는 행사에 불참했을 때 쏟아질 타인의 시선 같은 것.

에스텔라는 급히 자리에서 일어났다. 잘 먹었다는 인사만 겨우 남기고는 곧장 주방을 박차고 나섰다.

'멍청하게, 이걸 지금 떠올려서는!'

뒤늦은 깨달음을 자책해 봤자 상황이 나아지진 않았다. 지금까지의 제가 딱히 최선을 다하지 않은 것도 아니었으니까. 아무래도 정보를 단순히 알고 있는 것과 그걸 실제로 운용하는 일엔 차이가 있었다. 오히려 지금이라도 추론해 낸 게 다행이 아닐까. 촌각일지언정 대비할 시간이 전혀 없진 않으니 말이다.

당장 오늘, 아니면 내일 베르타 공작이 죽어 나갈지 모르는 상황이다. 이 급박한 때에 자신은 대체 무엇을 준비해야 할까. 아이들을 데리고 도망칠 준비? 아니면…….

"혼자 살아남을 준비?"

섬뜩한 본심이 입을 벌리고 새어 나왔다. 그 이기심에 스스로가 더 놀라 에스텔라는 그만 제자리에 멈춰 섰다. 그제야 먹먹했던 귀가 풀리며 멀리서 저를 부르는 소리가 들려왔다.

"에스텔라 님!"

에스텔라는 천천히 몸을 돌렸다. 하녀 하나가 에스텔라를 향해 손을 흔들며 뛰어오고 있었다. 가까이 온 하녀는 하얗게 질린 에스텔라의 얼굴을 보고 조금 당황한 눈치였으나, 굳이 그 사실을 입에 담진 않았다. 하녀가 가빠진 숨을 고르며 곧장 용건을 전했다.

"마님께서 찾으십니다."

❦

"지금 이 상황에 대해 내가 납득할 수 있게 설명해 보겠나?"

침묵 속, 유난히 서늘한 음성이 내려앉았다. 공작 부인은 에스텔라 쪽으론 시선도 주지 않은 채 창밖을 내다보고 있었다. 표정은 알 수 없었으나 목소리만큼 경직되어 있을 것임은 쉬이 짐작이 되었다.

에스텔라는 되도록 이 상황을 빠르게 파악하려 애썼다. 공작 부인이 제게 언성을 높일 일이 마땅히 떠오르지 않았던 탓이다. 에스텔라는 불안한 얼굴의 세드릭을 흘긋 넘겨보았다. 그러고는 공작 부인을 자극하지 않으려 애쓰며 말했다.

"무슨 일을 말씀하시는지 잘 모르겠습니다. 알려 주시면 어떤 경위인지 자세히 설명드리겠습니다."

"모른 척하는 솜씨도 제법이군. 그 얌전한 얼굴로 지금까지 날 속였나?"

공작 부인이 가당치도 않다는 듯 코웃음을 쳤다. 에스텔라가 숙였던 고개를 들며 당황스러운 표정을 지어 보였다.

"그게 무슨……."

"왜 내가, 내 아들이 제 반편이 형과 사이좋게 놀았단 소리를 들어야 하지?"

에스텔라의 어깨가 딱딱하게 굳었다. 공작 부인의 옆에 선 세드릭이 좌불안석으로 눈치를 보고 있었다. 세드릭과 세실리아에게 디에고와 만났던 일을 말하지 말라 주의를 주었었는데, 아이들이 비밀을 완벽하게 지킬 거라 기대한 게 잘못이었을까.

아이 탓으로 돌려 해결될 일이 아니었으므로 에스텔라는 잠자코 고개를 숙였다. 애초에 문제의 근원을 찾으면 디에고와의 만남을 주선한 제 잘못이 될 터다. 공작 부인이 노기를 벗을 때까지 얌전히 숙이고 들어가는 수밖에 없었다.

"자네에게 지불한 교육비는 말 그대로 내 아이들을 잘 길러 내기 위한 것이었지. 학식을 쌓고, 나쁜 것에 물들지 않고, 옳고 그름을 분별할 능력을 기르게 하기 위해 말이야."

공작 부인이 조용히 교사의 의무를 나열했다. 그녀의 목소리엔 노랫말을 읊는 듯한 운율이 있었다. 베르타 공작가의 안주인으로 보낸 세월을 그저 흘려보내지만은 않았을까, 우아한 음성에선 고압적인 태도마저 느껴졌다.

그녀가 천천히 에스텔라 쪽으로 고개를 돌렸다. 공작 부인은 나긋한 걸음걸이로 에스텔라의 앞까지 다가섰다. 공작 부인이 가는 입꼬리를 비틀며 물었다.

"난 자네가 내 아이를 잘 가르치고 있다고 여겼는데, 알고 보니 성실히 해낸 건 첫 번째 항목뿐이었더군?"

"······어쩌다 그리된 것인지 설명드릴 수 있습니다."

"지금 난 해명이 필요한 게 아니야. 어쩌다 그렇게 됐는지는 관심조차 없네. 지금 중요한 건 자네가 세드릭이 디에고와 어울리는 걸 방관했다는 사실이지."

방관이라고 말하는 걸 보니 세드릭이 모든 걸 털어놓은 건 아닌 모양이었다. 우연히 이루어진 합석쯤으로 이야기가 된 걸까. 그렇다면 빠져나갈 방도가 전혀 없는 것은 아니다.

"그놈이 무슨 계산으로 내 아들과 어울린 건진 잘 모르겠지만, 이 따위 상황을 맞이했을 때 내가 고용한 사람들이 보여야 할 적절한 반응 정도는 몇 가지 떠오르는군. 자네는 가장 최악의 선택을 했고."

"면목 없습니다."

"집사에게 미리 주의를 듣지 않았나? 되도록 마주치게 하지 말라는 말, 내 기억엔 빠트리지 않고 전한 것 같은데."

"죄송합니다, 마님. 제가 함부로 제지할 수 없는 분이라 잡음 없이 흘려보내려던 것이, 그만 오해받을 상황을 만들고 만 것 같습니다. 앞으로는 더욱 주의하겠습니다."

에스텔라가 깊숙이 허리를 숙였다. 그에 공작 부인의 눈썹이 미세하게 꿈틀거렸다.

안나는 평민 출신이었다. 베르타 공작과 혼인하며 사교계에 자리 잡긴 했으되 귀족 사회에서 완전히 인정받은 건 아니었다. 달콤하게 아첨하던 귀부인들이 뒤에서 그녀의 출신을 비웃는 건 흔하디흔한 일이었다. 귀족가의 여인들은 아닌 듯하면서도 고집이 대단하여 가문 간의 격차에도 불구하고 안나를 온전한 상전으로 모시진 않았다. 한데 몰락했다고는 하나 귀족 출신인 여인이 제게 굽히고 들어온 것이다.

기분 좋은 포만감과 함께 잔혹한 가학 욕구가 샘솟았다.

공작 부인이 다시 언성을 높이려 할 때였다. 세드릭이 황급히 그녀의 치맛자락을 붙잡았다.

"어머니, 에스텔라한테 뭐라고 하지 마세요."

"뭐?"

"제가 형님이랑 같이 있고 싶어서 그랬어요. 제발 그만하세요."

세드릭은 거의 울고 있었다. 눈물을 참으려 애쓰는 기색이었지만 모두를 속일 만큼 잘 숨겨 내진 못했다.

그러나 그것을 보는 공작 부인의 눈엔 일말의 측은함도 스치지 않았다. 오히려 세드릭이 입에 담은 디에고의 존재는 더욱 그녀의 화를 북돋웠다.

"내가 그따위 재수 없는 소리 뱉지 말라고 했지!"

공작 부인이 성큼 걸음을 디뎌 에스텔라에게 다가갔다. 그러고는 망설임 없이 에스텔라의 뺨을 쳤다. 고개가 완전히 왼편으로 돌아갔다. 에스텔라는 어안이 벙벙하여 반항도, 마땅한 대갚음도 하지 못했다.

에스텔라가 정신을 차리지 못하는 사이 다시 불벼락이 내려앉았다. 안 그래도 얼얼했던 뺨에 완전히 감각이 없어졌다. 입안에선 비릿한 맛까지 느껴졌다.

놀라 굳은 것은 세드릭도 마찬가지였다. 공작 부인이 그런 세드릭을 향해 경고했다.

"보았니? 네가 잘못했을 때 맞는 건 네가 아니란다."

그 말에 세드릭의 몸이 사시나무 떨듯 경련하기 시작했다. 무언가 심상치 않았다. 등이라도 쓸어 진정시켜 줘야 할 것 같은데, 공작 부인이 가로막고 있는 통에 앞으로 나설 수도 없었다.

에스텔라는 초조하게 공작 부인과 세드릭을 번갈아 보았다. 반면 공작 부인은 급격히 수그러든 세드릭의 반응이 만족스러운 기색이었다. 그녀가 세드릭을 몰아세우듯 말했다.

"말해 보렴, 세드릭. 네 가정 교사로도 성에 안 차면 세실리아라도 데리고 올까?"

그 말과 동시에 세드릭의 낯빛이 꺼멓게 죽어 들었다. 에스텔라는 잠시간 공작 부인의 말을 이해하지 못했다. 직감적으로 무언가를 깨닫기는 했으나, 차마 인정하고 싶지 않아 결론 내리길 피한 듯싶기도 했다.

에스텔라가 천천히 공작 부인 쪽으로 고개를 돌렸다. 차마 억누를 새도 없이 떨리는 목소리가 새어 나왔다.

"그게…… 무슨 말씀이세요, 부인?"

공작 부인이 흘깃 에스텔라를 넘겨보며 짜증스럽게 대꾸했다.

"세드릭을 훈육하고 있지 않나."

"아니요. 성에 안 차면 세실리아를 데려오겠다니, 지금 그게 무슨 말씀이시냐고요. 설마 그동안 세실리아 아가씨를…… 때리셨나요?"

에스텔라가 공작 부인에게로 한 걸음 다가서며 물었다. 힘껏 틀어쥔 주먹이 희게 질려 있었다. 결연하게까지 느껴지는 태도에 공작 부인이 헛웃음을 흘렸다. 그녀가 사납게 일갈했다.

"아주 정신이 나갔나 보군. 일개 고용인 주제에 어디서 눈을 똑바로 뜨고 대들어!"

"세상에, 공작 부인. 당신께서는 지금 아이들을 학대하고 있어요!"

에스텔라의 비난에 공작 부인이 짜증스럽게 받아쳤다.

"아이를 기르다 보면 가끔 적당한 체벌은 필요한 법이야."

그 말에 에스텔라의 이성이 끊어졌다. 에스텔라가 성큼 공작 부인의 앞으로 다가섰다. 공작 부인은 평균보다 신장이 작은 편이었기에 에스텔라의 시야 아래 놓이게 되었다. 에스텔라가 경멸 어린 눈으로 그녀를 내려다보며 소리쳤다.

"도련님의 일로 아가씨께 매를 드는 게 어떻게 정당한 체벌이 됩니까!"

친모의 학대가 세실리아의 발달을 느리게 했을까? 아니면 그 약한 모습이 어미의 가학 욕구를 자극했을까.

지난번 공작 부인이 교실로 찾아왔을 때, 유독 열심히 세실리아의 앞을 가로막던 세드릭의 모습이 떠올랐다. 마음 놓고 안겨야 할 어머니 앞에서 겁에 질린 표정을 하던 세실리아 역시.

이제야 퍼즐 조각이 맞춰지는 기분이었다. 공작 부인의 과한 교육열이 애정에 기반한 것이라 여겼던 가정은 완전히 틀렸다. 그녀가 원한 건 개인의 영달 그 이상도 그 이하도 아니었다. 세드릭의 몸에 직접 손대지 않은 건 그가 제 부귀영화를 연장해 줄 황금 거위였기 때문일 것이다. 세드릭을 진실로 아꼈더라면 차마 행하지 못했을 짓이었다. 제대로 된 부모라면 아이의 정신을 망가트리려 들진 않을 테니까.

"단순히 학습만을 위해 가정 교사를 들이는 건 아니라고 하셨지요. 그렇다면 당신께서는 저를 잘못 고용한 게 맞습니다. 이게 부인께서 생각하시는 옳고 그름이라면 저는 따를 수 없습니다. 당신은 부모 자격이 없어요."

에스텔라가 이를 악물며 똑똑히 쏘아붙였다. 이 저택은 이곳에서

자라나는 아이들을 어디까지 망가트릴 셈인가. 세상은 어쩌면 이다지도 잔인해서, 디에고만도 모자라 그 동생들에게까지 절망만을 남겨 주려 하는지.

"아이들과 놀아 주니 제가 부모라도 된 것 같았나 보지? 내 교육 방식에 함부로 토 달지 말게. 월권이야."

공작 부인이 으르렁거리듯 대꾸했다. 세드릭과 세실리아에게 그리 했듯 권위로 찍어 누르는 말투였다. 에스텔라가 언성을 높이며 반발했다.

"부인의 훈육은 교육이 아니라 학대예요! 전 그 아이들을 지켜야 할 선생이고요!"

"그래? 아쉽게 됐군. 이젠 아니게 됐으니."

에스텔라가 숨을 들이켰다. 말소리가 멎으며 주변이 삽시간에 조용해졌다. 공작 부인이 싸늘한 눈빛으로 통고했다.

"자네는 해고야."

⎯ ⎯ ⎯

공작 부인은 오늘 저녁까지 이 저택에서 나가란 말을 남기고는 사라졌다. 신전에서 돌아왔을 때도 이곳에 남아 있다면 얼굴을 들지 못할 꼴로 만들어 내쫓겠다는, 그야말로 섬뜩한 경고와 함께였다.

에스텔라는 공작 부인이 나가자마자 그대로 제자리에 주저앉았다. 감당하기 힘든 일들이 한꺼번에 벌어지고, 또 단숨에 쓸려 나갔다. 지금의 그녀에겐 제 몸을 지탱하고 서 있을 정도의 힘조차 남지 않았다.

에스텔라의 입가에서 헛웃음이 새어 나왔다. 에스텔라는 이 저택의 가정 교사가 숱하게 갈아치워진 이유를 이제야 알 것 같았다. 저만 공작 부인의 그 잘난 '교육 방식'에 반발한 것은 아니었으리라. 에스텔라의 얼굴이 다시금 굳어졌다.

이 저택의 누가 또 이 사실을 알고 있을까. 베르타 공작은 부인의 학대 사실을 인지하고나 있는 걸까? 안다면, 그저 방관하는가?

머리가 어지러웠다. 생각을 정리할 시간이 필요했다. 참담한 표정의 그녀에게로 세드릭이 다가왔다. 에스텔라는 눈물로 젖은 세드릭을 보고 나서야 겨우 정신을 차렸다. 잠시간 세드릭을 응시하던 에스텔라가 그를 제 쪽으로 당겼다. 그러고는 다급히 세드릭의 웃옷을 벗겼다. 세드릭은 당황한 눈치였지만 에스텔라를 막진 않았다.

다행히 세드릭의 몸엔 이렇다 할 상처가 보이지 않았다. 매질의 흔적이 없는 피부를 보고 안도함과 동시에, 문득 잘못했을 때 맞는 건 세드릭이 아니라던 공작 부인의 말이 떠올랐다. 세실리아를 불러들여 사실을 확인할 엄두가 나지 않았다. 그 애에게 학대의 흔적이 남아 있다면 차마 견디지 못할 것 같았으니까.

에스텔라는 손의 떨림을 애써 진정시켰다. 깊은 한숨을 내쉬고는 세드릭의 팔을 단단히 붙들었다. 에스텔라가 결연한 투로 말했다.

"공작님께 말씀드려야 해요."

"아버지?"

"어떤 결론이 나든, 그분도 이 사실을 아셔야 해요. 어쩌면 그럴듯한 해결책이 나올 수도 있고요."

세드릭이 나이와 어울리지 않는 덤덤한 눈으로 에스텔라를 응시했다. 마치 무언가 가련한 것을 보는 듯한 표정이었다. 에스텔라는 문득 그것이 제가 아닌, 세드릭 스스로를 향한 연민임을 알아차렸다.

"소용없어."

"뭐…… 라고요?"

에스텔라가 굳은 입을 열었다. 떨리는 혀는 불분명한 발음만을 내뱉었다.

"소용없다고, 아버지도 아니까."

세드릭이 딱 잘라 말했다. 그러고는 웅얼거리듯 뒷말을 덧붙였다.

"아버지는 어머니 편만 들어. 나를 후계자 삼고 싶어 하시는 것도 단지 내가 어머니의 아들이라서야."

베르타 공작의 방관을 의심했지만 그럼에도 그에게 이야기를 꺼내려 했던 건, 지난 만찬 자리에서 보았던 친절한 아버지의 얼굴을 믿어서였다. 그때의 그는 세드릭에게 특히 친밀한 태도를 보이지 않았던가. 에스텔라가 더듬더듬 말했다.

"하지만…… 공작님께선 도련님을 많이 아끼셨잖아요. 저번 만찬에서도 분명."

"아버지는 그냥 형에게 보여 주기 위해 나를 이용하는 것뿐이야. 나와 둘이 있으면 관심도 보이지 않는걸."

에스텔라는 무어라 말하려 입을 벌렸다가, 그대로 천천히 사리물었다. 공작 부인을 사랑하니 그녀의 아들도 신경 쓴다. 그러나 그것이 귀찮음을 무릅쓸 만큼은 아니다. 굳이 다정한 아빠 흉내를 냈던 것은, 오로지 디에고를 괴롭히기 위해서…….

생리적인 구역질이 솟아올랐다. 에스텔라는 바닥을 짚은 채 그만 입을 틀어막았다. 차마 세드릭의 눈을 마주 보지 못하고 물었다.

"어머님께서…… 세실리아 아가씨를 심하게 때리셨어요?"

세드릭의 눈가에 다시 눈물이 맺혔다. 세드릭이 숨을 들이켜며 겨우 고개만 끄덕였다.

"세, 세실을 숨겨서 모, 못 찾게 하면 결국 나를 때렸어. 나도 아팠으니까, 그러니까 걔는 더……."

에스텔라는 이 자리에서 그만 도망치고 싶은 충동을 느꼈다. 그럼에도 확인해야만 하는 일이 있다. 에스텔라에게서 떨리는 음성이 새어 나왔다.

"제가 있을 때도 그랬던 적이 있나요?"

아이들의 상처를 알아차리지 못했던, 그래서 두려움 속에서 잠들게 했던 밤이 있었을까?

"아니."

세드릭이 고개를 내저었다. 그러나 이 대답을 곧이 믿기에 에스텔라는 세드릭이 가진 별명을 여럿 알고 있었다. 말썽쟁이와 개구쟁이, 그리고 거짓말쟁이…….

"정말요?"

"내가 수업을 자, 잘 들었잖아. 세실도 얌전해졌고."

세드릭이 그리 말하며 코를 들이켰다. 빨갛게 달아오른 눈가는 좀처럼 가라앉지 않았다.

"선생님이랑 같이 있어서 좋았어."

그리 말한 세드릭이 팔을 벌려 에스텔라를 안았다. 그동안 업히기만 해 왔지 세드릭이 그녀의 품에 안긴 건 처음이었다. 세드릭이 곱씹듯이 재차 말했다.

"정말…… 제일 좋았어."

얼굴이 온통 엉망이었다. 에스텔라가 소맷단으로 세드릭의 눈물을 닦아 주며 다독였다.

"선생님 어디 안 가요."

"하지만 방금 잘렸잖아."

이 와중에도 저 배려라곤 모르는 화법은 어디 안 간다. 그러니까 이 포옹은 세드릭에게 일종의 작별 인사였던 셈이다.

에스텔라가 피식 웃었다. 갈라지고 쉬어 형편없는 음성으로 말했다.

"그걸 번복시켜 줄 사람한테 가면 돼요."

세드릭은 여전히 그녀의 말이 못 미더운 듯했다. 공작 부인을 막을 수 있는 건 기껏해야 베르타 공작 정도인데 그가 아내의 교육 방식에 반기를 들리 없었다. 그에게 육아란 온전히 안주인과 사용인들이 도맡아 처리하는 것이었으니까.

에스텔라가 세드릭의 양 뺨을 감쌌다. 세드릭과 눈을 맞추고는 주지시키듯 말했다.

"도련님은 아주 착한 아이예요."

"……."

"정말 잘 자랐어요. 세실리아 아가씨도 오빠를 가장 좋아하잖아요."

"……요즘은 제일 좋아하는 사람이 선생님으로 바뀐 것 같던데."

세드릭의 어깃장에 에스텔라가 또 작게 웃었다.

"안 그래요."

세드릭은 그럼에도 에스텔라의 의견을 받아들이지 못한 눈치였다. 에스텔라는 잠시간 그런 세드릭의 얼굴을 응시했다.

저 대신 맞을 걸 대비해서 동생을 숨겨 두었다던 어른스러운 아이다. 두려워서라도 동생에게 매질을 떠넘기고 피할 수 있었는데 그러지 않았다. 그러니까 세실리아가 그런 부당한 상황을 겪으면서도 제 오라비에게 의지할 수 있었던 것이겠지.

에스텔라가 자리에서 일어서며 무릎을 털었다. 그녀가 세드릭의 어깨를 힘 있게 쥐며 말했다.

"도련님, 이제 그만 방으로 돌아가세요. 하녀들한테 꿀을 한 숟갈 탄 따뜻한 우유를 달라고 하세요. 그리고 푹 주무시는 거예요. 아시겠어요?"

"지금은 한낮인데."

"바보, 원래 낮잠은 이 시간에 자는 거예요."

그리 말한 에스텔라가 세드릭의 눈가에 고인 눈물을 재차 닦아 주었다. 그리고 잠깐의 망설임 끝에 세드릭의 이마에 입을 맞췄다. 세드릭은 쑥스럽다는 듯 그 부근을 마구 문질렀다. 베르타 공작의 입술이 닿았을 때와 같은 행동이었지만 표정은 조금 달랐다. 딱 봐도 쑥스러울 뿐 정말 싫어서 그러는 것은 아니다.

에스텔라는 세드릭을 재촉해 방 밖으로 내보냈다. 발소리가 멀어진 것을 확인하고 나서야 억지로 짓던 웃음을 지워 냈다. 에스텔라는 몸을 돌려 세드릭이 앉았던 책상으로 향했다. 상판 위를 손으로 짚고는 겨우 몸을 지탱했다. 그러고는 소리 없는 비명을 내질렀다.

안일했다. 멍청했다. 디에고를 그런 식으로 키웠던 베르타 공작이 세드릭과 세실리아에게라고 따뜻했을 리 없었는데!

한참 입 밖으로 내지 못할 말들을 쏟아 내고 나서야 이성을 찾았다. 크게 숨을 여러 번 들이쉬자 그제야 진정이 되었다. 눈가를 적신 눈물을 재차 훔쳐 냈다. 울었던 흔적이 완전히 가려졌는지는 알 수 없으나 더 이상 낭비할 시간은 없었다. 이젠 세드릭에게 말했던 대로 '일을 번복할 수 있는 사람'을 찾아 나서야 했다. 베르타 공작을 말하는 건 아니었다. 학대를 방관해 온 그는 선택지에

조차 들지 못했다.

에스텔라는 힘주어 문을 열고 밖으로 나섰다. 목적지는 아직 없었지만 곧 생겨날 것이었다. 공작 부인이 저택에 있었으니 디에고도 아직 떠나지 않았을 공산이 컸다.

에스텔라는 지나가던 하녀를 붙잡아 추궁하듯 디에고의 행방을 물었다. 하녀는 더듬더듬 디에고가 아직 2층에 있을 거라고 말했다. 대답을 들은 에스텔라의 걸음이 거의 뛰듯이 변했다. 계단에 올라서며 그녀는 자신이 해야 하는, 할 수 있는 일에 대해 생각했다.

지금 이 순간 그녀에겐 여러 선택지가 있었다. 첫째로는 디에고의 살인을 막을 수 있다. 방법이 무엇이냐의 문제지, 이뤄야 할 게 '막는다'는 명제뿐이라면 해내지 못할 것도 없었다. 어쩌면 미래를 바꿀 가장 큰 분기점은 베르타 공작의 생존인지도 모른다. 그렇게 된다면 적어도 세드릭과 세실리아의 목숨만은 확실히 보장받을 수 있을 테니까.

둘째로는 베르타 공작이 실패한 자식 농사에 대해 마땅한 책임을 지도록 할 수도 있다. 공작이 사망하고 나면 적어도 얼마간은 공작 부인도 가정 교사의 건방진 태도 같은 하잘것없는 일에 신경 쓰지 못할 것이다. 디에고는 공작 부인 역시 살려 두지 않을 것이므로, 그 틈을 타 저택을 벗어나면 추적에서 보다 자유로워질 터였다.

선택의 기로에서 에스텔라가 우선으로 생각해야 할 것이 있다면 단연코 제가 돌보는 아이들의 생존이었다. 2층에서 떨어진 아홉 살배기 학생이 구급차에 실려 갔던 날, 정신을 차리지 못하는 아이의 손을 붙잡으며 그녀는 내내 그렇게 생각했다.

이 아이가 부디 무사히 자라 무수한 내일을 보게 해 주세요.

"소공작님."

막 계단의 모퉁이를 돌았을 때, 에스텔라는 복도 끝에서 디에고를 발견했다. 에스텔라가 헐떡이는 목소리로 그를 붙잡았다. 디에고가 멈춰 서 그녀를 돌아보았다. 에스텔라의 가슴이 가쁘게 올라갔다가 내려앉았다. 그녀는 겨우 제 목소리를 가다듬었다. 그러고는 두 가지 선택지가 미처 고려하지 못한 것에 대해 생각했다.

분명히 그녀는 세드릭과 세실리아를 살릴 수는 있을 테지만, 하지만……

"소공작님, 검정 보타이가 필요하실 거예요."

그렇다면 제대로 자라지 못한, 홀로 어른이 되어 버린 저 남자는 어떻게 하지?

그의 서늘한 눈이 느릿하게 에스텔라를 향해 굴렀다. 이윽고 그의 얼굴에 가식적인 미소가 떠올랐다. 이전에 정원에서 그가 내보였던 인간적인 표정은 온데간데없었다. 그가 답했다.

"신경 써 줘서 고맙지만, 무엇을 걸칠지는 내가 알아서 할 문제입니다, 미스 마거릿."

꼭 벽을 치는 듯한 말투였다. 그는 조금의 지체도 없이 에스텔라에게서 시선을 돌렸다. 에스텔라는 가만히 서 그가 저를 지나쳐 가길 기다렸다. 디에고는 그녀와 눈 한 번 맞추지 않고 매정히 자리를 떠났다. 그제야 긴장했던 어깨에서 힘이 풀렸다.

어차피 당장 그가 자신의 말을 듣지 않아도 상관은 없었다. 에스텔라는 지금 '혹시나?' 싶은 단서를 심어 둔 것뿐이었다. 자신이 그와 거래할 가치가 있다는 걸 가장 극단적으로 증명할 수 있는 방법, 그게 바로 공작의 죽음이었다.

실패를 걱정하진 않았다. 디에고는 매번 거래에 응했다. 소설 속에서 아드리아나가 비밀을 지켜 주는 대가로 계약 결혼을 요구했을 때도, 자신이 배신자의 이름을 알려 주는 대신 바깥나들이를 제안했을 때에도.

아드리아나에겐 미안한 일이었지만 우선권은 제 쪽에 있다고 봐도 좋았다. 에스텔라는 디에고가 친부를 죽이기 전부터 그 사실을 알고 있었으니까.

에스텔라는 주먹을 말아 쥐며 다짐했다. 나는 세드릭과 세실리아를 살리겠다. 하지만 저 가엾은 남자가 친부에 의해 서서히 죽어 가는 걸 두고 보지도 않을 것이다.

그리고 그날 저녁 베르타 공작가엔 가주의 비보가 전해졌다.

❧

디에고는 걸치고 있는 옷과 소매 안의 묵직한 감각을 재차 확인했다. 정확히 잰 치수 덕에 숨긴 물건이 천 너머로 두드러지는 일은 없었다. 더욱이 단추가 목까지 올라오는 어두운색의 정복은 이물질이 묻어도 잘 티가 나지 않았다. 누가 보아도 오늘 있을 행사에 맞게 잘 차려입었다고 평가할 만한 착장이었다.

마지막으로 주의해야 할 몇 가지 사항을 되짚은 디에고가 약속 장소로 향했다. 도착한 곳엔 미리 매수해 둔 신관 하나가 마중을 나와 있었다.

"인파는?"

"거의 안쪽의 대기도실로 이동했습니다."

"경비도 자리를 비웠나?"

"교대 시간을 어긋나게 해 두었으니 30분 정도는 근처로 오지 않을 겁니다."

재빠르게 대답한 신관이 은근한 눈길로 디에고를 올려다보았다. 수고비를 더 쥐여 주길 기대하는 모양새였다. 디에고가 물끄러미 그를 보다가는 대답했다.

"일이 성공한다면 후에 더 사례하지."

뻔뻔한 태도가 눈에 거슬리긴 했으나 일을 그르칠 만큼은 아니었다. 애초에 돈으로 해결할 수 있는 문제는 별게 아니다. 무려 대축일이라는 중요한 행사에 빈틈을 내주었으니 능력은 인정해야 했다.

"실패할 일은 없을 겁니다, 각하."

신관이 그리 답하며 빙긋 웃었다. 벌써 디에고가 가문을 승계할 것을 상정한 호칭이었다. 남자는 디에고가 작위를 욕심내 이런 계획을 세웠다고 생각하는 모양이었다. 틀린 말은 아니었으나 그렇다고 그것이 문제의 본질이라고 볼 수는 없었다. 디에고는 부패한 성직자에게 고해성사를 내뱉는 대신 그대로 그를 지나쳤다.

신관의 말대로 복도는 텅 비어 있었다. 디에고는 그중 세 번째 방 앞에서 멈춰 섰다. 문을 열고 들어서기 전, 디에고는 저택에서 제 걸음을 붙잡았던 여자를 떠올렸다. 바로 그의 이복동생들을 가르치는 가정 교사였다. 처음엔 건방지게 제 옷차림에 왈가왈부하나 싶었는데 갈수록 그 품목이 마음에 걸렸다.

검정 보타이라니. 꼭 오늘 장례가 있을 것임을 예고하는 듯하지 않은가.

과한 넘겨짚기일지라도 돌아가서 한번 이야기를 나눌 필요는 있어 보였다. 그리하면 이 찜찜함이 제 기우일 뿐인지 아닌지도 금방 분별해 낼 수 있을 것이다.

그리 생각을 정리한 디에고가 손을 뻗어 문고리를 쥐었다. 떨림은 없었다. 안으로 들어서자 방 끄트머리에서 익숙한 인영이 보였다. 인기척을 듣지 못한 듯 상대는 앞을 보고 있었다. 문을 닫은 디에고가 조용히 입을 열었다.

"아버지."

낯설고도 익숙한 호칭을 부르며 디에고는 그 의미에 대해 생각했다. 그에게는 남보다도 못한 존재가 왜 누군가에게는 목숨보다 소중해지기도 하는가. 그들과 자신에게 차이가 있다면 그것은 대체 무얼까.

아마 제 쪽의 문제는 아니었을 것이다. 그는 어머니에게만은 거짓 없이 사랑한다는 말을 전할 수 있는 정상적인 아들이었다. 이른 죽음만이 그녀에게 가지고 있는 원망의 전부다.

"아버지."

두 번의 부름 끝에야 베르타 공작이 뒤를 돌아보았다. 개인 기도실은 도중에 아무도 드나들 수 없게 출입을 막는 곳이었다. 디에고를 발견한 그는 적잖이 놀란 눈치였다.

"……디에고?"

베르타 공작이 이런 때에 경계의 눈빛을 내보이지 않는 사람이었다면 무엇이 달랐을까. 베르타 공작이 적어도 본처에게 일말의 존중 정도는 가져 줬더라면, 어미 잃은 아들을 몰아세우는 대신 차라리 방치했더라면, 적어도 아들을 죽일 살수를 부르는 일 정도는 당사자가 알아차리지 못하게 진행했다면.

디에고는 계속해서 제가 이곳까지 오지 않아도 되었을 경우를 상정했다. 그러나 디에고는 잘 알고 있었다. 같은 일을 겪는다고 모두가 같은 행동을 하진 않는다. 원인을 제공한 건 베르타 공작이었으나 결론을 내리는 건 자신의 몫이었다. 제가 아비를 찌르러 온 이유는 단순했다. 자신에게도 어느 한 부분쯤은 그리도 경멸하는 아비와 닮은 구석이 있어서다.

"여긴 왜 왔느냐?"

베르타 공작이 탐탁잖은 표정으로 이어 물었다. 디에고가 그의 앞으로 다가서며 대답했다.

"긴히 드릴 말씀이 있어서 말입니다."

"나중에 따로 전하면 될 것을 왜 여기까지 들어온 게야. 썩 나가지 못해!"

베르타 공작이 그리 외치고는 디에고를 비난하듯 혀를 찼다. 디에고는 가볍게 어깨를 으쓱였다. 그가 소매 안쪽에서 검집에 든 단도를 꺼내 들었다. 베르타 공작이 일순 눈썹을 움찔했다. 디에고가 물었다.

"이것이 무언지 아십니까?"

"내가 네 물건 따위를 일일이……."

짜증스럽게 대답하던 베르타 공작이 이내 입을 다물었다. 그가 알리가 없다고 생각한 저 물건이 실제로 기억에 있었다.

어디에서 보았더라. 분명 근래의 일이었다. 문관으로서 날붙이와 친밀하지 않은 그가 저렇게 날카로운 쇳덩이를 마주했던 것은…….

"본인께서 뿌린 씨는 적어도 스스로 거두는 것이 예의 아니겠습니까. 아버지께서는 끝까지 비겁하시더군요."

디에고가 매끄럽게 입꼬리를 당겼다. 베르타 공작의 얼굴이 하얗게 질려 들었다.

제 아들의 목을 베겠다고 약속했던 살수의 칼이다. 그가 제 칼솜씨를 뽐내듯 검집에서 뽑았다 다시 꽂기를 반복했던 통에 익히고야 만 외형이었다.

베르타 공작이 천천히 침을 삼켰다. 그가 디에고의 시선을 피하며 말했다.

"무슨 말을 하는 건지 모르겠구나."

"저런, 기억이 안 나시는군요."

디에고가 그리 말하며 검집을 벗겨 바닥으로 내던졌다. 베르타 공작이 반사적으로 주춤했다. 그러나 디에고가 칼날을 가져다 댄 건 다름 아닌 본인의 목 위였다.

"그럼 이렇게 하면 기억이 나실까요."

"……."

"분명 이것이 원하는 그림이셨을 텐데."

베르타 공작은 천천히 뒤로 물러섰다. 아니라고 해 봐야 상대가 믿지 않을 것임을 본능적으로 알아챈 탓이었다. 디에고의 눈에는 이미 확신이 가득했다. 아마 일을 수주한 자가 누군지 진작에 조사를 마쳤을 것이다.

남부 최고의 칼잡이라더니 의뢰인의 정체까지 탄로 내고 도주한 것인가. 베르타 공작은 속으로 욕설을 뇌까렸다.

"왜 저를 피하십니까."

"물, 물러서라. 네가 지금, 그따위 오해로 아비에게 날붙이를 들이미는 패륜을 저지르려고……."

"아버지, 당신이 진정 제 아버지가 맞습니까."

디에고가 진심으로 궁금하다는 듯이 물었다. 어머니의 외도를 의심하는 건 아니었으나 차라리 그런 대답을 들으면 납득이 갈 것도 같았다.

디에고가 천천히 베르타 공작에게로 다가갔다. 계속해서 걸음을 물리던 베르타 공작이 구조물에 등을 부딪치고는 지레 놀라 주저앉았다. 베르타 공작이 덜덜 떨며 말했다.

"디에고, 그 칼 치워라."

"자식 된 도리로 아버지의 마지막은 지켜봐 드려야 할 것 같아 제가 직접 왔습니다."

"거기, 누구 없나! 아무나 대답해!"

베르타 공작이 식은땀을 흘리며 간절한 눈빛으로 뒤를 돌아보았다. 그러나 입구는 디에고가 들어온 문 하나뿐이었다. 디에고가 베르타 공작의 앞에 무릎을 굽히고 앉았다. 아이를 어르는 듯한 자세였다. 디에고가 속삭이듯 말했다.

"아버지, 비명이 터져 나올 게 분명한 곳에 왜 사람을 두겠습니까."

그 말은 베르타 공작에게 어떠한 기시감을 느끼게 했다. 베르타 공작은 디에고가 어렸을 적 종종 사용인들을 물리고 그를 매질했다. 시작은 어머니를 괴롭히지 말라며 우는 아이가 꼴 보기 싫어서였던 것 같다.

돌로레스의 죽음 이후 아들을 향한 적개심은 더욱 심해졌다. 얼굴은 하나도 닮지 않았는데 때때로 그녀처럼 행동하는 아들을 보며 베르타 공작은 일종의 공포마저 느꼈다. 그년이 살아 있었다는 증거가 그의 눈앞에서 생생히 살아 숨 쉬고 있었다. 벌써 철이 들었는지 새로 부인을 들인 그를 비난의 눈으로 보기까지 하며.

아이에게 분풀이하는 것은 쉽다 못해 따분할 지경이었다. 그에게 폭력은 이미 습관이었다. 디에고는 아직 어리고 힘이 없었으며, 그를 학대한 이는 단 하나 남은 가족이었다. 잘못했다고 빌든 도와 달라며 비명 지르든 아무런 도움도 돌아오지 않는 날들이 지속되었다. 누구도 디에고를 지옥에서 꺼내 주지 않았다. 몇 해 뒤 자라난 그가 베르타 공작이 휘두르던 손을 직접 잡아 제지하기 전까지.

디에고는 차라리 베르타 공작이 그때 저를 죽였어야 했다고 생각했다. 그러고는 자문했다. 저자는 직접 칼로 찌르는 일 외에 모든 짓을 했는데, 오로지 친부라는 이유 하나만으로 제가 그를 존중해야 하는가?

"아들이 어찌 아버지에게 칼을 꺼내 들어!"

베르타 공작이 악을 쓰듯 소리쳤다. 디에고는 덤덤히 베르타 공작도 지금 자신과 같은 생각을 하고 있을 것이라 예상했다. 제가 아직 어리고 힘이 없을 때 죽여 치워 버렸어야 했다고. 베르타 공작이 상상 속에서 어린 제 몸을 얼마나 난자하든 실제로 죽어 나갈 것은 그 본인이 될 테지만 말이다.

베르타 공작이 겁에 질려 아무렇게나 팔을 휘둘렀다. 본인조차 어디로 나가는지 모르는 눈먼 주먹에 맞아 주기도 쉽지 않았다. 더욱이 베르타 공작은 보통의 중년이었고 디에고는 특출한 검사였다. 디에고는 가볍게 베르타 공작을 제압해 냈다. 그러고는 중심을 잃고 쓰러진 베르타 공작의 위로 올라탔다. 베르타 공작이 버둥거리며 반항했지만 한참 젊은 디에고를 상대하진 못했다.

디에고는 베르타 공작의 오른 가슴에 무릎을 얹어 일어나지 못하도록 하고는 심장 위로 단도를 조준했다. 이젠 그대로 꽂아 넣기만 하면 되었다.

공포로 정신이 나간 베르타 공작이 마지막으로 발악했다.

"나는 네가 어렸을 때부터 분란의 근원이 될 것을 알아보았다. 네가 이따위로 자라날 것을 알고 네 안의 악마를 누르려 한 것이다!"

그가 눈에 핏발을 세우며 소리쳤다. 디에고가 담담하게 되물었다.

"유언은 그게 끝입니까?"

"이따위 짓을 저지르고도 잘 살 수 있을 것 같아! 네 추악함이 언젠가 네 인생을 완전히 잡아먹을 것이야. 커헉, 끄으……."

베르타 공작은 끝내 말을 다 잇지 못했다. 디에고가 쥔 단검이 그의 피부 밑으로 밀려든 탓이었다. 갈라진 틈으로 피가 샘솟았다. 베르타 공작은 칼 손잡이를 쥐어 밀어내려 했으나 아들의 완력을 당해 낼 수가 없었다. 베르타 공작의 눈꺼풀이 파르르 떨렸다. 그가 숨을 헐떡이며 마지막으로 속삭였다.

"이, 이…… 저주받을 놈 같으니……."

벌벌 떨리던 두 다리가 얌전해졌다. 눈을 감는 순간만은 저 욕심 많은 얼굴도 퍽 평온해 보였다.

디에고는 천천히 자리에서 일어섰다. 손잡이를 잡고 칼날을 뽑아내자 순간 근육이 펄떡거렸다. 디에고는 조용히 턱에 튄 핏물을 닦아 냈다. 그가 무감한 낯으로 아버지의 시체를 내려다보며 말했다.

"모르셨군요, 아버지. 당신 같은 사람에 의해 태어난 것이 바로 제게 내려진 저주입니다."

❦

예고된 죽음이 반드시 시시한 죽음을 뜻하는 것은 아니다.

베르타 공작의 갑작스러운 사망 소식에 가문의 식솔 전부는 혼비

백산했다. 대기도실에서 남편의 죽음을 전해 들은 공작 부인은 그 자리에서 정신을 놓았다. 그녀는 마차에 실려 저택으로 돌아와, 다음날 장례식 준비가 거의 끝나 갈 때까지 깨어나지 못했다. 꿈속으로만 빠져드는 그녀는 꼭 현실을 부정하고 있는 것처럼 보였다.

이번 일이 불러낸 복잡한 상황과는 다르게, 범인을 잡아내는 과정은 비교적 간단했다. 피투성이가 된 범인은 담벼락을 넘어서지도 못하고 경비대에 붙잡혔다. 남자는 신전의 일꾼으로 발각 당시 완전히 만취해 있었다.

취조 끝에 밝혀진 경위는 이러했다. 평소 제 처지를 비관해 온 남자가 경비가 허술해진 틈을 타 홀로 있던 베르타 공작을 살해하고 도망친 것이다. 일을 저지른 인물과 그치의 배경을 알자 동기는 쉬이 짐작이 되었다. 최종적으로 베르타 공작 피살 사건은 배부른 귀족들만의 행사에 반감을 품은 하층민이 저지른 범죄로 결론이 났다.

상황을 파악한 디에고는 곧바로 산재한 일들을 처리했다. 실신한 공작 부인을 저택으로 옮기고 범인을 추궁했으며, 신전 내에 아버지의 묫자리를 샀다. 자연스러운 절차로 장례는 신전에서 꾸려지게 되었다.

디에고는 정신없는 와중에도 침착하게 모든 일 처리를 도맡았다. 젊은 후계자의 활약은 눈부셨고 이는 마치 새로이 가주가 될 자의 능력을 내보여 주는 것 같았다.

갑작스러운 가주의 죽음에 저택에 남아 있던 사용인들은 모두 장례 준비에 동원되었다. 덕분에 아이들을 상복으로 갈아입히는 일은 에스텔라가 맡게 되었다. 만약 공작 부인이 제정신이었대도 에스텔라를 당장 내쫓지는 못했을 것이다. 그만큼 손이 부족한 상황이었으니까.

에스텔라가 세드릭이 입은 상의의 단추를 여며 주며 물었다.

"도련님, 괜찮으세요?"

"아니."

세드릭이 작게 대답했다. 에스텔라가 흘긋 눈을 들어 세드릭을 보았다. 베르타 공작의 죽음을 전해 들은 세드릭은 의중을 알 수 없는 표정이었다.

"그럼 슬프세요?"

"그것도 아니."

우습게도 에스텔라는 그 대답에 안도했다. 그녀는 베르타 공작의 죽음을 알고도 막지 않은 사람이었다. 만일 세드릭이 베르타 공작의 사망에 충격받는다면 어느 정도는 그녀의 책임이라고 봐도 좋았다.

"그냥 모르는 사람이 죽은 것 같아."

제대로 실감이 나지 않을 법도 했다. 확실히 오늘은 너무도 많은 일이 벌어졌다. 베르타 공작의 비보가 알려졌을 때 에스텔라도 왠지 모르게 심장이 철렁였었다. 친자식인 세드릭 쪽이 더 놀라면 놀랐지 덜하진 않았을 것이다.

"몇 밤 지나면 슬퍼질까?"

"그리워질 수는 있겠죠. 나쁜 기억밖에 없는 사람이라도 오래 못 보면 미화되기도 하고 그렇더라고요."

그리 말한 에스텔라가 입을 다물었다. 말을 아껴야 할 상황이 있다면 이런 때를 말하는 게 아닐까. 에스텔라는 굽혔던 무릎을 일으키고는 세실리아에게 다가갔다. 세실리아는 에스텔라가 어르는데도 아까부터 소파 위에 엎드려 일어나지 않고 있었다.

"아가씨, 옷 갈아입으셔야죠. 일어나세요."

"시러어, 안 갈래."

"아가씨, 베르타 공작님께서 지금……."

"실타고 했자나아!"

그리 말하며 세실리아가 에스텔라의 손을 밀어냈다. 베르타 공작이 죽었다는 말을 이해하기는 했을까. 아니면 알고도 모르는 척하고 싶은 건지도 모르겠다. 에스텔라가 망설이자 세드릭이 첨언했다.

"우리끼리 가자. 세실리아는 너무 어려."

맞는 말이었다. 세드릭이 여덟 살배기 꼬마가 아니라면 에스텔라도 그 말에 지금보다는 깊이 공감했을 것이다. 저도 아직 한참 어린 나이면서 잘도 저런 소리를 한다 싶다. 에스텔라가 길게 한숨을 내쉬었다.

"전 가끔 도련님이 너무 일찍 철들어서 슬퍼요."

세드릭은 귀가 빨개져서는 괜히 문을 걷어찼다. 에스텔라는 피식거리며 세실리아의 머리 위를 가만히 쓸어 주었다. 그녀의 눈엔 복잡한 심경이 담겨 있었다.

하기야 세실리아가 장례식장에서 보이지 않는다고 그 누가 신경이나 쓸까. 공작 부인이 세실리아의 불참을 반기면 반겼지 아쉬워하진 않을 거란 생각이 들자 쓴웃음이 흘러나왔다. 어쩌면 저택에 남아 있는 게 세실리아에게 더 나을 수도 있었다. 세실리아가 다른 사람이 보는 앞에서 실수라도 저지른다면 필히 뒷말이 나올 터였다. 친부에게 할 마지막 인사 정도는 타인의 눈이 없을 때 해도 늦지 않다.

그리 생각을 정리한 에스텔라가 세실리아에게 다녀오겠다는 인사를 남기고 문을 나섰다. 먼저 나갔던 세드릭은 벌써 저만치 앞서 가고 있었다. 에스텔라는 황급히 세드릭의 뒤로 따라붙었다. 어서 밖에 대기하고 있는 마차를 타고 장례가 열릴 신전까지 이동해야 했다.

'그래야 디에고도 만날 수 있겠지.'

우선 과제는 그에게 검정 보타이를 언급한 것이 우연이 아니라고 밝히는 것이었다. 그래야 그에게 요구할…….

에스텔라의 걸음이 우뚝 멈춰 섰다. 에스텔라를 보고 제자리에 선 것은 상대도 마찬가지였다. 잠깐 사이 공작 부인의 얼굴은 완전히 핼쑥해져 있었다. 마치 넋을 놓은 사람 같았다. 공작 부인이 파리한 낯으로 에스텔라를 잠시간 응시했다. 그녀가 갈라진 목소리로 말했다.

"……내가 분명 저택을 나가라고 하였는데."

에스텔라는 곧바로 고개를 숙였다.

"각하의 마지막 가시는 길까지는 지키는 게 도리라 생각했습니다."

공작 부인은 눈살을 찌푸렸지만 당장 나가라며 패악을 부리진 않았다. 그녀가 꼿꼿한 걸음으로 마차에 올라탔다. 세드릭에게 알은체도 하지 않은 채였다.

에스텔라는 안도의 한숨을 내쉬며 세드릭과 함께 다른 마차에 올랐다. 신전으로 향하는 짧은 길이 유난히 길었다.

꽃

베르타 공작은 내로라하는 가문의 수장이었으므로 조문객의 수도 많고 많았다. 방문객들은 대개 베르타 공작과 업무적인 관계가 있던 이들이었기에 울음소리는 크지 않았다. 하루아침에 청상과부가 된 공작 부인만이 간헐적으로 훌쩍거렸다. 그녀는 미래 계획이 모두 날아가기라도 한 듯 완전히 망연자실한 표정이었다. 하기야 그 표현에서 크게 벗어나는 상황도 아니었다. 에스텔라는 세드릭의 뒤에 서 묵묵히 자리를 지켰다. 다행히 세드릭은 생각보다 의연해 보였다.

소동이 벌어진 건 추도식에서였다. 추도사를 준비해 온 인물이 없었으므로 이번에도 디에고가 앞으로 나섰다. 저나 세드릭이 아닌 디에고가 마지막 인사를 전하게 되었음에 공작 부인은 꽤 충격받은 표정이었다. 그녀는 눈물을 닦던 손수건을 틀어쥔 채 멍하니 비석을 응시했다. 그 위엔 베르타 공작의 이름과 함께 짧은 문구가 한 줄 쓰여 있었다.

[다신 만나지 못할 충실한 우리네 아버지를 그리워하며.]

한 가문의 가주가 영면을 통해 얻기에 적합한 문장이었다. 당사자의 생애가 '충실한'이라는 수식과는 다소 거리가 멀다는 게 문제긴 하나, 오랜 세월이 지나고 나면 그런 사소한 일에 신경 쓰는 자는 남지 않을 것이다. 그보다는 디에고가 저 가식적인 문장을 잘도 선정했다 싶다. 헛웃음을 짓던 공작 부인이 그대로 입꼬리를 굳혔다. 그녀는 문득 의문을 가졌다.

저것이, 사람이 죽은 다음 날 곧바로 나올 수 있는 물건이었던가?

불가능하지는 않을 테지만 정도 이상으로 빨랐다는 건 분명한 사실이었다.

"아버지께서는 본인에게 주어진 막중한 책임을 외면하지 않고 굳건히 가문을 이끈 믿음직한 분이셨습니다. 여러분들의 신의 있는 친구였으며, 또한 메스키다 왕가의 충직한 신하기도 했습니다. 이 견실한 남자를 잃었음에 남은 우리는 오래도록 괴로울 것입니다."

디에고가 어두운 낯빛으로 추도사를 읊었다. 그러나 공작 부인은 디에고의 슬퍼하는 연기에 속지 않을 몇 안 되는 사람이었다.

현장에서 도주하던 범인이 곧바로 붙잡힌 탓에 본래 그녀는 디에고를 의심치 않고 있었다. 베르타 공작은 원체 적이 많은 사람이었던 데다, 지금 이 시점에서 디에고가 공작을 죽이기까지 할 이유는 없었기 때문이다. 지금까지의 행적을 봤을 때도 그랬다. 디에고는 공작을 견제하긴 했으되 직접적으로 그를 해치려는 행동을 취하진 않았었다.

하지만 그것이 단지 때를 기다린 것뿐이었다면?

그러고 보니 입관 절차도 이상하다. 베르타 공작의 장례는 여타의 의식과 비교해 매우 속도감 있게 진행되고 있었다. 마치 누군가의 방해를 염려하기라도 한 듯이.

공작 부인은 이것이 마치 준비된 죽음 같다는 느낌을 지울 수 없었다.

"망자에 대한 애도를 표하기에 눈물은 적합한 방식이 아니라는 생각이 듭니다. 다만 그가 우리에게 남긴 것을 생각하고, 또 오래도록 추억합시다."

디에고가 이어 침중한 어조로 말했다.

"남기고 가신 것들은 제가 보살필 테니 이만 편히 잠드십시오, 아버지."

"내 남편이 이렇게 죽었을 리 없어."

디에고가 추도사를 끝맺음과 동시에 공작 부인이 멍하니 속삭였다. 큰 목소리는 아니었으나 주변이 조용했기에 모두가 그 말을 들었다. 안타깝게 보는 이들도 있었으나 대개는 흥미진진한 눈을 했다.

젊은 나이에 남편을 잃은 여자라. 참으로 안타깝고도 매력적인 소재가 아닌가. 아름다운 여인의 비극은 대중이 오래전부터 열망해 온 이야기였다.

"내 남편이, 대체 왜⋯⋯."

공작 부인이 넋 나간 목소리로 재차 중얼거렸다. 근래 가까운 이의 죽음을 기대했던 적이 있긴 하나, 당연히도 그 대상이 제 남편은 아니었다. 그녀가 죽기를 바랐던 상대는 바로⋯⋯.

공작 부인이 머리를 쥐어뜯다가 번뜩 디에고에게로 고개를 돌렸다. 군중에 섞인 디에고가 무감한 눈으로 저를 보고 있었다. 그 안에 친부의 죽음에 대한 슬픔이라고는 비치지 않았다. 공작 부인은 순간 디에고가 행동해야만 했던 동기를 깨달았다.

지난번에 보냈던 살수는, 죽은 게 아니라 배신하고 자취를 감춘 것이었나?

그녀가 휘청이는 걸음으로 묘비 앞에 선 디에고에게 다가갔다. 그대로 두었다간 꼭 쓰러질 것만 같은 낯빛이었다. 그러나 이어 공작 부인이 취한 행동은 혼절했던 자의 것이라고는 믿을 수 없이 격했다. 공작 부인이 정신없이 디에고의 몸을 잡아 흔들며 소리쳤다.

"디에고, 디에고⋯⋯ 넌 알고 있었지!"

"부인, 진정하세요!"

"누가 공작 부인을 좀 말려 봐!"

근처에 있던 영식들이 소란의 중심으로 뛰어갔다. 그러나 빠른 접근과 달리 이들은 여인의 몸에 섣불리 손을 대지 못했다. 숨이 제대로 쉬어지지 않는지 공작 부인이 주먹으로 제 가슴을 쳤다. 이어 그녀가 절규하듯 소리쳤다.

"어흑, 윽. 누가 일을 꾸민 게 아니고서야. 멀쩡하던 사람이, 하루 아침에, 대체 왜!"

"부인, 보는 눈이 많습니다. 놓고 이야기하세요."

디에고가 점잖은 목소리로 공작 부인을 진정시켰다. 에스텔라는 조마조마한 마음으로 그 모습을 지켜보았다. 공작 부인은 이성을 잃은 듯 보였고, 그런 상태에서는 어떤 짓을 저질러도 이상하지 않았다.

디에고가 공작 부인에게로 고개를 숙이며 언뜻 그녀의 귓가와 가까워졌다. 그러나 곧 그대로 공작 부인의 어깨를 잡아떼어 냈기에, 그것이 의도된 바인지 움직임이 겹쳐 착각한 것인지 잘 분간할 수는 없었다.

멍한 눈으로 디에고를 쳐다보던 공작 부인이 곧 그에게 아무렇게나 주먹을 휘두르기 시작했다. 디에고가 곧바로 그 손목을 잡아 제지했으나 그녀의 울부짖음까지 그치게 하지는 못했다.

"너지, 네가 내 남편을 죽였지! 권력에 눈이 멀어서, 네가……!"

"부인, 충격받으신 건 알지만 저도 아버지의 자식입니다. 어찌 그런 무서운 말씀을 하십니까."

디에고가 침통한 표정으로 말했다. 여론 역시 좋지 않았다. 저를 향해 수군거리는 걸 본 공작 부인이 그제야 입을 다물었다. 하지만 분이 다 풀리진 않은 듯 그녀가 끝내 제 머리칼을 쥐어뜯으며 주저앉았다.

"아아아아아악!"

그녀의 목 위는 온통 새빨갛게 달아올라 있었고 숨은 불안정하게 헐떡거렸다. 공작 부인은 결국 재차 혼절했다. 한순간에 뒤로 쓰러진 그녀를 뒤편에 있던 영식들이 붙잡았다. 망사 모자가 벗겨지며 바닥을 나뒹굴었다. 디에고가 그것을 주워 다른 이에게 넘기며 말했다.

"부인을 저택으로 모셔 의사에게 진찰받게 하십시오. 전 여길 정리하고 찾아뵙겠습니다."

한 영식에게 들쳐 업힌 공작 부인이 초라하게 퇴장했다. 모두가 자리를 빠져나가는 그녀의 뒷모습에서 눈을 떼지 못했다. 에스텔라는 홀로 디에고 쪽을 돌아보았다. 그 역시 공작 부인에게 시선을 주고 있는 건 마찬가지였다. 몹시 안타깝다는 표정을 지은 채였다.

완벽한 연기에 감탄하던 에스텔라는 문득 디에고에게서 시선을 돌렸다. 그를 쳐다보고 있는 게 저뿐만이 아님을 느낀 탓이었다.

사람들은 묘비를 둘러싼 채 서 있었고, 에스텔라는 오른편 끝에 있었다. 상대는 그 반대쪽에 있어 시선의 방향을 알아챈 것이었다. 모두가 공작 부인을 보고 있는 와중 디에고에게 주목하는 특이한 이가 또 누굴까. 에스텔라는 의아한 눈으로 상대를 응시했다.

'누구지?'

길게 늘어진 은발 머리와 새파란 눈이 소름 끼치도록 투명해 보이는 여자였다. 디에고를 보는 그녀는 조금 기가 질린 표정을 짓고 있었다. 창백한 낯이었지만 굳게 다물린 입엔 힘이 있었다. 무엇보다 디에고만큼이나 아름다운 외양의 소유자다.

그 사실을 인지하자마자 에스텔라는 본능적으로 그녀의 정체를 깨달았다. 소설 속 주인공들의 외양은 비슷한 수준으로 설정되기 마련이니까.

얼굴이 보인 건 찰나의 순간으로, 여자는 곧 검은 후드를 뒤집어썼다. 그러고는 재빠르게 사람들 사이를 빠져나갔다.

'설마 아드리아나?'

여주인공은 베르타 공작이 들어간 개인 기도실에 숨어 있다가 살해 현장을 목격한다. 그런 일을 지켜본 자라면 장례식장까지 나와 범인의 행동을 확인하고 싶었을 수도 있다.

"어쩐지 조용히 지나간다 했지요. 공작 부인께서 불같은 성미인 것은 이미 다 소문이 난 바인데……."

그때 에스텔라의 뒤편에 선 남자가 수군거렸다. 조용한 분위기가 예를 갖추기 위해서인가 했더니, 단순히 공작 부인이 코앞에 있어 다들 입을 다물었던 듯도 싶었다. 근처에 있던 자 하나가 이어 의심의 목소리를 냈다.

"가문을 이을 소공작께 살인을 운운하다니, 혹시 뭘 알고 말하는 것인지 궁금해지는군요."

"설마요, 디에고 님이야 가만히 있어도 작위를 물려받았을 분 아닙니까."

"글쎄요, 베르타 공작이 차남을 더 편애한다는 얘기는 유명하지 않았습니까."

"보트리 후작가의 눈이 있는데 어찌 함부로 후계자를 뒤집어엎겠습니까? 베르타 공작이 이루지 못할 욕심을 낸 거지요."

베르타 공작이 생전에 차남에게 작위를 주고 싶어 했던 건 이미 유명한 이야기였다. 다만 대외적으로 베르타 공작이 호인인 양 굴어 왔던 탓에 디에고와의 사이를 마냥 나쁘게만 인지하는 자들은 없었다. 베르타 공작은 제 입으로 그들 사이의 불화를 밝힌 적이 없었고 디에고 역시 그러했다. 디에고가 의심받지 않은 이유는 간단했다. 겉으로 보기에 디에고는 아버지를 살해할 이유가 없었다.

"애초에 코르티잔 출신이 낳은 아이를 차기 가주로 추대하는 것 자체가 말도 안 되는 일 아닙니까."

고개를 내젓던 남자가 피식 웃으며 덧붙였다. 호사가들은 당사자인 세드릭이 코앞에 있는데도 아랑곳하지 않았다. 듣지 못할 거라고 생각해 이러는 걸까, 아니면 부러 반응을 유도하고자 목소리를 높이는 걸까.

에스텔라가 세드릭의 손을 잡았다. 세드릭은 말없이 에스텔라에게 붙잡힌 손에 힘을 주었다. 무기력하게 내려앉은 세드릭의 어깨를 보며 남자들이 신이 난 듯 소리를 키웠다.

"눈엣가시처럼 생각하던 장자가 꼼짝없이 작위를 물려받게 생겼으니 부인도 정신을 놓은 거지요. 설마하니 장례식장에서 이런 소란을 벌일 줄이야……."

"눈앞에서 가주 자리가 날아가서 반쯤 미쳤나 보지요. 애지중지 키운 제 아들이 끈 떨어진 신세가 됐으니 말입니다."

"저라도 제정신이 아닐 것 같긴 하지만 아무리 그래도 패악이 정도를 넘어섰으니……."

그때 디에고가 그쪽으로 고개를 돌렸다. 시선의 방향이 명확했던 탓에 남자들은 일제히 입을 다물었다. 그들은 상대가 그대로 모른 척 지나치길 바랐겠으나 디에고는 정확히 그들의 앞으로 가 섰다. 디에고가 정중한 투로 말했다.

"아버지를 보내 드리는 자리입니다. 아버지께서 아끼신 분을 욕보이는 일은 없었으면 하는군요."

동시다발적으로 헛기침이 터져 나왔다. 일행 중 하나가 겸연쩍은 투로 말했다.

"부인께서 소공작님께 실례를 저질렀으니 한 말입니다."

"예, 압니다."

디에고가 이해한다는 듯 고개를 끄덕였다. 하지만 그들에게 경고하듯 부드러운 시선을 주는 것은 그만두지 않았다. 결국 모두가 "경황이 없어 생각이 짧았다."며 짧은 사과를 남겼다.

디에고는 그들의 인사를 받아들이고는 세드릭의 앞으로 와 섰다. 에스텔라는 반사적으로 세드릭과 마주 잡은 손을 제 쪽으로 당겼다. 의심의 여지를 남기지 않는 완벽한 응대에 기가 다 질렸다. 저들은 디에고가 공작 부인을 단 한 번도 '어머니'라고 부르지 않았다는 사실엔 신경 쓰지 않는 걸까. 아니면 제가 진범을 알고 있기 때문에 이런 생각을 하게 되는 걸까?

"세드릭, 괜찮으냐."

디에고가 세드릭을 내려다보며 물었다. 모르는 이들의 비난에 세드릭은 적잖이 기분을 망친 듯했다. 세드릭이 가라앉은 목소리로 대답했다.

"네에······."

말없이 세드릭을 내려다보던 디에고가 에스텔라에게로 주의를 돌렸다. 그가 물었다.

"세실리아는 어딨습니까?"

디에고의 모든 행동은 꼭 잘 꾸며진 연극 같아 보였다. 에스텔라는 그 무대에 제가 올라야 한다는 사실에 약간의 거부감을 느꼈다. 에스텔라가 잠시 뜸을 들인 후에야 대꾸했다.

"가기 싫다고 하시기에 모시고 나오지 않았습니다. 심약한 아가씨께 부담이 될 듯해서요."

"잘하셨습니다. 보호자도 온전한 정신이 아닌데 어린아이들이야 말해 무엇 하겠습니까."

디에고가 그리 말하며 근심 어린 눈을 해 보였다. 견디기 힘든 상황임을 드러내는 것처럼 한숨까지 내쉰다. 그가 미약한 미소를 내보이며 에스텔라에게 감사를 전했다.

"선생님께서도 참석해 주셔서 감사합니다. 이런 때 아이들까지 통솔하시려면 힘드셨을 텐데요."

"……그래도 신세 진 일이 많은데 빠질 수야 있나요. 아이들은 당연히 제가 돌봐야 하는 거고요."

"그래도 갑작스러운 일에 많이 놀라셨을 테지요."

"직접 큰일을 겪으신 소공작님만 할까요."

그리 말하며 에스텔라가 디에고의 목 근처로 시선을 주었다. 공작부인이 잡고 흔든 탓에 좀 구겨져 있긴 했지만, 그렇다고 목에 맨 물건이 바뀐 것은 아니었다.

에스텔라가 검은색 보타이에 시선을 준 채 말했다.

"……말씀드렸던 물건, 결국은 필요하게 되었네요."

조금 목소리가 떨리긴 했으나 상대의 주의를 끄는 것엔 성공했다. 디에고의 어깨가 빳빳하게 굳는 게 느껴졌다.

디에고가 천천히 고개를 돌려 에스텔라의 눈을 응시했다. 에스텔라는 피하지 않고 그의 시선을 마주했다. 그것이 결코 우연 따위가 아니라, 제가 의도한 접촉이었음을 증명이라도 하듯이.

의미를 알 수 없는 표정을 짓던 디에고가 이내 천천히 입꼬리를 끌어당겼다. 미소를 띤 입가와 달리 그의 눈빛은 서늘했다.

피가 묻은 옷과 장갑은 소각했고 단도는 흐르는 물에 씻어 혈흔을 닦아 냈다. 증거는 제거했으나 증인은 남았다. 말을 할 수 있다는 점에서 사람을 처리하는 일은 사물보다 까다롭다.

그러나 디에고는 발각을 크게 염려하진 않았다. 그는 제 비밀을 발설할 자 역시 옷을 태웠던 불구덩이에 얼마든지 빠트릴 수 있는 남자였다.

디에고가 이내 상냥한 투로 답했다.

"선생님과는 아이들과 관련해 나눌 이야기가 많을 것 같군요. 이 자리가 끝나면 긴히 따로 뵙지요."

⋘≫

"미스 마거릿, 나이는 22세. 가정 교사를 구한다는 공고를 보고 지원서를 제출했다고 하고, 간단한 면접을 거쳐 제가 최종적으로 고용을 결정했습니다. 이 저택에 들어온 지는 딱 한 달이 되었네요."

준비했다는 듯 쏟아진 신상 명세에 디에고가 서류에서 눈을 떼어 냈다. 하비에르가 더 말해도 되냐는 듯 디에고를 보고 있었다. 아무래도 집중해서 들어야 할 모양이다. 디에고는 책상 위에 펜을 내려놓고는 의자 등받이에 등을 기댔다. 잠을 제대로 자지 못해 시야가 흐릿했으나 제가 어디 있는지 분별하지 못할 정도는 아니었다.

디에고는 베르타 공작이 생전에 썼던 집무실에 앉아 있었다. 아버지가 죽음을 맞은 후 디에고는 이곳에서 업무를 처리하기 시작했다. 여러 번 드나들어 이미 익숙한 공간이었지만, 위치에 따른 약간의 차이점은 존재했다. 이를테면 집무실 책상에 앉았을 때 보이는 건너편 벽의 그림 같은 것. 대단한 변화는 아니었으나 그 사실이 가리키는 바는 결코 시시하지 않았다.

"계속 말해."

디에고가 고개를 까딱였다. 그가 장례를 마치고 저택으로 돌아오자마자 가장 먼저 행한 일은 에스텔라의 뒷조사였다. 에스텔라는 그의 비밀을 알고 있었고 그는 그렇지 못했다. 디에고가 모든 면에서 우위에 있다 한들 에스텔라에게도 뒤집을 패가 없지는 않다는 소리였다. 그리고 그 사실은 디에고를 못내 불쾌하게 만들었다.

"소공작님께서도 아시다시피 아이들을 잘 가르친다는 소문이 자자했습니다. 초짜치고 능숙하기도 하고, 성격이 점잖다며 하녀 아이들까지 좋아하더군요. 눈에 띄는 사항이라고 하면…… 이틀 전 공작 부인께 해고 통보를 받았다고 합니다. 경황이 없는 와중이라 아직 나가지는 않았지만요."

디에고의 허락에 집사가 기다렸다는 듯 말을 이었다. 디에고는 콧잔등을 간지럽히는 안경을 가볍게 고쳐 썼다.

이틀 전이라. 정확히 베르타 공작이 사망한 날이었다. 디에고는 신전으로 향하기 전 에스텔라가 저를 찾아왔던 일을 잊지 않았다. 왜 그녀는 굳이 그때 자신의 계획을 알고 있다는 사실을 드러낸 걸까. 단순히 디에고를 협박하기 위해서였다면 장례가 끝난 뒤 그를 찾아와도 늦지 않았다.

단편적인 이야기만 들어서는 추측되는 동기가 많지 않았다. 공작 부인에게 해고 통보를 받았다고 하니 기껏해야 일자리를 보전해 달라는 요구 정도가 떠오를 뿐이다. 아니면 베르타 공작에게 요구했던 것처럼 돈을 바랐든지.

단순히 금전이 목적이라면 이루어 주지 못할 것도 없었다. 얼마간의 돈을 내주고 추천장과 함께 다른 저택으로 떠나보내면 되는 문제였다. 디에고가 제 예상에 다른 근거를 구하듯 물었다.

"저택에 들어온 경위는?"

"아버지란 작자가 노름을 한 전적이 있더군요. 본래 넉넉하지 않은 가문이긴 했으나 최근 들어선 끼니를 잇기도 어려운 지경이 되었다고 합니다. 금전적인 어려움에 구직을 결심한 듯싶더군요."

아버지가 노름꾼이라니, 이제야 베르타 공작에게 했던 맹랑한 요구가 이해되었다. 체면을 차리지 못할 정도로 가족들의 생활이 궁핍했던 모양이다.

"흔한 불행이군."

디에고가 짧게 평했다. 그러고는 문득 생각났다는 듯 물었다.

"그러고 보니 약혼자가 있었다고 들었는데."

"아, 맞습니다. 전 약혼자는 에리카 남작의 차남입니다. 주변의 평으로는 꽤 건실한 남자라고 하더군요."

"그치에게 따로 도움을 받진 못했나 보지?"

"걱정 마십시오. 거버니스로 구직을 시작하며 약혼자와 완전히 파혼했다고 합니다."

뭔가 초점이 어긋난 답이 돌아왔다. 이어 다음 질문을 던지려던 디에고가 무심코 고개를 들었다. 그가 황당하다는 듯 대꾸했다.

"그게 왜 내 걱정거리가 되는 것처럼 말하는지 모르겠군."

"……그게 중요하신 거 아니었습니까?"

하비에르도 얼떨떨하긴 마찬가지였다. 이성적인 관심이 있는 게 아니라면 과년한 처자의 뒷조사를 하여 얻을 게 또 무엇이 있단 말인가. 만일 정계에서 두각을 보이는 여인이라면 또 모르겠지만 에스텔라는 일개 가정 교사에 불과했다. 디에고가 관심을 가질 이유가 하등 없는 인물이라는 뜻이다.

의아한 기색의 집사를 무시한 채 디에고가 이어 물었다.

"파혼 사유는 어떻게 되지?"

"말씀드린 대로 미스 마거릿이 구직을 결심하며 파혼 통보를 받았다고 합니다. 그게 아니었다면 남자 쪽에선 결혼을 강행하려고 했던 듯싶어요. 근방에서는 잘 어울리는 짝이라고 소문이 자자했다고 합니다."

아버지의 부채 때문에 차였다기에 썩 괜찮은 남자는 아닌 줄 알았는데 생각보다는 돼먹은 인물이었던 모양이다.

디에고는 파혼 사실을 말하던 에스텔라의 표정을 떠올려 보았다. 그 눈에 별다른 미련은 비치지 않았었다. 디에고가 설핏 미간을 좁혔다.

"상황이 궁핍한데 왜 약혼자의 도움을 받지 않았지?"

"아무래도 기우는 결혼은 불행해지기 마련이니까요. 약혼자가 괜찮다고 했어도 그 부모는 반기지 않았을 공산이 크죠."

"그래도 구직을 하는 것보단 모양새가 나았을 텐데."

"더 깊게 파 보면 다른 정황이 나올지도 모르겠으나 일단 알려진 상황은 제가 말씀드린 대로가 맞습니다."

디에고가 가만히 고개를 끄덕였다. 굳이 뒷이야기를 더 캐물을 생각은 없었다. 헤어진 연인들의 사정이야 당사자들에게나 의미 깊은 법이다. 에스텔라가 에리카 남작가의 차남과 어떻게 이별했든 디에고와는 상관이 없는 문제였다.

"그 외에 다른 건 없나?"

"시골 처녀의 신상이란 원체 별거 없지요."

결국 저를 흔들 만한 대단한 뒷배경은 없다는 결론이 나왔다. 공작 부인과 손을 잡았다고 볼 수도 없다. 만일 공작 부인이 에스텔라를 이용해 어떤 일을 벌이고자 했다면 저택에서 내쫓지는 않았을 테니까.

하비에르가 디에고의 눈치를 보며 물었다.

"그런데 정말 미스 마거릿에게 관심이 없으십니까?"

"왜 자꾸 그런 걸 묻지?"

"미인이시지 않습니까."

하비에르가 미소 지으며 냉큼 대답했다. 손자뻘인 디에고가 처음으로 이성에 대한 조사를 부탁한 것이 귀엽다는 투였다. 그야말로 터무니없는 오해가 아닐 수 없다. 디에고가 어이없다는 듯 피식 웃었다.

"두꺼운 안경으로 얼굴을 반이나 가리고 다니는데 그게 보이긴 하나?"

자리에서 몸을 일으킨 디에고가 천천히 뒤편에 있는 창가로 다가갔다. 딱히 누군가를 눈에 담으려 한 것은 아니었는데, 마침 에스텔라가 정원을 지나가는 모습이 보였다. 거리가 멀어 얼굴은 흐릿했으나 가지런히 땋아 올린 머리칼만 봐도 그녀임을 알아볼 수 있었다. 디에고는 잠시간 그녀의 꼿꼿한 걸음걸이에 시선을 주었다.

"귀족들이 가정 교사를 뒤처리 간단한 유흥 상대로 보곤 하는 건 인정하지만 적어도 내가 그럴 생각은 없어."

그가 딱 잘라 선을 그었다. 어차피 상대도 딱히 제게 이성적인 관심은 없어 보였다. 그와 독대할 기회를 버리고 아이들을 끌고 왔던 것만 봐도 알 수 있다. 디에고가 읊조리듯 말했다.

"교사는 아이들을 가르쳐야지."

디에고는 그녀가 건물에 가려질 때까지 시선을 떼지 않았다. 그녀가 완전히 시야에서 사라졌을 즈음, 뒤편에서 조심스러운 질문이 돌아왔다.

"그럼 왜 뒷조사를 시키신 겁니까?"

"그 여자는 내가 이틀 전 무슨 짓을 저질렀는지 알고 있어."

디에고의 담백한 대답에 집사가 단숨에 얼굴을 굳혔다. 표현 자체는 두루뭉술했지만 사정을 아는 이들 사이에선 많은 뜻을 내포하는 발언이었다. 디에고가 집사를 돌아보며 명령했다.

"긴히 나눌 이야기가 있으니 가서 내가 찾는다고 전해."

⚜

집사 하비에르가 찾아왔을 때, 에스텔라는 막 살구가 든 바구니를 주방 개수대 옆에 내려놓고 있었다.

"디에고 님께서 부르십니다."

오랜만에 듣는 목소리에 에스텔라가 고개를 들었다. 언제 들어왔는지 몇 걸음 떨어지지 않은 곳에 집사가 서 있었다.

"디에고 님께서요?"

에스텔라가 약간의 당황이 섞인 목소리로 되물었다. 디에고가 미리 대면을 예고하긴 했지만, 그것이 이리 빠른 시일 내에 이루어질 줄은 몰랐다. 그도 그럴 것이 디에고는 가문 안팎의 일을 처리하느라 하루 종일 정신이 없었으니까. 반면 에스텔라는 당분간 수업 일정이 백지화 된 덕분에 영 한가했고 말이었다.

다행히도 공작 부인은 딱히 에스텔라를 열정적으로 내쫓으려고 들 진 않았다. 하기야 당장 에스텔라가 사라졌을 때 아쉬운 쪽은 공작 부 인이었다. 공작 부인이 상을 당한 와중 아이들 교육까지 돌볼 수는 없 을 것이다.

간만에 얻은 여유에 에스텔라는 시간을 내 정원에 있는 살구나무 까지 다녀온 참이었다. 이전에 게리 아주머니께 받은 것을 가지고 갔 을 때 아이들이 잘 먹기도 했고, 어쨌든 당분과 비타민은 우울을 이 겨내는 데 도움이 되니까. 아이들에게 나름의 기분 전환이라도 시켜 줄까 싶었다.

에스텔라는 저 포동포동한 살구가 디에고와의 원만한 대화에도 도 움이 될까 고민해 보았다. 답은 당연히도 아니었다. 미련 없이 바구니 를 놓은 에스텔라가 집사에게로 다가갔다.

"어디로 가면 될까요?"

"제가 안내하지요."

그리 말하며 집사가 먼저 주방 문을 열고 나섰다. 에스텔라는 조용 히 그의 뒤로 따라붙었다. 사다리를 타고 나무를 오르느라 차림새가 흐트러졌다는 사실은 뒤늦게서야 떠올랐다. 에스텔라는 황급히 치맛 자락을 털고 옷깃을 정돈했다. 다만 나뭇가지에 걸려 헝클어졌던 머 리만은 완벽히 정리할 수 없었다. 손으로만 더듬었는데도 잔머리가 이 리저리 솟아오른 게 느껴졌다. 그에 정신이 팔린 나머지 집사가 저를 불렀다는 사실은 반 박자 뒤에야 알아차렸다.

"미스 마거릿."

나직한 목소리였다. 꼭 어떤 경고를 남기기 전 예고하는 목소리 같았다. 아니나 다를까 이어진 조언은 에스텔라의 짐작과 몹시 닮아 있었다.

"소공작님을 자극하지 마십시오."

에스텔라는 자신이 어떤 반응을 보여야 적당할지 잠시간 가늠해 보았다. 에스텔라가 곧 감정이 드러나지 않는 목소리로 대꾸했다.

"친절한 조언을 하시네요."

"불필요한 희생을 더 늘리고 싶진 않으니까요."

집사가 인자한 음성으로 대답했다. 에스텔라는 곧장 제자리에 멈춰섰다. 저를 걱정하는 말인 걸 알면서도 왜인지 기분이 상했다.

뒤따라오던 걸음 소리가 멎자 하비에르가 뒤편을 돌아보았다. 에스텔라가 그의 눈을 마주하며 물었다.

"베르타 공작의 죽음은 필요한 희생이었나 보죠?"

잠시간 침묵이 일었다. 집사는 곧바로 대답하는 대신 텅 빈 복도를 살폈다. 혹여 말소리가 새어 나갈까 싶어 2층엔 사용인들이 발을 들이지 못하도록 한 상태였다. 듣는 귀가 없으니 서로에게 조금 더 진솔해져도 상관없겠다 싶다.

하비에르가 작고 긴 한숨을 내쉬었다. 그의 눈가 주름이 피로로 겹쳐졌다.

"미스 마거릿, 제가 이 저택에서 언제부터 일했는지 아십니까."

의도를 알 수 없는 질문이었다. 그가 오랜 경력자라는 것쯤은 이미 알고 있는 바인데 왜 굳이 다시 언급하는 것일까. 제 직위가 더 높으니 말대답은 말란 경고라도 하고 싶은 걸까. 그러나 이어진 집사의 말은 에스텔라의 예상과는 사뭇 달랐다.

"전 이 저택에서 31년을 일했습니다. 저는 전대 보트리 후작께서 마님에게 내린, 일종의 결혼 선물이었죠. 당시에도 베르타 공작이 변변찮은 인간이라는 소문은 사교계에 파다했습니다."

집사 하비에르가 전대 공작 부인을 따라 이 저택에 들어왔다니. 처음 알게 된 사실이었다.

예기치 못하게 듣게 된 돌로레스의 이야기는 서두부터 흥미로웠다. 이전에 게리 아주머니가 전대 공작 부인에 대해 단편적으로 알려 주긴 했지만, 결혼 과정에 대해서는 들은 바가 많지 않았다.

에스텔라는 집사가 왜 디에고의 편에 섰는지 알 것 같았다. 그의 원주인은 보트리 후작가였으니 새로 들어온 안나를 경계하는 게 당연했다.

"크게 내키지 않는 약혼 상대긴 했지만 가문 간의 결합은 때로 배우자의 인간됨을 우선순위에서 미루게 만들기도 하니까요. 물론, 전대 보트리 후작께선 혼인 후에 베르타 공작이 마음가짐을 달리할지 모른다는 약간의 기대도 있으셨겠지요. 하지만 모든 일엔 보험이 필요한 법이라, 저는 돌로레스 님을 오래 모셨다는 이유로 그분과 함께 이 저택으로 들어오게 되었습니다."

두 가문에서 혼담이 오가던 시절, 베르타 공작가에선 오래도록 일했던 집사가 노환을 이유로 저택을 떠났다. 딸의 결혼 생활을 걱정했던 전대 보트리 후작에게 있어서는 절호의 기회였다.

하비에르는 그때 전대 보트리 후작의 명에 의해 출신을 밝히지 않고 베르타 공작가로 들어오게 되었다. 돌로레스를 가까이에서 보필하기 위해서였다. 이는 오래도록 돌로레스와 하비에르, 둘만의 비밀로 남았다. 돌로레스가 죽은 뒤로는 비밀을 나눈 상대가 그녀의 아들로 대체되었지만.

하비에르가 천천히 눈을 감았다 떴다. 그가 말하는 세월처럼 그의 목소리도 깊이 침잠했다.

"20년이었습니다."

본인이 이 저택에서 머문 시간을 말하는 게 아니었다. 에스텔라는 그가 전대 공작 부인이 버텨 낸 세월을 말하고 있음을 어렵지 않게 알아차렸다. 그는 한없이 덤덤한 음성으로 이야기했으나, 그래서 더 처절하게 읽히는 구석이 있었다.

"사람을 말려 죽이기에 20년은 충분한 세월이더군요. 감히 그보다 끔찍한 시간은 없었으리라 단언합니다."

"베르타 공작에게 손댄 걸 비난하려는 건 아니에요. 알고도 막지 않았단 점에서 저 역시 공범인 건 똑같으니까."

에스텔라가 시선을 피하며 말했다.

돌로레스와 디에고, 두 사람의 인생을 나락으로 빠트린 베르타 공작이 죗값을 받는 것은 마땅했다. 에스텔라도 스스로가 매우 어쭙잖은 기준을 가지고 있다고는 생각했으나, 성인군자도 아닌 제가 완벽한 인덕의 소유자가 되지 못했다고 해서 죄책감을 가질 필요는 없었다. 솔직해지자면 그녀는 베르타 공작의 죽음이 소위 '잘 죽었다'는 표현에 해당된다고 생각했다.

그러나 죄가 없는 아이들의 경우는 다르다.

"하지만 당신들에겐 세드릭과 세실리아도 '필요한 희생'에 해당되는 인물이겠죠, 아닌가요?"

따져 물으려던 건 아니었는데 목소리가 생각보다 날카롭게 나왔다. 생리적인 불쾌함을 완전히 가리지 못한 탓이었다. 에스텔라는 자신이 왜 집사의 말에 반감을 가졌는지 이제야 제대로 설명할 수 있을 것 같았다. 어쩔 수 없었다며 자신들의 행동을 정당화하는 저 모습이 비위가 상해서다.

집사가 시선을 아래로 내렸다. 그러고는 죄책감을 회피하듯 말했다.

"옳지 않음에도 반드시 행해야 일들이 있습니다."

"뭣 모르는 아이를 죽이는 일에 대의가 있을 리 없어요."

에스텔라가 딱 잘라 말했다. 이어진 하비에르의 물음에 곧 말문이 턱 막히고 말았지만.

"죽이지 않으면 죽임을 당하는 것이 당연한 가족 관계 속에서 살아온 기분을 아십니까."

그런 것은 모른다. 짐작조차 하지 못한다. 에스텔라는 그러는 당신이야말로 디에고의 마음을 완벽히 이해하느냐고 묻고 싶었다. 안다고 말한다면 오만이며, 디에고와 함께 지내 온 당신도 알지 못하는 걸 내가 모른다고 죄스러워 할 필요는 없다고.

그러나 집사가 돌려준 것은 선선한 인정이었다.

"저는 모릅니다."

"……."

"그분의 평생을 지켜본 저조차 감히 그 기분을 모릅니다, 미스 마거릿."

많은 감정이 담긴 말이었다. 에스텔라는 물끄러미 집사의 눈을 넘겨보았다. 그녀가 주지하듯 말했다.

"그분이 가엾은 생애를 살아온 것이 살인에 대한 면죄부가 되진 않아요."

"……."

"나중에 위험이 될 게 분명하니까 아무것도 모르는 아이를 죽여 치운다니. 효율적인 방식인 건 인정하겠어요. 그런 식으로 살면 뒤탈이 없겠죠. 심지어 그분께는 꽤 그럴듯한 동기도 있고요. 하지만, 그래서요? 그렇다고 그가 사람을 찔러 죽인 일이 없던 일이 되나요?"

디에고는 살인자다. 그건 이 소설이 시작될 때부터 지정된 입력값이었다. 에스텔라가 그들 가족 사이를 휘저은 지금 이 시점에도 변하지 않은 유일한 진리다.

에스텔라는 디에고를 동정했지만, 동시에 그의 본질을 매우 잘 인지하고 있었다. 베르타 공작 밑에서 자란 디에고는 안타깝게도 사람을 필요에 의해 처리할 수 있는 남자가 되었다.

'안타깝게도'는 수식일 뿐이다. 그 말이 그 외의 다른 서술을 지울 수는 없는 거다.

"베르타 공작의 일을 눈감아 준다는 게 제가 당신들의 의견에 동의한다는 뜻은 아니에요. 당신들의 효율로 저를 설득하려 하지 마세요."

하비에르는 그 말에 알 수 없는 표정을 지었다. 가르치는 말투에 불쾌해할 법도 한데 그다지 나쁘게 받아들이지 않은 눈치였다. 대신 그가 가만히 물었다.

"세드릭 도련님과 세실리아 아가씨를 살리려고 하시는 겁니까?"

"……맞아요."

에스텔라가 잠시 망설이다가는 대답했다. 어차피 디에고에게 곧 전하게 될 목적이었다. 답을 들은 하비에르가 감내하듯 고개를 숙였다. 이윽고 그가 짧은 응원의 말을 남겼다.

"응원하겠습니다."

비꼬려는 의도 같진 않았다. 에스텔라는 물끄러미 그를 보다가는 그대로 지나쳐 집무실로 향했다. 집사는 더 이상 따라붙지 않았다. 뒤에서 그의 걸음이 멀어지는 소리가 들려왔다.

에스텔라는 홀로 집무실 앞에 섰다. 디에고는 이 안에서 그녀를 기다리고 있을 것이다.

'잘 해낼 수 있을까.'

디에고의 앞에서 떨지 않고 제 뜻을 잘 전할 수 있을지 확신이 없었다. 살인자의 자비에 매달려야 하는 상황이 우습게 느껴지기도 했다. 어쩌면 방해가 된다는 이유로 이 저택에서 쥐도 새도 모르게 사라지게 될지도 모른다.

그러나 에스텔라는 지금까지 자신을 이끌어 온 '원작'이란 것을 한번 믿어 보기로 했다. 디에고가 여주인공의 제안을 받아들인 건 협박성 짙은 요구가 두려웠다기보다는, 감히 제 앞에서 건방진 소리를 지껄인 여자에 대한 호기심이 앞섰기 때문이었다. 에스텔라는 부디 같은 호기심이 자신에게도 향해 주길 바랐다.

에스텔라는 망설임을 뒤로하고 짧은 노크를 남겼다.

"들어와요."

안쪽에서 심드렁한 목소리가 들려왔다. 에스텔라는 조심스럽게 문을 열고 안으로 들어갔다.

"부르셨다고 들었습니다."

디에고는 창가 앞에 서서 그녀를 돌아보고 있었다. 역광 때문에 그의 표정이 썩 잘 들여다보이진 않았다. 집무실 안의 공기가 건조해서 일까, 에스텔라는 입속이 바짝 마르는 것을 느꼈다. 그가 소파로 다가오며 말했다.

"일단 앉아요. 함께 나눠야 할 이야기가 있을 것 같아 불렀습니다."

에스텔라는 잠자코 그의 건너편에 자리를 잡았다. 긴장이 되어 선뜻 용건을 꺼낼 수는 없었다. 덕분에 먼저 입은 연 것은 디에고 쪽이었다.

"에스텔라 양."

"네, 소공작님."

"내가 두렵습니까?"

에스텔라가 침묵하자 그가 상체를 뒤로 물렸다. 그가 한결 사나워진 투로 말했다.

"애초에 대화를 요청했던 건 그대 쪽이었던 것으로 기억하는데요."

"……."

"말해 봐요, 미스 마거릿. 내 눈에 띈 의도가 뭔지."

에스텔라는 짧게 심호흡을 했다. 다행히 입 밖으로 나온 목소리는 생각만큼 꼴사납진 않았다.

"전 그저 제가 소공작님께 도움이 될 만한 사람임을 알려 드리고 싶었습니다."

"나에게 원하는 게 있습니까?"

디에고가 그녀를 비웃듯 곧장 말을 이었다.

"무능한 아버지는 노름판에 드나들고 동생들은 변변한 식사조차 못 하지. 어머니는 무기력증에 걸린 지 오래라고 하고."

남의 입으로 듣는 자신의 불행은 조금 이질적으로 들렸다. 충분히 화목했던 다른 가정도 경험해 봤기 때문일까.

에스텔라의 덤덤한 태도를 건방 정도로 해석한 듯, 디에고의 반응이 더욱 짜증스러워졌다.

"내가 어떻게 그 삶을 구제해야 만족하실까요. 차기 공작 부인 자리라도 탐내시는 건가?"

갑작스러운 결혼 얘기에 에스텔라는 조금 당황하지 않을 수 없었다. 디에고는 사실 적당한 상대가 오면 언제든 자기 혼사를 매매하도록 프로그래밍되어 있는 게 아닐까?

여주인공과 제가 들고 온 용건이 완전히 같았으므로 영 신빙성이 없진 않았다. 물론 에스텔라가 원하는 건 공작 부인 자리 같은 게 아니었지만.

반사적으로 터질 뻔한 웃음을 겨우 삼킨 에스텔라가 다시 진지한 표정을 띠었다. 허벅지 위에 둔 주먹에 힘이 들어갔다. 에스텔라가 결연하게 말했다.

"공작님, 제가 원하는 건 한 가지입니다."

"말해요."

디에고의 재촉에 에스텔라는 숨을 크게 들이켰다. 어차피 이제 와 돌아갈 길은 없다. 자신의 행동이 자살 행위 이외의 뜻으로 해석될 수 없다면, 조금 더 미친 척 굴어 보는 것도 나쁘지 않을 것이다. 에스텔라가 목소리에 힘을 주어 말했다.

"세실리아와 세드릭을 죽이지 마세요."

그리고 저를 향한 디에고의 섬뜩한 눈빛을 본 순간, 에스텔라는 예감처럼 깨달았다. 자신이 지금 제 발로 사자의 입속에 걸어 들어갔다는 사실을. 더 이상 이 소설의 흐름과 동떨어지게 살 수 없게 되었다는 것도.

에스텔라가 눈을 질끈 감으며 기도했다.

'부디 이게 제 유언이 되지 않게 해 주세요.'

저를 소설 속으로 떨어트린 미지의 힘이 있다면 양심상 이 정도 소원쯤은 들어주어야 했다. 디에고가 앞으로 달려 나가야 할 결말 귀퉁이에, 부디 아이들과 자신도 자리를 차지하고 있길 간절히 바랄 뿐이었다.

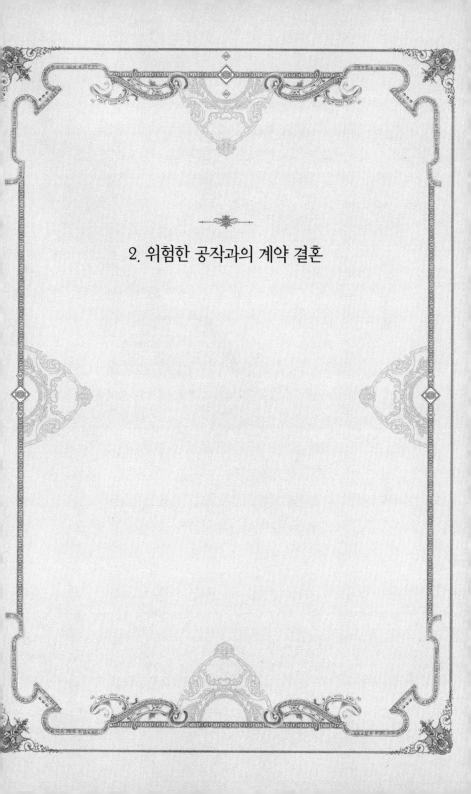

2. 위험한 공작과의 계약 결혼

"띠에고."

"……."

"띠에고!"

잠결에 들려온 혀 짧은 발음에 디에고는 번뜩 눈을 떴다. 결코 제 침실에서 울려 퍼져서는 안 되는 이질적인 소리였다. 벌떡 몸을 일으킨 디에고가 황급히 주변을 둘러보았다.

환청이었을까? 방 안엔 아무도 없었다.

"악몽인가?"

그리 중얼거린 디에고가 반사적으로 왼편을 돌아보았다. 창은 다 커튼으로 가려 둔 상태였으나 틈 사이로 미세한 빛이 비치고 있었다. 아직 해가 지진 않은 듯싶다.

디에고는 한숨을 내쉬며 건너편 벽의 시계를 확인했다. 시침이 가리키고 있는 숫자는 10이었다. 오전 7시 무렵에 침실로 돌아왔으니 고작해야 세 시간을 잔 셈이다. 이틀 철야 끝에 겨우 잠들었는데 그마저도 도중에 깨어나고 말았다.

디에고가 한숨을 내쉬며 다시 몸을 눕히려 할 때였다. 환청이라고 믿었던 목소리가 재차 울려 퍼졌다.

"띠에고!"

디에고는 그제야 소리가 들리는 방향을 제대로 인식했다. 오른편 침대 밑이었다. 황급히 고개를 돌리자 웬 여자아이가 매트리스 위에 턱을 댄 채 볼을 부풀리고 있는 게 보였다. 디에고는 더없이 황당한 심정이 되었다. 간 크게도 그를 깨운 침입자는 무려 스물한 살 연하의 이복동생이었다.

디에고가 얼떨떨한 얼굴로 자문했다.

"누가 들여보냈지?"

"다둘 띠에고 일 바쁘다고 해써. 그래서 지금 와떠."

딱히 상대에게 대답을 바랐던 건 아닌데 착실한 설명이 돌아왔다. 다행히 집무실에 들어오려는 건 밖에서 말렸던 모양이다. 하지만 그렇다고 해서 그게 죽은 듯이 잠든 사람을 깨우라는 의미는 아니었을 텐데.

디에고가 지끈거리는 관자놀이를 꾹꾹 눌렀다. 그가 최대한의 인내심을 끌어올리며 말했다.

"잠든 사람을 허락 없이 깨우는 건 예의가 아니라고 네 선생이 안 가르쳐 줬나 보구나."

"아침잉데 왜 자? 늦잠 혼나!"

그나저나 저 애가 저렇게 말을 잘했던가?

"이만 가렴, 꼬마야."

디에고가 검지 끝으로 세실리아의 이마를 밀었다. 그러고는 곧장 침대 위에 드러누웠다.

세실리아는 황급히 손을 뻗어 디에고의 어깨를 흔들려 했으나 팔이 닿지 않았다. 다섯 살 유아가 올라오기에 디에고의 침상은 너무 높았다. 끝내 세실리아가 코를 훌쩍였다. 그러고는 잘 알아들을 수 없는 소리를 웅얼거렸다.

"띠에고, 약속해써. 긍데 안 지켜."

결국 디에고가 반쯤 몸을 일으켰다. 그가 미간을 찌푸리며 되물었다.

"약속?"

"꽃 주, 주면, 소원, 대신, 흐끄, 이루어, 흑, 준다구……."

아, 그때…….

디에고는 그만 멍하니 입을 벌렸다. 얼마 지나지도 않은 일이다. 기억하지 못할 리 없다. 가정 교사의 농간에 휘말려 야외 수업에 동석했을 때를 말하는 것이다. 그때 자신은 배신자의 이름을 알아내려 세실리아를 꾀어내 꽃을 빼앗어 왔었다. 가정 교사 대신 소원을 이뤄 주겠다는 조건을 들어 가며.

제 허리 아래로 오는 작은 아이의 부탁이다. 우선순위는 쉽게 밀려났고 종래에는 까맣게 잊어버렸었다. 어쩌면 제 무의식에서 세실리아와의 접점을 떠올리길 피한 탓일 수도 있었다. 당시 디에고는 베르타 공작을 죽일 계획이었고 목표로 삼은 건 이복동생들도 마찬가지였다. 검을 휘두르기 전 그 애의 별것 아닌 소원을 하나 들어준다고 뭐가 달라질까. 어찌 보면 이도 기만이 아닌가. 하지만 아이는 살아남았고 지금 그의 배신을 책망하고 있었다.

디에고는 그만 앓는 소리를 내며 오른손으로 눈가를 감쌌다. 에스텔라와 함께 정원으로 나갔을 때, 불현듯 느꼈던 질 나쁜 예감이 꼭 들어맞았다. 이 아이들과 더 시간을 보내면 일을 처리할 때 사감이 끼어들고야 말리라고.

이래서 이들과 더 깊게 엮여 들고 싶지 않았다. 제가 저지를 죄를 마주 봐야 할 것이 싫었다. 디에고는 세실리아를 보며 결코 내뱉지 못할 말을 곱씹었다.

내가 너희들의 아버지를 죽였단다. 너희에겐 그리 나쁜 아비가 아니었을 텐데도 불구하고.

볼썽사나운 목소리가 나올 것 같아 결국 입을 다물었다. 세실리아가 원망 어린 눈초리로 그를 응시하고 있었다. 잠깐의 침묵 끝에 디에고가 겨우 말했다.

"원하는 걸 말해 봐라."

"으, 히끅."

"말해 보래도."

"으아아아, 흐엉, 흐아앙!"

그러나 때를 놓친 보답은 아이를 더 서럽게 할 뿐이었다. 세실리아가 원통한 얼굴로 눈물을 터트렸다. 불면에 이어 귀가 찢어질 듯한 소음 공해까지 이어지고 있다. 디에고에게 이 상황은 고문에 가까웠다. 잠은 이미 완벽히 달아나 버렸다. 결국 원만한 해결을 위해 디에고는 보호자를 찾기로 했다.

"네 엄마는……."

디에고가 말하다 말고 멈칫했다. 그가 신경질적으로 머리칼을 쓸어 올리며 물었다.

"아니, 네 선생이란 작자는 어디 있는지 말해 봐라."

❧

"왜 계속 여기 있는 거야?"

"네?"

세드릭의 불량한 질문에 에스텔라가 반사적으로 되물었다. 세드릭이 곧장 대답했다.

"선생님 잘렸잖아."

배려라고는 찾아볼 수 없는 지적이었다. 에스텔라는 황당하다는 표정을 지었다. 아니, 지금까지의 선생님들 중에 가장 좋다고 했을 땐 언제고 왜 퇴사를 종용하는 것인가?

세드릭이 고뇌 어린 표정으로 한숨을 내쉬었다.

"쪽팔리게 괜히 울었네."

펜을 쥔 손엔 힘이 없었다. 진심으로 통탄스럽다는 투였다.

에스텔라의 시선이 반쯤 비어 있는 세드릭의 시험지로 가 닿았다. 불시에 본 시험인 걸 감안해도 낮은 응답률이었다. 어지간히 평소 공부량이 떨어진다 싶다.

에스텔라가 눈을 가늘게 뜨며 물었다.

"도련님, 제가 언제 이 저택을 나가는지 궁금하세요?"

"나가?"

세드릭이 고개를 위로 쳐들었다. 기대와 불안이 섞여 아주 볼 만한 얼굴이었다. 아마 시험지를 치우고 나면 또 가지 말라느니 선생님이 최고라느니 하며 엉엉 울 것이다. 에스텔라가 국물도 없다는 표정을 지으며 대답했다.

"도련님께서 세상에 존재하는 모든 수식을 다 외시면 나갑니다. 그 전엔 어림도 없어요."

그리 말하며 에스텔라가 집중하란 듯 기다란 막대기로 세드릭의 시험지 위를 내리쳤다. 세드릭이 절망에 빠진 얼굴로 마저 답안을 끼적였다. 그 모습이 제법 귀여워 에스텔라는 피식 미소 지었다. 디에고와의 거래로 에스텔라는 성공적으로 가정 교사 자리를 보전해 냈다. 아마 이 애들은 앞으로 질리도록 그녀의 얼굴을 봐야 할 것이다.

시험이 끝나기까지는 약 10분여가 남았다. 에스텔라는 느리게 교실을 거닐다가는 창가로 향했다.

공작의 죽음으로부터 열흘이 지난 시점이었다. 수업을 마냥 놓을 수는 없었기에 3일 전부터는 다시 교실에 출입하기 시작했다. 세드릭은 도살장에라도 끌려온 표정이었지만 세실리아는 일상으로 돌아온 걸 기뻐했다. 공부를 빙자한 놀이가 수업의 전부인 세실리아는 에스텔라와 세드릭이 다 같이 모이는 시간을 좋아했다. 오늘처럼 지루한 시험 시간에는 혼자 나가서 놀 수도 있으니 싫을 이유가 없다.

에스텔라의 걱정과 다르게 두 아이들의 회복은 빠른 편이었다. 뭘 모르는 세실리아는 그렇다 쳐도 세드릭의 빠른 수긍은 의외였다. 몇 사용인들은 세드릭이 눈물을 보이지 않았음에 꺼림칙함을 느끼기도 하는 모양이었지만 에스텔라만은 달랐다.

세상에는 부모의 죽음에 슬픔을 느낄 수 없는 이들도 있는 법이다. 한 집안의 모든 아이들이 같은 감상을 보인다면 외려 부모 쪽이 살아온 인생을 되짚어 봐야 하는 것 아닐까. 아버지의 죽음에 충격받지 않았다는 건 생전에도 존재감이 미미했음을 의미한다. 에스텔라는 공작 부인에게 아이들의 아무렇지 않은 얼굴을 보여 주고 싶은 저열한 충동마저 느꼈다.

공작 부인은 요새 이곳저곳 동분서주하느라 교실에는 도통 걸음하지 않고 있었다. 아마 디에고가 작위를 물려받지 못하도록 백방으로 힘쓰고 있는 듯했다. 디에고가 죽으면 원칙적으로 세드릭이 작위를 물려받게 된다. 공작 부인을 포함해, 그 결과를 인공적인 흐름으로 도출하고 싶은 자들도 분명 존재할 것이었다.

공작 부인은 에스텔라와 마주칠 때마다 못마땅한 표정을 짓곤 했지만, 당장 새로운 가정 교사를 모집할 엄두를 내진 못했다. 어쩌면 공고를 내걸긴 했으나 마땅한 인물을 찾지 못했는지도 모르겠다. 어차피 사람을 구해 온다 해도 에스텔라가 디에고의 손을 잡은 한 마음대로 내쫓을 수는 없을 테지만 말이다.

"도련님, 시험 시간 끝났어요."

"이것만 적으면 돼."

"국시 보러 가서도 5분만 더 달라고 하실 거예요? 시간 분배도 능력이에요."

"맞는 말이군. 나 역시 더 기다릴 생각이 없고."

에스텔라가 세드릭에게서 시험지를 빼앗아 들다 말고 주춤 물러섰다. 자신과 변성기 전 유아들의 목소리만 가득했던 교실에 웬 수컷의 음성이 울려 퍼졌다.

에스텔라는 황급히 뒤편으로 고개를 돌렸다. 팔짱을 낀 디에고가 문가에 기대 서 있는 것이 보였다. 그리 이른 아침도 아닌데 그는 한눈에 보기에도 저기압이었다. 왜 미처 인기척을 느끼지 못했을까. 언제부터 들어와 있었는지 짐작조차 할 수 없었다.

사실 그녀에게도 변명할 말이 없는 건 아니었다. 아이 둘 가르치는 공간이 스물다섯 명이 모인 초등학교 교실보다도 넓었다. 사각지대가 많은 건 어쩔 수 없다 싶다.

"언제부터 계셨어요?"

"창가를 내다보고 계실 때부터요. 잠깐 이야기 좀 나누고 싶은데, 시간 됩니까?"

"……금방 정리하고 나갈게요. 옆방에서 기다리시겠어요?"

"5분 드리죠."

그리 답하며 디에고가 미련 없이 방을 나섰다. 에스텔라가 관자놀이를 긁적였다. 애매한 시간대였다. 점심시간과 가까우면 이즈음에서 수업을 마무리하겠는데 식사까지는 한 시간 반 정도가 남았다. 에스텔라가 고민 끝에 결론을 내렸다.

"여기서 자습하면서 기다리세요."

"이야기가 길어질 것 같은데?"

"그건 도련님의 기대일 뿐이겠죠?"

"30분 안에 안 오면 놀러 갈래."

"30분 안 지났는데 안 계시면 시험 또 볼 거예요."

세드릭이 알았다는 듯 주먹을 맞부딪쳐 왔다. 에스텔라가 가르쳐 준 현대식 인사였다. 상호 흡족한 방향으로 협상을 마친 에스텔라는 곧장 디에고가 기다리고 있는 방으로 향했다.

교실 옆은 아이들의 놀이방으로 쓰고 있는 곳이었다. 세드릭이 지금보다 어렸을 때 가지고 놀았던 장난감들도 상자 안에 잘 정리되어 있었다. 디에고는 그 안에서 작은 목각 인형을 꺼내 들여다보고 있었다. 에스텔라가 헛기침을 하며 그를 불렀다.

"소공작님?"

에스텔라가 들어온 걸 이미 알고 있었던 듯, 디에고는 그녀처럼 크게 놀라진 않았다. 그가 물건을 도로 내려놓으며 뒤를 돌았다.

"일찍 오셨군요."

"도련님께는 자습하고 계시라고 했어요. 시간이 많이 필요한 이야기인가요?"

"짧게 끝내고 싶은 대화긴 합니다. 앉아요."

놀이방이긴 해도 보호자들이 앉아 이야기 나눌 만한 공간은 있었다. 에스텔라는 잠자코 디에고가 가리키는 탁상 앞으로 가 앉았다. 에스텔라가 자리를 잡자마자 그가 테이블 위로 두 손을 깍지 끼더니, 곧장 대화의 운을 뗐다.

"미스 마거릿, 나는 내 편과 그렇지 않은 사람을 꽤 잘 구별하는 사람입니다."

아침에 먹은 빵이 얹힐 것만 같은 기분이다. 에스텔라는 잠자코 고개만 끄덕였다.

혹여 일주일간의 숙고 끝에 그녀를 믿을 수 없다는 결론이라도 난 걸까. 디에고의 무표정한 얼굴은 타인으로 하여금 극단적인 걱정을 하게 만드는 면이 있었다.

"당신은 아닌 듯하면서도 꽤 일관적인 사람이었고, 난 우리가 꽤 괜찮은 파트너가 될 수도 있다고 생각했죠."

"어…… 과거형이시네요……?"

에스텔라가 기민하게 되물었다. 디에고가 심각하게 미간을 구긴 채 대답했다.

"안타까운 일입니다. 선생님께서 관리하는 아이가 오늘 아침 제 침실로 뛰어 들어오지만 않았다면 같은 평가를 유지하셨을 텐데."

곧바로 상황 파악이 되진 않았다. 에스텔라가 몇 번 눈을 깜빡이다가는 물었다.

"세드릭이요?"

"지금까지 선생님과 함께 있던 저 아이는 유령입니까?"

"어……"

하지만 세실리아는 디에고를 무서워하는데?

무슨 경위인지 이해가 잘 가지 않았다. 에스텔라가 맹한 얼굴로 뒷머리를 긁었다. 그러고 보니 디에고의 눈가가 이상하게 그늘져 있었다. 에스텔라가 그의 어두운 눈 밑을 살피며 물었다.

"소공작님, 요즘 잠을 잘 못 주무시나요?"

"……그대가 신경 쓸 일은 아닙니다."

디에고가 신경질적으로 대답했다. 틀린 말은 아니었기에 에스텔라는 잠자코 입을 다물었다. 성인 남자를 대상으로 필요 이상의 오지랖을 부릴 생각은 없었다.

"어쨌든 그대와 내가 이 불쾌한 협약을 맺기로 약속한 이상, 서로 지켜야 할 일들이 있을 겁니다."

디에고는 곧장 화제를 돌렸다. 여전히 불쾌한 기색을 숨기지 않은 채였다. 그가 탁상 위에 놓인 종이와 펜을 끌어왔다. 그는 모든 일을 바로바로 해치워야 직성이 풀리는 성미였다.

"앞으로 우리가 교사와 학부형으로서 다할 책임을 나열해 보도록 하죠."

에스텔라는 얼떨떨한 기분으로 고개를 끄덕였다. 갑작스럽게 고용계약서를 작성하게 되었다. 무슨 상황인진 잘 모르겠지만, 무언가가 그의 심사를 거슬렀다는 건 알겠다. 이럴 땐 갑에게 맞춰 주는 게 좋았다. 무엇보다 저 종이에 세실리아와 세드릭의 생존이 약속된다면 에스텔라로서도 손해 보는 장사는 아니었다. 말뿐인 약속은 아무래도 불안한 법이니까.

"우선 계약이 지속되는 기간을 정리하죠. 선생님께서도 양심이 있다면 내게 아이들을 평생 책임지라고 하진 않을 테죠."

물론이었다. 에스텔라가 담백하게 대답했다.

"세실리아가 성인이 될 때까지로 해 주세요."

디에고가 글씨를 적어 가던 손을 멈추고는 눈썹을 추켜세웠다.

"가정 교사가 그렇게 긴 기간 동안 고용을 보장받는 직업은 아닐 텐데요."

"아이들을 이 저택에 두는 기간을 말한 거예요. 제가 이곳에 머무는 시간은 그보다 짧겠죠. 물론 비밀을 지키는 건 제 평생의 일이 될 겁니다."

디에고가 선선히 고개를 끄덕였다. 그러고는 유독 '평생'이라는 글자를 진하게 적어 내렸다. 마치 에스텔라가 섣불리 입을 열면 직접 그 평생의 비밀을 완성해 주기라도 하겠다는 듯이.

문장을 다 완성한 디에고가 펜을 탁상 위에 내려놓았다. 그가 팔짱을 끼며 오른 다리를 왼 다리 위로 꼬았다. 꽤 불량스러운 자세였는데도 두꺼운 팔이나 긴 다리 덕분에 풍기는 분위기 자체는 무게 있어 보였다.

"내 요구 사항을 단도직입적으로 말하죠. 아이들이 머무는 거처를 별관으로 옮겨요."

"거처를 옮기라니, 그게 무슨……."

"아시다시피 난 그 둘을 보는 게 그다지 유쾌하지 않은 사람입니다. 되도록 내 눈에 띄는 일이 없었으면 하는데."

마치 혐오 시설을 옆 지역으로 치우는 듯한 태도였다. 에스텔라가 참을성 있게 되물었다.

"분란의 씨앗을 눈에 안 띄는 곳에 둘 생각은 없다고 하지 않으셨나요?"

"누군가 이틀 밤을 샌 내 단잠을 방해하기 전까지는 저도 그렇게 생각했습니다."

그러니까 세실리아의 이유 모를 일탈로 세 사람이 사이좋게 쫓겨나게 생겼다 이 말이었다. 에스텔라는 눈에 불을 켰다. 공작 부인은 아직 내쫓지도 못하고 있으면서, 힘없는 아이라고 해서 이렇게 충동적으로 처분해도 되는 건가?

"내 눈이 되어 줄 사용인을 붙여 둘 테니 모쪼록 생활에는 어려움이 없도록……."

"부당합니다."

에스텔라가 디에고의 말을 잘랐다. 디에고의 눈이 가늘어졌다.

"……다시 말해 봐요, 미스 마거릿."

"이런 불공정 계약서엔 사인할 수 없어요."

에스텔라가 탁상 위에 놓인 종이를 집어 들었다. 그녀는 디에고가 보는 앞에서 그것을 길게 찢었다. 이렇게 된 이상 이판사판이었다.

"제가 왜 세드릭과 세실리아를 살리기 위해 소공작님을 찾아갔는지 아시나요?"

에스텔라가 디에고를 똑바로 응시하며 물었다. 눈앞에 있는 남자가 두렵지 않은 건 아니었다. 죽음의 위기를 지나고 보니 생존이라는 당연한 전제만큼 소중한 것이 또 없었다.

그러나 묘하게도 에스텔라는, 디에고가 더는 제게 손대지 않으리란 확신이 들었다. 그녀는 이미 디에고의 약점을 볼모 삼았음에도 죽지 않고 살아남았다. 실제로 이 저택에 들어온 이래 그녀는 쭉 좋은 패만 뒤집어 왔다. 분명 전생은 교통사고로 즉사하는 불행으로 마무리되었지만, 이후 되살아난 기적은 그에 준하는 행운이었다. 많은 비통한 죽음 중에서 에스텔라는 가장 운이 좋은 편에 속했다. 그러니 조금 더 건방진 말을 지껄인대도 새삼 이 운이 뒤집히진 않을 것이다.

"기분 나쁘실 수도 있지만 솔직하게 말씀드리겠어요. 전 그때 선택지가 있었어요. 소공작님을 찾아갔던 것처럼, 반대로 베르타 공작을 찾아갈 수도 있었죠. 그에게 소공작님의 계획을 까발렸다면 굳이 지금처럼 아이들을 살려 달라고 빌지 않아도 됐을 거예요."

"……계속 말해 봐요."

"제가 소공작님을 선택한 건 당신께서 좀 더 나은 양육자가 되어 주시리라고 생각했기 때문이었어요."

에스텔라의 건방진 말에 디에고가 어이없다는 듯 피식 웃음 지었다. 그가 싸늘하게 되물었다.

"선택이라, 그 표현이 아주 건방지게 들리는 것 알고 있습니까?"

"알고 있습니다. 하지만 그게 진심이에요. 그리고 오늘 소공작님께서 하신 말씀은 아주 실망스러웠고요."

에스텔라가 턱을 들며 대답했다. 디에고의 눈빛이 한층 어둡게 가라앉았다.

"애초에 그대가 요구한 건 둘의 생존뿐이었던 걸로 기억합니다만. 아이들과 저택을 나가겠단 계획도 있었으면서 대체 뭘 문제 삼는 겁니까?"

"그럼 차라리 저택에서 내보내시죠. 그리고 아무도 그 애들을 모르는 곳에서 살게 하세요. 사정 다 아는 어른들이 찧는 입방아 속에 서서히 병들게 하지 마시고요."

에스텔라가 자리에서 일어서며 지지 않고 받아쳤다. 디에고는 그에게 찾아들었던 그늘이 세드릭과 세실리아에게는 가지 않을 것이라 생각하는가.

디에고를 상처 입힌 건 친부의 폭력만은 아니었을 것이다. 사람만큼 권력의 냄새를 재빠르게 맡는 존재들이 또 없다. 사용인들은 힘의 판도에 따라 기민하게 움직였다. 성의를 들여야 할 상대에겐 입안의 혀처럼 섬세해졌다가 그러지 않아도 될 상대에게는 더없이 퉁명스러워지는 게 그들이었다. 에스텔라는 장례식 날, 세드릭이 듣고 있는데도 아랑곳하지 않고 막말을 지껄이던 사내들을 기억했다.

디에고가 눈을 들어 에스텔라를 응시했다. 에스텔라는 내려다보는 입장임에도 불구하고 그가 제 밑에 있다는 느낌을 받지 못했다. 그가 순수하게 궁금하다는 듯 물었다.

"내 밑에서 아이들이 잘 자랄 거라고 생각했습니까?"

"……그러길 바랐죠."

"좀 더 나은 양육자라. 제가 그런 평가를 듣게 될 줄은 꿈에도 몰랐군요. 세간에서는 저처럼 자란 사람을 잠재적 학대자로 판단하던데요."

사람 사는 곳은 다 똑같은 걸까. 유서 깊은 혐오의 말은 다른 세상에 와도 바뀌지 않았다. 저 편견이 지난 고국에서만 통용되는 것은 아니었던 모양이다.

에스텔라는 심호흡을 하며 도로 제자리에 앉았다. 입술을 깨물다가는, 방둑의 밑돌을 끄집어내듯 입을 열었다.

"소공작님."

"말씀하세요."

"귀댁의 어머님께서 아이들을 학대했습니다."

방 안의 공기가 멈췄다. 길고 싸늘한 침묵이 그들 사이로 내려앉았다.

"베르타 공작의 용인하에 이루어진 지속적인 폭행이었습니다. 공작 부인은 주로 아무도 관심을 두지 않는 세실리아 아가씨를 노렸고, 그 아이가 보이지 않으면 세드릭 도련님도 분풀이의 대상이 되었죠."

에스텔라가 덤덤한 목소리를 유지하려 애쓰며 이어 말했다. 감정이 섞여 들면 그가 과장이라 생각할까 봐서였다. 다행히 진정성을 의심받진 않은 모양이었다. 디에고의 얼굴에 뜻을 알 수 없는 기묘한 표정이 떠올랐다.

"……잠깐."

"이게 바로 제가 일러 드렸던, 소공작님께서 잡음 없이 공작 부인을 내칠 수 있는 방법입니다."

그가 손을 들어 올리며 제지했으나 에스텔라는 말을 멈추지 않았다. 설명을 마치고 나서야 입을 다물고는 디에고를 응시했다. 디에고는 더없이 혼란스러운 기색이었다. 공작 부인이 제 아이에게 매질한단 말을 바깥에 떠들고 다녔을 리는 없었다. 또한 디에고의 시점에서, 자신을 제외한 다른 구성원들은 꽤나 단란한 가족처럼 보였을 것이다.

디에고가 납득이 가지 않는다는 얼굴로 말했다.

"세드릭이…… 그렇게 보이진 않았는데. 나는 아니어도 그들이 세드릭만은……."

"베르타 공작이 세드릭을 아낀 건 그 아이가 안나의 자식이기 때문이었어요. 그 차이를 아셔야 합니다."

디에고가 결국 입을 다물었다. 여색에 눈이 멀었다 한들 친자식을 버릴 수 있을까 싶으나, 디에고야말로 앞서 그것을 경험한 자였다.

"저는 그녀가 저지른 행각의 증인이 될 수 있는 사람이지요. 앞서 내쫓겼던 가정 교사들을 찾는다면 아마 그럴듯한 정황이 더 나올 거예요."

디에고는 가만히 눈을 감았다. 저 말이 거짓은 아니리란 생각이 든다. 공작 내외가 제대로 된 인간이 아니라는 것쯤은 그도 이미 알고 있는 바였다. 설명을 들으니 에스텔라가 굳이 저를 찾아온 이유도 이해가 갔다. 학대를 가한 사람이 공작 부인이라면 그 반대편에 설 조력자를 찾아야 했을 것이다.

디에고는 그녀가 제 심리를 제법 잘 자극했다는 걸 인정하지 않을 수 없었다. 에스텔라가 건드린 건 디에고의 역린이었다. 한때 제 약점이었던 것을, 반대로 그들을 공격할 근거로 삼으려니 통쾌한 복수처럼 여겨지기까지 한다.

지금껏 공작 부부가 저지른 잘못은 그들이 가진 힘에 가려 숨겨져 왔다. 권력으로 덮을 수 있는 악행이라면 반대로 권력으로 까발리는 것도 가능할 것이다. 베르타 공작이 건재했을 때라면 공작 부인의 패악을 쉬쉬했겠지만 디에고가 실권을 잡은 지금은 달랐다.

이때까지 이 저택에서 공작 부인을 지탱해 온 것은 남편인 베르타 공작과 그녀가 낳은 두 아이였다. 베르타 공작이 세상을 떠난 지금, 아이들의 어머니 자격마저 잃는다면 재기할 수 없게 되리라.

디에고는 뒤늦게 침착함을 되찾았다. 이윽고 그가 수긍의 말을 남겼다.

"……이해했습니다. 아이들을 별관으로 내쫓는 건 없던 일로 하죠."

그제야 에스텔라의 얼굴에 화색이 돌았다. 그녀가 안도한 기색으로 가슴 위에 손을 올렸다. 긴 한숨을 내쉰 그녀가 한결 밝아진 얼굴로 말했다.

"양해 감사합니다. 아무래도 제가 불편하시겠지만 당분간 참아 주세요. 이 저택이 아이들이 자라나기에 괜찮은 환경이 되면 바로 사라져 드릴게요."

디에고는 잠시간 그녀를 빤히 응시했다. 제 할 일을 이루면 바로 사라져 주겠다라. 전이라면 앓던 이가 빠진 기분이 들었겠으나 지금은 조금 달랐다.

디에고는 이때까지 에스텔라가 제게 해 준 일들에 대해 생각했다. 그녀가 다소 기분 나쁜 방식으로 저를 흔들기는 해도, 그로 인해 얻은 결과물만은 부정할 수 없었다. 심지어 디에고는 그 결과물들이 꽤나 마음에 들었다.

"아니요, 그럴 필요 없습니다."

디에고가 담백하게 대답했다. 에스텔라의 눈에 의아한 기색이 떠올랐다.

"제가 여기 있는 걸 불편하게 여기시는 게 아니었나요?"

"생각이 바뀌었어요."

디에고가 에스텔라의 말을 잘랐다. 덕분에 에스텔라는 더더욱 영문 모를 표정이 되었다.

디에고가 대뜸 자리에서 일어나 에스텔라가 있는 건너편으로 넘어갔다. 다만 에스텔라의 옆자리에 앉는 대신, 탁상 위에 엉덩이를 걸치고 그녀를 마주 보았다. 탁상이 소파보다 더 낮았기에 아까와 달리 시야가 엇비슷해졌다. 에스텔라는 무심코 상체를 뒤로 물렸다.

거리가 너무 가까웠다. 디에고는 에스텔라가 부담스러워 하건 말건 그다지 신경 쓰지도 않는 눈치였다. 그가 한결 인자해진 투로 말했다.

"제가 아이들을 잘 돌보길 원하셨지요. 그리하겠습니다. 평생 해고 당할 걱정은 없게 해 드리죠. 세드릭과 세실리아를 가르치며 이 저택에 오래 머무세요."

"아니요, 그렇게까진……."

"당신은 착하고도 똑똑하지. 나를 찾아온 건 감정으로 일을 그르치지 않을 분별력이 있었기 때문일 겁니다. 더욱이 누구에게도 밝힐 수 없는 제 비밀을 쥐고 있기까지 하군요."

에스텔라는 연신 그의 표정을 살폈다. 분명 칭찬인데 어딘지 찜찜한 기분을 숨길 수 없었다. 아니나 다를까 곧 그의 입꼬리가 비틀렸다.

"한데, 그런 계산을 했더라면 나를 당신 뜻대로만 움직일 수 없다는 것도 알았어야지."

그리 말하며 디에고가 탁상 위에 놓은 종잇조각을 집어 들었다. 아까 에스텔라가 찢어 버린 계약서였다.

디에고가 불쑥 에스텔라의 왼손을 잡아당겼다. 길게 찢어진 종잇조각을 약지 위에 두르자 마치 반지의 형상이 되었다. 에스텔라가 본능적으로 손을 빼내려 했으나 디에고는 그녀를 놓아주지 않았다. 얽힌 손마디가 단단했다.

디에고가 계약서로 만든 반지를 툭툭 치며 말했다.

"미스 마거릿, 나와 결혼합시다."

에스텔라는 순간 크게 숨을 들이켰다. 안 되는 이유 따위를 생각할 짬도 없었다. 에스텔라는 황급히 제 손가락에 감겼던 종이를 걷어 냈다. 시한폭탄이라도 대하는 것처럼 급박한 제거였다. 그 재빠른 움직임에 디에고가 다소 당황한 눈을 했다.

그의 말도 안 되는 제안에 에스텔라는 곧장 이렇게 답했다.

"안 됩니다."

먼젓번의 행동으로 거절을 미리 점쳤으므로 디에고도 딱히 놀라진 않았다. 애초에 그녀의 의사는 그의 고려 대상이 되지 못했다. 디에고가 애석하다는 듯이 말했다.

"미스 마거릿, 미안하지만 난 지금 제안을 하고 있는 게 아닙니다."

에스텔라의 눈썹이 불만스럽게 위로 들렸다.

"제안이 아니라면요?"

그녀가 저런 표정을 지을 때면 안경에 반쯤 가려졌던 눈썹이 슬쩍 드러나곤 한다. 결혼을 요구한 건 그간 보여 줬던 그녀의 효용 때문이었지만, 디에고는 에스텔라가 인간적으로도 꽤나 재밌는 사람이라고 생각했다.

디에고가 양손을 모아 깍지 끼며 대답했다.

"협박에 가깝죠. 당하고만은 못 사는 성격이라."

에스텔라가 어이없다는 듯 입을 벌렸다. 그녀는 고개를 숙이며 잠시간 제 콧잔등을 문질렀다. 머릿속에서 온갖 물음들이 떠돌아다니고 있었다.

에스텔라가 고뇌의 한숨 끝에 고개를 들었다. 그러고는 본질적인 질문을 던졌다.

"왜요?"

에스텔라로선 디에고의 사고방식을 도통 쫓아갈 수가 없었다. 그도 그럴 게 그간 제가 한 일은 디에고의 약점을 빌미로 그의 자비를 한 줌 훔친 것뿐이었다. 그것이 남자의 청혼을 받을 만한 일이라고 생각되지는 않았다.

에스텔라의 물음에 디에고는 잠시간 침묵했다. 그는 제 허벅지 위에 팔을 기대며 상체를 낮췄다. 턱 밑에 깍지낀 손을 대고는 불쑥 에스텔라에게 질문을 던졌다.

"결코 나를 배신하지 않을 사람이란 게 얼마나 얻기 힘든 건지 아십니까?"

"······설마 그 낯간지러운 말이 절 지칭하는 건 아니겠죠?"

에스텔라가 반신반의하는 표정으로 물었다. 디에고는 왜 아니겠냐는 듯 피식 웃을 뿐이었다.

"꽤 까다로운 조건입니다. 우선 내 밑바닥을 알아야 하고 나의 작은 변화로 변심할 가벼운 인간이어서도 안 되죠. 아무 이득이 없는 관계는 고갈되어 끝날 뿐이니 상대도 나와 협력하여 얻을 게 있어야 할 테고요."

에스텔라는 가만히 그 요건에 하나씩 저를 대입해 보았다. 애석하게도 제법 잘 들어맞았다. 그녀만큼 디에고를 잘 아는 자가 또 없을 것이며, 따라서 제가 디에고를 배신할 일은 없다고 봐도 좋았다. 디에고와 협력하여 얻을 이득은 아마 아이들의 안전을 말하는 것일 테지.

에스텔라는 인정하기 싫다는 표정을 지었지만, 이는 디에고의 말이 사실이라는 걸 증명할 뿐이었다. 디에고가 그것 보란 듯 고개를 까딱였다.

"당신이라면 내가 아이들의 안위를 보장하는 한 내 편에 서겠죠. 당신은 제법 까다롭지만 납득이 가지 않는 요구를 한 적은 없어요. 이왕 할 결혼이라면 나를 잘 알고, 또 도울 수 있는 사람이 낫겠죠."

"계산적이시네요."

"결혼의 본질은 원래 계약입니다. 그대와 나는 서로의 약점을 하나씩 쥐고 있고, 이보다 확실한 보증은 없다고 생각되는군요."

에스텔라는 디에고가 어째서 아드리아나의 요청을 받아들였는지 이제야 알 것 같았다. 이야기 진행을 위한 무리한 설정이라고 생각했는데 그보다는 깊은 계산이 숨어 있었다.

에스텔라가 한숨을 삼키며 말했다.

"왜 그런 말씀을 하셨는지는 알겠어요. 하지만 제 대답은 여전히 전과 같아요."

이번엔 디에고의 눈썹이 들렸다. 그가 이유를 말하라는 듯 턱을 까딱였다. 곧이 거절을 받아들이지는 않을 기세였다. 에스텔라는 진지한 표정으로 그를 설득하기 시작했다.

"제가 공작님과 약혼을 공표한다고 쳐요. 그런데 만일 이후에 소공작님 마음에 쏙 드는 여인이 나타나면 어떡하실 건가요?"

"그럴 일은 없을 겁니다."

그가 딱 잘라 말했다. 에스텔라는 슬슬 머리에 열이 오르기 시작했다. 지금의 그로선 저리 단언하는 게 당연하지만 미래를 아는 에스텔라의 입장에선 답답하기 그지없었다. 에스텔라는 후에 아드리아나에게 반해 천지 분간 못 하게 된 디에고를 꼭 크게 비웃어 주리라 결심했다. 에스텔라가 코웃음 치듯 대꾸했다.

"후회하실걸요."

"그건 미스 마거릿이 신경 쓸 문제가 아닙니다."

"아니, 제 결혼인데 왜 제가 신경 쓸 문제가 아닌가요?"

에스텔라가 황당하다는 듯 반문했다. 디에고가 그런 그녀를 빤히 응시했다. 그의 표정은 어느덧 진지해져 있었다. 그가 굳은 얼굴로 입을 열었다.

"미스 마거릿, 난 평생을 아버지처럼 살지 않기 위해 노력해 온 사람입니다."

그의 목소리는 더없이 믿음직하게 들렸다. 그가 맹세하듯 경건하게 말했다.

"당신을 단순한 계약 상대로 생각하고 결혼한대도 내가 외도를 행하는 일은 없을 겁니다. 당신을 배신하는 그 어떤 일도 저지르지 않겠다고 약속하죠."

에스텔라는 무의식적으로 손끝을 움츠렸다. 그녀도 사람인지라 저 완벽한 미남의 요구에 아예 혹하지 않은 건 아니었다. 그러나 동시에 이성을 놓을 정도로 그에게 반하지도 않았다.

만일 자신이 지금 디에고에게 말려들어 결혼을 약속한다고 치자, 그다음은?

아드리아나와 만나면 디에고는 아마 그에게 주입된 입력값대로 그녀와 사랑에 빠질 것이다. 에스텔라와의 계약 관계는 금방 끝을 맞이할 테고 말이었다.

디에고야 한 번쯤 약혼을 파기한대도 문제가 없었지만 문제는 힘 없고 돈 없는 자신이었다. 파혼당한 약혼녀가 가정 교사로 남을 수도 없으니 세드릭과 세실리아를 두고 내쫓기는 형상이 될 거다.

더 곤란한 건 디에고가 제게 신의를 지키겠다며 아드리아나를 밀어낼 경우였다. 아드리아나가 디에고와 결혼하려는 건 그녀의 약혼 상대가 짐승만도 못한 작자라서다. 운명의 장난질로 끼어든 저 때문에 아드리아나가 불행해지는 건 용납할 수 없었다. 본래 남의 것이었던 남자를 뺏어 가며 호의호식할 마음도 없다.

에스텔라가 완강히 반박했다.

"소공작님께서 그렇게 세상만사를 다 확신할 수 있는 분이셨다면 제게 말려들 일도 없으셨겠죠."

"당신이 꽤 짜증 나는 종류의 사람이긴 하지만, 당신과의 만남을 행운과 불행으로 분류하자면 전자에 가깝다고 생각하는데요."

"소공작님의 계획을 방해했는데도요?"

"어쩌면 나 역시 멈출 핑계를 찾고 있었는지도 모르죠."

에스텔라는 그만 말문이 막혔다. 에스텔라는 디에고가 상종 못할 사람이라고 생각하진 않았지만, 그렇다고 그의 인간성을 완전히 믿고 있는 것도 아니었다. 한데 집사가 그러했듯 디에고도 이복동생들을 처리하는 일이 내키지만은 않았던 걸까.

에스텔라가 그의 시선을 피하며 말했다.

"어쨌든…… 소공작님께서 파혼해 버리면 저만 낙동강 오리알 신세가 되는 거라고요. 전 소공작님의 운명의 상대 같은 게 아니거든요."

"낙동강?"

"……저만 피를 본다는 소리였습니다. 이 말도 안 되는 대화를 언제까지 하실 작정이세요?"

"말도 안 되는 소리를 하고 있는 건 미스 마거릿, 당신입니다. 난 스스로에 대해 큰 확신을 가지고 있는 사람이고, 솔직히 말하면 운명의 상대니 뭐니 하는 말은 끔찍한 헛소리처럼 들리는군요."

디에고가 냉정하게 말했다. 사랑을 모르는 디에고와는 도저히 말이 안 통한다. 에스텔라는 그만 머리를 부여잡고 고개를 숙였다. 당장 아드리아나를 데려다 이 앞에 앉혀 놓을 수도 없고…….

……이 앞에 앉혀 놓을……?

에스텔라가 황급히 고개를 쳐들었다. 그러고는 디에고에게 상체를 기울이며 말했다.

"소공작님, 내기를 하나 해요. 어, 그러니까 대강…… 한 달 안으로 소공작님 눈을 잡아끄는 엄청난 미인이 나타날 거예요. 이 이야기는 그분을 만난 뒤에 이어 하시죠."

"꼭 점쟁이처럼 말하는군요."

"예언이라고 해 주세요. 반드시 이루어질 테니까."

에스텔라가 눈을 반짝이며 대답했다. 세상엔 자의를 뛰어넘는 운명이라는 것도 있는 법이다.

에스텔라는 자신감에 찬 표정을 지어 보였다. 디에고는 잠시간 그런 에스텔라의 얼굴을 빤히 응시했다. 그녀는 가끔 근거 없는 말을 더없이 확신에 찬 눈으로 전할 때가 있었다.

디에고가 가만히 되물었다.

"아니라면?"

"네?"

"한 달, 그 안에 내가 다른 여인에게 빠지지 않는다면 어쩔 거냐고 묻는 겁니다."

"원하시는 대로 결혼이라도 해 드리죠."

자만에 빠진 에스텔라가 으스대듯 대답했다. 빈정거린 것으로 오해받을까 순간 걱정했는데 디에고는 의외로 선선히 수긍했다.

"아쉬울 것 없는 제안이군요."

빠른 납득에 오히려 초조해진 건 에스텔라였다. 상대가 지나치게 태연해 보이면 아무래도 스스로에 대한 의심이 생겨나는 법이다. 내뱉고 보니 한 달은 지나치게 짧다 싶기도 했다.

에스텔라는 필사적으로 머리를 굴리기 시작했다. 디에고가 아드리아나를 만나고 얼마 만에 사랑에 빠졌더라?

……분명 그가 금사빠는 아니었다.

"……석 달로 해요."

에스텔라가 자리에서 일어서던 디에고의 손목을 황급히 붙잡았다. 그마저도 용기를 내어 겨우 소매 끄트머리를 당긴 것뿐이었다. 디에고가 그것을 보며 묘한 얼굴로 입꼬리를 끌어올렸다. 그가 상관없다는 듯 어깨를 으쓱였다.

"좋습니다."

"잘 생각하셨어요!"

에스텔라가 반색하며 소리쳤다. 남주인공이 여주인공을 만날 때까지 버티기만 하면 되는 게임이라니. 그야말로 거저먹는 승리였다.

디에고가 결혼을 제안한 건 제가 그의 비밀을 아는 유일한 여자라서다. 하지만 똑같이 그 사실을 아는, 심지어는 그와 운명을 나눈 여주인공이 나타난다면?

결과는 말할 것도 없었다. 디에고는 에스텔라의 배려를 매우 고맙게 생각하며 아드리아나와 희희낙락 결혼식장으로 걸어 들어갈 것이다.

서로에게 만족스러운 협약을 마친 두 사람이 자리에서 일어섰다. 디에고가 제 손목 위를 흘긋 내려다보며 말했다.

"오늘은 일이 좀 바빠서 어렵고, 내일 점심이라도 같이합시다."

"점심이요?"

"석 달 뒤면 약혼할 사이니 미리 익숙해져 보자는 의미로."

디에고가 태연하게 대답했다. 그는 이 내기에서 제가 패할 것이라곤 꿈에도 생각지 않는 듯했다. 에스텔라가 한숨을 삼키며 지금껏 했던 주장을 반복했다.

"소공작님 방금 저한테 차이셨는데요."

"그럴 리가요. 난 여자한테 차여 본 적 없습니다."

디에고가 재수 없는 미소를 지으며 대꾸했다. 통보하듯 약속을 정하고는 먼저 방을 나섰다.

"내일 정오에 식당에서 봅시다."

"미친놈인가……."

에스텔라가 눈을 뜨자마자 잠긴 목소리로 중얼거렸다. 어제 하루를 공치게 만들었던 디에고가 지난밤 꿈속에도 나타난 탓이었다. 혼인서약서를 든 그는 특유의 재수 없는 표정으로 내내 그녀에게 사인을 종용했다. 이 나라에서 자신만큼 잘생긴 남자는 없다는 둥, 당신이 나 같은 남자를 또 만날 수는 있겠냐는 둥 현실에서는 꺼내지 못할 온갖 낯부끄러운 말을 지껄이기까지 했다. 그게 제 무의식의 반영이라고 생각하면 할 말은 없었지만.

"여주인공을 두고 결혼하자니, 지조 없는 놈."

에스텔라가 베갯잇을 잡아 바닥으로 내던지며 중얼거렸다.

남주인공의 외도라니!

아드리아나를 아직 만나지 않은 시점이니 엄밀히 말하면 진짜 외도는 아니었으나 충격적인 건 사실이었다. 그는 무려 여주인공을 두고 다른 여자에게 청혼을 한 것이었다. 시놉시스의 뼈대를 뒤흔드는 놀라운 발언이 아닐 수 없다.

송충이는 솔잎을 먹는다고 했던가. 그 와중에도 제의한 게 계약 결혼이라니 우습기는 했다. 에스텔라는 어제부로 확신했다. 저놈은 이성과의 관계를 계약 외의 것으로 생각할 수 없게 프로그래밍되었다고.

에스텔라가 한숨을 내쉬며 얼얼한 머리를 감쌌다.

"대체 말은 왜 이렇게 잘하는 거야."

어제 이야기를 나눌 당시에는 제가 이긴 게임이라고 생각했는데, 곱씹어 볼수록 찜찜했다. 애초에 그의 청혼은 말도 안 되는 제안이었다. 에스텔라로서는 하등 들어줄 이유가 없었다는 뜻이다. 그런데 디에고의 말재간에 넘어가 이상한 내기까지 하게 되고 말았다.

디에고가 아드리아나와 사랑에 빠지리라 믿긴 했으나, 아직 벌어지지 않은 일인 이상 확률은 어디까지나 미지수였다. 반대의 가능성이 아무리 약소하다고 해도 애초에 0이었던 값을 굳이 후하게 쳐 줬다는 사실은 반박할 수 없었다.

더 큰 문제는 앞으로도 비슷한 일이 반복되지 않으리란 보장이 없다는 것이다. 그가 잘생긴 얼굴과 낮은 음성으로 혼을 빼놓을 때면 냉철한 정신을 유지하기도 쉽지 않았다. 이번 식사 자리에서도 또 이렇게 슬그머니 이상한 제안에 넘어가게 되면 어떻게 하나.

평일이라면 아이들의 수업을 핑계로 빠져나갈 수도 있을 텐데 하필 오늘은 휴일이었다. 도통 약속을 깨트릴 핑계를 찾을 수가 없다. 세드릭이 오늘 같은 날 사고라도 쳐 주면 좋으련만…….

"……아이들?"

에스텔라의 머리에 번뜩 섬광이 스쳤다. 이 곤란한 상황을 타개할 좋은 생각이 떠올랐다. 그녀는 구원책을 찾아 급히 방을 벗어났다.

✆✇✈

"……참석 인원을 정확히 명시해 둘 걸 그랬군요."

디에고가 가만히 입꼬리를 끌어올리며 말했다. 상냥함을 연기한 듯 보였지만 눈만은 웃고 있지 않았다.

디에고는 에스텔라의 양옆으로 앉은 아이들을 빤히 넘겨보았다. 세실리아의 머리엔 유독 반짝이는 보석 머리핀이 주렁주렁 매달려 있었다. 얼마 전 그의 단잠을 방해해 가며 쟁취해 낸 물건이었다. 적합한 때를 노려 몇 배의 수익을 올리다니, 의외로 그의 이복동생은 사업 머리가 있는지도 모른다.

"무슨 문제라도 있으신가요?"

에스텔라가 짐짓 이해할 수 없다는 듯 되물었다. 말을 끝맺기가 무섭게 디에고가 대답했다.

"내 앞에서 그런 이상한 연기 하지 말아요. 그런 뻔한 수에 속아 넘어가 줘야 한다고 생각하면 더 의욕 없어지니까."

에스텔라의 늘어났던 입꼬리가 곧바로 제자리를 찾았다. 에스텔라는 헛기침을 하며 냅킨을 무릎 위에 내려놓았다. 바로 옆에 앉은 세실리아에게 턱받이를 매어 주자 식사 준비가 끝났다.

"세드릭, 제자리에 바로 앉아라."

아니, 굳이 챙겨 줘야 했던 건 세드릭 쪽이었던 모양이다. 세드릭은 제 앞에 놓인 장식품을 집어 들겠답시고 식탁 위를 기어오르려 하고 있었다.

디에고의 경고에 아이가 멈칫한 사이 에스텔라는 세드릭을 식탁 밑으로 끌어내렸다. 그러고 보니 한낮에 벌어지는 정찬임에도 불구하고 테이블 세팅이 다소 과했다. 에스텔라가 기민하게 눈썹을 추켜세웠다.

"……꽃을 놓아 두셨네요?"

"주방에서 일하는 하녀들이 부지런한 모양이군요."

디에고가 담백하게 말했다. 남의 뻔한 수작은 무시했으면서 본인은 잘도 저런 뻔뻔한 태도를 보이고 있었다. 그간 베르타 공작가엔 식탁에 꽃을 올리지 않는 불문율이 있었다. 베르타 공작에게 꽃가루 알레르기가 있어 일절 생화를 쓰지 않았던 것이다. 주방에서 벌써 매뉴얼을 바꿨을 리는 없으니 아마 이건 디에고의 명이었으리라.

에스텔라가 까탈스러운 귀부인의 말투를 흉내 내며 말했다.

"작업 거시는 게 너무 티 나서 넘어가 드릴 수가 없네요."

"원래 작업은 티 나야 하는 겁니다. 그래야 상대가 넘어올지 말지 결정할 거 아닙니까."

"말씀드렸듯, 안 넘어갈 거예요."

"좋은 마음가짐입니다. 그 생각 앞으로도 변하지 않길 응원하죠."

에스텔라의 다짐에 디에고가 성의 없는 대답을 돌려주었다. 마침 전식으로 푸아그라 무스가 등장했다. 에스텔라는 무심코 침을 삼켰다.

엄연히 공작가니만큼 베르타가는 사용인들의 식사도 질이 좋았다. 에스텔라 역시 제게 배식된 음식에 딱히 불만을 가져 본 적은 없지만, 그렇다고 그 끼니가 주인 일가의 식사와 비견될 리 만무했다. 심지어 고용주가 성의 들여 준비한 정찬이라면 더더욱 그러하다.

에스텔라는 조심스럽게 무스를 나이프로 떠 빵 위에 발랐다. 아직 뜨거운 빵은 언뜻 거칠게도 느껴졌으나, 바삭바삭한 껍질 밑의 속살은 푹신하고도 쫄깃했다. 기름진 간의 맛이 묵직하게 혀끝에 감돌았다가 사라졌다. 황홀한 맛의 향연에 에스텔라는 그만 눈을 감았다.

이것이야말로 진짜 미식이었다.

디에고가 흡족한 얼굴로 그런 에스텔라를 넘겨보았다. 그가 은근한 목소리로 물었다.

"매일 이런 맛있는 걸 드시며 사실 수도 있을 텐데……."

"지금 저를 음식으로 꾀어내시는 건가요……?"

에스텔라가 자존심이 상한다는 듯 나이프를 쥔 손에 힘을 주었다. 그러나 빵이 다시 입가로 향하는 것은 막지 못했다. 저를 지켜보는 디에고의 눈이 기분 좋게 휘어지는 게 보였다.

"선생님께서는 인간을 살게 하는 가장 중요한 요소가 뭐라고 생각합니까?"

"……의식주 말씀이세요?"

"맞아요. 일상 속에 깊이 스며 있어서인지 이를 별것 아닌 것처럼 취급하는 이들도 있더군요. 하지만 단언하죠. 그 세 가지를 바꾸면 인생도 함께 바뀝니다."

에스텔라는 마치 모델 하우스에라도 방문한 느낌을 받았다. 디에고의 태도가 그런 영업인들과 크게 다르지도 않았다.

"내 손을 잡아요. 미스 마거릿이 먹고 자고 입는 방식을 획기적으로 바꿔 드리죠. 아마 이전과는 완전히 다른 삶을 살게 되실 겁니다."

그녀의 심장을 뒤흔들 듯, 디에고가 자신감 있게 단언했다.

인정한다. 디에고는 지금 스스로를 헐값에 내놓았다. 이 기회를 놓치면 그녀가 디에고 같은 미남자를 주워 옆자리에 앉힐 일은 평생 가도 없을 것이다.

그러나 에스텔라는 소시민적인 사람이었고, 본인 스스로도 그 사실을 매우 잘 인지하고 있었다. 그녀에게 주어진 기회는 대개 있는 자들이 가득 베어 물고 남은 뼈다귀로 판명이 났다. 그녀가 전생에 가입했던 펀드 상품은 수개월 뒤 반 토막이 났으며, 디에고에게는 무시할 수 없는 인성적인 결함이 존재했다.

"전 확신이 들지 않아요."

에스텔라가 애매모호한 투로 대답했다.

대놓고 거절을 말했다간 패륜 살인마를 자극하는 꼴이 될까 봐서였다. 아니나 다를까 그 짧은 대답만으로 디에고의 눈이 가늘어졌다.

"내가 어떤 확신을 주길 바랍니까?"

"죄송하지만 전 사랑하는 남자와 알콩달콩 사는 게 꿈이에요. 소공작님께선 절 안 좋아하시잖아요?"

결국 이런 쌍팔년도 같은 대사를 내뱉고야 말았다. 현대화는 한참 먼 시점이니 이 시대에선 다소 이른 클리셰일까. 예상한 대로 디에고는 황당하다는 표정을 지었다.

디에고는 '이 결혼에서 사랑 따위는 기대하지 말아요.' 같은 대사를 분위기 잡으며 내뱉던 캐릭터다. 디에고가 결혼 얘기를 꺼낼 때마다 에스텔라는 그가 그리도 기피하는 사랑을 지속적으로 대입시켜 줄 예정이었다.

"무슨 소릴 하는 거야. 선생님 결혼해?"

영문 모를 대화에 세드릭이 에스텔라를 돌아보았다. 에스텔라는 고개를 내저었다. 세실리아 역시 에스텔라의 소매를 잡아당기며 보채 왔다.

"겨론?"

"소공작님께서 장난치신 거예요, 저는……."

"세드릭, 세실리아. 너흰 미스 마거릿이 쭉 이 저택에 있길 바라겠지, 그렇지 않느냐."

에스텔라의 해명을 자른 디에고가 은근한 목소리로 회유했다. 세실리아가 눈을 크게 뜨며 곧장 고개를 끄덕였다. 에스텔라가 황급히 세실리아의 머리를 붙잡았으나 디에고는 이미 만족스러운 미소를 띠고 있었다. 에스텔라는 그만 멍청하게 입을 벌리고 말았다. 아이들을 데려온 게 자충수가 되다니, 믿을 수가 없었다.

디에고가 기세를 몰아 세드릭에게도 의견을 구했다.

"세드릭, 너도 대답해 보려무나. 선생님과 가족이 되고 싶지 않아?"

저 형바라기 꼬마가 디에고 앞에서 싫은 소리를 꺼낼 리 없다. 에스텔라가 디에고의 비겁한 미소를 노려볼 때였다. 세드릭이 얼굴을 굳혔다. 식탁 아래로 모은 두 손을 불안하게 비비적거리더니, 이윽고 자그마한 목소리로 반대했다.

"안 되는데."

에스텔라의 눈이 크게 뜨였다. 세드릭의 조력이라니 이게 다 무슨 일인가 싶었다.

의외의 결과에 디에고가 반 박자 뒤에야 이유를 물었다.

"안 된다니, 그게 무슨 말이냐."

세드릭이 눈치를 보며 기죽은 목소리로 대답했다.

"나도 나중에 커서 에스텔라랑 결혼하려고 했는데……."

"도련님?"

에스텔라는 그만 손으로 입가를 가렸다. 마치 아들에게 '나중에 커서 엄마랑 결혼할래!' 따위의 말을 들은 기분이었다. 아직 배 아파 가며 아이를 낳아 본 적은 없지만 친자식이 아니래도 그에 버금가게 기뻤다. 세드릭이 오죽 말썽쟁이였던가.

에스텔라가 감동 어린 얼굴로 세드릭을 와락 끌어안으려 할 때였다. 세드릭이 재빠르게 초를 쳤다.

"그리고 나 대신 공부시키고 시험 보게 할래."

"……."

어째 형제 모두 저와 결혼하고 싶은 이유가 이용할 목적이다. 둘이 나눈 반쪽짜리 피가 최악의 인성을 갖춘 베르타 공작에게서 나온 걸 생각하면 이해가 안 가는 것도 아니었다.

디에고는 그런 동생의 재간이 꽤 귀여웠던 모양이었다. 그의 입가에 부드러운 미소가 떠올랐다. 그가 깍지 낀 손에 턱을 기대며 어른스러운 목소리로…….

"아우야, 찬물도 위아래가 있는 법이란다."

……지금 저 인간이 애 데리고 뭘 하는 거람?

에스텔라가 황당한 표정으로 디에고를 응시했다. 웃으며 어깨나 두드려 주면 될 것이지 왜 아이를 상대로 신경전을 벌이는 건가. 먼저 굽히고 들어갈 줄 알았던 세드릭 역시 의외로 굳건히 버티고 있었다. 세드릭이 디에고의 눈을 피하며 말했다.

"그럼 나는 두 번째 남편 하지 뭐."

에스텔라의 굳었던 어깨가 풀어졌다. 그녀는 그만 헛웃음을 흘리고 말았다. 저런 귀여운 소리를 하다니 아직은 애는 애인 모양이었다. 형제가 농담을 주고받은 것뿐인데 진지하게 받아들인 제가 더 문제인가 싶기도 하다.

에스텔라는 한숨 놓았다는 듯 몸에 힘을 풀고는, 당연한 상식을 하나 꼬집어 주었다.

"세드릭 도련님, 메스키다는 일부일처제라 한 여자가 두 남편을 가질 수 없어요."

에스텔라의 지적에 세드릭이 눈을 말똥말똥 떴다. 그리고는 무슨 그런 당연한 소리를 하냐는 듯 되물었다.

"알아, 하지만 페르난도국으로 가면 되잖아?"

……아니, 너무 세상 물정을 빨리 깨달은 거였나?

페르난도국은 일처다부제를 허용하고 있는 곳으로 한 여자가 여러 남자를 거느릴 수 있었다. 물론 이는 가문을 책임지는 가주의 경우로, 식솔들은 남편 없이 아이만 출산하는 경우가 많았다. 저를 권력자 취급해 주니 나쁘진 않은데 그녀의 의사라고는 온데간데없었다. 에스텔라가 얼떨떨한 표정으로 굳어 있는데 디에고가 맹점을 지적해 왔다.

"세드릭, 네가 말한 결혼 제도를 적용시키려면 세 사람이 전부 페르난도 국적자여야 한다. 메스키다인은 본국의 법률에 위배되기 때문에 그와 같은 혼인 방식을 채택할 수 없어."

디에고의 차분한 설명에 뒤늦게 에스텔라도 정신을 차렸다. 에스텔라는 천천히 음식을 씹어 넘기고 있는 디에고를 보며 황당하다는 표정을 지었다.

"대체 애한테 무슨 소리를 하시는 거예요? 진지하게 대답해 주지 마세요."

"왜요, 미스 마거릿도 열다섯 연하에게 관심이 있습니까?"

"그럴 리가 있겠어요?"

에스텔라가 무슨 말도 안 되는 소리를 하냐는 듯 반문했다. 디에고는 이 상황이 꽤 재밌는 눈치였다. 그녀를 놀릴 건수라도 잡았다는 듯 집요하게 굴고 있지 않은가.

그가 상실감에 젖은 표정을 지어 보이며 말했다.

"무릇 여자들이 어린 남자를 좋아한다고는 하지만…… 그게 2차 성징도 오지 않은 세드릭이라니, 미스 마거릿의 취향이 그리도 불법적일 줄은 몰랐군요."

"지금 절 놀리시는 거죠?"

"내가 거절당한 이유가 나이 때문이라고는 미처 예상치 못했어요."

디에고가 진심으로 애석하다는 듯 말했다. 가라앉은 음성은 얼핏 쓸쓸하게도 들렸다. 끝내 에스텔라의 눈이 세모꼴이 되었다.

"소공작님!"

에스텔라가 다그치듯 디에고를 불렀다. 그제야 디에고는 비련의 남주인공 역을 탈피했다. 그가 삐뚜름하게 한쪽 입꼬리를 끌어올리며 주지하듯 말했다.

"그러니까 내 아우에겐 눈독 들이지 말아요. 형제간에 여자를 두고 싸움이 나서는 안 되는 법 아니겠습니까?"

공작 부인만 해결되면 즉시 이 저택을 나가고야 말리라. 에스텔라는 이를 악물며 다짐했다.

☙❦☙

"결혼 안 할 거지?"

허리 부근에서 들려 온 질문에 에스텔라가 시선을 내렸다. 식사를 마치고 돌아온 이후부터 세드릭은 몇 번이고 같은 질문을 하고 있었다. 에스텔라가 어이없다는 듯 대답했다.

"제가 왜 디에고 님이랑 결혼을 하겠어요? 저희 그런 사이 아니에요."

"근데 형이 왜 이상한 소리를 해?"

"그러게요, 저도 잘 모르겠네요. 대체 왜 그런 이상한 소리를 하실까."

에스텔라가 따분한 목소리로 대답했다. 디에고의 속내가 궁금한 건 에스텔라도 마찬가지였다.

그에게 결혼이란 정말 편의로만 해치울 수 있는 일일까. 아무런 사감 없이 청혼을 할 수 있는 사람이 존재한다니 신기하기도 했다.

이 소설 속에 떨어지기 전의 자신은 어땠더라.

그녀는 제 지난 연애들을 가만히 되짚어 보았다. 남자는 여러 번 만나 봤지만 평생을 함께하고 싶은 사람은 찾지 못했다. 단순히 좋아만 하는 것과 매일 살을 맞대고 사는 일엔 대단한 간극이 있었다. 그리 생각하면 애초에 결혼 상대는 연애 감정을 배제하고 물색하는 게 현명한 건지도 모른다.

"둘이 무슨 일이 있었던 건 아니고?"

"그럴 리가 있겠어요? 소공작님이 장난치신 거니까 그만 얘기하세요."

말도 안 되는 오해는 미리 차단해 놓는 게 좋았다. 이러다 아드리아나가 등장하면 세드릭은 선생님이 차였다며 평생을 우려먹을 것이다. 상상만 해도 소름이 돋았다.

"알았어. 아무튼 형이랑은 안 돼."

에스텔라가 손사래를 치는데도 세드릭은 눈에 불을 켰다. 에스텔라가 피식거리며 세드릭의 코를 잡아 흔들었다.

"참나, 오늘따라 왜 이렇게 까칠하실까? 멋진 형님이라고 그렇게 좋아하시더니 지금 저한테 시동생 노릇하시는 거예요?"

그러고 보면 디에고는 일등 신랑감에서 거리가 멀었다. 일단 딸린 애부터가 둘이 않은가. 곧 가주가 될 예정이니 온갖 가족 행사에도 끌려 다녀야 할 것이다. 높은 확률로 종갓집 며느리 비슷한 역할을 떠맡게 되는 셈이었다.

사돈어른이 없다는 건 장점일 수 있는데 대신 머리가 하얗게 센 늙은 가신들이 몇 배나 있었다. 에스텔라와 디에고가 결혼 계획을 발표하기라도 하면 대번에 반대가 돌아올 것이다. 그리 생각하면 디에고를 놓친 게 딱히 아쉽지만도 않다.

에스텔라는 여전히 떨떠름한 표정을 짓고 있는 세드릭을 응시했다. 세드릭의 저조한 기분이 다른 일의 영향일지도 모른다는 데 생각이 미쳤다. 에스텔라가 목소리 톤을 높이며 물었다.

"기분이다. 저희 오늘 나들이라도 나갈까요?"

"정원으로?"

"아뇨, 저택 밖으로요. 음, 남의 눈에 띄는 건 좀 그러니까 많이 쏘다닐 순 없고, 맛있는 디저트를 파는 카페라도 다녀와요. 프라이빗 룸이 있는 곳이 있다고 들었거든요."

돈 많은 집에서 가정 교사 노릇을 할 때 생기는 장점이란 이런 게 아니겠는가. 단 걸 좋아하는 세실리아야 당연히 찬성할 테고 세드릭도 이런 외출을 싫어하지만은 않았다. 아니나 다를까 골똘히 생각에 잠겼던 세드릭이 곧 고개를 끄덕였다.

"좋아. 선생님이 원하니 가 주지, 뭐."

"……그럼 밖에 마차 대기시킬 테니 준비하고 나오세요. 아가씨도 좋죠?"

"응, 갈래!"

마침 아이들의 방 앞에 도착했다. 먼저 세드릭을 방 안으로 밀어 넣은 에스텔라가 건너편에 있는 세실리아의 방으로 향했다. 세실리아까지 하녀의 손에 맡기자 완전히 빈손이 되었다. 아이 둘을 데리고 다니는 건 생각 이상의 정신력이 필요했다. 세실리아 같은 미취학 아동이 섞여 있다면 더 말할 것도 없다.

짧게 한숨을 돌린 에스텔라는 이어 부지런히 모퉁이를 돌았다. 그녀도 준비가 필요했으니 지체할 시간은 없었다. 그러나 바쁘던 걸음은 채 목적지로 가 닿지 못했다. 큰 복도로 들어서자마자 반갑지 않은 얼굴을 마주친 탓이었다.

"……공작 부인."

에스텔라는 그만 말꼬리를 흐렸다. 머리부터 발끝까지 검은 상복을 차려입은 탓인지 공작 부인은 몹시도 음울해 보였다. 입가에 발린 짙은 붉은빛만이 그녀가 가진 색의 전부였다.

에스텔라는 당황하여 무의식적으로 반걸음 뒤로 물러섰다. 벌어진 간격을 공작 부인이 좁혔다. 성큼 에스텔라의 앞으로 다가선 공작 부인이 그대로 손을 휘둘렀다.

짜악!

처음 얻어맞은 건 아니라 생각보다 충격이 크진 않았다. 다만 이유가 궁금한 건 사실이었다. 공작 부인이 갑자기 이리 화를 낼 만한 일이……

에스텔라의 눈이 커졌다가 이내 원래대로 돌아왔다. 원인은 어렵지 않게 짐작이 되었다. 에스텔라는 막 디에고와 함께 식사를 하고 돌아온 참이었다. 그것도 사이좋게 아이들을 옆에 앉히고.

디에고와 아이들이 함께 모였다는 소식은 공작 부인의 귀에도 전해졌을 것이다. 베르타 공작이 사망하긴 했으나 저택이 공작 부인의 통제에서 완전히 벗어난 건 아니었다. 좀 더 조심스럽게 굴어야 했던 것을, 디에고의 이상한 제안에 정신이 팔려 경솔하게 굴고 말았다.

"내가 왜 이러는지 모르지 않겠지."

공작 부인이 싸늘한 눈으로 말했다. 에스텔라는 굳이 공작 부인에게 맞은 뺨을 감싸지도 않았다. 그게 공작 부인을 자극하면 했지 진정시키는 행동은 되지 못할 것을 알았기 때문이다.

공작 부인이 제 입술을 짓씹으며 물었다.

"무슨 심산이니?"

섬뜩한 목소리였다. 에스텔라는 가만히 고개만 숙였다. 뺨을 때리지 못하게 할 의도였는데 이번엔 머리채가 잡혔다. 에스텔라의 머리칼을 틀어쥔 공작 부인이 강제로 고개를 들게 했다. 안 그래도 위로 틀어 묶었던 머리라 참을 수 없이 두피가 당겼다.

"그땐 시골 출신이라 뭘 몰라 그랬다고만 생각했지, 내 미처 네 배속에 커다란 뱀이 도사린 줄은 몰랐구나."

"속셈이라뇨, 부인. 무슨 오해를 하시고 계신……"

"내쫓기면 변변치 못한 일자리를 전전할 것이 가엾어 내버려 두었더니 일을 이 지경으로 만들어? 대체 무슨 속셈으로 디에고에게 가 붙은 게야!"

공작 부인이 이를 갈며 소리쳤다. 그녀가 내던지듯 손을 놓았다. 풀려난 에스텔라가 몸을 휘청이다가는 겨우 중심을 잡았다. 심호흡을 하자 빠르게 뛰던 심장이 가라앉았다. 갑작스럽게 공작 부인을 대면하여 놀랐었는데 이제야 진정이 될 것도 같았다. 자신의 뒤엔 디에고가 있었다. 그의 비호를 감안하면 좀 더 강하게 나가도 될 것이다.

에스텔라가 몸을 바로 세우며 공작 부인을 똑바로 응시했다. 공작 부인 같은 사람에게 얕보였다간 그대로 잡아먹혀 뼈도 추리지 못할 것이다. 적어도 제 태도가 만만하게 보이지는 않았으면 했다.

"부인, 제게 디에고 님과 세드릭 님은 똑같은 이 저택의 도련님들일 뿐입니다. 부인께서 싫어하신다고 해도 제가 두 분의 왕래를 막지는 않을 겁니다. 그럴 권한도 없고요."

"뻔뻔한 계집. 그리고 보면 처음 이 저택에 왔을 때부터 이상했지. 네가 하녀 아이들에게 디에고의 얘기를 캐묻고 다닌 걸 내가 모를 줄 알았나?"

에스텔라가 막 가정 교사로 들어왔을 당시를 말하는 것이다. 에스텔라는 이 세계가 소설 속이라고 생각하면서도, 동시에 부정할 근거를 찾기 위해 몹시도 애썼었다. 혹시나 하는 마음으로 디에고의 이야기를 캐물었던 게 이런 결과로 돌아올 줄은 몰랐다. 뭣 모르던 때의 그녀는 확실히 조심성이 없었다. 그러나 에스텔라는 내색하지 않고 그럴듯한 변명을 내세웠다.

"디에고 님을 피하라고 명한 건 부인이 아니셨던가요? 저는 이유를 알고 싶었을 뿐입니다."

"이유를 알아냈으면! 내 명을 따랐어야지!"

"저는 배다른 형제들이라 해서 반드시 서로를 미워해야 한다고 생각하진 않아서요. 어른들의 사정으로 누군가를 적대하기엔 너무 어린 나이 아닌가요, 도련님과 아가씨께선?"

공작 부인이 어이없다는 듯 헛웃음을 터트렸다. 에스텔라는 내심 그녀가 또 손을 휘두르진 않아서 다행이라고 생각했다. 공작 부인이 싸늘한 눈으로 에스텔라를 노려보았다.

"네가 세드릭의 귀에 형제 같은 팔자 좋은 소리를 지껄인 원흉이었구나."

"세드릭 도련님은 원래 디에고 도련님을 좋아하셨어요. 좋을 수 있었던 두 사람 사이를 갈라놓은 건 마님이십니다."

에스텔라가 다소 짜증스럽게 대답했다. 원래 감정을 실어 말하려던 건 아니었는데 이야기하다 보니 원흉이 공작 부인이었다는 생각이 든 탓이다. 공작 부인이 세드릭에게 작위를 물려줄 욕심을 내지 않았더라면 적어도 아이들이 목숨을 위협받는 일은 없었을 것이다. 그녀가 분에 넘치는 욕심을 낸 대가를 아이들이 대신 치른 셈이었다.

불손한 태도를 공작 부인이 알아채지 못했을 리 없다. 에스텔라의 건방진 눈초리가 공작 부인의 심기를 거슬렀다. 에스텔라는 제 코앞으로 손이 올라오는 걸 알면서도 말리지 않았다. 공작 부인이 패악을 부림으로써 타격을 입는 건 그녀 본인의 평판일 뿐이었다.

"네년이 뚫린 입이라고 내 앞에서 잘도 지껄이는구나!"

가공할 힘에 걸음을 헛디딘 에스텔라가 바닥으로 쓰러졌다. 공작 부인이 에스텔라의 머리채를 쥐고는 안쪽 복도로 끌고 가기 시작했다. 아픈 건 사실이었지만 소리를 억누르자면 그러지 못할 것도 없었다. 그러나 에스텔라는 목청껏 비명을 지르기 시작했다.

밑층에서 사용인들이 뛰어 올라오는 소리가 울려 퍼졌다. 때아닌 소란에 시선이 모였다. 소동을 감지하고 모여든 사용인들이 그들을 지켜보고 있었다. 에스텔라가 악착같이 소리쳤다.

"도련님, 아가씨! 문 잠그고 밖으로 나오지 마세요!"

안쪽에서도 바깥의 소란을 인지하고 있었던 모양이었다. 철컥하고 잠금장치가 돌아갔다. 공작 부인이 확인을 위해 문고리를 돌렸으나, 역시나 안쪽에서 미리 잠가 둔 듯 문은 열리지 않았다. 이성을 잃은 공작 부인이 발작하듯 세드릭의 방문을 두드렸다.

"세드릭, 방 밖으로 나와!"

"마님, 이것 놓으세요. 아윽……!"

"세드릭! 네 가정 교사란 여자가 알몸으로 내쫓기는 꼴을 보고 싶지 않으면 당장 나와!"

에스텔라는 제 머리칼을 쥔 공작 부인의 손을 떨쳐 내려 애썼다. 디에고가 소식을 듣고 찾아오려면 얼마나 남았을까. 그가 부디 아직 저택을 벗어나진 않았길 바랄 뿐이었다.

에스텔라가 어느 정도 버티면 될지 시간을 셈할 때였다. 조금 떨어진 곳에서 벌컥 문이 열리는 소리가 들렸다. 세드릭의 방문은 아직 단단히 잠겨 있다. 바깥으로 뛰쳐나온 건 세실리아 쪽이었다. 순간 에스텔라의 얼굴이 희게 질렸다.

"선생님!"

공작 부인의 시선이 세실리아에게로 돌아갔다. 에스텔라가 세실리아를 향해 매섭게 소리쳤다.

"아가씨! 얼른 안으로 들어가세요!"

그러나 세실리아는 아랑곳하지 않고 에스텔라 쪽으로 달려왔다. 세실리아가 거의 울먹이며 소리쳤다.

"선생님 괴롭히지 마! 나빠, 이거! 머리 아파!"

그러고는 세실리아가 공작 부인의 손 위로 주먹을 휘두르기 시작했다. 성인이 아픔을 느낄 만한 힘은 아니었으나 공작 부인이 이성을 잃게 하는 데는 충분했다.

"이 모자란 계집이 제 어미도 몰라보고!"

공작 부인이 에스텔라를 잡고 있던 손을 놓았다. 발길질이라도 하려는 듯 그녀가 발을 높게 들었다. 에스텔라는 공작 부인에게서 벗어나자마자 황급히 세실리아를 끌어안았다. 덕분에 공작 부인의 폭행은 고스란히 에스텔라가 받아 낼 수 있었다.

허리가 부스러질 듯한 고통에 에스텔라는 이를 악물었다. 아픔을 참아 내기 위해서는 아니었다. 성인이 받아 내기도 버거운 공격이었다. 아이였다면 뼈가 부러졌을지도 모른다.

에스텔라가 충혈된 눈으로 공작 부인을 노려보았다. 에스텔라에게서 떨리는 목소리가 새어 나왔다.

"당신, 눈앞에 있는 이 애가 당신이 낳은 아이인 줄은 알아?"

모르는 아이에게도 해서는 안 되는 짓이다. 아무리 애정이 없다 한들 어찌 제 딸에게 이따위 짓을 저지를 수 있을까. 그러나 어쩌면 당연히도, 돌아온 반응은 반성이 아닌 분노였다.

"그걸 알아야 되는 건 너야! 이 애들은 내 자식이야, 네년이 낳은 게 아니라!"

공작 부인이 그리 소리치며 세실리아를 제 쪽으로 끌고 가려 했다. 하지만 에스텔라는 세실리아를 꼭 끌어안은 채 놓아주지 않았다. 에스텔라가 공작 부인을 노려보며 한 자 한 자 끊어 말했다.

"다신 이 애한테 손댈 생각 말아, 다시는!"

공작 부인이 순간 몸을 굳혔다. 그러나 이는 찰나일 뿐으로, 공작 부인은 완전히 얼굴을 구기며 뒤편을 돌아보았다. 사용인들이 입을 틀어막은 채 이 광경을 지켜보고 있었다. 공작 부인이 날카롭게 일갈했다.

"뭘 다들 멍청하게 보고만 있어!"

아이들을 생각하면 나서서 말려야 했으나 우선해서 따라야 하는 건 공작 부인의 명령 쪽이었다. 누구도 쉽게 나서지 못하고 주춤거렸다.

그때였다, 낮고 서늘한 목소리가 끼어든 것은.

"이게 무슨 소란입니까?"

디에고가 복도 건너편에서 천천히 걸어오고 있었다. 공작 부인은 조금 당황한 눈치였으나, 이내 정신을 차리고 허리를 꼿꼿이 폈다. 사용인들은 몰라도 디에고에겐 결코 흐트러진 모습을 보여선 안 되었다.

상황을 살피던 디에고의 눈이 곧 가늘어졌다.

"그다지 유쾌한 상황은 아닌 듯하고……."

그리 말하며 디에고는 흘긋 에스텔라를 응시했다. 에스텔라는 세실리아를 끌어안은 채 숨을 몰아쉬고 있었다. 목깃까지 단정히 채워 둔 단추는 반쯤 떨어져 나간 상태였고 깔끔하게 틀어 올렸던 머리카락은 사방으로 뻗쳐 있었다. 언제 벗겨졌는지 알 수 없는 안경은 바닥을 나뒹굴었다. 렌즈에 가려져 잘 볼 수 없었던 푸른빛 눈동자엔 마찬가지로 낯선 독기가 담겨 있었다.

디에고가 에스텔라에게서 시선을 떼어 냈다. 차게 식은 눈으로 공작 부인을 응시하며 말했다.

"설명이 필요할 듯싶군요, 부인."

공작 부인은 심호흡을 하여 가까스로 제 분노를 다스렸다. 확실히 지금이 아이들을 잡을 때는 아니었다. 공작 부인이 최대한 고상한 목소리를 유지하려 애쓰며 말했다.

"그래, 디에고……. 내가 근래 아주 이상한 소문을 들어서 말이다."

이런 상황에선 침묵이 더욱 상대를 자극하는 법이다. 디에고는 추임새를 넣는 대신 잠자코 공작 부인이 말을 잇길 기다렸다. 공작 부인이 날카롭게 물었다.

"왜 네가 내 아이들과 같이 어울린다는 이야기가 들리지?"

디에고는 공작 부인의 추궁에 크게 당황하진 않았다. 그녀가 이리 급하게 달려들 줄은 몰랐으나, 이러한 행동 자체를 예상하지 못한 건 아니었다. 오히려 아이들과 어울린다는 이야기가 그녀의 귀에 가 들리길 바랐다고 볼 수도 있었다. 공작 부인을 몰아내려면 그녀가 패악을 부릴수록, 그리고 자신이 아이들과 사이좋게 비칠수록 좋았다.

디에고가 입꼬리를 끌어올리며 대답했다.

"형제간에 왕래하는 것이야 자연스러운 일이 아닙니까."

공작 부인이 입술을 깨물며 매서운 눈길로 에스텔라와 세실리아를 노려보았다. 디에고는 에스텔라의 앞을 막아서고 있었고, 그것은 꽤 배려 섞인 보호처럼 보였다. 마치 그들의 단단한 공모를 드러내기라도 하듯이.

"이렇게 자주 만났나?"

공작 부인이 낮게 가라앉은 음성으로 물었다. 디에고가 오른편으로 슬쩍 고개를 기울였다.

"굳이 대답해야 합니까?"

"저 가정 교사에게 뭘 주었지? 돈이라도 담뿍 가져다 바쳤니?"

"저런, 그 두 배를 내주겠다 회유라도 해 보지 그러십니까. 오래갈 사치는 아닐 테지만."

디에고가 눈웃음을 지어 보였다. 눈꼬리는 상냥한 모양으로 휘어졌으되 눈동자엔 온기가 없었다. 공작 부인이 참지 못하고 왈칵 성을 냈다.

"네 두 연놈이 손을 잡아 뭘 어쩌겠다는 게야. 둘이 눈이 맞아 접붙기라도 했나 보지! 내 아이들을 꾀어내 내쫓기라도 하려고?"

"마님, 말씀이 지나치십니다."

에스텔라가 공작 부인을 제지하듯 끼어들었다. 아이들이 듣고 있는 자리인데도 단어 선택이 너무도 서슴없었던 탓이다. 공작 부인이 그런 에스텔라에게로 홱 몸을 돌리며 소리쳤다.

"자네는 입 닥치고 있어!"

"글쎄요."

디에고가 불쾌하다는 듯 눈썹을 들었다 내렸다. 공작 부인을 향한 무시가 역력했다. 그가 공작 부인에게 의견을 구하듯 물었다.

"어떻게 생각하십니까. 말씀하신 대로라면 제 정인을 건드리신 셈이 될 텐데."

공작 부인이 크게 숨을 들이쉬었다. 그녀의 콧잔등이 불안정하게 떨렸다. 그녀가 홱 고개를 돌리며 말했다.

"내 의붓아들의 취향이 그리 싸구려는 아니라고 믿겠어."

"그게 제가 아버지와 다른 점들 중 하나죠."

디에고가 상냥한 미소를 지으며 대답했다. 공작 부인은 모욕감으로 얼굴을 붉혔으나 그에게 더 맞서진 않았다. 지금 이 집안에서 힘의 우열을 가릴 기준이 있다면 바로 상속에 대한 우선순위였다. 세드릭이 제 어미를 비호하기 위해 나서지 않는 이상 이 자리에서 디에고와 더 입씨름을 하는 건 어리석은 짓이었다.

공작 부인이 마지막 자존심을 세우듯 말했다.

"저 여자는 해고야."

"안 될 말씀입니다. 지금 이 저택을 관리하고 있는 건 저고, 사용인을 고용할 권한도 제게 있으니 말입니다."

디에고가 공작 부인을 부드럽게 제지했다. 그녀의 얼굴이 다시 표독스럽게 변했다. 공작 부인이 이를 드러내며 소리쳤다.

"저 애들의 어미는 나야. 내가 허락하지 않은 선생을 애들에게 가져다 붙이겠다고? 이따위 말도 안 되는 일이 어디 있어!"

공작 부인이 표독스러운 눈초리로 세실리아를 내려다보았다. 어렸을 때부터 성장이 느렸던 제 딸은 다루기도 쉬웠다. 일정한 시기마다 흠씬 두들겨 주고 나면 기가 죽어 제 앞에선 말도 제대로 하지 못했다. 딸을 제 의견이라곤 내지 못하는 하자품으로 만들었음에 공작 부인은 만족했다. 애초에 공작 부인에게 딸은 자아란 게 필요한 존재가 아니었다.

"세실리아, 이리 오렴."

공작 부인이 짧게 명령했다. 그러나 세실리아는 더욱 에스텔라의 치마폭 뒤로 숨을 뿐이었다. 끝내 공작 부인이 언성을 높였다.

"세실리아! 좋은 말 할 때 따라와. 앞으로 다신 저 계집을 볼 수 없을 게다!"

채 막을 새도 없었다. 공작 부인이 손을 뻗어 억지로 세실리아의 손목을 붙잡았다. 다섯 살 난 아이가 성인의 힘을 당해 낼 리 없었다. 세실리아는 속수무책으로 공작 부인에게 끌려갔다.

그 강압적인 행동을 막아선 건 에스텔라였다. 공작 부인의 앞으로 가, 결박이 느슨해진 틈을 타 황급히 세실리아를 빼냈다. 에스텔라는 황급히 몸을 숙여 세실리아를 끌어안았다. 등을 쓸어 주자 몸의 떨림이 서서히 가라앉았다.

"괜찮아, 쉬이……. 괜찮아."

에스텔라가 반복해서 세실리아를 안정시켰다. 그 모습을 보며 공작 부인은 주먹을 틀어쥐었다. 제 아이가 남의 품에서 안정을 찾는 모습이 보기에 달가울 리 없었다.

그 모습을 지켜보던 디에고가 가만히 물었다.

"부인, 부인께서는 지금 아이들에게 누가 더 필요한 것 같아 보이십니까."

공작 부인의 속눈썹이 파르르 떨렸다. 그녀가 분노를 혀 아래로 삼키며 말했다.

"저 나이 땐 쓰고 좋은 약과 달콤한 불량품 중에서 후자를 택하기 마련이지."

뼈가 있는 말이었다. 문제는 공작 부인이 아이들에게 상처가 되면 되었지 약이 될 인물은 아니라는 점이다.

끝까지 자존심을 세우는 공작 부인을 보며 디에고가 사근사근한 음성으로 말했다.

"당신이 아버지를 믿고 성난 말처럼 날뛰던 때는 끝났어. 당장 내 앞에서 꺼져."

❧

"안 아픕니까?"

머리 위에서 들려온 물음에 에스텔라가 고개를 들었다. 디에고가 잔뜩 부어오른 그녀의 뺨을 내려다보고 있었다. 뒷짐을 지고 선 그는 언뜻 여유롭게도 보였다. 에스텔라가 얼얼한 살갗 위에 얼음주머니를 대며 볼멘소리를 냈다.

"안 아플 리가 있겠어요?"

"공작 부인 손이 매섭기로 소문이 자자하긴 하더군요."

"뺨이라도 한번 내줘 보세요. 부인께선 기회를 놓치진 않으실 텐데."

에스텔라의 날 선 대꾸에 디에고가 피식 웃었다. 방금 겪은 소란 때문인지 말에 가시가 있었다. 그러나 디에고는 에스텔라의 화풀이를 기꺼이 인내해 주었다. 엄밀히 말하면 이 일이 디에고 탓은 아니었으나, 억울함이란 종종 타인을 향한 짜증으로 배출되기도 하는 법이었다. 누가 보기에도 이 사건에서 가장 큰 피해를 받은 건 에스텔라였다. 뺨을 얻어맞은 것도 모자라 머리까지 한 움큼 뜯겼으니까.

얼음주머니가 들리지 않은 에스텔라의 반대쪽 손엔 금빛의 털 뭉치가 들려 있었다. 공작 부인에 의해 뽑힌 머리칼을 솎아 낸 듯했다. 디에고가 감탄하듯 말했다.

"많이도 빠졌군요."

"이 나이에 탈모에 걸리기는 싫은데 말이죠."

에스텔라가 음울하게 답하며 재차 정수리 위를 쓸어 넘겼다. 두피가 당겨 머리를 고정했던 끈과 핀은 빼낸 지 오래였다. 지저분하게 얽힌 모발을 가를 때마다 손가락엔 다량의 머리칼이 걸려 나왔다. 에스텔라는 그만 앓는 소리를 흘렸다. 난데없는 소란에 진이 다 빠졌다.

그런 에스텔라에게로 디에고가 무언가를 내밀었다. 손을 뒤로하고 있어 몰랐는데, 그는 에스텔라의 안경을 들고 있었다.

"받아요."

에스텔라가 머뭇거리다 그것을 받아 들었다. 그러고는 머쓱한 음성으로 인사했다.

"감사해요."

"시력에 이상이 있는 게 아니면 벗고 다니는 게 어떻겠습니까."

디에고가 불쑥 이상한 지적을 던졌다. 디에고의 말대로 그녀가 딱히 눈에 문제가 있어서 안경을 쓰고 다니는 건 아니었다. 에스텔라는 시력이 나쁘지 않다 못해 외려 좋은 편이었다.

미스 마거릿이 그 말도 안 되게 두꺼운 안경을 고집해야 했던 이유는 간단하다. 여자 혼자 타지 생활을 할 때 가장 주의해야 할 점은 남자들 눈에 띄어서는 안 된다는 것이다.

"눈이 안 좋아서 쓰는 건데요."

"거짓말."

그가 여유롭게 입꼬리를 당기며 받아쳤다. 에스텔라가 황당하다는 듯 되물었다.

"왜 거짓말이라고 생각하시죠?"

"눈이 정말 나빴다면 안경도 없이 공작 부인 앞을 그리 날렵하게 막아섰을 리가요, 선생님."

미처 생각지 못한 지적에 에스텔라가 얼빠진 표정을 지었다. 디에고가 그런 에스텔라의 옆으로 와 앉았다. 그에 에스텔라는 조금 당황했다. 그녀는 아무렇게나 바닥에 주저앉아 있는 상태였다. 에스텔라는 좌식 생활에 익숙해 큰 거리낌이 없었지만 귀공자인 디에고는 다를 것이었다.

늘 단정했던 그가 벽에 기대앉으니 어딘지 불량한 느낌이 났다. 그가 오른 무릎을 세우고 그 위에 팔을 걸쳤다. 그러고는 그대로 고개를 기울여 에스텔라를 돌아보았다.

"눈이 이렇게 파란빛인 줄은 몰랐네요."

"……새삼스러운 말씀을 하시네요. 안경에 색이 있는 것도 아닌데."

에스텔라가 아무렇게나 대꾸하며 귓등에 다시 안경다리를 얹었다. 이를 제지하듯 디에고가 손을 뻗었다. 그는 가만히 그녀의 안경을 당겨 빼내었다.

도수가 거의 없음에도 유리알은 굉장히 두꺼웠고, 저렴한 원료를 쓴 것인지 투과율도 썩 훌륭하진 않았다. 거슬리던 물건을 치우자 얼떨떨한 기색의 푸른 눈이 반쯤 드러났다.

"아무래도 반짝임이 죽지 않습니까."

그가 짧게 평하며 다시 안경을 제자리로 되돌렸다. 에스텔라는 잠자코 그것을 고쳐 썼다. 디에고가 재차 물었다.

"숨기고 싶은 거라도 있습니까?"

"소공작님께서 의심을 가지시는 건 아니고요?"

"우리 사이에 비밀이 생겨서 좋을 건 없죠."

"그럼 제가 지금 무슨 생각을 하고 있는지 솔직하게 말씀드릴게요."

에스텔라가 큰마음 먹었다는 듯이 답했다. 그녀의 예고에 디에고가 흥미진진한 눈을 했다. 에스텔라가 검지를 들어 디에고의 얼굴 가까이 가져다 대며 말했다.

"공작 부인에게 근신령을 내리세요. 그 여자가 아이들에게 접근하지 못하게 해야 돼요."

디에고의 얼굴에서 표정이 지워졌다. 웃고 있는 줄도 모를 정도로 미세한 미소였는데, 사라지고 나니 그 은은한 상냥함의 부재가 굉장히 눈에 띄었다. 그가 얼핏 짜증 내듯이 말했다.

"대체 누가 누굴 걱정하는지 모르겠군요."

에스텔라는 물론 걱정할 만한 사람을 걱정하고 있었다. 모든 광경을 목격한 세실리아는 물론이거니와 문 너머에 숨어 있었던 세드릭도 만만치 않게 충격받았다.

공작 부인이 떠난 뒤, 에스텔라가 가장 먼저 한 것은 방으로 뛰어들어가 세드릭을 진정시키는 일이었다. 원흉이랄 인물이 사라졌음에도 세드릭의 심장은 오래도록 불안정하게 뛰었다.

저 대신 매질당하는 세실리아를 오래도록 보아 왔던 세드릭이다. 이번에는 에스텔라가 시킨 대로 했을 뿐이지만, 세드릭 입장에선 가정교사와 저보다 어린 세실리아의 뒤에 숨은 셈이었다. 세드릭은 스스로가 제때 밖으로 나서지 못했음에 대단히 충격받은 눈치였다. 공작 부인을 정면으로 마주한 세실리아는 눈이 벌겋게 될 때까지 훌쩍였다. 에스텔라는 따뜻한 꿀물을 몇 잔 내주고 나서야 겨우 두 아이를 재울 수 있었다.

"문제는 트라우마죠. 전 저랑 비슷한 키를 가진 여자한테 몇 대 얻어맞았다고 대인 기피증에 걸리진 않을 거거든요."

"아이들 상태가 그리 나빠 보이진 않았습니다만."

"이런 경험이 자꾸 생겨난다는 것 자체가 문제예요. 처음엔 폭력만 피했으면 하죠. 나중엔 언성만 높여도 심장이 뛰어요. 누가 소리 지르는 것 자체를 못 견디게 된다고요."

그 말에 디에고가 헛웃음을 지으며 고개를 숙였다. 에스텔라가 의아한 눈으로 그런 그를 응시했다. 그가 제 입꼬리를 가만히 엄지로 쓸며 설명했다.

"정작 친어미보다 일개 가정 교사가 아이들을 더 아끼는 듯하니, 웃기는 일이 아닙니까."

에스텔라가 반쯤 녹은 얼음주머니를 내렸다. 수건의 표면은 어느새 축축하게 젖어 있었다. 그녀가 반대편 방향을 다시 뺨에 대며 이어 말했다.

"여러 아이를 대해 본 교사와 처음 아이를 낳은 부모의 경험치가 같을 수는 없어요."

"그 애들의 어미를 감싸는 겁니까?"

"아니요. 다만 전 선생일 뿐이고, 제가 그 애들의 어머니 역할을 대신할 수 있다고 생각하진 않는다는 걸 알려 드린 거예요."

목숨을 내줄 수 있는 친구를 만난다 한들 상대가 애인 역할까지 해 줄 순 없다. 마찬가지로 온 마음을 다해 사랑할 연인이라 한들 부모를 대신할 수는 없다. 모든 관계엔 각각의 의미가 존재했다. 에스텔라는 자신이 아무리 훌륭한 스승이 된다고 해도 다른 빈자리를 대신할 수는 없다는 사실을 알았다. 현명한 주제 파악이었고, 따라서 디에고는 그녀의 의도에 약간의 의문을 느꼈다.

그는 살면서 상대에게 큰 의미가 되고 싶다는 이유로 타인에게 헌신하는 이들을 몇 보아 왔다. 그런 목적조차 아니라면 도대체 저 여자는 아이들을 돌보며 뭘 얻으려는 걸까.

"왜 이렇게 자기 일처럼 그 애들을 돕는 겁니까."

디에고에게 에스텔라는 몹시 신기한 사람이었다. 디에고가 의문을 보일 때면 그녀는 항상 제 직업을 들먹이곤 했다. 그녀의 말버릇대로, 에스텔라는 분명 세드릭과 세실리아의 가정 교사였다. 하지만 반대로 말하면 고작 가정 교사일 뿐이기도 했다. 그 어느 누가 타인을 위해 이렇게 나서는가.

에스텔라가 잠시간 곰곰이 생각하다가는 입을 열었다.

"제 고향에서는 선생이란 직업군에 신고 의무라는 게 있었어요."

"신고 의무요?"

"네, 아이들이 부모에게 학대받는 정황을 발견하면 나라에 보호를 요청하는 거죠."

"……우린 같은 자국민 아니었습니까?"

디에고의 지적에 에스텔라는 잠시 멈칫했다. 맞다. 지방만 다를 뿐 에스텔라와 디에고의 국적은 같았다. 대뜸 이전의 고국 얘기를 꺼낸 게 실수였을까.

하지만 메스키다는 중앙 집권 체제가 아닌 봉건 국가였으므로 변명의 여지가 없는 건 아니었다. 각 영지마다 운영되는 방식은 조금씩 달랐으니까. 에스텔라가 회피하듯 말했다.

"지자체라고 정정할게요. 어쨌든, 그 제도의 요지는 알고도 모른 척하는 사람에게도 잘못이 있다는 거예요."

기실 에스텔라는 스스로가 어중간한 양심의 소유자라고 생각했다. 그녀는 종종 세드릭과 세실리아를 두고 도망가는 상상을 했다. 그 충동의 주기가 대단히 긴 것도 아니었다.

디에고와 대면하려 집무실 문 앞에 섰을 때, 그녀는 처음으로 이 책을 읽은 것을 후회했다. 차라리 아무것도 몰랐다면 그녀는 공작 부인이 내쫓는 대로 베르타 공작가를 벗어날 수 있었을 것이다. 그랬다면 아이들의 죽음에 아무런 부채감도 가지지 않을 수 있었겠지. 하지만 그녀는 결국 진실에서 고개를 돌리지 못했다.

"몰랐으면 그대로 지나칠 수 있었겠죠. 하지만 알게 되어 버렸어요. 그것뿐이에요."

아이들을 살리기로 결정함으로써, 에스텔라는 제가 이 책에 등장한 나름의 의미를 찾을 수 있었다. 단순히 정해진 이야기에 합류한 것뿐이라면 원작의 흐름대로 움직이려는 강제적인 힘이 있었을 것이다. 그러나 '에스텔라'는 그녀가 살아온 두 번째 생애였고, 심지어는 무언가를 바꿀 수도 있었다. 그리하여 에스텔라는 생각하게 된 것이다.

제가 이 소설 속에서 태어난 것엔, 그리고 그 사실을 기억해 낸 데는 어쩌면 이들의 불행을 구제하라는 의미가 숨어 있는 게 아닐까?

"소공작님은 이해할 수 없으시겠지만, 전 당신들에게 일종의 책임감 같은 걸 가지고 있어요."

에스텔라가 디에고를 똑바로 마주 보며 말했다. 디에고는 아무 반응 없이 그녀의 이야기를 듣고만 있었다. 상대에게 이렇다 할 대답이 돌아오지 않자 에스텔라는 조금 머쓱한 기분이 되었다. 제가 조금 유난을 떤 것 같기도 했다.

에스텔라는 괜스레 손을 들어 목 근처를 긁었다. 디에고가 그런 그녀를 물끄러미 응시했다. 불쑥 그의 입술이 열렸다.

"내 어머니가 어떤 사람인지 물었었지요."

의외의 서두에 에스텔라가 고개를 들었다. 디에고가 농담처럼 덧붙였다.

"물론 당신 뺨을 때린 그 여자 같지는 않았습니다."

에스텔라는 그만 어이없다는 듯 웃음을 터트렸다. 그녀는 디에고의 입가에도 언뜻 미소 비슷한 것이 스쳤다고 느꼈다. 그가 어깨에 힘을 빼며 벽면에 몸을 기대었다. 그가 추억을 뇌까리듯 말했다.

"심지가 굳고 강한 분이었습니다."

"……."

"어머니는 그 모진 수모를 당하면서도 결코 자식에게 그늘을 드러내는 법이 없었습니다. 그래서 아무도 그녀를 망가트릴 수 없을 듯 보였죠. 아버지에게 맞은 뺨이 빨갛게 부어올랐을 때, 아들에게는 네 손을 덥혀 주려 데워 보았다고 거짓말을 해 주는 분이셨습니다."

디에고는 잠시간 말을 잇지 않았다. 그는 마치 먼 과거를 추억하고 있는 듯 보였다. 이윽고 그가 씁쓸한 음성을 내었다.

"그런 고귀한 사람을 세간은 조금 다른 기준으로 판단하더군요."

에스텔라는 돌로레스를 수식하던 많은 말들을 떠올렸다. 대개 외모와 관련된 평가였고, 그것은 줄글 밖의 사람들마저 그녀를 무시하게 만들었다. 돌로레스를 '추한 외모로 박대당한 디에고의 친모' 정도로 기억해 온 건 에스텔라도 마찬가지였다. 하지만 디에고가 피도 눈물도 없는 소설 속의 살인마가 아니었듯 돌로레스도 동정 외의 대접을 받을 만한 여자였다.

"어머니는 저까지 아버지를 미워하진 않길 바라셨지만, 역설적으로 그녀가 그런 사람이었기 때문에 저는 친부를 증오하는 아들이 되었죠."

그리 말을 맺은 디에고가 에스텔라를 돌아보았다. 그가 검지의 두 번째 마디를 물다가는 금세 뱉어 냈다. 마찬가지로 툭 내던지듯 말했다.

"미스 마거릿, 난 내 어머니가 병사했다고 생각하지 않습니다."

이야기의 무게와는 어울리지 않는 담백한 어조였다. 에스텔라는 잠시 머뭇거린 후에야 그에게 질문을 돌려줄 수 있었다.

"그걸 왜 저한테 말씀하시죠?"

"글쎄요. 당신이 나를 좀 더 괜찮은 사람으로 봐 줬으면 하나 보죠, 변명이 하고 싶어진 걸 보면."

그가 피식 웃으며 대답했다. 가벼운 어조였지만 드물게 진심이 어려 있기도 했다. 한결 거리감을 덜어 낸 대화였다.

에스텔라는 문득 디에고와 복도에서 처음 마주쳤을 때를 떠올렸다. 당시 그녀를 향했던 경계의 눈초리가 지금은 온데간데없었다. 다만 그녀를 보는 시선이 깊고도 곧다.

그가 의미를 알 수 없는 눈으로 에스텔라를 응시하며 말했다.

"내가 좀 더 어렸다면, 당신은 나 역시 걱정해 줬을까?"

진심으로 궁금하다는 투였다. 에스텔라는 무의식적으로 손을 뻗어 그런 그의 얼굴을 감쌌다. 얼음주머니를 쥐고 있었던 손바닥은 차갑게 식어 있었고, 그에 비하면 그의 살갗은 더운 편이었다. 제법 감촉이 찼을 텐데도 불구하고 디에고는 가만히 그녀의 손바닥에 뺨을 기댔다. 볼을 깊숙이 묻다가는, 고개를 틀어 입술을 내리눌렀다. 말랑하고 축축한 살덩이가 에스텔라의 엄지 두덩 위에 닿았다.

에스텔라가 가만히 마른 입술을 열어 말했다.

"지금도 그래요."

디에고의 입술 사이로 웃음이 새어 나왔다. 그가 오른쪽 다리를 웅크린 채 고개를 푹 숙였다. 중심을 잃은 커다란 몸이 아이처럼 그녀쪽으로 기울었다. 그가 묘하게 후련한 음성으로 중얼거렸다.

"그것 참 눈물 나게 위안이 되는군요."

⋘⋙

에스텔라의 소원대로 공작 부인은 아이들에게서 격리되어 금족령을 받았다. 디에고가 본래 아이들을 보내고자 했던 별관으로 쫓겨난 건 결국 공작 부인 혼자였다. 얼마 전 남편을 잃은 여인에게 행하기엔 다소 본격적인 처벌이었다. 그러나 디에고의 입장에선 썩 성에 차지만도 않았을 것이다. 그가 최종적으로 바라는 건 공작 부인이 베르타와 완전히 상관없는 인물이 되는 것이었으니까.

공작 부인이 벌인 소란은 이미 많은 사용인들이 목도한 상태였다. 하지만 공작 부인이 이를 단발적인 일이라 변명한다면 벗어날 여지가 없는 건 아니었다. 디에고는 에스텔라가 조언했던 대로 이전에 베르타 저택에서 일했던 가정 교사들을 수소문하기 시작했다.

추천장을 얻지 못한 거버니스들은 대개 수도에 더 머물지 못했고 구석진 지방으로 흩어져 있었다. 생업까지 내버리고 증언하려 할 자들은 없을 테니 약속해 줄 보상도 많을 터였다. 에스텔라는 적어도 제 동업자가 돈 하나는 많아서 다행이라고 생각했다.

갑부에 잘생기기까지 한 남자라니. 미디어 속에서만 존재하는 허상이라고 생각했는데 소설 속으로 들어왔더니 눈앞에서 실제로 살아 숨 쉬는 인물이 되었다. 그 잘난 외관의 남자가 제 앞에서 말도 하고 밥도 먹고 옷도 갈아입었다. 그러고 보니 지난번에 옷 입는 장면을 목도했을 때 분명 복근도 발견했었다. 여러모로 빠지는 게 없다.

에스텔라는 문득 제 오른손을 내려다보았다. 디에고가 닿았던 감촉이 선명하게 떠올랐다.

디에고는 원체가 깔끔한 성미였고 잘 면도된 턱은 언뜻 매끈하게까지 느껴졌었다. 콧대 옆으로 늘어진 그림자에 그의 눈빛은 탁한 빛을 띠었다. 마른 입술에서 쏟아진 숨결엔 순간 솜털이 우수수 일어섰을 정도였다. 그 비현실적인 얼굴에 말려들고야 마는 건 불가항력인 일이라고, 에스텔라는 생각했다.

"내가 좀 더 어렸다면, 당신은 나 역시 걱정해 줬을까?"

그래서 그가 무언가를 기대하는 표정으로 저를 보았을 때, 원하는 답을 돌려줄 수밖에 없었나.

거짓말을 한 것도 아니었다. 세드릭과 세실리아를 살린 건 기본적으로 그 애들을 위해서였지만, 동시에 디에고에게 가족이란 걸 만들어 주고 싶었기 때문이기도 했다. 아비의 패악으로 부모라는 존재를 지운 그가, 배다른 동생일지언정 남은 가족마저 잃지는 않았으면 했다. 에스텔라는 감히 그 무서운 남자를 동정하고 있었다.

에스텔라는 어쩌면 제가 디에고에 대해 너무 깊이 알아 버린 건지도 모르겠다고 생각했다. 그녀는 베르타 공작의 죽음에서 의미를 찾고 싶어 하는 자신을 부정할 수 없었다. 디에고를 변명하고 나선 집사에게 과하게 선을 그었던 건 정말 그의 살인에서 죄를 지우게 될까 봐서였다. 살인은 살인일 뿐인데도.

"선생임 고밍 이써?"

스치듯 한숨을 흘리는데 익숙한 목소리가 들려왔다. 에스텔라가 화들짝 놀라 옆을 돌아보았다. 세실리아가 의아한 눈으로 그녀를 올려다보고 있었다. 에스텔라가 세실리아를 안아 들며 물었다.

"아가씨, 언제부터 여기 계셨어요?"

"방금."

"준비 다 끝나셨어요?"

그리 말하며 에스텔라가 세실리아를 머리부터 발끝까지 살폈다. 사용인들이 새 옷을 지어 온 듯 세실리아는 못 보던 드레스를 입고 있었다. 앙증맞은 발에 신긴 꼬까신이 매우 깜찍했다.

어린 아이들을 돌보는 건 무척이나 힘든 일이었지만 아예 보람이 없는 건 아니었다. 엄청난 노동 강도에 대한 보상을 아이의 귀여움이 대신한다. 세실리아가 에스텔라를 따라 제 몸을 내려다보다가는 느릿하게 대답했다.

"웅."

"그럼 이제 도련님을 찾으러 갈까요?"

"웅!"

세실리아가 조금 더 목청을 높여 소리쳤다. 에스텔라는 세실리아의 엉덩이를 팔로 받쳐 들고는 세드릭의 방문 앞으로 향했다.

"도련님, 준비 끝나셨어요?"

에스텔라의 물음에 세드릭이 문을 열고 달려 나왔다. 출발이 늦어질지도 모르겠다고 생각했는데 다들 용케 제시간에 등장했다. 둘 다 외출을 벼르긴 별러 왔던 모양이었다. 어제 공작 부인이 벌인 소동 덕에 맛있는 디저트를 향한 여정도 뒤로 미뤄지고 말았다. 아예 취소할 수도 있었겠지만 차라리 기분 전환 삼아 강행하는 게 낫겠다고 판단했다. 아이들이 직접 나서서 외출을 조른 덕분도 있었다.

"단 거 너무 많이 드리진 마세요. 저녁을 못 드실까 봐서요."

에스텔라에게로 다가온 하녀가 슬쩍 소곤거렸다. 옷을 갈아입히느라 제법 고생한 듯 안색이 조금 피로해져 있었다. 에스텔라가 작게 대답했다.

"케이크 한 조각씩만 먹이려고요."

"작은 거로 드리세요."

"큰 게 나오면 제가 먹죠, 뭐."

에스텔라가 장난스럽게 대답했다. 마주 웃던 하녀가 너스레를 떨 듯 말했다.

"하기야 마님께서 자리를 비우실 때가 흔하지 않으니 이럴 때가 아니면…… 어머, 주책이야. 죄송해요."

하녀가 황급히 입을 막았다. 그러면서도 제 실수가 밖으로 새어 나갈까 걱정하는 표정은 아니었다. 에스텔라가 공작 부인에게 얻어맞는 모습을 목격했다면 눈앞의 상대가 주인을 나쁘게 말했다고 불쾌해할 인물이 아니라는 사실도 알 것이다. 저를 폭행한 자의 명예가 훼손되었다고 해서 분노하는 이는 없을 테니까.

에스텔라는 어색하게 웃어 보이기만 했다. 어머니의 감금이 아이들에겐 기분 전환의 기회가 되는 집이라니, 다시 생각해도 유쾌한 직장은 아니다. 그녀의 직군이 교사라면 더더욱 그러했다.

다녀오겠다는 말을 남긴 에스텔라는 아이들을 데리고 밖으로 나섰다. 베르타 공작가임을 드러내지 않기 위해 부러 수수한 마차를 부탁해 둔 참이었다. 아니나 다를까 건물 앞에 대기 중인 마차는 온통 검은빛으로 가문의 문장이라곤 박혀 있지 않았다.

에스텔라는 아이들을 먼저 위로 올려 주고는 저도 올라탔다. 마차 바퀴가 구르며 엉덩이에 부드러운 진동이 느껴졌다. 출발이었다.

간만의 바깥나들이라 에스텔라도 조금 마음이 설렜다. 비좁은 자리만 아니었다면 아마 콧노래라도 불렀을 것이다. 가만히 앉아 있던 에스텔라가 양옆을 번갈아 보며 물었다.

"꼭 이렇게 가야 해요?"

"불만 있어?"

"어…… 그러니까 건너편 자리도 있다 이 말이죠."

에스텔라가 그리 말하며 반대편을 가리켰다. 에스텔라가 앉자마자 아이들이 곧장 그 양옆 자리로 온 탓에 건너편은 텅 비어 있었다. 기껏해야 아이 둘과 성인 여자 하나라 엉덩이가 낄 정도는 아닌데, 굳이 비좁게 간다 싶은 건 사실이었다.

"난 여기가 좋아."

"나도!"

에스텔라의 지적에도 아이들은 모르쇠하며 자리를 지켰다. 에스텔라는 설득하기를 포기했다. 어차피 시내까지 그리 멀지도 않았다. 그러니까 조금만 더 가면…….

"……왜 정문이 안 열리지?"

느린 정거였지만 분명히 서는 느낌이 있었다. 정문 앞에 다다랐다고 생각했는데 아무리 기다려도 밖으로 나갈 기미가 안 보인다. 에스텔라는 문에 달린 창을 열었다.

"무슨 문제라도 있나요?"

에스텔라의 부름에 문지기가 달려왔다. 그가 진땀을 **빼며** 해명했다.

"죄송합니다, 선생님. 잠시만 기다려 주시겠습니까?"

"문이 고장이라도 났나요?"

"아니요. 누가 소공작님을 뵙겠다고 성화인데, 문을 열었다간 그대로 뛰어 들어갈 기세라…… 금방 치우고 열어 드리겠습니다."

"소공작님을 찾아왔다고요?"

에스텔라가 그리 되물으며 정문 너머를 응시했다. 담벼락에 시야가 가려져 상황을 제대로 파악할 수가 없다.

에스텔라는 아예 문을 열고 밖으로 내려섰다. 정문 가까이로 다가가자 그제야 불청객의 존재가 눈에 들어왔다. 문 건너에선 웬 수상한 후드를 뒤집어쓴 여자가 문지기와 입씨름을 벌이고 있었다.

에스텔라가 무심코 입을 열었다.

"……아드리아나 영애?"

큰 목소리는 아니었는데 모두의 시선이 에스텔라에게로 돌아왔다. 에스텔라는 당황하여 다시 입을 다물었다. 로브를 입은 여자 역시 침묵한 건 마찬가지였다. 아무래도 에스텔라의 짐작이 틀리지 않았던 모양이었다.

이런 시기에 디에고를 찾아올 여자라, 원작을 아는 에스텔라에겐 뻔히 짐작되는 상황이었다.

"절 아시나요?"

아드리아나가 당황한 기색으로 되물었다. 그러면서 손을 들어 제 얼굴을 감싸는 것이, 본인의 생김새로 알아보았다고 생각한 모양이었다. 실제로는 코밑만 겨우 보이는 상태라 에스텔라는 설핏 미소 지었다. 제게 그런 대단한 눈썰미가 있었다면 임용이 아닌 경찰 시험을 봤을 것이다.

여기서 '당신이 디에고를 찾아올 줄 미리 알고 있었다.' 같은 사기성 짙은 발언을 꺼낼 순 없었으므로 에스텔라는 에둘러 변명했다.

"장례식에 찾아오신 걸 뵀었어요. 워낙 미인이시라 기억에 남았네요."

"아, 그러시군요……."

아드리아나가 당혹스러운 투로 대답했다. 그러고 보니 신분을 밝혔으면 바로 들어올 수 있었을 텐데 왜 쓸데없이 입씨름을 하고 있었던 걸까.

의아해하던 에스텔라가 순간 아차 했다. 아무래도 아드리아나는 디에고와의 공조가 소문이 날까 두려워 비밀로 찾아왔던 모양이었다. 세세한 설정까진 기억을 못 하여 괜한 입방정을 떨었다. 그렇다면 원작에서 아드리아나는 어떻게 이 담벼락을 넘었던 걸까.

'원래 오늘은 디에고와 만날 예정이 아니었나?'

에스텔라는 이대로 아드리아나를 돌려보낼지 말지 잠시간 고민했다. 하지만 디에고와 아드리아나는 어차피 만나야만 하는 운명이었고, 그 시기가 조금 앞당겨진대도 결과는 달라지지 않을 것이었다. 무엇보다 디에고에게 '눈을 잡아끄는 엄청난 미인'의 존재를 빠르게 증명할 기회였다. 망설임을 끝낸 에스텔라가 입을 열었다.

"문을 열어 주세요."

"예? 미스 마거릿, 하지만……."

"소공작님께 손님이 찾아오실 예정이라는 이야기를 전해 들었었어요. 아마 전달이 누락되었나 보네요."

"헉, 그렇습니까!"

문지기들이 식겁한 얼굴로 재빠르게 문을 열어 주었다. 에스텔라는 아드리아나를 위해 입단속을 해 주는 것도 잊지 않았다.

"이 일은 외부엔 비밀로 해 주세요. 아무래도 젊은 이성의 방문은 오해의 소지가 있으니까요."

"물론입니다."

흔쾌히 돌아온 호언에 에스텔라는 안심했다. 베르타 공작가가 온갖 방문객을 상대하는 문지기 자리에 입이 가벼운 자를 들였을 리 없다.

곧 열린 문 사이로 아드리아나가 걸어 들어왔다. 그녀가 에스텔라의 앞으로 와 서며 모자를 벗었다.

"도와주셔서 감사합니다. 한데…… 누구시죠?"

아드리아나는 예상외로 쉬운 진입에 얼떨떨한 표정이었다. 에스텔라를 살피는 눈빛엔 약간의 의심도 섞여 있었다. 그도 그럴 것이 전혀 안면이 없는 자의 도움이 아닌가. 무엇보다 자신을 도와준 상대는 젊은 여성이었다. 문지기가 존대를 하며 명령에 응하는 걸 보니 저택에서 일하는 하녀는 아닌 듯 보였다.

괜한 오해를 받기 전, 에스텔라가 황급히 저를 소개했다.

"저는 세드릭 공자님과 세실리아 공녀님의 가정 교사입니다."

"아, 가정 교사셨군요. 그런데 그 둘은……."

아드리아나가 말을 하다 말고 멈칫했다. 에스텔라는 어렵지 않게 뒷내용을 예상할 수 있었다. 아마 '무사한가요?' 내지는 '아직 이 저택에 있나요?' 정도의 말이었겠지.

아드리아나에게 그 말을 입 밖으로 내지 않을 정도의 조심성이 있는 게 다행이었다. 아드리아나를 탓할 마음은 들지 않았다. 조금 오싹한 생각이긴 하지만 베르타 공작이 살해당하는 걸 목격한 그녀라면 아이들의 안위도 확신하지 못하는 게 당연했다. 실제로 원작에서 아드리아나가 이곳에 처음 방문했을 때 두 아이는 죽고 없었다. 디에고가 이미……

섬뜩한 기분에 혀가 굳었다. 에스텔라는 잠깐의 침묵 끝에야 다시 입을 열 수 있었다.

"소공작님께선 지금 출타하셔서 저택에 없으십니다. 곧 돌아오실 예정이니 응접실로 가서 기다리세요."

"성함이 어떻게 되시나요? 도움을 주셨으니 기억해 두고 싶네요."

"에스텔라 마거릿…… 입니다."

에스텔라가 머뭇거리다가는 성을 입 밖으로 내지 않고 말을 맺었다. 아드리아나의 눈이 커졌다.

"마거릿이요?"

도통 성으로 볼 수는 없는 이름에 아드리아나가 곧바로 되물었다. 가정 교사라 하니 귀족은 맞는 듯한데 왜 가문을 밝히지 않을까.

아드리아나의 의문은 해소되지 못했다. 닫혔던 문이 다시 열리는 소리가 울려 퍼진 것이다. 에스텔라와 아드리아나는 동시에 뒤편을 돌아보았다. 휘황찬란한 마차가 정문으로 들어서고 있었다.

에스텔라는 아드리아나의 팔을 잡고 황급히 옆으로 비켜섰다. 진입이 느려지면 디에고가 상황을 캐물을 것이다. 제가 아드리아나를 이저택으로 들였다는 사실이 밝혀지면 곤란했다.

그러나 신은 제 편이 아니었던 모양이다. 마차 안을 가리는 커튼이 있어 안심하고 있었는데, 마침 디에고는 그것을 열어 밖을 내다보고 있었다. 에스텔라를 발견한 디에고의 표정이 이채를 띠었다. 커튼을 들어 올리던 손을 치운 듯 다시 안이 가려졌다. 에스텔라의 표정이 사색이 되었다. 이윽고 벌어질 일을 예감한 탓이었다.

"잠깐 세우지."

아니나 다를까 절망스러운 명령과 함께 마차가 멈췄다. 디에고가 다소 급한 기색으로 문을 열어젖히곤 밖으로 나왔다. 다행인지 불행인지 그는 꽤 기분이 좋아 보였다.

잘못을 들킬 예정이라면 상대의 컨디션이 나쁠 때보다는 반대의 경우가 나을 것이다. 에스텔라는 부디 그가 잠자코 제 월권을 눈감아 주길 기도했다.

"날 마중이라도 나왔나 보죠?"

디에고가 언뜻 장난스럽게도 들리는 음성으로 물었다. 에스텔라의 뒤에 선 아드리아나에게는 눈길도 두지 않은 채였다. 아무래도 아드리아나를 하녀라고 생각한 듯 수상한 옷차림에 대해선 일언반구도 없었다. 차라리 그게 다행인지도 모른다. 디에고가 저택으로 들어간 뒤 아드리아나도 슬쩍 들여보내면 될 테니까.

에스텔라가 고개를 내저으며 대답했다.

"아니요, 아이들이랑 함께 시내로 나가려고요. 잠시 문지기와 얘기할 게 있어서 내렸네요."

그리 말하며 에스텔라가 뒤편의 마차를 가리켰다. 완벽한 부정에 디에고의 눈이 옆으로 가늘어졌다. 그가 턱을 문지르며 못마땅한 투로 물었다.

"시내에? 허락도 안 맡고 말입니까?"

"그게 허락을 맡을 일이던가요……?"

"아이들이 외출을 한다면 마땅히 보호자에게 보고해야 할 것 아닙니까. 사고라도 나면 어떡하려고?"

틀린 말은 아닌데 상대가 디에고다 보니 조금 어이없게 느껴지긴 했다. 하지만 말꼬리를 잡아서 곤란해질 건 제 쪽이었으므로 에스텔라가 냉큼 대답했다.

"앞으론 미리 말씀드리죠."

"좋습니다. 그럼 보고해 봐요, 어딜 갈 건지."

디에고가 팔짱을 낀 채 명령했다. 에스텔라의 어깨에 힘이 빠졌다. 아무래도 금방 놓아줄 태세가 아니다. 에스텔라가 참을성 있게 대답했다.

"시내에 있는 〈스위츠〉 부티크에 갈 겁니다."

"가서 뭘 할 거죠?"

"……케이크를 한 조각씩 먹을 예정입니다만……."

"미스 마거릿이 이런 인정 없는 사람인 줄 내 미처 몰랐군요. 본인들 입만 입입니까?"

디에고의 억지에 에스텔라가 무언가 해괴한 것을 보았다는 듯한 표정을 지었다. 그녀가 떨떠름한 투로 물었다.

"포장해 올까요?"

"아뇨, 같이 가죠."

디에고가 즉각 대답하며 에스텔라가 눈짓했던 마차로 걸음을 옮겼다. 에스텔라는 당황하여 아드리아나와 디에고의 등을 번갈아 보았다. 아드리아나가 여기 있는데 그가 저택을 떠나서는 안 되지 않은가.

에스텔라가 디에고를 어떻게 저택으로 돌려보낼까 머리를 쥐어 짜낼 때였다. 문지기가 끼어들었다.

"저, 소공작님. 손님이 방문하셨습니다만……."

"손님?"

디에고가 의아한 기색으로 뒤를 돌아보았다. 주변을 살피던 그가 마지막에 가서야 에스텔라 뒤에 선 아드리아나를 발견해 냈다. 그의 시선이 가 닿자 아드리아나가 무의식적으로 몸을 떨었다. 아드리아나는 용기를 내 에스텔라의 앞으로 나섰다.

"소공작님, 안녕하세요."

디에고와 아드리아나의 눈이 마주쳤다. 동시에 에스텔라의 심장이 내려앉았다.

'아, 둘이 여기서 마주치는 설정이었나.'

에스텔라는 뒤늦게 깨달았다. 만일 아드리아나가 아직 문지기와 실랑이를 하고 있었다면 디에고의 진입이 지체되었을 것이다. 이를 이상하게 여긴 디에고가 조금 전의 자신처럼 상황을 물었을 테고 말이었다.

에스텔라는 손을 들어 가슴께를 문질렀다. 조금 놀라기는 했으나, 결과적으로 둘이 엇갈리지 않고 만났으니 다행인가 싶기도 했다. 뒤늦게 안도감이 찾아들었다.

"누구지?"

기억에는 없는 얼굴에 디에고가 미간을 좁히며 물었다. 문지기는 조금 당황했으나 이를 티내지는 않았다. 서면으로만 잡은 약속일 수도 있겠다는 생각이 든 탓이다. 문지기가 잠자코 대답했다.

"아드리아나 영애이십니다."

"처음 들어 보는 이름인데 왜 저택에 들였지?"

디에고가 조금 짜증스러운 태도로 되물었다. 문지기의 눈이 동그랗게 커졌다. 그가 황당하다는 듯 에스텔라를 돌아보았다. 에스텔라는 제가 이 순간 세드릭과 같은 별명을 얻게 되었음을 감지했다. 문지기의 마음속 소리가 머리에 울려 퍼지는 기분이었다.

'거짓말쟁이!'

에스텔라를 뚫어질 듯 노려보던 남자가 이내 깔끔하게 그녀를 배신했다.

"미스 마거릿께서 소공작님과 약속이 되어 있는 분이라고 하셨습니다만……."

"나와 약속이 있다고?"

디에고가 어이없다는 듯 에스텔라를 돌아보았다. 금시초문이라는 표정이었다. 에스텔라는 어색한 얼굴로 미소만 지어 보였다. 에스텔라가 애써 태연한 척 말했다.

"만나 보셔야 할 분입니다."

"내 기억엔 없는 약속이군요."

"약속하셨잖아요? 석 달."

결국 에스텔라는 비장의 카드를 꺼내고 말았다. 말아 쥔 손에 땀이 찼다.

디에고는 흘긋 에스텔라의 긴장한 어깨를 넘겨보다가는, 그 앞의 아드리아나에게 시선을 보냈다. 투명한 빛을 띤 은발이 유독 시려 보였다. 제법 아름다운 생김이었으나 꼭 만나지 말아야 할 사람이라도 본 것처럼 불쾌한 기분이 들었다. 미간을 찌푸린 디에고는 가만히 에스텔라가 말한 기간을 되짚어 보았다.

'석 달이라.'

아무래도 그의 마음에 들 다른 여자가 생기는지 두고 보자던 그 내기를 말하는 모양이었다. 애석하게도 에스텔라의 소망과 달리 눈앞의 여자는 디에고의 취향이 아니었다.

하지만 한 번쯤 원하는 대로 구색을 맞춰 줘야 뒷말이 나오지 않을 것이다. 빤히 아드리아나를 응시하던 디에고가 곧 상황을 정리했다.

"정신이 없어 그때 한 약속을 잊고 있었군요. 아드리아나 영애, 이쪽으로 오시죠. 실례지만 성이 어떻게 되십니까?"

"저는 아드리아나 테리사 아스테즈라고 해요."

아스테즈라 하면 아스테즈 후작가를 말하는 것인가. 유명한 성에가 붙은 것치곤 생소한 이름이었다. 디에고가 느낀 대로 짧게 평했다.

"아름다운 이름이군요, 조금 낯설긴 하지만."

그리 말하며 디에고가 에스텔라를 넘겨보았다. 그러고는 에스텔라를 놀리듯 가볍게 눈썹을 들었다 내렸다. 모르는 여자를 멋대로 저택 안으로 들인 경솔함을 탓할 의도였다. 물론 에스텔라는 모른 척 고개만 돌렸다.

디에고의 지적은 의외의 상대에게 가 앉았다. 그것이 자신을 향한 지적이라고 생각한 듯, 아드리아나가 당황한 투로 대답했다.

"제가 어렸을 때부터 건강이 좋지 않았어서요. 외부에 얼굴을 보인 적이 몇 번 없어서 아마 절 잘 모르실 거예요."

"혹시 아스테즈 후작님과 관계가 어떻게 되십니까?"

"부친이십니다."

그 대답엔 디에고도 조금 당황하지 않을 수 없었다. 당연히 방계일 것이라 여기고 질문한 것인데 참으로 의외의 답이 돌아왔다. 디에고는 가문 간의 알력에 민감한 위치에 있는 만큼 귀족가의 일원들을 대부분 외고 있었다.

아스테즈 후작가의 장녀라니. 그만한 가문의 영애가 이렇게까지 존재감이 없을 수가 있나?

그러고 보니 언뜻 아스테즈 후작이 아픈 딸을 싸고도느라 밖으로 잘 내보내지 않는다는 이야기를 들은 기억이 났다. 그 딸이 눈앞의 여자와 같은 이름을 하고 있었나.

"……일단 안으로 들어가서 이야기하시죠."

디에고가 시선을 돌리며 아드리아나를 에스코트했다. 아드리아나는 조심스럽게 디에고의 팔 위에 손을 얹었다. 처음 에스코트를 받아 보는 양 어색한 몸짓이었으나 나름의 기품은 있었다.

저택의 정문에서 본관까지는 꽤 긴 거리였으므로 걸어서 움직이기엔 무리가 있었다. 디에고는 아드리아나와 함께 다시 마차 위로 올라탔다. 에스텔라는 둘의 뒷모습이 퍽 잘 어울린다고 생각했다. 그대로 에스텔라가 몸을 돌리려는데 뒤편에서 '똑똑' 하는 소리가 들려왔다. 무심코 뒤를 돌자 디에고가 창가에 손등을 댄 것이 보였다. 그가 입 모양으로 말했다.

'다녀와서 봅시다.'

에스텔라는 마지못해 고개를 끄덕였다. 곧 바퀴가 굴러가기 시작했다. 에스텔라는 잠시간 멍하니 그들이 탄 마차의 꽁무니를 응시했다. 해결을 하긴 했는데 영 찜찜하다.

에스텔라는 뒷머리를 긁으며 본래 제가 타고 있던 마차로 돌아갔다. 왜 이렇게 늦었냐며 핀잔하는 아이들에게 떠밀린 통에 조금 전의 일은 금방 그녀의 머릿속에서 밀려났다. 어차피 디에고는 아드리아나의 제안을 받아들일 테고, 저는 저택에서 나갈 예정이며, 아이들은 너무 시끄러웠으므로.

하지만 역시 나중을 예고하는 디에고의 말은 조금 무서웠다.

에스텔라는 조심스럽게 아이들의 방문을 닫고 돌아섰다. 깨끗하게 씻은 아이들이 침대에 눕는 것까지 보고 나온 참이었다. 어느새 날은 늦은 저녁에 가까워져 있었다. 하녀들이 왜 이렇게 늦게 돌아왔느냐며 핀잔했지만 어쩔 수 없었다. 해가 쨍할 때 귀가했다면 대번에 디에고와 대면해야 했을 것이다.

에스텔라가 머무는 곳은 여기서 한 층 위에 있었다. 본래 사용인들의 숙소는 다른 건물에 존재했지만, 직업 특성을 감안해 아이들과 가까운 곳에 방을 얻은 것이었다. 그 말인즉슨 그녀가 디에고와 같은 건물에서 지내고 있다는 뜻이기도 했다. 에스텔라는 발소리가 나지 않게 주의하며 제 방으로 향했다. 혹여 어둠 속에서 그와 마주치는 등골이 서늘한 경험을 하고 싶진 않았다.

에스텔라는 아드리아나가 오늘 디에고를 찾아온 목적을 아주 잘 알고 있는 사람이었다. 아드리아나는 분명히 디에고에게 그의 비밀을 지켜 주는 대가로 계약 결혼을 제의할 것이다. 후일 로맨틱하게 포장되긴 하지만 본질은 협박이었다. 협박을 당하고 유쾌할 사람은 없다.

에스텔라는 빼꼼 고개를 내밀어 복도 너머를 살폈다. 다행히도 디에고는 보이지 않았다. 에스텔라는 날쌔게 걸음을 옮겨 제 방에 다다랐다. 문을 황급히 열고는 비슷한 속도로 닫았다. 남의 집에 얻은 단칸방도 제 공간이라고 들어서자마자 안심이 되었다.

눈을 감고 한숨을 내쉰 에스텔라가 가슴에 손을 얹으며 중얼거렸다.

"후, 오늘은 무사히 넘겼네."

"뭘 무사히 넘깁니까?"

"꺄아악!"

에스텔라는 그만 제자리에 주저앉았다. 본래는 뒤돌아 달려 나가려 했으나, 바로 뒷면이 벽이라 그대로 미끄러지고 만 거였다. 에스텔라가 귀신이라도 본 듯한 눈으로 디에고를 돌아보았다.

그는 에스텔라의 침대 위에 앉아 있었다. 창 너머엔 벌써 붉은 빛이 번지고 있어 방도 같은 색으로 물든 상태였다. 얼핏 보기로는 색감이 비슷하여 안에 누가 있는 줄도 몰랐다.

디에고가 자리에서 일어나 에스텔라에게로 걸어왔다. 그가 손을 내밀었지만 에스텔라는 잡지 않았다. 고용주에게 취하기엔 지나치게 건방진 행동인 걸 자각할 새도 없었다. 에스텔라가 버럭 소리쳤다.

"깜짝 놀랐잖아요!"

"바로 보면 더 놀랄 것 같아서 목소리를 먼저 들려준 겁니다."

"예고를 하시려거든 쪽지를 남기시든가요!"

그리 말하며 에스텔라가 슬금슬금 몸을 일으켰다. 주저앉았던 심장도 다시 원위치를 찾았다. 에스텔라는 그를 노려보다가 슬그머니 눈에서 힘을 풀었다. 그가 이곳을 찾아온 목적을 떠올린 탓이었다. 에스텔라가 시선을 피하며 지적했다.

"다 큰 숙녀 방에 이렇게 찾아오시는 건 예의가 아니에요."

"당신이 날 바람맞혔던 건 대단히 예의 있는 행동이었군요. 기억해 두죠."

"바람맞힌 적 없는데요!"

"돌아와서 보자고 했잖습니까. 그럼 일찍 들어와야지."

디에고의 눈썹이 위로 들렸다. 꼭 덜 자란 자식을 단속하는 부모 같았다. 에스텔라는 변명할 말을 찾아 주변을 살폈다. 그때 에스텔라의 눈에 무언가 낯선 광경이 들어왔다.

"아니, 근데 지금 뭘 보고 계셨던 거예요?"

에스텔라가 황급히 안쪽으로 달려갔다. 책 같은 물건이 침대 위에 펼쳐져 있었다. 제가 벌려 놓고 나간 기억이 없으니 아마 디에고가 꺼내 본 것일 터다. 디에고가 어딘지 퉁명한 음성으로 대답했다.

"일기장은 아닙니다."

"원래 일기 같은 건 안 써요."

에스텔라가 그리 말하며 재빠르게 책장을 넘겨보았다. 다행히도 디에고가 보고 있었던 건 아이들의 교육을 위해 가져왔던 참고 서적이었다. 서랍 안에 넣어 둔 다른 책들을 들키지 않아서 다행이었다. 이 나라의 로맨스 소설은 어떨까 궁금해서 가져왔었는데, 페이지를 펼치자마자 음란 행각이 등장하기에 깊숙이 숨겨 둔 참이었다. 그걸 들켰다면 알아서 접시 물에 코를 박고 디에고의 앞에서 사라져 줬을지도 모른다.

연이어 터진 돌발 상황에 그만 힘이 빠졌다. 더 언성을 높일 정신도 없었다. 에스텔라는 책을 든 자세 그대로 침대 위에 주저앉았다. 그녀가 한결 작아진 목소리로 물었다.

"제 방엔 왜 오셨어요?"

"할 이야기가 있으니까요. 당신이 외출한 사이에 물어보고 싶은 것도 생겼고."

그리 말하며 디에고가 책상 앞에 있는 의자를 에스텔라에게로 끌어왔다. 에스텔라와 마주 보고 앉은 그가 느릿하게 제 턱을 쓸었다. 이윽고 디에고가 검지를 펴며 물었다.

"첫 번째, 그 여자는 누굽니까."

"아드리아나 영애라고 소개받지 않으셨나요?"

"원래 알고 지내던 사람입니까?"

"오늘 처음 만났는데요."

디에고가 에스텔라를 빤히 쳐다보았다. 거짓인지 아닌지 판별이라도 하는 기색이었다. 골똘히 생각하던 에스텔라가 덧붙이듯 말했다.

"아, 장례식 때도 한번 뵈었네요."

디에고가 턱을 들었다. 떠보듯 에스텔라의 눈을 들여다보다가는 마저 중지를 폈다.

"둘째, 그 여자를 왜 저택에 들인 겁니까."

"곤란을 겪는 것 같아서요."

에스텔라가 기다렸다는 듯 대답했다. 당연히 디에고는 의문이 풀린 표정이 아니었다. 에스텔라는 재빠르게 미리 생각해 두었던 정황을 읊었다.

"나가려는 길에 보았는데 문지기와 입씨름을 하고 있었어요. 소공 작님을 꼭 뵈어야겠다기에 제가 빼내 드렸고요. 장례식에 조문객으로 참석하신 걸 봐서 귀족 영애신 줄은 알았거든요. 그렇게 간절하게 말씀하시는데, 한 번쯤 이야기 나눠 주실 수도 있잖아요?"

"나와 했던 약속을 들먹였던 건 뭡니까?"

"문지기한테 소공작님과 약속이 있는 분이라고 거짓말을 했는데 들키면 곤란해서요. 임기응변이었어요."

에스텔라가 뻔뻔하게 대답했다. 영 말이 안 되는 설명은 아니지만 그래서 더욱 찜찜했다. 디에고가 삼각형 모양으로 양 손을 모으고는 코 옆을 꾹꾹 눌렀다. 그가 잠긴 목소리로 운을 뗐다.

"오늘 아주 재밌는 일이 있었습니다."

"……무슨 일인데요?"

"누가 내게 청혼을 하더군요."

에스텔라는 가만히 눈만 깜빡였다. 이미 알고 있는 일이었기에 당연히 놀라지도 않았다. 디에고가 동요라곤 없는 에스텔라의 표정을 천천히 눈에 담았다. 에스텔라가 뒤늦게 물었다.

"누가요?"

"아드리아나 영애가 말입니다."

"놀랍네요. 그런데 그게 왜 재밌는 일이죠?"

"아드리아나 양이 말하더군요. 내가 내 아버지를 죽인 걸 알고 있다고, 자신과 결혼한다면 그 사실을 입 다물어 주겠다고 말입니다."

에스텔라는 스스로가 생각하는 최대한으로 놀란 표정을 지어 보였다. 주변을 둘러보며 가슴께를 문지르다가는, 입을 벌리고 눈을 크게 떴다. 무어라 대답할지 모르겠다는 듯 입을 벙긋대기까지 했다.

그 모든 혼신의 연기를 감상한 디에고가 이어 싸늘하게 되물었다.

"당신이 알려 준 겁니까?"

에스텔라의 어깨가 굳었다. 이런 의심을 받게 될 여지가 있었나.

생각해 보니 아드리아나를 저택으로 들인 행동이 공모처럼 보일 수도 있겠다 싶었다. 디에고가 친부를 죽였다는 사실을 알고 있는 계획 밖의 사람은 오직 에스텔라뿐이었다. 비밀이 새어 나갔을 때 첫째로 의심받는 건 제가 되는 게 당연했다.

에스텔라가 진심 어린 표정으로 대답했다.

"아니요."

"당신밖에 새어 나갈 구석이 없는데도?"

"그분이 제 이름을 대기라도 하셨나요? 정말 아니에요."

에스텔라가 결백한 얼굴로 대답했다. 제가 떳떳한 건 사실이었다. 디에고가 에스텔라에게서 시선을 떼지 않은 채 말했다.

"당신과 안면이 있느냐 물으니 아드리아나 영애는 아니라 하더군요. 오늘 처음 봤다고."

"그분 입장에선 그렇죠. 장례식에선 제가 먼발치에서 보기만 했던 게 전부니까요."

디에고가 끝내 한숨을 내쉬었다. 마땅히 더 따질 구석을 찾지 못한 듯했다. 에스텔라는 그제야 긴장했던 몸에서 힘을 풀었다. 다음으로 이어진 질문에 또다시 표정을 굳히고 말았지만.

"그렇다면 세 번째."

"……질문이 더 남았나요?"

디에고가 잠시간 에스텔라의 얼굴을 응시하기만 했다. 그녀에게서 무언가를 탐색하기라도 하듯 진득이 그녀를 파헤쳤다. 이어 그가 고저 없는 목소리로 물었다.

"미스 마거릿, 내가 이 결혼을 할까요, 말까요."

날 때부터 써 온 고국의 언어였지만, 지금 이 순간만큼은 그의 말이 꼭 알아들을 수 없는 타국의 것처럼 들렸다. 잠깐의 침묵 끝에 에스텔라는 겨우 그의 질문을 소화해 냈다.

처음으로 든 생각은 '이걸 왜 자신에게 물을까.'였다. 두 번째로는 대답은 이미 정해져 있다는 생각을 했다.

에스텔라가 담담하게 말했다.

"하세요. 평생의 배필이 되실 거예요."

디에고가 마음에 들지 않는다는 듯 미간을 좁혔다. 원했던 대답이 아니었던 걸까, 디에고가 어딘지 살벌한 음성으로 되물었다.

"그러니까 지금 나더러 협박범이랑 한 침대에서 자라 이 말입니까?"

……원작을 생각하면 참으로 새삼스러운 사리 분별이었다.

어이없는 기분에 에스텔라는 순간 웃음을 터트리고 말았다. 남주인공이 여주인공을 협박범으로 매도하고 있는 모습을 보니 기분이 이상했다. 왜 새삼 대단한 분별력이 있는 것처럼 구는 걸까. 아니면 소설 속에서도 이런 반응이었는데 제가 야한 장면을 읽으려고 빨리 넘기느라 미처 못 봤던 건가.

에스텔라의 웃음에 디에고는 제가 더 어이없는 표정을 지었다. 그가 짜증스럽게 대꾸했다.

"왜 웃습니까."

"협박범이라니, 말이 웃기잖아요."

"사실 그대로를 말한 겁니다. 당신이 멋대로 들인 여자에게 내가 무려 협박을 당했어요. 양심에 찔리지 않습니까?"

그게 당신의 운명이라는 말은 입 밖으로 내지 못했다. 만일 육성으로 내뱉었다간 정말 그에게 내쫓길지도 모른다. 에스텔라가 그의 반응을 살피듯 물었다.

"엄청나게 소공작님 취향이지 않으셨어요?"

"무슨 근거로 그런 말을 하는지 모르겠지만, 전혀 아닙니다."

"아닌데요, 심장이 뛰셨을 텐데요."

"전혀요."

디에고가 정색하며 대답했다. 에스텔라는 디에고의 표정을 살폈다. 아무래도 거짓말을 하는 것 같진 않았다. 하기야 그가 특출하게 부끄러움이 많은 것도 아니고 제게 굳이 여자 취향을 숨길 리는 없었다.

에스텔라가 김빠진 표정을 하자 그가 못마땅하다는 듯 인상을 찌푸렸다. 그는 확연히 기분이 나빠 보였다. 어쩌면 그녀의 발설을 의심하는 듯 굴었던 아까보다도 더.

디에고가 갑작스레 자리에서 일어섰다. 용건이 끝났다는 투였다. 더 나눌 이야기가 없는 상황이긴 한데 어쩐지 대단히 감정이 상해 보였다. 아까는 손으로 끌어왔던 의자를 발로 걷어차기까지 한다. 그가 오기 전까지만 해도 책상 밑으로 고이 들어가 있었던 의자가 삐딱한 방향으로 섰다. 그가 흘긋 그 옆의 서랍을 내려다보며 말했다.

"서랍 밑에 숨긴 물건은 그만 읽는 게 좋겠군요."

"서랍 밑이요?"

"모든 시작과 귀결이 사랑과 정사로 이어지던 그 책들 말입니다."

그러니 처음 만난 여자와 결혼하라는 정신 나간 소리를 하지. 디에고가 비꼬듯 말을 맺었다.

에스텔라의 눈이 커졌다. 에스텔라는 디에고와 그의 시선이 향한 서랍을 몇 번이고 번갈아 보았다. 에스텔라가 비명 지르듯 소리쳤다.

"다 보셨어요? 제 방을 뒤지신 거예요?"

"다른 사람한테 비밀을 죄 고해바친 게 맞는지 아닌지 확인하려면 검문이라도 해야 할 거 아닙니까."

디에고가 뭘 그런 당연한 걸 묻느냐는 듯 대답했다. 에스텔라는 배신감에 정신을 차릴 수가 없었다. 수치심이 단전 밑에서부터 차올랐다. 어쩐지 의심하듯 캐물은 것치곤 쉽게 믿어 준다고 했다!

디에고는 에스텔라가 충격을 받건 말건 관심 없다는 태도로 뒤를 돌았다. 문가로 향하는 걸음은 사뭇 여유롭게 느껴지기까지 했다.

문고리를 돌리던 디에고가 잠시 멈칫했다. 방 안과 밖 사이에 선 그가 고개만 돌려 에스텔라를 돌아보았다. 그가 말했다.

"기억해요, 미스 마거릿. 난 오늘 당신을 믿고 싶어서 여기를 찾아온 겁니다."

"믿고 싶으신 분이 수색을 벌이셨나요?"

"최소한의 검증도 하지 않을 만큼 우리가 막역하진 않잖습니까. 약혼한 사이도 아니고."

하는 말마다 맞는 말이라 더 열이 받았다. 심지어 뒤끝이 넘치기까지 한다. 그러나 에스텔라는 디에고에게 맞서 성을 내진 못했다. 곧이어 디에고의 표정이 진지하게 변했으니까.

"이건 평소의 내 방식이 아닙니다. 원래의 나였다면 의심이 시작된 순간 당신을 이 저택에서 내보냈겠죠. 물론 비공식적인 방식으로."

"……."

"앞으로도 나에게 거짓말 같은 건 하지 말아요. 무슨 일이 있어도 내가 당신을 믿을 수 있게 해요."

말을 맺은 디에고가 흘긋 에스텔라를 넘겨보았다. 딱히 대답을 구한 건 아니었다. 그는 제 할 말만 끝내고는 방을 나섰다.

문이 닫히는 소리가 크게 울렸다. 에스텔라는 그가 한참 멀어지고 나서야 화풀이하듯 벽을 향해 베개를 던졌다. 그러고는 침대 위로 드러누웠다. 에스텔라가 제 얼굴을 감싸며 웅얼거렸다.

"난 당신 안 믿어."

❧

"디에고, 오랜만이구나."

그리 말하는 남자의 눈엔 반가움보다는 긴장이 깃들어 있었다. 디에고는 연신 불안하게 구르는 남자의 눈을 잠시간 들여다보았다. 확장된 동공과 흰자위로 터진 실핏줄까지 천천히 탐색한 디에고가 이윽고 입을 열었다.

"그러네요. 장례식에도 불참하셨기에 근시일 내엔 못 뵐 줄 알았는데요."

그 말에 남자는 꽤나 당황한 눈치였다. 건너편에 앉은 남자는 디에고의 작은외삼촌이자 현 보트리 후작의 동생 되는 보트리 자작이었다. 그리고 얼마 전 에스텔라가 일러주었던 숨겨진 배신자기도 하다. 디에고는 외삼촌이 저를 저버린 이유를 찾는 데 긴 시간을 소요하진 않았다. 조금만 주의를 기울이면 보트리 자작이 일상생활을 유지하기 힘든 상태라는 사실을 쉽게 알아챌 수 있었으니까.

잘 삼켜 낸 악의와 달리 약물은 얼굴에 숨김없이 드러나는 몇 안 되는 쇠락의 증표다. 흥미 삼아 도박판에 드나들던 보트리 자작은 가랑비에 젖어 들듯 마약에까지 손댔다. 물건의 출처는 그가 옆에 끼고 돌던 매춘부였다. 씀씀이 큰 손님을 놓칠 생각이 없었던 여자는 개중에서도 손에 꼽게 악질적인 약물을 썼다.

매춘부를 향한 남자들의 욕정이 한때이듯 매춘부가 남자를 이용하는 것도 한때다. 재산을 갈퀴로 긁어낸 후에 버려진 남자가 어떻게 되는지는 그녀들의 관심사가 아니었다.

혹자는 여자에게 홀려 신세를 망쳤다며 프란첼을 동정하겠지만 디에고는 그런 속 편한 결론으로 외삼촌을 용서할 생각이 없었다. 누구에게나 그렇듯 인생사가 탄탄대로로만 흘러가지는 않는 법이고, 유흥에 주저앉은 것은 어디까지나 프란첼의 선택이었다.

"알다시피 우리 가문 사람이 그 자리에 참석하긴 좀 그렇지 않니. 새로 온 공작 부인도 있고……."

프란첼은 제대로 말을 끝맺지도 못하고 머쓱한 기색으로 헛기침을 했다. 디에고의 곧은 시선을 받아치기는 스스로도 부끄러웠던 모양이다.

"흠흠, 어쨌든 말이다. 내가 찾아온 건 따로 전할 말이 있어서다."

"말씀하시죠."

"세간에 네가 공작 부인을 별관에 억류했다는 소문이 돌더구나."

"그런가요."

디에고가 심드렁하게 답했다. 프란첼은 결국 당황한 표정을 내보였다. 디에고의 반응이 지나치게 성의 없었던 탓이다. 프란첼은 되도록 어른스러운 목소리를 자아냈다.

"설명이 좀 필요할 듯싶다."

"그럴 게 있나요. 다 사실입니다."

디에고가 피식 웃으며 관자놀이를 손등에 기댔다. 상대방의 불량한 태도는 곧 협상에서의 난관을 의미한다. 결국 프란첼은 품 안에서 손수건을 꺼내 들었다. 그가 그것을 접어 기름진 이마를 닦아 내며 말했다.

"아무래도 세간의 눈이 있지 않니. 네가 베르타 공작이 타계한 직후 그 처를 이렇게 박대하면 사람들이 너를 어떻게 생각하겠어. 이런 극단적인 처분은 네게도 좋지 못하다."

"소문을 반만 들으셨나 보군요. 그 여자가 왜 별관에 갇혀 있는지는 아십니까?"

"그래, 들었다. 원래 아이를 기르다 보면 어느 정도는 매질을 하게 되는 법이야. 그게 아니면 어떻게 애들을 가르치겠니."

디에고는 잠시간 침묵했다. 이어 감정을 드러나지 않는 목소리를 내뱉었다.

"아이가 울더군요."

"그래, 애들은 원래 잘 울지 않니. 별것 아닌 일에 소스라치듯 놀라기도 하고 말이다."

"그러게 말입니다. 어찌나 놀랐는지 세실리아는 공작 부인에게 주먹까지 휘둘렀고요."

디에고의 말에 프란첼의 눈이 크게 뜨였다. 자식이 부모에게 주먹을 휘두른다니. 그런 패륜적인 행동은 들도 보도 못했다. 허, 하고 탄식을 내뱉은 프란첼이 다시금 되물었다.

"그게 정말이냐?"

"제 어미가 가정 교사에게 손찌검하는 걸 보고 그러지 말라며 앞을 막아서더란 말입니다. 그 작은 손으로 어미를 때려 가며."

"이런 통탄할……. 완전히 버릇이 잘못 들었군."

그리 말하며 프란첼 자작이 크게 혀를 찼다.

쯧!

그 소리가 무언가를 할퀴고 지나갔다. 예상한 반응이었으므로 디에고는 크게 놀라지 않았다. 부모의 매질이 훈육으로 포장되는 것과 달리 아이의 반항은 금기로 여겨지곤 한다. 아마 그건 세상의 통념이 아이의 시점으로는 쓰여 지지 않기 때문일 것이다.

디에고는 상체를 숙이며 두 팔을 허벅지 위에 기댔다. 디에고의 미간이 좁혀 들었다. 그가 피로한 기색으로 눈가를 문지르며 말했다.

"외삼촌, 아이가 휘두른 주먹과 성인의 발길질 중, 어느 쪽이 더 아팠겠습니까."

순간 프란첼의 어깨가 움츠러들었다. 디에고가 전한 말의 내용보다는 그 어조에 놀란 눈치였다. 저보다 스무 살은 어리다 한들 상대는 한창때의 성인 남성이다. 눈에 띄는 장신과 잘 짜인 근육은 같은 성별에게도 위협적이었다. 조카의 위압적인 태도에 프란첼은 기가 죽었다. 그가 한결 작아진 목소리로 항변했다.

"애초에 가정 교사가 행실을 잘못하여 일어난 사달인가 보던데, 그러게 그 자리에 나서길 왜 나선단 말이냐."

"공작 부인은 아이들을 지속적으로 폭행했고, 이 사실을 제게 알리고 도움을 청하려 한 가정 교사에게도 폭력을 휘둘렀습니다. 그 패악이 차마 눈 뜨고 보기 힘들 지경이라 부득이하게 격리를 조치한 겁니다."

디에고가 담담하게 대답했다. 그러고는 이어 옅은 미소를 떠올리며 말을 이었다.

"저는 제 동생들의 불행을 더는 두고 볼 수 없었습니다. 외삼촌께서도 당연히 제 심정을 이해하시리라 생각됩니다."

디에고의 결정엔 도덕적으로 흠잡을 구석이 없었다. 문제가 있다면 디에고가 그 아이들의 안위를 신경 쓸 이유가 하등 없다는 뜻이다.

장례식 이후 공작 부인은 밤낮으로 가주의 갑작스러운 죽음에 대해 호소했으며, 또한 가신들에게 제 아들이 얼마나 영특한지를 읊어 댔다. 그녀의 속살거림이 가 닿은 건 황궁 역시 마찬가지였다. 공작 부인과 특별히 친밀했던 왕의 정부가 베갯머리송사를 읊음으로써 승계 절차까지 지연되고 있었다. 베르타 공작의 죽음 후로 적지 않은 시간이 흘렀음에도 여직 왕실에서 칙령이 내려오지 않은 이유였다.

말하자면 아이들의 존재는 그 자체로 디에고의 앞길을 충실히 방해하고 있었다. 세간의 인식대로라면 디에고는 세드릭과 세실리아의 불행에 간섭하지 않음이 옳았다.

프란첼이 머뭇거리다가는 물었다.

"……그 아이들에게 정을 준 게냐?"

"반쪽짜리 피라도 안 섞인 것보단 나았나 보지요."

"조심해라. 결국 네게 적이 될 아이들 아니냐."

현명한 조언이었지만 상대의 속내를 감안하면 조금 다르게 읽혔다. 프란첼에게선 정보를 캐 보려는 기색이 묻어 나왔다. 프란첼은 부채를 이유로 베르타 공작 부부에게 빌붙어 조카의 살해를 도왔던 남자였다. 디에고가 입꼬리를 끌어올리며 반문했다.

"이런 말들을 듣다 보면 가족이란 게 별 의미가 있나 싶기도 하지요. 그렇지 않습니까, 작은외삼촌?"

프란첼은 순간 직감과도 같은 섬뜩함을 느꼈다. 그러나 그는 그 불안한 감정을 곧 삼켜 냈다. 만일 디에고가 제 배신을 알아챘다면 이리 온건한 반응을 보일 리 없었다.

프란첼은 제가 보잘것없는 인물이라는 사실을 충분히 인지하고 있었다. 작은외삼촌이라고는 하나 공적인 지위와 권위는 조카인 디에고의 발끝만도 못 미치는 게 현실이었다. 디에고는 프란첼의 존재를 잡음 없이 치워 낼 수 있는 인물이었다. 디에고가 제 심사를 거스른 벌레를 가만 두고 볼 리 없다. 프란첼이 애써 미소 지으며 변명처럼 덧붙였다.

"확실한 건 내가 네게 해가 될 말을 할 리는 없다는 점이다. 넌 내 조카니 말이다."

"물론 압니다."

디에고는 너그럽게 고개를 끄덕였다. 디에고의 반응을 보아하니 죽은 베르타 공작과의 공조를 들킨 것 같진 않았다. 처음엔 베르타 공작을 죽인 게 디에고가 아닌가도 의심했지만, 그러기엔 밝혀진 범인과 정황이 너무도 확실했다.

비밀이 발각되지 않은 건 다행인 일이나 지금 돌아가는 상황은 프란첼의 당초 계획과 사뭇 달랐다. 평판을 들먹여 공작 부인의 금족령을 풀도록 유도할 예정이었는데 디에고의 태도가 생각보다 완강했다. 프란첼은 불안하게 다리를 떨었다.

오래 지나지 않아 디에고가 다시 말문을 열었다. 대수롭지 않은 어조였다.

"참, 저도 소문을 하나 들었는데 말입니다."

"어, 무슨 소문을 말이냐?"

프란첼이 얼뜨기처럼 되물었다. 디에고가 그를 진정시키듯 상냥한 표정을 내보이며 대답했다.

"요즘 외삼촌께서 금전적으로 어려우시다지요."

대가문의 일원으로 부족함 없는 생활을 해야 할 프란첼이 돈을 구하지 못해 전전긍긍하고 있는 이유는 간단하다. 동생의 방탕한 생활을 인지한 보트리 후작이 자금줄을 막고 있기 때문이었다.

한번 커진 씀씀이는 줄이기가 힘든 법이다. 특히나 중독성 있는 약물과 얽혔다면 지출을 기존처럼 유지하는 것만도 대단한 일이었다.

디에고는 프란첼을 믿지 않았으나, 동시에 그의 심리를 이해했다.

프란첼이 베르타 공작 부부를 도운 이유는 금전 때문이었다. 그에게 자금을 댔던 베르타 공작은 죽었고 공작 부인의 수중엔 곧 남은 몫이 없게 될 것이었다. 디에고는 공작 부인이 제 편이라고 믿는 사내를 조금 이용해 보는 것도 나쁘지 않으리라 판단했다.

"편히 쓰세요. 돌려받을 생각은 하지 않고 드리는 돈입니다."

디에고가 그리 말하며 탁상 옆에 놓인 상자를 끌어왔다. 돈의 출처가 저임을 알려서는 안 되니 현물로만 준비했다. 프란첼의 입장에서도 이편이 사용하기에 좀 더 용이할 것이다.

약쟁이의 돈이 어디로 흘러 들어갈지는 뻔하다. 프란첼에게 직접 약물을 팔아도 나쁘지 않겠다는 생각이 들었으나, 어디까지나 계산에 그쳤다. 적지 않은 지출이 아깝기는 해도 제가 굳이 더러운 일에 손을 댈 필요까진 없었다. 그의 손에 묻은 악취는 베르타 공작의 몫만으로 족했다.

디에고가 제 아비의 마지막 모습을 떠올리며 말했다.

"아버지께서 그리 가시고 나니 저도 후회가 되더군요. 어차피 가신 후엔 이리 심경이 복잡한데, 왜 살아 계셨을 당시엔 더 대화할 생각을 하지 못했나⋯⋯."

프란첼이 제게 내밀어진 금전을 보며 침을 꿀꺽 삼켰다. 디에고가 그런 프란첼을 넘겨보며 은근한 음성을 내었다.

"제가 더 잘했어야 했다는 생각이 자꾸 든단 말입니다, 요즘."

프란첼이 상자를 제 쪽으로 당겼다. 그가 떨리는 음성으로 답했다.

"안타깝구나. 그 말 외엔 할 말이 없다."

"저도 이겨내야겠죠. 위로 감사합니다."

그리 말하며 디에고가 자리에서 일어섰다. 프란첼이 얼떨떨한 기색으로 디에고를 따라 몸을 일으켰다. 묵직한 패물함을 들어 올리다가는 그만 미끄러질 뻔도 하였다. 디에고가 그런 프란첼을 잡아 중심을 잡도록 도와주었다.

"조심하셔야죠."

"어, 어……. 그러마. 그래야지."

프란첼이 홀린 눈으로 상자 안의 반짝임을 응시했다. 아마 그는 내심 저것들로 연명할 수 있는 기간을 셈하고 있을 것이다.

"모자라면 또 말씀하세요. 외삼촌께선 제게 아버지 같은 분이 아니십니까. 외삼촌 체면 정도는 이 조카가 챙겨 드려야지요."

디에고가 애정 어린 손길로 작은외삼촌의 등을 두드리며 말을 맺었다.

"몸 상하지 않을 정도로만 즐기시길."

❦

아드리아나의 인생은 기구하다. 이건 디에고가 살인자라는 설정값과 같은 불변의 진리였다.

아드리아나의 유년은 디에고와 다르면서도 같았다. 본래 아스테즈 후작에겐 끔찍이 사랑하던 여인이 있었다. 베르타 공작처럼 부적절한 인물에게 마음을 다한 것도 아니었다. 아스테즈 후작이 그토록 아꼈던 여인은 바로 그의 본처로, 아드리아나의 친모기도 했다.

웃음소리만 퍼지던 저택엔 어느 순간 어두운 그늘이 졌다. 아스테즈 후작 부인이 아드리아나를 출산하다 그만 숨을 놓은 탓이었다. 아스테즈 후작은 어미를 죽이고 태어난 아드리아나를 원망했고 종내에는 방치했다. 새 처를 들여 다른 후계를 출산한 이후로는 부녀 사이가 걷잡을 수 없이 틀어졌다. 아드리아나는 적법한 후계자였으나 아스테즈 후작의 완강한 거부로 가문의 구박데기 신세가 되고 말았다. 소설 속 여주인공의 흔한 가정사였다.

성년이 되는 해를 맞이하며 아드리아나는 또 한 번 위기에 놓인다. 바로 옆 나라인 마리벨 왕국의 지배자, 그랜튼 3세와 혼담이 오간 것이다. 왕의 부인이라고 하면 보통 명예로운 자리겠으나 상대가 배불뚝이 노인에 이미 일곱 명의 처를 데리고 있다고 하면 이야기가 좀 달라진다.

늙은 왕의 무려 여덟 번째 첩실이었다. 가문의 이득은 존재하되 아드리아나의 행복은 털끝만치도 고려치 않은 혼사였다. 아드리아나는 원치 않는 결혼에서 도망치려 사자 굴로 들어가는 실수를 범한다. 물론 그 사자 굴은 베르타 공작가이며, 그녀를 잡아먹을 사자는 디에고이다.

다른 성격 때문에 처음에 둘은 부단히도 부딪친다. 서로를 이해하지 못하고 상처 주는 초반부를 지나, 디에고는 곧 아드리아나의 처지에 동질감을 느끼고 연민을 가진다. 두 사람은 돌고 돈 끝에 사랑을 인정하며 행복한 결말을 맞는다. 그게 「위험한 공작과의 계약 결혼」의 줄거리였다.

"눈물 나는 인간 극장이지, 아름다운 사랑이고."

종이 위에 이야기를 정리한 에스텔라가 그만 펜을 내려놓았다.

그녀의 입에서 긴 한숨이 쏟아졌다. 혹여나 누군가에게 발각되어 의심을 살까 머릿속으로만 간추렸던 줄거리다. 디에고가 친히 방을 뒤져 주었으니 그 불안증은 제법 쓸모 있었던 것으로 판명이 났다. 한번 검문을 마친 이상 당분간은 안전할 터였으므로 에스텔라는 이즈음에서 책의 내용을 시간 순으로 정리해 보기로 했다. 여주인공이 등장했으니 슬슬 중간 점검을 할 때도 되었다.

에스텔라는 다시금 펜을 쥐어 아드리아나의 이름 위에 동그라미를 쳤다.

"아드리아나랑 결혼을 안 하려는 눈치였어."

에스텔라가 펜촉으로 종이 위를 쿡쿡 내리찍으며 중얼거렸다. 그녀의 얼굴에 초조한 표정이 어렸다.

남주인공이 여주인공의 제안을 거부하다니. 생각보다 제가 이 이야기에 끼친 영향이 지대한 모양이었다. 하기야 죽었어야 할 아이들을 살려 냈으니 그럴 법도 하다.

디에고가 아드리아나의 제안에 불쾌감을 갖는 건 문제가 아니었다. 디에고는 원작에서도 처음 만날 당시 아드리아나를 거부했다. 결혼 제안은 받아들였으나, 그녀를 향한 감정은 소설이 끝나기 직전까지 인정하지 않았다. 진도는 다 나갔으면서 사랑은 부정한다니 웃기는 일이었다. 이는 나중에 아드리아나가 그의 사랑을 불신하는 이유가 되며, 결국 도망이라는 결과를 낳는다.

자신을 붙잡으러 온 디에고를 보며 아드리아나는 이런 대사를 내뱉는다.

["당신은 날 사랑하지 않아요. 애초에 당신은 누군가를 사랑할 수 없는 사람이야."]

그녀는 끝내 그를 찾아갔던 것을 후회한다는 말까지 한다. 디에고는 이를 악물며 이렇게 말한다.

[*"당신 말이 맞을지도 몰라. 나도 이 빌어먹을 감정이 대체 뭔지 모르겠어."*]

디에고는 자신에게 찾아온 봄날을 거부한다. 스스로가 생각하기에도 그러한 행복을 맞이하기엔 염치가 없어서다. 그는 스스로가 평생 홀로 외롭게 늙어 죽어야 할 사람이라고 여겼고, 아드리아나와의 결혼도 같은 이유로 받아들였다. 오직 타인과 감정으로 얽히고 싶지 않았기 때문에.

 [*"당신은 내 모든 치부를 알지. 나 같은 죄인이 어떻게 다른 사람들처럼 살아가겠어? 내가 어떻게 멀쩡히 당신을 사랑하고 또⋯⋯."*]

'나를 닮은 아이를 낳겠어?'
디에고는 마지막 치부를 가리려 입을 다문다. 감정이라곤 필요 없는 계약 관계, 그게 디에고가 아드리아나를 받아들인 근본적인 이유였다. 그가 제 손으로 베어 넘긴 식솔들을 생각하면 새로운 가족의 형성을 기피하는 것도 당연하다.

따라서 세실리아와 세드릭을 죽이지 않은 디에고에게는 아드리아나의 제안을 받아들일 당위성이 모자라다. 그녀의 발칙한 요구는 흥미를 자극했으되 감정 없는 결혼을 반길 동기는 충분치 않았다. 그에게 반복적으로 쓸모를 증명했던 자신과 달리 아드리아나는 고작 한 번 이야기를 나눈 사이였으니까. 문제가 있다면 이 동기를 어떻게 만드느냐인데⋯⋯.

골머리를 썩이던 에스텔라는 바깥에서 들려온 노크 소리에 고개를 들었다. 종이를 서랍 안으로 황급히 던져 넣고 문가로 다가갔다. 에스텔라를 찾아온 인물은 집사인 하비에르였다. 에스텔라가 모습을 드러내자마자 그가 인사를 건넸다.

"좋은 아침입니다."

"정오는 한참 넘겼는데요."

에스텔라의 멀뚱한 대꾸에 하비에르가 미소 지었다.

"지금 막 일어나신 줄 알았네요. 방 밖으로 나오지 않으셨다고 들어서요."

"휴일이니까요. 무슨 일로 찾아오셨나요?"

"미스 마거릿에게 서신이 하나 도착해서요."

그리 말하며 그가 품 안에서 편지 하나를 꺼내 들었다. 에스텔라는 그것을 받아 들자마자 뒷면을 확인했다. 가문의 인장은 없었지만 발신인은 확실히 표기되어 있었다.

[아드리아나 테리사 아스테즈]

에스텔라가 건성으로 겉봉을 뜯으며 물었다.

"뭐라 적힌 건지 보셨나요?"

"죄송합니다."

집사가 웃음기 섞인 목소리로 대답했다. 에스텔라는 한숨도 내쉬지 않았다. 당연한 것을 괜히 물었다 싶었으니까. 어차피 아드리아나가 무슨 연락을 해 왔든 간에 그녀와 자신 사이에서 디에고에게 말한 것 이상의 접점을 발견하진 못할 것이다. 딱 한 번 대화를 나눠 본 사이,

그 별 볼 일 없는 관계가 곧 사실이었으니까.

에스텔라는 편지를 꺼내 펴 보았다. 접힌 종이 사이엔 표가 한 장 들어 있었다. 대강 살펴보니 요즘 유행하는 오페라의 귀빈석이었다. 에스텔라는 그것을 치워 내고는 아드리아나의 전언을 읽어 내렸다.

[미스 마거릿, 안녕하신가요?

지난번 그대 덕분에 곤경에서 벗어났던 과객입니다. 도움을 받았는 데 경황이 없어 제대로 인사도 드리지 못했네요. 불편하지 않으시다면 한번 만나 뵙고 성의 표시를 하고 싶습니다. 오늘 저녁, 보내 드린 티켓 에 적힌 장소에서 뵐 수 있을까요?

기다리고 있겠습니다.]

그러니까 그녀를 만나러 이 오페라를 보러 오라는 뜻인 듯했다. 식 당도 아니고 외진 골목에 숨겨진 비밀스러운 건물도 아니다. 의아한 위치 선정에 에스텔라가 눈썹을 들어 올렸다.

문득 아직까지 건너편에 서 있는 집사가 눈에 들어왔다. 에스텔라 가 건성으로 물었다.

"더 전할 말이 남으셨나요?"

하비에르가 망설이지 않고 곧장 답했다.

"디에고 님께서 부르십니다."

"······갑자기 왜요? 딱히 그분과 나눌 만한 이야기는······."

에스텔라가 말끝을 흐리고는 편지와 하비에르를 번갈아 보았다. 이 내 그녀의 어깨가 포기로 내려앉았다. 하비에르가 이 내용을 보았다 면 디에고에게 이야기를 전하지 않았을 리 없다. 또 추궁이 있을지도 모른다는 생각에 벌써부터 진이 빠졌다.

"어디로 가면 되는데요?"

⚜

집무실에 있을 거라는 예상과 달리 디에고의 위치는 바깥이었다. 하기야 그의 몸을 이룬 근육들이 서류 작업으로 생겨난 것은 아닐 것이다.

에스텔라는 한가로운 조경을 지나쳐 디에고가 있다는 사격장으로 향했다. 에스텔라가 도착했을 때 디에고는 머스킷을 들고 먼 과녁을 겨냥하고 있었다. 꽤 집중했는지 뒤편으로 가 설 때까지 디에고는 그녀의 등장을 알아차리지 못했다. 아니면 지속된 사격에 귀가 먹먹해진 상태였든지.

커다란 굉음과 함께 과녁판이 흔들렸다. 에스텔라는 잠시간 그가 총기를 내려놓기를 기다렸다. 그러고는 성의 없는 박수를 쳤다.

"명중이네요."

디에고가 고개를 돌려 뒤를 돌아보았다. 미리 내려 둔 명이 있기 때문인지 그는 그다지 놀라지 않은 눈치였다. 디에고가 에스텔라에게 천천히 다가왔다.

"봤습니까?"

"네, 덕분에 좋은 구경했어요."

"수도에서도 흔치 않은 물건이니 실제로 보는 건 처음이겠군요."

디에고가 그리 말하며 총기를 들어 올렸다. 커다란 크기가 위협적이긴 했으나 만듦새 자체는 원시적이었다. 디에고가 총기의 한 부분을 툭툭 건드리며 설명했다.

"방아쇠를 당기면 미리 감아 두었던 태엽이 풀리며 부싯돌과 마찰해 점화하는 방식입니다. 불을 소지하고 다닐 필요가 없어 꽤 사용이 간단해졌죠."

그리 말하며 디에고가 선뜻 에스텔라에게 총기를 내밀었다.

"한번 들어 보겠습니까?"

"저한테 그런 걸 쥐여 주셔도 되나요?"

"첫발에 명중시키기는 쉽지 않은 물건이라서요."

"관심 없네요. 전 무기는 발달되지 않는 편이 좋다고 생각하는 소시민이라서요."

에스텔라가 피식 웃으며 거절했다. 사람 죽이는 물건엔 예나 지금이나 딱히 관심이 없었다. 그녀는 비 오는 날은 물론이요 십수 킬로 밖에서도 심장을 명중시키는 총기가 존재하는 시대에 살았었다. 에스텔라가 감탄한 부분이 있다면 기술이 아닌 재력 쪽이었다. 부싯돌 자체가 비싸 보통 시험 사격은 자제하기 마련인데 이리 허투루 발포를 하다니. 과연 공작가는 공작가다 싶었다.

에스텔라의 시원찮은 반응에 디에고가 총구를 땅으로 돌렸다.

"병사들이 허리춤에 매고 다니는 칼만은 못한 물건인데요. 일단 몰래 누굴 죽이고 도망치기는 그른 놈이라."

"몰래 누굴 죽인다는 가정을 왜 하시는지……?"

"비가 오거나 바람이 거센 날에도 사용이 힘듭니다. 날 좋을 때만 골라 전쟁을 할 순 없으니 개량이 필요하겠죠."

에스텔라의 당연한 의문을 무시한 채 디에고는 제 말만 했다. 에스텔라가 멀뚱멀뚱 쳐다보자 디에고가 깔끔하게 머스킷의 손잡이를 놓았다.

"그러니까 내가 이걸 살아 있는 사람에게 쏠 일은 없을 거란 겁니다."

총기가 바닥으로 힘없이 떨어졌다. 고장 나진 않았겠지만 고가의 물건이다 보니 그 취급이 꽤 파격적으로 느껴졌다. 왜 굳이 그가 사람을 안 죽이겠다는 말을 강조하는지 잘 이해가 되지 않았다. 딱히 미덥지도 않았고.

바닥을 내려다보던 에스텔라가 뒷짐 지듯 팔을 뒤로 넘겼다.

"부르셨다고 들었어요."

"외출하실 예정이라고 해서요."

"그 상대는 당연히 아시겠죠?"

"간 크게 나를 찾아왔던 협박범 아닙니까?"

틀린 설명은 아니긴 한데 듣는 로맨스 소설 독자 기분이 좀 그랬다. 에스텔라가 침묵하자 디에고가 이어 물었다.

"어디로 갑니까?"

"다 아시면서 왜 물어보세요."

에스텔라의 불량한 태도에 디에고가 눈썹을 들어 올렸다.

"그것까진 모릅니다. 직접 말해야 덜 기분 나쁠 것 같아서 반만 들었으니까."

"그것 참 감동적인 배려네요. 전 이미 기분이 상했고 행선지를 보고하기도 싫은데요."

"어딜 가는지 알아야 보내 줄지 말지 결정할 것 아닙니까."

"제가 일일이 소공작님께 외출을 허락받아야 하나요?"

"인간적인 관심을 그렇게 표현하시다니, 섭섭해라."

디에고가 안타깝다는 투로 받아쳤다. 유한 목소리와 달리 몸은 물러서지 않는다. 원하는 답을 얻기 전까진 보내 주지 않을 듯했다.

에스텔라가 결국 포기 섞인 한숨을 내쉬었다. 그녀는 고용주의 불합리한 요구에 깊이 따지고 들진 않았다. 시종일관 성인에게 반말을 해 대는 꼬마를 돌보다 보면 평등이라는 단어는 꿈같이 여겨지기 마련이다.

"아드리아나 영애에게서 오페라 표를 받았어요. 키슈 거리에 있는 대극장으로 갈 거예요."

그리 말하며 에스텔라가 손에 쥐고 있던 편지를 들어 불량스럽게 흔들었다. 디에고가 어이없다는 듯한 웃음을 흘렸다.

"그건 또 무슨 데이트 코스랍니까."

"이런 예의 있는 초대를 처음 받아 보긴 하네요."

에스텔라의 불성실한 대답에도 디에고는 그다지 불쾌해 보이지 않았다. 바닥을 흘긋 내려다보던 그가 눈꺼풀을 들어 에스텔라를 응시했다. 디에고가 은근한 음성으로 물었다.

"갈 겁니까?"

"······왜 그렇게 말씀하세요?"

에스텔라가 주춤 뒤로 반걸음 물러서며 되물었다. 꼭 저를 두고 놀러 나가지 말라 조르는 애인 같은 투가 아닌가. 디에고는 아랑곳하지 않고 비스듬히 팔짱을 꼈다.

"난 당신이 내 편이라고 생각했는데요."

"네 편 내 편 나눌 일이던가요, 이게······."

"날 돕겠다고 했잖아요, 나 역시 당신을 도울 거고. 그럼 우린 같은 팀이 됐다고 봐도 좋을 것 같은데."

"아드리아나 영애는 그럼 적인가요?"

에스텔라가 황당하다는 듯 받아쳤다. 디에고의 미간에 주름이 살짝 졌다.

"내가 싫어하는 여자와 굳이 만나서 뭘 하려는지 도통 모르겠어서요."

"딱히 불순한 의도는 없어요."

"그 여자한테 가서 나와 결혼할 여자는 당신이라고나 전해요. 두 사람 분위기가 아주 좋아지겠군요."

디에고가 비아냥거리듯 말을 맺었다. 순간 에스텔라는 말문이 막혔다. 에스텔라가 눈썹을 추켜세우며 반박했다.

"은근슬쩍 자꾸 이상한 소리 하지 마세요. 아드리아나 영애와는 어떻게 하실 거예요?"

"뭘 말입니까."

"청혼 말이에요."

"그거야 두고 볼 것도 없이 기각입니다."

에스텔라의 얼굴에 곤란함이 깃들었다. 아드리아나의 청혼은 어디까지나 그녀와 디에고 사이의 일이다. 에스텔라가 끼어들어 왈가왈부할 권리는 없었다. 디에고가 하기 싫다는데 결혼을 강요할 수도 없는 노릇이다. 문제가 있다면 디에고는 아드리아나를 거부하면 안 되는 사람이고, 에스텔라만이 그걸 알고 있다는 점일까.

디에고를 설득해 아이들을 살렸지만 그 결과로 아드리아나의 불행은 고스란히 제자리에 남았다. 아드리아나에겐 해피엔딩과 그녀의 연인을 되찾을 권리가 있었다. 하지만 제 전생과 그때 보았던 소설에 대해 읊지 않는 이상, 디에고는 결코 이 부채감을 이해하지 못하겠지.

에스텔라는 디에고의 의사를 돌리기 위해 할 수 있는 최대한을 했다. 바로 그의 인성을 비난한 것이다.

"소공작님은 정말 인정머리 없으신 분이네요."

에스텔라의 말은 디에고에게 딱히 타격을 입히지 못했다. 디에고가 특유의 재수 없는 표정을 지으며 반박했다.

"내가 왜 협박에 당해 주지 않았다고 인정머리 없다는 소리를 들어야 하는지 모르겠습니다만."

"자세한 사정이야 모르겠지만, 모르는 남자를 찾아와서 청혼한 여자에게 기구한 사연 하나 없겠어요?"

"그대는 저잣거리의 빈민들을 모두 동정하며 삽니까?"

디에고가 여유 넘치는 목소리로 되물었다. 애초에 논리를 이용한 반박이 아니었기에 에스텔라는 금방 말문이 막혔다. 에스텔라가 전보다 작아진 음성으로 되물었다.

"저랑은 할 수 있는 결혼이잖아요. 왜 그분과는 못 하시는데요?"

"그렇게 나오면 나도 할 말이 없지 않은데요."

디에고가 그리 말하며 오른손으로 제 턱을 감쌌다. 그가 몸을 숙여 에스텔라를 내려다보며 느릿하게 물었다.

"말해 봐요, 미스 마거릿. 내가 청혼을 한 건 당신인데 왜 다른 여자와 결혼을 해야 합니까?"

에스텔라는 눈을 감았다. 디에고가 왜 자꾸 자신을 물고 늘어지는지는 잘 모르겠지만, 슬슬 특단의 조치가 필요했다. 에스텔라가 무거운 입을 열었다.

"소공작님."

"뜸 들이지 말고 말해요."

"전에 말씀드렸듯 전 제가 좋아하는 사람과 결혼할 거예요. 그리고 죄송하지만 소공작님은 제 타입이 아니에요."

에스텔라는 슬며시 눈을 떴다. 이전에 그랬던 것처럼 '그게 뭐?' 따위의 표정을 짓고 있으리라 생각했는데, 디에고는 의외로 자존심이 상한 기색이었다. 심지어는 꽤 당혹스러워 보이기까지 했다.

디에고가 불량하게 한쪽 입꼬리만을 당긴 채 말했다.

"내가 말했던가요? 난 여자한테 차여 본 적 없다고."

'이런 기회 또 없다'는 뜻을 내포한 발언이었으나, 디에고가 영 표정 관리를 못 하고 있었던 탓에 에스텔라에겐 조금 다른 느낌으로 다가왔다.

에스텔라는 왠지 모르게 솟아오르는 입꼬리를 진정시키려 노력했다. 디에고의 불쾌한 낯은 에스텔라에게 반대로 묘한 승리감을 안겨 주었다. 미남을 울려 보는 것도 인생의 쏠쏠한 재미가 아니겠는가. 비록 디에고는 울지 않았지만 입이 떡 벌어지게 잘생긴 남자를 차 보니 왠지 기분이 좋았다. 에스텔라는 진심에서 우러나는 해맑은 웃음을 지어 보였다.

"그거 우연이네요! 전 남자를 차 본 게 처음이에요."

"……처음이라고?"

"네. 어…… 그러니까 고향에 있을 때요, 가게에서 카운터를 보는데 열여섯 살 많은 아저씨가 들이댄 적이 있었어요. 거절을 잘 못 하는 성격이어서 어영부영 몇 번 만났었는데, 제 인생에서 손에 꼽게 끔찍한 기억이었네요."

에스텔라는 신이 나서 전생의 일을 떠들었다. 원체 거절을 잘 못 하고 남을 먼저 배려하는 성격이었던 탓에 과거 만났던 남자들도 이기적인 경우가 많았다.

디에고와 자신이 보통의 남녀 같은 상황이 아니라고는 하나 결과만 놓고 보면 제가 그를 찬 게 맞았다. 인생 2회차가 되고서야 거절하는 법을 알게 되다니, 장족의 발전이라는 생각이 들었다.

싱글벙글한 에스텔라의 얼굴을 보며 디에고가 잘못 들었다는 듯 반문했다.

"열여섯 살 차이?"

"네."

에스텔라는 순순히 고개를 끄덕였다. 디에고가 희망 한 가닥을 품고 재차 질문했다.

"돈이 많았나 보죠?"

"……그렇진 않았는데요?"

디에고의 미간이 좁혀 들었다. 믿을 수 없다는 표정이었기에 에스텔라는 조금 억울해졌다. 제 경험담은 비단 그것만으로 끝나지도 않았다. 에스텔라는 재빠르게 머릿속에서 다른 사례도 끄집어냈다.

"아! 또 같이 일하던 동료 하나가 고백했는데 분위기에 휩쓸려서 받아 준 적도 있었어요. 식탐이 너무 심해서 결국 헤어졌지만요. 자기입에 음식을 집어넣으면서도 계속 제 접시를 쳐다보더라고요."

"당신 몫까지 뺏어 먹으려고 했다 이 말입니까?"

"맞아요."

에스텔라가 고개를 끄덕였다. 다시 생각해도 끔찍한 기억이었다. 친구들이 왜 그런 남자만 만나느냐 야단법석을 피운 통에 죽기 전 몇 년간은 아예 수절하고 지내기도 했었다. 지금 와 생각해도 객관적으로 제 남자 운은 안 좋은 편이었다.

결국 디에고가 한숨을 내쉬었다. 이어 그가 참을성 있게 되물었다.

"더 있습니까?"

"네?"

"얼마나 더 거지 같은 새끼들을 만났는지 들어나 보자 이 말입니다."

그는 에스텔라의 망한 연애사가 꽤 재밌는 모양이었다. 에스텔라도 어이없긴 했다. 전생에서 만났던 남자들이라는 게 모두 이 모양 이 꼴이라니.

디에고의 요구에 성실히 따라 에스텔라는 다시 머리를 굴리기 시작했다. 말하다 보니 어쩐지 신이 났던 에스텔라는 그의 앞에서 총 다섯 명의 구남친 이야기를 늘어놓았다. 이러니저러니 해도 근래 디에고와 어울리며 전보다 편해지긴 한 모양이었다. 마치 술자리에서 전 애인의 뒷말을 털어놓을 때와 비슷한 기분이 들었다. 에스텔라가 헤어진 계기를 말할 때마다 디에고는 얼굴을 굳혔다가, 어이없다는 듯 미간을 좁혔다가, 마침내는 헛웃음까지 흘렸다.

말을 마친 에스텔라는 잠자코 그가 제 옛 애인들을 같이 욕해 주길 기다렸다. 그런데 그 욕설의 방향이 에스텔라의 기대와는 조금 달랐다. 디에고가 어딘지 살벌한 표정으로 팔짱을 꼈다. 그러고는 위협적인 걸음으로 에스텔라에게 다가왔다.

에스텔라는 반사적으로 주춤주춤 뒤로 물러섰다. 수풀 바로 앞까지 다다르자 더는 피할 곳이 없었다. 에스텔라가 당황한 얼굴로 디에고를 올려다보았다.

"소공작님……? 왜…… 이러시는……?"

"그러니까 식탐이 대단한 돼지 새끼랑도 사귀었고, 열여섯 살이나 차이 나는 늙은이랑도 대화해 줬고, 그 외의 온갖 구질구질한 남자들을 모두 섭렵하셨는데."

"예?"

"그중에서 유일하게 차 본 게 나라고?"

어쨌든 전부 범죄자는 아니었는데요!

항변할 말은 있었지만 차마 살인마 앞에서 뱉을 수는 없었다.

◈

에스텔라의 지난 연애사가 꽤 충격이었던 듯, 의외로 디에고는 쉽게 에스텔라를 보내 주었다. 그렇다고 에스텔라에게 출혈이 아예 없었던 건 아니었다. 그 와중에도 디에고는 아드리아나와 무슨 얘기를 나눴는지 다 보고하라며 엄포를 놓았으니까. 물론 에스텔라로선 실행에 옮길 생각이 전혀 없었지만 말이다.

"오셨네요."

에스텔라를 발견한 아드리아나가 입가에 반가운 미소를 띠며 인사했다. 에스텔라는 조심스럽게 발코니 안으로 들어섰다. 아직 극이 시작하기 전이라 주변은 그리 어둡지 않았다. 지나치면서 본 모두가 화려한 차림새를 하고 있었기에 에스텔라는 다소 머쓱해진 상태였다.

에스텔라가 수도에 올라온 이유는 돈을 벌기 위해서였고, 당연히도 다른 귀족 영애들처럼 의복에 많은 비용을 지출할 수는 없었다. 바깥에 내보이기 부끄럽지 않을 정도는 챙겨 입고 있었으나 아무래도 부유한 행색과는 거리가 멀었다.

그러나 아드리아나를 눈에 담자마자 에스텔라의 염려는 의미를 잃고 말았다. 아드리아나 역시 장소와 맞지 않는 수수한 차림새를 하고 있는 건 매한가지였으니까. 심지어 아드리아나는 지난번 공작저를 방문했을 때처럼 몸을 거의 가리고 있기까지 했다. 커다란 모자를 눌러 써 얼굴은 제대로 보이지도 않았다. 챙 아래로 언뜻 보이는 오똑한 콧날만으로도 대단한 미색은 짐작이 되었지만.

"좋은 자리에 초대를 해 주셨으니 마땅히 응해야지요."

에스텔라는 내색하지 않고 자리에 앉았다. 이런 오페라 하우스에 들어온 것은 처음 있는 일이었다. 아드리아나가 상냥한 음성으로 물었다.

"갑자기 불러내서 놀라진 않았나요?"

"아무래도 조금은요."

"이해해 주세요. 몰래 나온 거라 누굴 만나는지 들켜선 안 됐거든요."

그리 말하며 아드리아나가 무대를 향한 쪽을 제외하고 주변이 막힌 구조를 가리켰다.

"이 자리는 다른 사람의 눈에 잘 띄지 않아서 연인들이 애용하는 곳이에요. 말소리는 대사에 묻힐 테고요."

"꼭 밀회 같네요."

에스텔라의 말에 아드리아나가 작게 웃음을 터트렸다. 그와 동시에 불이 꺼지고 막이 걷혔다. 디에고에게 길게 붙잡혀 있었던 통에 에스텔라가 극장에 다다른 건 아슬아슬한 시간이었다. 하마터면 지각을 할 뻔했다고 생각하며 에스텔라가 작은 한숨을 내쉬었다. 그 모습을 가만히 지켜보던 아드리아나가 나직이 말했다.

"사실, 안 오실 줄 알았어요."

의외의 걱정이다. 에스텔라는 의아한 기분으로 아드리아나의 편지를 되짚어 보았다. 하기야 조금 갑작스러운 초대긴 했다.

"갑작스러운 전언에 조금 놀라기는 했지요."

"이해까지 바라는 건 아니지만 준비해 둔 변명은 있어요. 들어 주시겠어요?"

아드리아나의 물음에 에스텔라는 잠자코 고개를 끄덕였다. 아드리아나가 망설이지 않고 곧장 물었다.

"지난번에 제가 왜 베르타 공작가를 찾아갔었는지 아시나요?"

단도직입적인 물음에 에스텔라는 잠시 당황했다. 아드리아나가 꺼낸 주제가 매우 본격적이었기 때문이다. 아드리아나는 아무래도 정말 이곳에서 이야기를 나눌 요량으로 표를 구한 듯했다.

에스텔라는 잠시간 아드리아나의 상황을 되짚어 보았다. 중요한 혼례 전 딸이 도망이라도 칠까 아스테즈 후작이 촉각을 곤두세우고 있을 때다. 그의 감시를 피해 대화를 나눌 수 있는 곳이 많지는 않았을 것이다. 아드리아나가 처한 상황을 생각하면 그녀가 이리 조심성 있게 나오는 것도 이해가 갔다.

에스텔라에게서 곧바로 대답이 돌아오지 않자 아드리아나는 설명을 덧붙였다.

"소공작님과 꽤 스스럼없는 사이신 것 같아서 여쭈었어요."

'스스럼없다'라. 그와 자신을 표현하기에 적합한 표현은 아니었으나 그렇다고 격하게 부정하기는 유난스러웠다. 에스텔라가 반 박자 뒤에 대답했다.

"……들었습니다. 청혼을 하셨다고요."

"왜인지도 아시나요?"

"아니요, 거기까진 알지 못합니다."

에스텔라가 고개를 내저으며 대답했다. 아드리아나의 사정이야 뻔히 알고 있는 바지만 디에고를 고자질쟁이로 만들 필요는 없었다.

아드리아나도 딱히 추궁을 위해 던진 질문은 아니었던 모양이었다. 단순히 어디서부터 설명해야 할지 결정할 요량이었던 듯 아드리아나가 잠시간 머뭇거렸다. 무대에 여주인공이 등장한 것과 동시에 그녀가 운을 뗐다.

"전 결혼을 앞두고 있어요. 제 나이대 귀족 여성에겐 흔히 들이닥치는 불행이죠."

냉소적인 농담에 에스텔라가 스치듯 미소 지었다. 긴장이 풀어졌는지 아드리아나는 한결 부드러운 목소리를 내었다.

"사실 전 이미 제 남편감에 대해 큰 각오를 가지고 있었어요. 아마 제 나이의 두 배만 되는 남자였어도 감지덕지하게 여겼을 거예요. 하지만 제 아버지는 딸의 생각보다도 더 대단한 분이시더군요."

"재혼 자리기라도 했나요?"

이야기의 빠른 진척을 위해 에스텔라가 맞장구치듯 덧붙였다. 그에 아드리아나가 피식 웃었다.

"재혼 중에서도 가장 나쁜 경우죠. 앞서 맞이한 부인들이 고스란히 남은 상태거든요. 자식들은 무려 열이 넘고요. 특정이 될 만한 정보를 다 밝힌 김에 말하자면, 상대는 마리벨 왕국의 그랜튼 3세였어요."

"그분 나이가 벌써…… 예순이 넘지 않았나요?"

"심지어는 아내를 매질한다는 소문도 돌죠. 국경을 넘어야 친정으로 갈 수 있는 여자를 어떤 권력자가 존중하겠어요?"

그리 물으며 아드리아나가 싸늘한 웃음을 흘렸다. 타이밍 좋게 여주인공의 독창이 시작되었다. 자연히 아드리아나의 눈길이 소란스러운 무대 위로 향했다. 여주인공은 남주인공과의 운명적인 첫 만남을 마친 후 붉은 뺨을 감싸 쥐고 있었다. 아드리아나의 서늘한 시선이 잠시간 그 분홍빛 세계로 가 닿았다.

아랫입술을 사리문 아드리아나가 이어 한숨 쉬듯 입을 열었다.

"전 아직 성년이 아니에요. 아버지가 원하면 제 의사와는 상관없이 제 결혼 상대를 고를 수 있다는 뜻이죠. 아버지가 아닌, 저와 함께 살을 맞대고 살 사람인데도 말이에요. 그래서 전 저를 보호해 줄 사람이 필요해요."

그리 말하며 아드리아나가 크게 숨을 들이켰다. 그녀가 회한에 젖은 음성으로 마저 중얼거렸다.

"내 보호자가 될 남자라……."

그게 누구를 뜻하는지는 너무도 자명한 바다.

"자존심이 상하긴 하지만 말도 통하지 않는 타국으로 떠나는 것보다 끔찍하겠어요?"

"그래서 디에고 님을 찾아오셨군요."

에스텔라가 덤덤히 대답했다. 아드리아나가 쓴웃음을 지으며 콧잔등을 찡그렸다.

"선택지가 많진 않았어요. 아버지에게 대항할 수 있을 만큼의 권력자에, 약혼자가 없어야 한다는 전제 조건이 붙었거든요. 딱 두 가지 조건인데도 걸러 내고 나니 수도의 모든 인사 중 딱 한사람만이 남더라고요."

하기야 디에고처럼 늦은 나이까지 정혼자가 없는 경우는 흔치 않았다. 좋은 조건의 혼처일수록 경쟁자들이 빠르게 채가는 법이니까.

에스텔라는 그제야 약간의 궁금증이 일었다. 디에고는 뭐라고 말하며 아드리아나를 거절했을까.

"소공작님께서는 뭐라 하시던가요?"

"저 같은 무뢰한과는 부부의 연을 맺을 수가 없다고 하시더군요."

디에고에게 미리 들었던 것과 정확히 같은 논조였다. 그는 분명 더없이 고압적인 투로 아드리아나를 내쫓았을 것이다. 미간을 찌푸린 디에고의 얼굴이 절로 떠올라 에스텔라는 순간 웃음을 터트릴 뻔도 했다. 그런 눈치 없는 짓을 할 정도로 사회성이 모자라지는 않았지만.

"제게 도움을 요청하시려는 거죠?"

에스텔라의 물음에 아드리아나가 멈칫 몸을 굳혔다. 이윽고 아드리아나는 선선히 고개를 끄덕였다. 그녀가 진지한 얼굴로 에스텔라를 응시했다.

"저는 이 표를 사는 데 꽤 많은 지출을 했어요. 명색이 후작 영애지만 제게 주어지는 돈은 많지 않거든요."

단출한 행색이 정체를 숨기기 위해서만은 아니었을까.

"전 가난하고 유명세도 없죠. 제 신분과는 도통 어울리지 않는 수식들이에요."

아드리아나는 자신이 가진 패를 부풀릴 수도 있었다. 후작가의 영애라는 신분은 객관적으로 대단했고, 그녀의 가문은 그 이름만으로도 사람들을 위축시키곤 했다. 어쩌면 아드리아나는 협조하지 않을 시 크게 벌하겠다며 에스텔라를 겁줄 수도 있었을 것이다.

그러나 평범한 여주인공처럼 아드리아나는 정의로웠고, 그녀가 꺼내 든 것은 강압이 아닌 진솔한 부탁이었다.

"어떤 대가도 내주지 않고 부탁을 꺼내기가 염치없다는 건 알아요. 하지만 기본적인 예의조차 차리지 못할 정도로 제 사정이 급해요. 남을 돌아볼 여유가 없을 만큼, 전 절실히 그를 설득해야만 하는 상황에 있어요."

아드리아나가 간절한 눈으로 에스텔라를 보며 말했다.

"미스 마거릿, 저를 도와 소공자님과 만날 기회를 만들어 주실 수 있을까요."

곧장 그러마 하는 답을 내주진 못했다. 디에고는 살아 있는 사람이었고 책의 내용을 아는 에스텔라라고 해도 그를 제멋대로 움직일 수는 없었다. 아드리아나와 디에고의 순조로운 미래를 점쳤던 건, 단순히 그게 자신이 본 미래기 때문이었다. 그에 다른 근거라고는 존재하지 않는다.

그래서 에스텔라는 아드리아나의 절박한 모습을 본 순간 몹시 당황하고 말았다. 디에고의 마음을 돌리려면 대체 어떻게 해야 할까.

답을 찾지 못한 건 에스텔라도 아드리아나와 마찬가지였다. 에스텔라는 잠시간 침묵을 지켰다. 그런 그녀의 귓가에 힘 있는 바리톤의 노래가 흘러 들어왔다. 아드리아나와의 심각한 이야기가 이어지건 말건 극은 예정대로 진행되고 있었다.

에스텔라는 무심코 고개를 돌려 무대 위를 바라보았다. 부자연스러운 만남과 운명이라 일컬어지는 사랑, 말도 안 되는 주변의 조력으로 뒤섞인 세계는 비현실적일 만치 희망적이었다. 아드리아나의 미래는 분명 저것과 닮을 수도 있었다. 에스텔라가 직접 눈으로 보아 알고 있는 사실이었다.

에스텔라는 무심코 주먹을 틀어쥐었다. 에스텔라가 빠르게 눈을 깜빡이며 말했다.

"확신은 못 드려요."

아드리아나는 에스텔라의 말을 이해하지 못한 눈치였다. 너무나도 의외의 답을 얻은 덕분이었다. 에스텔라가 다시금 목에 힘을 주어 말했다.

"하지만 당신이 그 불행에서 벗어날 수 있도록, 제가 할 수 있는 한 최선을 다해 도울게요."

"어······."

생각 외로 빠른 승낙에 아드리아나는 몹시 당황한 눈치였다. 좀처럼 말을 잇지 못하던 그녀가 황급히 에스텔라의 팔을 붙잡았다.

"제가 당장 해 드릴 수 있는 건 없고, 만약 제가 소공작님과 혼인하게 된다면······."

"아니요."

에스텔라가 곧바로 아드리아나의 말을 막아섰다. 이어질 말이 뻔히 짐작되었기 때문이다. 아드리아나는 아마 디에고와 결혼한 후 마땅한 보답을 해 주겠다 약속하려 했을 것이다. 뭐가 되더라도 에스텔라가 원하는 바는 아니었다. 에스텔라의 바람은 디에고와의 약속으로 이미 이루어진 상태였으니까.

어찌 보면 아드리아나를 돕기로 한 것은 그 수혜로 인한 대가라고 볼 수도 있었다. 아드리아나는 갈 곳을 잃고 헤매고 있는 곳은 다름 아닌 에스텔라가 바꾼 미래였으므로.

"딱히 바라는 대가는 없어요. 그런 건 보통 뒤끝도 좋지 않고요."

에스텔라가 미련 없는 투로 말했다. 아드리아나는 당혹스러운 기분이 되어 입을 다물었다. 그녀는 의미를 알 수 없는 표정을 짓고 있었다.

아드리아나는 부자연스럽게 한쪽 입꼬리를 끌어올렸다가, 입술을 깨물었다가, 그대로 시선을 아래로 내리깔았다. 아드리아나가 일그러진 얼굴로 말했다.

"날 동정해서라고 해도 좋아요."

"……."

"고마워요."

에스텔라가 자신 없는 얼굴로 미소 지었다.

"감사 인사는 정말 제가 도움이 됐을 때 해 주세요."

그 감사 인사가 영 못 받을 것이라고는 생각되지 않았다. 승산 없는 싸움에 끼어들 정도로 자신이 낙천적인 성격의 소유자는 아니었다. 어쨌든 아직 에스텔라는 운명이라는 것을 믿었다.

⚜

디에고는 소파에 반쯤 몸을 눕힌 채 천천히 책장을 넘겼다. 나른한 눈으로 줄글을 읽어 내리는 모습은 언뜻 고요해 보였으나 그의 속은 외양만큼 차분하지 못했다. 결국 디에고는 제 머릿속을 어지럽히던 누군가의 발언을 입 밖으로 툭 끄집어냈다.

"내가 자기 타입이 아니라고?"

디에고는 그만 헛웃음을 흘렸다. 내내 디에고를 귀찮게 하던 가정교사는 끝끝내 그의 심기를 건드리고 말았다. 애초에 이성적인 관심을 가지고 했던 청혼도 아닌데 그 앞에서 남자 취향을 운운하다니.

좋아하는 사람과 결혼할 거라며 저를 타이르던 진지한 표정이 잊히지 않았다. 그 순진하다 못해 바보 같은 발언이 정말 실제로 들은 것이 맞나 싶었다.

그녀의 의중을 다 파악할 수는 없으나 한 가지만은 확실했다. 그녀는 남자 보는 눈이 어지간히도 없었다. 그녀가 읊었던 옛 남자들을 떠올린 디에고는 그대로 코웃음을 쳤다. 글러 먹은 인간이 취향이라면 저를 거절할 법도 한 일이다. 디에고의 눈썹 끝이 짜증스럽게 들렸다.

"누군 굉장히 내 스타일인 줄 아는 건가?"

그리 말한 디에고는 에스텔라의 얼굴을 떠올려 보았다. 한가을의 하늘처럼 푸른 눈은 언뜻 봤을 때 차가운 인상을 주는 편이었다. 속눈썹이 풍성하긴 하나 종종 눈 안으로 말려 들어가 고통을 줄 테니 좋은 것만도 아니다. 아마 이물질을 찾아 거울을 들여다볼 날이 잦을 것이다.

날렵한 코와 툭 불거진 입술은 또 어떤가. 그 모습이 꽤 조화롭다고는 해도, 숨 쉬고 말하는 기관이 얼마나 아름답든 본기능과는 아무런 연관이…….

"젠장, 무슨 개소리를 하는 건지."

디에고가 그리 말하며 눈앞을 꾹꾹 눌렀다. 아무래도 지속된 불면으로 판단력마저 상실해 버린 모양이다. 디에고는 결국 책을 제 얼굴 위로 덮어 버렸다. 퀴퀴한 종잇장의 묵은내가 코끝을 눌렀다. 이대로 잠을 청해 볼 요량이었으나 결국 무의식으로 빠져들진 못했다.

오랜 불면증은 이미 만성에 다다랐다. 그의 몸은 죽을 만큼 피로해지고 나서야 적선하듯 휴식을 내주곤 했다. 디에고를 진찰한 의사는 과도한 스트레스가 원인이라고 말했다. 처음엔 납득했으나 베르타 공작이 죽은 후로도 같은 진단이 이어지자 차츰 불신이 싹텄다.

그를 오래도록 괴롭혔던 나쁜 기억은 이미 제 손으로 치워 냈다. 이젠 그 무엇도 그를 불안하게 할 수 없었다. 그런데도 아직까지 편히 쉬지 못하는 까닭은 무엇인지.

"다 끝났어."

디에고는 스스로에게 주지하듯 뇌까렸다. 실제로도 그거 사실이 맞았다. 그는 오래도록 베르타 공작에게 패배해 왔지만, 마지막의 마지막에서 승리를 거둔 것은 결국 그 자신이었다. 디에고는 승리를 전시하듯 아버지의 마지막 얼굴을 떠올려 보았다. 벌써 약효가 다한 듯 통쾌함은 느껴지지 않았지만.

잠이 오지 않았으나 그렇다고 다시 서류를 붙잡을 기분은 아니었다. 디에고는 한참을 시체처럼 누워 있었다. 꽤 오랜 시간을 죽인 후, 디에고가 한숨 쉬듯 말했다.

"……또 무슨 볼일이 있어서."

당연히도 허공에 대고 대화를 거는 취미가 있어서는 아니었다. 눈을 가린 상태였으나 근처에서 느껴지는 인기척 정도는 감지할 수 있었다. 가벼운 발소리만으로도 상대의 정체는 쉬이 짐작이 되었다. 이 저택에 아이라고는 단둘밖에 없고 각기 성격은 완전히 다르다.

디에고는 눈을 가린 책을 치워 냈다. 아나나 다를까 세실리아가 호기심 어린 눈으로 그를 내려다보고 있었다. 저 아무것도 모른다는 듯한 순진한 눈을 마주할 때면 디에고는 기분이 바닥을 쳤다.

건방진 꼬맹이. 내심 험악하게 중얼거린 디에고가 몸을 일으켰다. 세실리아가 디에고의 무릎을 붙잡았다. 의도적으로 귀엽게 입술을 모은 채였다. 세실리아가 반짝이는 눈으로 말했다.

"나 예뻤고 봐써."

또 갖고 싶은 물건이라도 생겨난 모양이었다. 디에고가 차갑게 말했다.

"우리 거래는 진작 끝났다, 꼬마야."

세실리아가 불만스럽게 입술을 모았다. 지난번 갖고 싶다는 보석 머리핀을 선물해 준 후로 세실리아는 종종 디에고를 찾아왔다. 안타깝게도 세실리아에게 그란 존재는 오라비 같은 정감 있는 단어가 아닌 돈줄로 인식된 모양이었다.

어처구니없긴 하나 아이가 자라 온 환경을 생각하면 아예 이해가 안 가는 건 아니었다. 세드릭은 몰라도 세실리아는 이 가문의 부를 제대로 누려 본 적이 없을 것이다. 오라비를 대신해 어미에게 곧잘 얻어맞았다고 하니 평소 취급이야 알 만했다. 걸친 옷만 비교해 봐도 이 저택이 세드릭과 세실리아를 어떻게 다르게 대했는지 알 수 있었다. 발달이 뒤떨어지는 어린아이 따위는 사용인들의 관심을 사지 못했을 것이다.

여기서 세실리아의 나이가 적은 건 문제가 아니었다. 이만한 규모의 가문에 소속된 영애라면 나이에 상관없이 온갖 값진 것들을 걸치고 다니기 마련이다. 베르타 공작가는 무언가를 고를 때 굳이 가격을 고려할 필요가 없는 재력을 가지고 있었다. 씀씀이의 효율을 생각하는 건 지출 대상이 가문 외의 존재일 때였다.

"띠에고, 선샘님 조아해."

세실리아가 볼을 부풀린 채 말했다. 디에고는 잠시간 그 말을 이해하지 못했다. 한 박자 후에야 디에고가 멈칫했다. 그가 인상을 찡그리며 부정했다.

"아니다."

"마자."

"아니라니까."

"긍데 왜 선생임한테 겨론하자고 해써?"

왜 이상한 오해를 샀나 했더니 청혼이 문제였던 모양이다. 하기야 젊은 남녀 관계란 보통 로맨틱하게 읽히기 마련이다. 디에고는 일찍이 결혼이란 관례가 사랑의 결과물이 아니라는 사실을 깨달았지만, 세실리아는 그러지 못한 모양이었다. 하기야 이러니저러니 해도 공작 부인 안나와 베르타 공작은 꽤 사이가 좋았다. 디에고가 픽 웃으며 대꾸했다.

"꼬맹이는 모르는 어른들의 사정이라는 게 있는 법이지."

세실리아는 이해가 안 간다는 표정을 지었다. 세실리아가 고개를 갸웃거리며 물었다.

"사랑 안 하눈데 겨론해?"

"그녀는 내게 아주 도움이 되는 사람이거든."

"이용하려구?"

세실리아가 눈이 세모꼴이 되어서는 되물었다. 디에고는 아무런 대답도 하지 못하고 세실리아를 내려다보기만 했다. 객관적으로 틀린 표현은 아니었으나 듣기에 썩 어감이 좋진 않았다. 디에고는 장황한 근거를 들어 제 청혼의 효율을 설명하려다가 이내 포기했다. 이런 어린애를 데리고 대체 뭘 하고 있나 싶었다.

디에고는 옆으로 누워 머리를 왼손에 괴었다. 그러고는 귀찮다는 기색을 여실히 드러내며 말했다.

"뭐가 됐든 그건 네 선생님과 나 사이의 일이지."

"그럼 나눈 선생임항테 띠에고랑 겨론하지 마라구 할래."

"뭐?"

생각지도 못한 대답이 튀어나왔다. 디에고가 미간을 찌푸리자 세실리아도 만만찮게 얼굴을 구겼다. 세실리아는 자신이 할 수 있는 최대한으로 화난 목소리를 냈다.

"선생님은 속고 이써!"

"이 꼬맹이가 못 하는 말이 없어서."

디에고가 어이없다는 듯 웃음을 흘리며 세실리아의 이마를 때렸다. 물론 제스처만 요란했지 타격감이라고는 없었다. 반사적으로 눈을 감았던 세실리아가 의아하다는 듯 눈을 떴다. 아무 이상 없는 제 이마를 확인하자마자 세실리아는 화색이 되었다. 어딘지 친밀해진 기색으로 뒷짐을 진 세실리아가 디에고를 구슬리듯 말했다.

"아니면, 내가 도아주까?"

세실리아의 목소리에서 디에고는 왠지 모를 기시감을 느꼈다. 디에고는 곧 세실리아의 태도를 표현할 적합한 말을 찾았다. 세실리아의 연배와는 굉장히 어울리지 않는 단어로, 바로 '간신'이었다.

"띠에고, 이거 많아."

그리 말하며 세실리아가 손가락으로 돈 모양을 그렸다. 다섯 살 아이가 행하기엔 다분히 세속적인 동작이었다. 디에고가 무의식적으로 흠칫 손을 거뒀다. 세실리아가 이어 자기 자신을 가리키며 말했다.

"나눙 성생님이랑 칭해."

그 모습을 지켜보던 디에고가 어이없다는 듯 물었다.

"……그러니까, 네 선생님이 날 좋게 보도록 도와주겠다는 뜻이냐?"

"바로 그거야! 마자!"

의사 피력에 성공한 세실리아가 손뼉을 치며 좋아했다. 디에고는 그런 세실리아를 다소 복잡한 심경으로 내려다보았다. 제 이복동생은 상상 이상으로 발랑 까져 있었다. 디에고가 길게 한숨을 삼켰다.

"선의로 도울 생각은 없는 거냐?"

"띠에고는 염치를 몬나?"

세실리아가 곧장 정색하며 되물었다. 염치를 모르냐니, 디에고는 순간 말문이 막혔다. 그가 가까스로 입을 열어 물었다.

"염치라는 단어는 누가 가르쳤니."

"선생임?"

"애한테 잘도 그런 단어를……. 아니, 그래. 알아야 할 말이지. 몰라서도 곤란하지."

디에고가 대답하지 말란 듯 손을 내저으며 눈가를 문질렀다. 애초에 친하게 지낼 생각도 없었지만 제 이복동생들에겐 도무지 적응이 안 되었다. 쉴 목적으로 누운 것인데 되레 피로를 얻는 형상이 되고 말았다.

때마침 문 너머에서 노크 소리가 들려왔다. 하비에르가 문 너머에서 공손히 물었다.

"소공작님, 손님께서 찾아오셨습니다."

"벌써 시간이 다 됐나?"

그리 되물으며 디에고가 제 손목에 달린 시계를 확인했다. 예정된 약속 시각이 다 되다 못해 이미 20분여가 지나 있었다. 오늘 방문한 건 정시에 도착하는 법이 없기로 소문이 난 인물이었다. 그치가 오고 나서야 자리에서 일어난 자신도 참 자신이다.

디에고가 약속을 잊었다고 생각했는지 하비에르가 짐짓 염려스러운 기색으로 물어 왔다.

"잠시 기다리시라 전할까요?"

"아니, 곧 나가려던 참이야."

디에고가 자리에서 일어서며 대답했다. 셔츠가 좀 구겨져 있긴 했지만 딱히 격식을 차릴 만한 상대는 아니었다. 애초에 비밀스러운 만남이니 상대도 썩 제대로 된 행색으로 찾아오진 않았을 것이다. 풀었던 소매 단추를 다시 채울까 하다가, 그냥 한 단을 위로 접어 올려 정돈했다. 문을 열고 나서자 한 발짝 물러선 곳에서 하비에르가 기다리고 있었다. 하비에르가 예의 바른 미소를 지으며 물었다.

"바로 가십니까?"

"손님을 기다리게 해서야 쓰나."

"그럼 바로 차를 준비하라 하녀들에게 말 전하겠습니다."

그리 말하며 하비에르가 고개를 숙였다. 뒤따라 나온 세실리아가 눈에 들어왔는지 그의 눈이 미세하게 커졌다. 하비에르는 잠시 망설이다가 손을 뻗어 세실리아의 머리를 조심스럽게 쓰다듬었다. 어깨를 움찔 굳힌 세실리아가 황급히 몸을 돌려 디에고에게로 가 붙었다. 하비에르는 어색하게 손끝을 들고만 있었다. 지켜보던 디에고가 짧게 한마디 보탰다.

"애들 머리라고 함부로 손대면 안 되지."

잠시간 머뭇거리던 하비에르가 이내 조용히 미소 지으며 사과했다.

"네, 제가 실수했습니다."

온기가 묻어 나오는 목소리가 어딘지 간지럽다. 저 노집사가 지금 무슨 생각을 하고 있는지 대강 알 것 같은 기분이 들었다. 디에고는 외면하듯 휙 뒤돌아섰다.

응접실은 집무실에서 그다지 멀지 않은 곳에 있었다. 빠르게 발을 옮기던 디에고는 옆에서 들려오는 통통 튀는 걸음 소리에 그만 제자리에 멈췄다. 금세 디에고를 따라잡은 세실리아가 왜 그러느냐는 듯 그에게 무언의 재촉을 보냈다. 디에고가 곤란한 눈빛으로 세실리아를 내려다보며 물었다.

"어디까지 따라오려고?"

"가치 가."

세실리아가 그리 말하며 디에고에게 손을 뻗었다. 디에고가 어처구니없다는 듯 헛웃음을 흘렸다. 귀찮고 짜증이 난다기보다 그저 황당했다. 세실리아가 디에고에게 재촉하듯 팔을 흔들었다. 디에고는 떨떠름한 얼굴로 세실리아의 손을 붙잡았다. 세실리아의 손은 겨우 디에고의 세 손가락 정도에 감겼다.

디에고는 어색하게 마저 발걸음을 떼었다. 꼭 사람이 아닌 것과 손을 잡고 있는 듯한 생소한 기분이 들었다. 팔을 한껏 위로 뻗어 근육이 저릴 것도 같은데 세실리아는 꿋꿋이 디에고의 손을 놓지 않았다. 덕분에 둘의 이상한 동행은 응접실에 도착해 디에고가 문을 열 때까지 이어졌다.

디에고와 함께 등장한 세실리아를 본 방문객의 눈이 크게 뜨였다. 빤히 둘을 쳐다보던 남자가 이어 짧게 평했다.

"못 본 사이 보모가 다 됐군."

디에고는 슬쩍 손을 당겨 빼내려 했다. 세실리아가 이를 막듯 힘을 준 탓에 결국 실패했지만. 디에고는 짧게 한숨을 내쉬며 소파로 가 앉았다. 세실리아를 들어 바로 옆에 앉히자 상대가 재차 감탄하며 박수를 쳤다.

"결혼할 때 다 됐나 봐?"

"실없는 소리 하는 건 여전하군."

디에고가 흘긋 건너편을 넘겨보며 톡 쏘았다. 남자는 어깨만 으쓱였다.

"난 또 신랑 수업이라도 받고 있는 줄 알았지 뭐야."

"결혼할 나이가 됐으니 그것도 나쁘지 않지."

"이봐, 나랑 평생 혼자 늙어 죽기로 한 거 아니었어?"

"왕세자가 결혼을 안 하면 후계자는 어떻게 하려고?"

디에고가 어이없다는 듯 되물었다.

기실 그런 디에고조차 딱히 결혼이란 제도에 대단한 맹신이 있는 건 아니었다. 세간에서 결혼을 장려하는 가장 큰 근거는 안정이다. 반면 디에고는 각기 다른 두 사람이 살을 맞대고 사는 것 자체가 불화의 근원이 된다고 생각하는 사람이었다. 보고 들은 것이 있다 보니 웨딩 마치를 마냥 기대하는 것도 무리가 있었다.

때문에 디에고는 누군가가 비혼을 선언했을 때 존중과 격려의 말을 남길 수 있는 인물로 자랐으나, 필부가 아닌 왕세자가 상대라면 이야기는 좀 달라졌다. 디에고의 눈앞에 앉은 자는 메스키다 왕국의 적법한 왕세자인 리오넬 다니엘라 데 에드왈도였다. 저 핏줄이 이어지지 않으면 나라가 망한다는 소리다.

"가만 기다려 봐. 정정하신 아버지가 곧 늦둥이를 낳아 주실 기세거든."

리오넬이 비꼬듯 대꾸했다. 디에고가 피곤한 낯으로 받아쳤다.

"그거 우리 둘 모두에게 대단한 불행이군."

디에고의 말을 리오넬은 조금 다르게 이해한 모양이었다. 디에고가 옆에 앉은 이복동생의 존재를 비꼬았다고 여긴 듯 리오넬의 시선이 그쪽으로 돌아갔다. 세실리아는 이미 탐색의 눈빛으로 그런 리오넬을 살피고 있었다.

은발의 보랏빛 눈동자. 특이해서 기억에 있는 외양이었다. 리오넬이 물었다.

"이게 그 이복동생인가?"

디에고가 귀찮다는 듯 세실리아에게 말했다.

"세실리아, 인사해라. 이 나라의 왕자님이다. 덕분에 국가의 미래가 암담하지만."

"앙자님?"

"왕자님."

"왕자."

어눌한 발음을 친히 교정해 주기까지 한다. 리오넬은 내심 가관이라고 생각하며 둘을 지켜보았다. 아무래도 나이 차이가 있다 보니 오빠 동생이라기보다는 아빠와 딸 같은 느낌이었다.

"그래, 내가 왕자란다."

리오넬이 왼손에 턱을 괸 채 건성으로 손을 흔들었다. 세실리아는 "왕자?" 하며 재차 고개를 갸웃했다. 세실리아가 이어 의아한 음성을 내어 물었다.

"왕잔데 고질해?"

"고질? 고자질?"

이해할 수 없는 발음에 리오넬이 미간을 좁혔다. 말뜻을 이해하려 머리를 굴리는 리오넬에게 디에고가 친히 정답을 알려 주었다.

"행색이 꼬질꼬질하단 소리 같은데."

"뭐?"

리오넬이 자존심 상했다는 듯 머리 위로 눌러 썼던 후드를 벗어 던졌다. 잘 관리된 흑발이 물결치듯 쏟아졌다. 검은 머리칼에 대비되는 붉은 눈은 고혹적으로 느껴지기까지 했다.

리오넬은 객관적으로 잘생긴 남자였고 또한 재수 없게도 제 반반한 낯짝에 대해 큰 자부심을 가지고 있었다. 세실리아가 입을 헤 벌리는 걸 보며 리오넬은 금 갔던 자존심을 다시 채웠다. 리오넬이 으스대듯 말했다.

"다시 말해 보렴, 꼬마야. '꼬질꼬질'의 사전적 정의를 잘못 알고 있었다고 하면 친히 봐주도록 하지."

입만 열면 깬다는 게 문제라면 문제다. 세실리아의 눈에 깃들었던 반짝임이 죽었다. 세실리아가 디에고 쪽으로 슬그머니 몸을 빼며 물었다.

"왕자 아니구 왕자병이야……?"

디에고는 만족스러운 미소를 지으며 세실리아의 어깨를 두드렸다. 방금의 발언을 칭찬이라도 하는 투였다. 리오넬이 짜증스러운 기색으로 세실리아를 손가락질했다.

"꼬맹이가 못 하는 말이 없네. 내가 이래서 애를 안 낳는 거야."

세실리아와 디에고는 사이좋게 리오넬의 말을 무시했다. 리오넬은 기가 찬다는 듯 헛웃음을 지었다. 디에고가 들으면 불쾌해할 소리겠지만 지켜보는 입장으로선 사이가 꽤 좋아 보였다. 리오넬이 짜증스럽게 앞머리를 흩트리고는 물었다.

"그나저나 나랑 만난 걸 애가 알아도 돼? 공작 부인에게 다 일러바치면 어떻게 하려고?"

"그럴 애가 아니니 말한 거야. 친모와의 사이가 각별하거든."

"각별히?"

"끔찍하지."

디에고가 음울한 미소를 지으며 대답했다. 오래 봐 온 사이지만 저정 없는 표정은 여전히 소름이 끼쳤다. 리오넬이 진저리쳤다.

"그런 말을 애 앞에서 해도 돼?"

"애가 들어도 뭘 알겠어."

"저맘때 애들은 다 알아."

"내가 데려온 게 첫째였으면 말을 안 하겠는데……."

"자네?"

영문 모를 소리에 디에고가 리오넬을 돌아봤다. 리오넬이 씩 웃으며 설명했다.

"이 집의 첫째는 자네잖아."

디에고는 당황했다. 세실리아와 세드릭을 떠올릴 때 디에고는 항상 그 둘만을 남매 사이로 엮어 왔다. 그 가족 관계 안에 저를 포함시킨 적은 단 한 번도 없었다. 무의식적으로 둘과 저는 다르다 생각하고 있었기 때문이다.

"실없는 소리."

디에고의 냉소적인 대구에 리오넬도 더 말끝을 붙잡고 늘어지진 않았다. 리오넬을 그대로 무시한 디에고는 세실리아를 밖으로 내보냈다. 세실리아가 뭣 모를 나이라고는 말했으나 그로서도 뒤늦은 걱정이 찾아들었던 탓이다. 아까 제게 염치를 찾으라 말하던 세실리아는 여느 다섯 살 같진 않았다. 무엇보다 아이 앞에서 친모의 처분을 논할 만큼 제가 형편없는 인성을 가지고 있진 않았다.

세실리아가 문을 닫고 나가자 리오넬이 깍지 낀 두 손을 뒷머리에 댔다. 그가 껄렁한 투로 말했다.

"뭐, 어쨌든 맹활약은 잘 들었어. 피도 눈물도 없는 얼음 공자가 드디어 계모를 냉골로 내쫓았다지? 평생의 숙원을 이룬 것 축하해."

"문제가 있어."

"보나 마나 작위 때문이겠지."

리오넬이 그리 말하며 눈썹을 들었다 내렸다. 디에고가 피곤한 낯으로 말했다.

"이번엔 자네 계모 쪽 문제야."

"아, 내 쪽은 어머니 아니라니까."

리오넬이 그리 말하며 짜증스럽게 머리를 헝클었다. 리오넬의 아버지인 에드왈도 6세는 말년에 젊은 애첩을 들여 쏠쏠히 재미를 보고 있었다.

늙은 남자와 젊은 미녀의 조합은 보통 거래라 일컬어지기 마련이다. 한미한 남작가의 방계 출신인 카밀라는 저보다 서른 살이 많은 남자와 성교하는 대가로 아브릴 백작 부인이라는 작위를 얻었다. 처음 1, 2년 정도는 모두가 카밀라를 왕의 불장난 상대 정도로 취급했으나, 그녀가 작위를 얻고 이후로도 총애가 이어지자 차츰 숙이고 들어가기 시작했다.

카밀라가 처음 사교계로 입성한 8년 전, 고고한 귀부인들에게 무시당하며 수모를 겪을 때 솔선해 그녀와 어울렸던 인물이 바로 베르타 공작 부인이었다. 카밀라는 안나를 통해 사교계에 적응했고 안나는 왕의 정부인 카밀라에게 이런저런 도움을 얻었다.

호사가들은 끼리끼리 모였다며 비웃었으나 사실은 맞되 썩 무시할 만한 조합은 아니었다. 그리고 둘의 끈끈한 연은 이번 사건에서도 어김없이 큰 역할을 발휘했다. 디에고가 작위를 받지 못하도록 시간을 끌고 있는 게 다름 아닌 카밀라였으니까.

"내가 뭘 어쩌겠어? 아버지가 아들 또래 여자한테 눈이 멀어서 국정이고 뭐고 소중한 그녀의 소원을 들어주고 싶다는데."

리오넬이 앓는 소리를 내며 말했다. 디에고는 눈 하나 깜짝하지 않았지만.

"네가 해결해야지. 너희 집안 사정에 내가 피를 보고 있는데."

"아니, 그건 완전히, 절대적으로, 정확히, 내 입장이거든."

그리 말하며 리오넬이 디에고를 향해 검지를 흔들었다. 베르타 공작 부인이 카밀라가 자리 잡는 데 도움을 준 탓에 리오넬도 만만찮게 곤란한 상황이었다. 리오넬이 불퉁한 목소리로 물었다.

"결국 귀찮은 뒤처리는 또 나 시키려고?"

"왕자의 놀이 친구가 되었던 이력의 유일한 장점 아니겠어?"

디에고가 그리 말하며 의례적으로 미소 지었다. 디에고의 어미인 돌로레스는 왕비의 시녀로 근무하던 루이자 백작 부인과 친밀한 사이였다. 왕비를 모시느라 느지막이 결혼한 루이자 백작 부인에겐 리오넬과 연배가 맞는 아이가 없었다. 루이자 백작 부인은 돌로레스에게 왕자의 놀이 친구 자리를 주선했고, 디에고는 어미의 손을 붙잡고 궁에 출입하게 되었다. 그게 벌써 20여 년 전의 일이었다.

따지고 보면 디에고가 틀린 말을 한 건 아니었으나 '놀이 친구'라는 명칭에 리오넬은 대단한 불만을 가지고 있었다. 리오넬이 환장하겠다는 듯 소리쳤다.

"너 그땐 나랑 놀아 주지도 않았잖아!"

디에고는 여섯 살 때에도 다분히 염세적인 성격을 가지고 있었다. 덕분에 놀이 친구가 존재했음에도 리오넬은 즐겁게 뛰어논 기억이 한 손에 꼽혔다. 디에고는 기껏해야 검술을 연습하거나 지식을 익힐 때만 리오넬과 말을 섞곤 했다. 왕비가 어른스럽고 모범적인 아이라며 디에고를 몹시 좋아했으므로, 리오넬은 꼼짝없이 그와 어울릴 수밖에 없었다. 끔찍하게 지루한 유년이었다.

디에고가 억울한 표정의 리오넬을 보며 피식 웃었다. 그러고는 곧장 본격적인 용건을 꺼냈다.

"당연히 맨입으로 해 달라는 건 아니야. 카밀라 그 여자한테 약점이 하나 있어. 이 일을 해결하고 그걸 어떻게 쓸진 네 마음대로 해."

"약점? 그게 뭔데."

"나 대신 그 여자와 담판 짓고 오겠다고 약속하면 알려 주지."

디에고가 그리 말하며 여유롭게 상체를 뒤로 뺐다. 리오넬의 이빨이 사나운 소리를 내며 부딪쳤다. 카밀라의 약점이라. 꽤 탐이 나는 정보였다. 카밀라는 왕의 옆자리를 차지할 만큼의 수완이 있었고 그녀의 이지는 본처와 그 아들에게 큰 골칫거리가 되었다.

카밀라의 얼굴을 떠올리던 리오넬이 "으으으으." 하고 과장스럽게 앓는 소리를 냈다. 마침내 리오넬이 엄지와 중지를 부딪었다. 그가 힘겹게 토해 내듯 말했다.

"좋아."

"그 여자가 바람을 피웠어."

리오넬이 승낙하자마자 디에고가 곧바로 대답했다. 그러나 쉽게 얻은 답을 리오넬은 반갑게 받아들이지 못했다. 리오넬이 인상을 구기며 되물었다.

"뭐야, 고작 그걸로? 이봐, 그 여자가 침대로 미동들 끌어들이는 취미를 몰라서 내가 입 다물고 있는 것 같아?"

"미동 이야기를 하려는 게 아니야. 이번 상대는 꽤 위험해."

디에고가 그리 말하며 상체를 앞으로 숙였다. 주변을 눈으로 한 번 훑고는 리오넬을 진지한 눈으로 응시했다. 디에고가 낮은 음성으로 말했다.

"델메르 대신관."

짧은 단어였으나 그 파급력은 엄청났다. 리오넬은 거의 자리를 박차고 일어날 뻔했다. 델메르 대신관은 리오넬의 사촌이자 에드왈도 6세와 견원지간으로 소문이 자자한 자였다. 둘의 불화는 선대의 사정까지 거슬러 올라간다.

현왕인 에드왈도 6세는 본래 차남으로 1순위 왕위 계승권자가 아니었다. 그런 그가 왕위를 승계한 이유는 당시 왕세자였던 그의 형이 지나치게 자유로운 영혼이었던 덕분이었다. 장남이었던 형이 권력에 관심이 없다며 자리를 박차고 나간 통에 그는 어부지리로 왕위를 얻었다. 이 두 형제는 다투는 일 없이 제법 사이가 좋았으나, 아랫대로 내려와서는 사정이 좀 달라졌다. 권좌에 관심이 없었던 건 아버지지 아들이 아니었기 때문이다.

델메르 대신관은 본래 제 것이었어야 했던 자리를 질시했고 에드왈도 6세도 그걸 알았다. 당연히도 이 둘이 서로에게 호감을 가졌을 리는 없다. 둘은 맞닥뜨릴 때마다 서로를 비꼬고 헐뜯었고 이러한 다툼은 여자관계에서도 이어졌다.

나눠 가진 피를 증명하듯 우습게도 델메르 대신관과 에드왈도 6세는 여자 취향이 꽤 비슷했다. 델메르 대신관은 이 부문에서 대단한 자부심을 가지곤 했는데, 그도 그럴 게 승률은 7:3으로 제 쪽이 우세한 탓이었다. 에드왈도 6세는 제가 점잖게 굴어야 하는 신분이라 여자들이 재미를 느끼지 못한다고 말했으나 리오넬은 그 변명을 곧이 믿진 않았다. 객관적으로 델메르 대신관이 왕보다 더 봐 줄 만한 생김이었으므로.

"아버지 평생의 눈엣가시와 눈이 맞다니 대단하네. 제정신인가? 아니, 그게 아버지 귀에 안 들어갈 수가 있나?"

리오넬이 어처구니없다는 듯 말했다. 디에고가 눈썹을 들었다 내리며 대답했다.

"꽤 비밀스럽게 만남을 이어 왔던데. 나도 안나의 뒷조사를 하다가 알게 된 거라 얻어걸린 격이야."

"왜 이렇게 인간들은 금단에 더 불타오르는 거지?"

리오넬이 헛웃음을 짓다가는 전보다 심각해진 얼굴로 물었다.

"그 여자가 왕실 내의 정보라도 빼돌렸다던가?"

델메르 대신관은 왕이 되지 못할 바엔 신전에서 큰 자리를 얻겠다며 종교에 귀의했다. 자연한 결과로 신전과 왕실은 온갖 자리에서 사사건건 부딪치고 있었다. 시작은 어린 소년들의 호승심이었을지라도 그들이 각기 대단한 권력자로 자란 이상 단순히 애정사에 한정해서 생각할 문제가 아니었다.

"그건 이제부터 차차 알아볼 문제고. 어쨌든 둘이 만났단 사실만으로 충분히 불신이 싹트겠지."

디에고가 발을 빼듯 대답했다. 큰 정보를 물어 왔는데 그것도 모자라 요리까지 해서 떠먹여 줄 생각까지는 없었다. 리오넬의 얼빠진 얼굴을 쳐다보며 디에고가 천천히 운을 뗐다.

"아 그리고 부탁이 하나 더 있는데……."

"왜, 또, 뭐!"

리오넬이 곧장 기겁한 낯으로 소리쳤다. 디에고가 한결 가벼워진 어조로 말했다.

"이번엔 좀 간단해. 아스테즈 후작가의 장녀에 대해서 좀 알아봐야겠어."

⊰❀⊱

"일주일 뒤에 왕궁 무도회가 열릴 예정이라고 했어요."

"왕궁 무도회요?"

"네, 그랜튼 3세도 국빈으로 참가하는 자리예요. 저희 아버지는 그때 저를 그랜튼 3세에게 소개할 예정이세요. 그날이 아니면 제게 더 기회는 없어요. 단 한 번, 제게 소공작님과 이야기를 나눌 기회를 주세요."

확률이 희박한 계획을 말하면서도 아드리아나는 꽤 덤덤해 보였다. 아드리아나의 의연한 태도에 되레 초조해진 건 에스텔라였다. 에스텔라가 불안이 어린 목소리로 물었다.

"실패하면요?"

"그게 제 운명이겠죠."

그리 답하며 아드리아나가 천천히 푸른 눈동자를 깜빡였다. 체념이 섞여 초연하기까지 했던 아드리아나의 목소리를 떠올리며, 에스텔라는 재차 한숨을 내쉬었다.

"진짜 운명의 장난질이네."

아이들을 살렸더니 아드리아나가 외국으로 팔려 가게 생겼다. 그야말로 어처구니가 없는 상황이었다. 에스텔라는 지끈거리는 관자놀이를 문질렀다.

사실 아드리아나의 말처럼 왕궁 무도회가 마지막 기회인 건 아니었다. 아드리아나가 그랜튼 3세에게 소개된다고 해도 곧장 출국 절차를 밟진 않을 테니 말이다. 국제결혼이니만큼 혼담이 오간대도 이것저것 조율할 게 많을 것이고, 아드리아나를 정식으로 맞아들이려면 그쪽에서도 나름의 준비를 해야 할 터였다. 이야기를 원래 궤도로 되돌릴 만한 시간적 여유는 충분히 있었다. 다만 혼담이 성사된 상태에서 아드리아나와 디에고가 눈이 맞는다면 둘의 사랑이 외교 문제로 번진다는 것이 문제다. 이번 무도회에서 상황을 결론짓는 것보다 깔끔한 정리는 없을 것이다.

"이 일을 다 어쩌냐……."

에스텔라가 우울한 목소리를 내며 책상 위에 엎드렸다. 아이들이 나간 빈 교실엔 그녀만이 남아 있었다. 세실리아와 세드릭은 그녀를 두고 식사를 하러 나간 상태였다. 그녀도 고픈 배에 뭐라도 욱여넣어야 할 상황이긴 했으나, 상황이 이렇다 보니 식욕도 돌지 않았다. 에스텔라는 힘없이 고픈 배를 문질렀다.

그때였다. 이제는 익숙해진 목소리가 뒤편에서 들려온 것은.

"무슨 일이라도 있습니까?"

에스텔라는 벌떡 몸을 일으켜 뒤를 돌아보았다. 어느샌가 문을 열고 들어온 디에고가 문가에 서 있었다. 내내 생각하고 있던 사람이 눈앞에 나타나자 심장이 다 벌렁거렸다.

에스텔라는 가정 교사라는 재직 형태를 다시 한번 고민해 보는 시간을 가졌다. 이 교실은 학부형이 멋대로 난입하기에 너무도 좋은 환경이었다. 학부형의 침실이 교실과 불과 한 층밖에 차이가 안 난다. 선생 입장에선 재앙이 아닐 수 없었다.

디에고가 성큼 걸음을 내디뎌 에스텔라에게 다가왔다. 가르칠 아이가 둘이었으므로 교실엔 책상도 두 개 놓여 있었다. 성인 남성이 앉기엔 꽤 작은 크기였음에도 불구하고 디에고는 스스럼없이 에스텔라의 바로 옆자리에 와 앉았다. 자리의 원래 주인인 세실리아와 퍽 비교되는 부피였다. 웃을 기분이 아니었는데도 그 광경이 어이없게 웃겼다. 에스텔라의 입꼬리가 설핏 올라갔다가 내려앉았다. 그녀가 헛기침을 하며 변명했다.

"아이들에게 가르칠 게 산더미라서요. 저도 모르게 앓는 소리가 나왔네요."

"아이들 얘기라고요?"

"아니면 또 뭐가 있겠어요?"

디에고가 책상에 팔을 올리더니 손등에 뺨을 괴었다. 기울어진 자세가 사뭇 불량했다. 그가 잠시간 에스텔라를 빤히 쳐다보다가는 물었다.

"외출은 잘하고 왔습니까?"

디에고가 강요했던 그 '보고'라는 걸 해치워야 할 때가 된 모양이었다. 어젯밤 에스텔라는 귀가 후 디에고를 찾아가지 않고 그대로 방으로 돌아왔다. 선례가 있기에 조심스럽게 문을 열었는데 다행히도 침입의 흔적은 없었다. 에스텔라는 서랍 속 서적들이 놓아 둔 순서 그대로 있는 걸 확인하고 나서야 안심하고 잠들었었다. 그대로 넘어가면 더 좋았겠지만 늦은 시간대를 피해 준 것만 해도 양반이다 싶었다. 에스텔라가 느직한 태도로 대답했다.

"네, 뭐, 괜찮았어요."

"그 여자와 무슨 얘길 했습니까?"

디에고가 잠깐의 여유도 주지 않고 이어 물었다. 에스텔라는 내심 한숨을 삼켰다. 남들이 모르는 이야기를 알고 있다 보니 에스텔라는 타인과 대화할 때 곤란해지는 일이 잦았다. 자신만 아는 미래를 근거로 사람들을 납득시킬 수는 없었으니까.

그러나 에스텔라는 이내 생각을 고쳐먹었다. 어쨌든 그녀도 디에고와 이야기를 나눌 필요가 있었다. 아드리아나의 부탁을 받아들인 이상 디에고를 왕궁 무도회로 보내 기회를 만들어 주어야 했다. 에스텔라가 한결 협조적인 태도로 대답했다.

"별 얘기 안 했어요. 감사 인사를 받고 공연이나 함께 봤죠."

"지금 걸려 있는 극이라고 하면…… 〈시계탑의 저주〉?"

"〈솔라의 빨간 구두〉였네요. 여주인공이 꽤 노래를 잘하던데요."

"그건 또 처음 듣는 제목이네요. 내용이 뭡니까?"

에스텔라는 디에고의 물음에 곧바로 대답하지 못했다. 사실 아드리아나와 대화를 나누느라 내용까진 잘 알지 못했다. 중반으로 가서 좀 집중해서 보긴 했지만, 초반부를 거의 날린 통에 이야기를 제대로 다 파악할 수는 없었다. 에스텔라가 한 번 눈알을 굴리고는 대답했다.

"사랑 이야기죠 뭐, 아주 흔한."

"그대의 서랍장에서 보았던 책들처럼 말입니까?"

디에고가 상냥한 미소를 지은 채 곧장 되물었다. 에스텔라는 질색하며 상체를 뒤로 물렸다. 주먹을 틀어쥔 그녀가 분노마저 서린 음성으로 되물었다.

"이렇게 저질처럼 구실 거예요?"

"저질이라니."

"그럼 파렴치한이라고 해 드릴까요."

에스텔라의 눈썹이 삐뚜름하게 일어섰다. 그런 그녀를 보며 디에고가 마침 생각났다는 듯 말했다.

"그러고 보니 선생님께서 보시던 책에선 남주인공이 대부분 그런 별명을 가지고 있더군요. 뭇 여성들이 가상의 이야기 속에서 이상형을 찾곤 한다는 걸 고려하면, 그건 내가 선생님의 남자 취향에 꽤 가깝다는 소리 아닌가 싶은데."

에스텔라가 기가 질린 표정을 지어 보였다. 대놓고 '너 지금 이상한 소리 하고 있다'고 할 수는 없으니 알아서 자중해 주길 바라는 마음에서였다.

물론 에스텔라의 따가운 눈길에도 디에고는 아랑곳하지 않았다. 도무지 말로 싸워 이길 자신이 없다. 에스텔라가 한숨 쉬며 말했다.

"연극은 재밌었고 남주인공도 신사적이었어요. 키스할 때 의사를 묻는 장면이 특히 감동적이었죠."

"그런 분위기 망치는 짓이 멋있단 말입니까?"

디에고가 불량한 투로 픽 웃었다. 에스텔라가 턱을 들며 짐짓 도도하게 대답했다.

"신사라면 당연히 갖춰야 할 소양이죠. 소공작님도 익혀 두시는 게 좋을 거예요."

"예, 뭐."

디에고가 달갑지 않은 기색으로 대답했다. 그는 이제 연극 내용에 완전히 흥미를 놓은 기색이었다. 흘긋 그의 눈치를 살핀 에스텔라가 자연스럽게 용건을 꺼냈다.

"아, 그리고 일주일 뒤에 왕궁 무도회가 열린다는 말도 들었어요. 참석 준비를 하느라 바쁘시다고요."

"그렇다더군요."

디에고가 여전히 심드렁하게 대답했다. 자연히 에스텔라는 애가 달았다. 에스텔라가 초조함을 숨기며 물었다.

"소공작님도 참가하실 건가요?"

디에고는 잠시간 대답하지 않고 빤히 에스텔라를 응시했다. 그는 고민에 잠긴 것처럼 고개를 오른편으로 틀어 손바닥 아래로 입술을 숨겼다. 그 아래의 미소를 들키고 싶진 않았으니까. 그녀는 자신이 꽤 속을 알기 쉬운 사람이라는 걸 모르는 듯했다. 리오넬에게 부탁한 건도 있었으므로 당연히 참가할 예정이었지만, 디에고는 고개를 내저었다.

"안 갑니다."

"왜 안 가세요?"

에스텔라가 예상치 못했다는 듯 곧장 당황한 음성으로 되물었다.

"파트너도 없는데 내가 거길 왜 가겠습니까."

그리 대답한 디에고가 미련 없이 자리에서 일어섰다. 그녀도 제게 사실을 말하지 않는데 그 혼자만 원하는 답을 내주기는 싫었다.

디에고는 그대로 에스텔라를 피해 뒤돌아섰다. 에스텔라가 뒤따라오는 듯 뒤편에서 의자가 바닥에 끌리는 소리가 들렸다. 주머니에 손을 찔러 넣고 걷던 디에고가 입가에 미소를 떠올렸다. 에스텔라가 그의 앞을 막아서자마자 그대로 무표정으로 되돌렸지만.

에스텔라가 두 팔을 뻗어 입구를 막으며 황급히 말했다.

"아니, 파티가 짝이 있어야만 갈 수 있는 곳인가요? 알고 지내던 분들과 인사도 나누고 하는 거죠."

"언제부터 선생님께서 제 인간관계에 대해 그리 신경 쓰셨다고요."

디에고가 그리 말하며 의아하다는 듯 고개를 오른편으로 기울였다. 그의 사회생활에 딱히 관심이 없는 건 지금도 마찬가지였기에 에스텔라는 말문이 막혔다. 어버버하던 에스텔라가 어색한 거짓말을 내던졌다.

"아닌데요, 전 항상 고용주의 사회생활을 염려하거든요!"

"못 믿겠는데요."

"네?"

"못 믿겠다고요."

디에고가 눈을 가늘게 휘며 덧붙였다.

"제게 대단한 관심이 있다고 직접 말씀하시면 그 주장에 신뢰가 갈 수도 있겠네요."

에스텔라가 입술을 깨물었다. 그녀는 예전부터 압박 면접에 약했다. 상대가 앞에서 쉬지 않고 몰아치자 정상적인 판단이 되질 않았다. 디에고의 요구가 불합리하다는 걸 지적할 정도의 정신이 남아 있지 않았다는 뜻이다.

결국 에스텔라가 굴욕적으로 입을 열었다.

"전 소공작님께…… 대단한 관심이…….."

"목소리가 작군요."

"그러니까…… 관심이…… 있습니다."

"진작 그렇게 말씀하시지."

디에고가 만족스럽게 입꼬리를 끌어올렸다. 그러고는 곧장 딱 잘라 말했다.

"그래도 왕궁 무도회엔 안 갑니다."

에스텔라는 뒤늦게 깨달았다. 제가 저 낯 뜨거운 말을 내뱉음으로써 얻어낸 게 하나도 없다는 사실을. 그녀는 단순히 디에고에게 관심이 있다는 말을 증명한 꼴밖에는 안 되었다. 에스텔라는 억울하다는 듯 입을 벙긋거리다가, 이내 이를 앙다물었다. 상대를 다 파악하지 못한 제 잘못이었다.

에스텔라가 한결 날카로워진 목소리로 물었다.

"그러니까 왜 안 가시는데요?"

"장례식으로부터 그리 오래 지나지도 않았잖습니까. 내가 그 자리에 참석한다면 아마 많은 사람들이 내게 안부를 묻겠죠. 안 괜찮은데 괜찮은 척은 그럭저럭 할 수 있습니다. 그런데 괜찮은데 안 괜찮은 척하기는 좀 번거로워서."

그러니까 직역하자면 아버지의 죽음을 슬퍼하는 아들을 연기하기가 싫다는 뜻이다. 에스텔라가 어이없다는 표정으로 디에고를 응시했다. 남의 시선을 살뜰히 챙기는 만큼 제게 약간의 인간미라도 보여 주면 더 바랄 게 없겠다 싶었다. 사람들은 그의 본성을 모른다는 사실이 새삼스럽게 억울해졌다.

에스텔라의 가파른 표정 변화를 보며 디에고가 피식 웃었다. 그가 짐짓 무언가를 골똘히 고민하는 척하다가 말했다.

"뭐, 이럴 때 파트너가 있다면 대신 그들을 막아 줄 수도 있겠지만요.”

에스텔라의 낯에 다시 화색이 돌았다. 에스텔라가 재빨리 입을 열었다.

“그럼 아…….”

“아드리아나 양과 참석하라는 말 같지도 않은 소리를 하려는 건 아니겠죠, 설마.”

디에고가 만만찮게 빠른 속도로 그런 에스텔라의 말을 잘랐다. 에스텔라는 입을 다물고는 불만스럽게 눈을 치떴다. 그녀가 구시렁거리듯 대답했다.

“파티장에서 짝을 찾으셔도 되잖아요.”

“그런 곳에선 보통 입장이 최고의 난관이니까요. 난 혼자 있는 거싫어합니다, 외롭게 자라서.”

찰나의 순간이었지만, 디에고는 에스텔라의 눈가가 움찔하는 걸 발견했다. 그에 따라 디에고의 입술이 보기 좋은 모양으로 휘어졌다. 디에고는 그녀의 약점을 잘 알았다. 그녀는 누군가가 조금이라도 불쌍해 보이면 도움을 주지 않고는 배겨 내질 못했다. 저렇게 티를 내주는데 이용하지 않는 게 바보다.

머뭇거리던 에스텔라가 이내 조심스럽게 물었다.

“제가…… 같이 가 드리면요?”

“지금 나한테 데이트 신청한 겁니까?”

디에고가 재밌다는 듯 받아치자 에스텔라는 피곤한 기색으로 얼굴을 쓸었다. 진저리가 난다는 표정이었다.

“하아…… 싫으면 마세요.”

“싫다고는 안 했습니다.”

디에고가 냉큼 대답했다. 더 놀리면 단단히 틀어질 기세였기 때문에 장난은 이쯤에서 끝내기로 했다. 만족스러운 표정의 디에고와 달리 에스텔라는 기분이 싱숭생숭했다. 아드리아나의 부탁은 들어줄 수 있게 됐는데 대신 귀찮은 일을 떠맡고 말았다.

에스텔라의 애매한 표정을 들여다보던 디에고가 마침 생각났다는 듯 말했다.

"아, 그런데 문제가 하나 더 있어요."

갑자기 생각난 구실인 건 맞았다. 그래도 나름의 진실함을 느꼈는지 에스텔라가 탐탁지 않은 표정을 하면서도 물어 왔다.

"또 뭔데요?"

"내가 춤을 잘 못 춥니다."

에스텔라가 무슨 해괴망측한 소리냐는 듯 디에고를 쳐다봤다. 디에고는 그대로 문가에 팔을 기댔다. 그가 심려 깊은 표정을 지어 보이며 중얼거렸다.

"사람들에게 창피당하긴 싫은데……."

디에고가 말꼬리를 늘이며 은근한 눈으로 에스텔라를 내려다보았다. 그쯤 되자 에스텔라도 디에고가 무슨 말을 하는지 못 알아들을 수가 없었다. 디에고가 에스텔라의 손끝을 붙잡아 제 쪽으로 당겼다. 에스텔라는 엉겁결에 디에고에게로 한 걸음을 내디뎠다. 한결 가까워진 거리에서 디에고가 물었다.

"이를 어쩌죠, 선생님?"

디에고의 입이 호선을 그린 것과 동시에, 그녀의 눈가가 곤란하다는 듯 일그러졌다. 디에고는 그녀의 눈 밑에 작게 접힌 주름이 꽤 귀엽다고 생각했다.

평일 오전과 오후는 이미 아이들의 수업 일정으로 차 있었기에 디에고에게 내준 건 방과 후 시간이 되었다. 무도회가 일주일가량 남은 시점이었으므로 춤 교습은 매일매일 진행하기로 결론을 내렸다. 급한 일정이었지만 당장 당일부터 그와 스텝을 맞춰 볼 수는 없었다. 에스텔라가 파트너로 참석하는 게 확정되며 디에고의 춤 실력보다도 급한 사안이 하나 생겨난 탓이었다.

바로 에스텔라의 옷차림이었다.

"무도회 일주일 전에 드레스를 준비하는 건 미스 마거릿이 유일할 겁니다."

그리 말하며 디에고가 모자 앞 챙을 들었다 내렸다. 에스텔라는 그것이 그가 차고 있는 흰 장갑이나 바로 옆에 놓인 지팡이와 꽤 멋스럽게 어우러진다고 생각했다. 머리부터 발끝까지 깔끔하게 정장을 갖춰 입은 그는 몹시 위엄 있어 보였다.

에스텔라는 의식적으로 그에게서 시선을 떼어 내 창밖을 바라보았다. 지금 타고 있는 마차는 수도로 올라오던 때 탔던 것과 승차감이 비교도 되지 않았다. 무도회장으로 향할 때 이 마차를 타고, 또 비슷하게 고급스러운 옷을 걸치게 될 것이라 생각하자 갑자기 이상한 기분이 들었다.

"그냥 기성품을 입으면 안 되나요?"

"나와 같이 등장하면 그날 걸친 모든 물건이 어디 건지 다음 날 아침이면 다 소문이 날 겁니다. 기성품이라니, 말도 안 되는 소리죠."

디에고가 그리 대답하며 얼굴에 여유작작한 미소를 떠올렸다. 확실히 디에고는 사교계에서 대단히 유명세 넘치는 인물이었다. 에스텔라가 그에게 재차 확언을 구하듯 말했다.

"이번 딱 한 번만이에요. 다른 사람이 누구냐고 물어보면 어떻게 대답해야 하는지 아시죠?"

"궁핍한 경제 사정 때문에 사교계에 데뷔하지 못한 가정 교사가 안쓰러워 나들이 한번 시켜 줬다. 맞습니까?"

디에고가 하도 많이 들어 귀에 박힌 말을 읊었다. 완벽한 암기에 에스텔라의 표정에 화색이 돌았다. 디에고가 언뜻 따분하게도 느껴지는 음성으로 말했다.

"대단히 굴욕적인 상황 설정을 자처하시네요."

"만약의 일을 방지하는 거죠. 괜히 이상한 소문이 나서 혼삿길 막히긴 싫거든요."

"가만히 내버려 두면 얼마나 더 이상한 남자를 데리고 올지 기대되긴 합니다."

디에고가 감흥 없는 투로 말했다. 에스텔라는 업무용 미소를 지으며 속으로는 디에고에게 험한 말을 내던졌다. 에스텔라는 그에게 전생에서 경험했던 연애를 털어놓은 걸 극심히 후회하고 있었다. 술자리 안주도 아니다. 에스텔라의 연애사는 디에고에게 툭 하면 심심풀이 땅콩처럼 씹히고 있었다. 디에고는 별것 아닌 말로 사람 속을 살살 긁는 재주가 있는 남자였다.

창밖을 내다보던 디에고가 손등을 유리 위에 댔다. 머지않아 마차가 느리게 멈춰 섰다. 그가 지팡이 손잡이로 창문을 두드리며 말했다.

"도착했으니 내립시다."

디에고가 문을 열고 먼저 밖으로 나섰다. 에스텔라는 잠자코 그를 따라 발판에 발을 디디려 했다. 치맛자락을 정돈하고 고개를 들자 눈앞에 내밀어진 손이 보였다. 에스텔라가 김빠진 목소리로 중얼거렸다.

"이럴 땐 참 신사 같으신데⋯⋯."

"안 잡을 겁니까?"

"다음에 할게요."

그리 말하며 에스텔라가 마차 밑으로 훌쩍 뛰어내렸다. 완벽한 착지였다. 디에고가 불만스럽게 눈썹을 들었다 내렸다. 제 손바닥을 들여다보던 디에고가 이내 팔을 거뒀다. 둘은 나란히 걸어 드레스 숍 앞까지 다다랐다. 문 앞에서 기다리고 있던 점원들이 디에고를 발견하고는 솔선해 문을 열었다.

가게 안은 조용했다. 인편을 통해 미리 예약을 잡아 둔 상태였기에 다른 손님은 아무도 없었다. 디에고와 에스텔라는 점원이 안내하는 대로 소파로 가 앉았다.

"차와 과일 주스, 물이 준비되어 있습니다. 음료는 어떤 것으로 드릴까요?"

"미스 마거릿?"

디에고가 에스텔라를 돌아보며 그녀의 의사를 물었다. 옷가게에서 차도 준다는 사실에 에스텔라는 조금 당황했으나 곧 물이라고 답했다. 다른 걸 마셨다간 되레 목이 탈 것 같았다. 디에고가 그런 에스텔라를 대신해 점원에게 말을 전했다.

"숙녀분께 물 한 잔 줘요. 난 됐습니다."

"네, 잠시만 기다리시면 디자이너 선생님께서 나오실 겁니다."

점원이 그리 말하며 사라졌다. 그가 물을 따라 오기도 전, 살짝 통통한 체구의 여인이 거의 달리기 시합이라도 할 기세로 등장했다. 이 가게의 주인이자 대표 디자이너인 마담 로라였다. 재빠르게 디에고와 에스텔라의 앞으로 와 앉은 그녀가 식은땀을 훔쳤다. 그러고는 다분히 접객에 친화된 투로 말했다.

"오래 기다리셨죠. 수선실에 있어 오셨다는 말을 이제 들었네요. 늦어서 죄송합니다."

그다지 오래 기다린 것도 아닌데 늦은 게 대단히 송구스럽다는 투였다. 에스텔라가 괜찮다는 말을 전하기 전, 디에고가 먼저 덤덤한 투로 말했다.

"주문이 많이 밀렸나 보군."

"왕실 무도회 때문에요. 소공작님께서는 어떤 게 필요하셔서 방문하셨나요?"

"왕실 무도회 때문이지. 이쪽 숙녀분이 입을 드레스가 필요해. 그에 맞는 장갑과 구두, 장신구까지 전부."

순간 로라의 얼굴이 굳었다. 그녀가 가까스로 미소를 지켜 내며 물었다.

"일주일 안에…… 말씀이시겠죠?"

"적어도 무도회가 시작하기 세 시간 전까지는 도착해 줘야겠지. 가능한가?"

"불가능해도 가능하게 해야죠. 이번 연도엔 좀 여유 있게 일하려고 사람을 더 뽑았었는데 그러길 잘했네요. 시간을 어찌 맞출 수는 있겠어요."

로라가 한숨을 내쉬며 대답했다. 그러고는 곧장 조수에게 펜대와

스케치북을 넘겨받았다. 로라가 종이 위에 유려한 선을 그어 나가며
말했다.

"피부 톤이 맑으셔서 밝은색 드레스가 잘 어울릴 것 같네요. 흰색
을 특히 우아하게 소화하실 거예요. 그날 더 돋보이고 싶다고 하시면
원색으로 진행해 봐도 괜찮겠죠. 소공작님 머리색과 같게 맞추면 어
떨까요?"

"전 흰색이 좋네요."

에스텔라가 재빠르게 대답했다. 디에고가 불쾌함을 느끼지도 못할,
그야말로 찰나의 순간에 벌어진 일이었다. 슬쩍 디에고의 눈치를 살
핀 로라가 스케치북 한 귀퉁이에 흰색이라고 적고는 마저 설명을 이
어 나갔다.

"요즘엔 이렇게 어깨를 드러내는 스타일이 유행이에요. 가슴까지
깊게 파시는 분들도 있지만 거기까진 추천드리고 싶지 않네요. 입
고 나서 신경 쓸 일이 많거든요. 아니면 아예 어깨에 큰 카라를 두
르는 것도 세련돼 보여요. 상대적으로 얼굴이 작아 보여서 많은 분
들이 선호하시지만, 사실 영애께선 원하시는 대로 고르시면 될 것
같네요."

그리 말하며 여자가 스케치북을 디에고와 에스텔라 쪽으로 뒤집어
보여 주었다. 종이 위엔 요즘 유행하는 몇 가지 네크라인이 정리되어
그려져 있었다. 에스텔라가 슬쩍 디에고의 눈치를 보았다. 디에고는
불량한 자세로 오른손에 턱을 괴고 있었다.

"직접 골라요, 미스 마거릿 마음대로."

그가 특히 '마음대로'를 강조하며 말했다. 머뭇거리던 에스텔라가
한 가지 스케치 위로 손가락을 가져갔다.

"전 이쪽이 마음에 들어요."

에스텔라가 고른 건 목 위로 켜켜이 레이스가 겹쳐진 디자인이었다. 거의 민무늬 옷만 걸치고 다니다 보니 장식이 많은 옷도 한번 도전하고 싶어졌다. 에스텔라의 손끝을 들여다본 여자가 아, 하고는 마저 설명했다.

"이건 사실 드레스 자체와 연결된 디자인이 아니라, 일종의 폴링 밴드예요. 좀 파인 흰 드레스 위에 레이스 밴드를 걸치면 꽤 멋스럽거든요."

에스텔라의 미간이 살짝 좁혀졌다. 아무래도 그림을 보는 것만으론 잘 감이 오지 않았다. 그렇다고 빈번히 만나 디자인을 상의하기엔 시간이 촉박하다. 곰곰이 생각하던 로라가 타개책을 냈다.

"느낌을 볼 수 있게 다른 드레스들을 꺼내 올게요. 한번 입어 보시고 제일 어울리는 쪽으로 결정하세요."

그리 말하며 로라가 디에고를 돌아보았다.

"준비하는 동안 장신구와 다른 소품을 먼저 보고 계시겠어요?"

"좋지, 어울릴 만한 것으로 골라 가져다주겠나?"

"예, 전 곧 돌아오겠습니다."

에스텔라는 얌전히 점원이 내주었던 물을 홀짝였다. 이런 곳에 와 본 게 처음이다 보니 아무래도 어색한 기분이 들었다. 그나마 다행인 건 그녀가 뻘쭘함을 느낄 여유조차 없이 선택지가 들이닥치고 있다는 점이다.

이번에도 머지않아 커다란 함이 그녀의 앞에 놓였다. 에스텔라의 눈동자 색을 고려한 듯, 점원이 꺼내든 것은 푸른빛의 장신구들이 대부분이었다. 백금색 줄 위에 사파이어가 세팅된 목걸이가 유독 아름다웠다. 에스텔라는 살짝 떨리는 손끝으로 그것을 매만졌다. 점원이 친절한 얼굴로 물었다.

"차 보시겠습니까?"

"네? 네."

에스텔라가 엉겁결에 대답했다. 점원이 에스텔라에게 가까이 와 목걸이를 채워 주었다. 이어 세트로 된 팔찌와 반지까지 착용했다. 조명 탓인지 반짝거리는 금속이 유난히 휘황찬란하게 느껴졌다. 디에고가 그런 에스텔라를 돌아보며 은근한 목소리로 물었다.

"마음에 듭니까?"

에스텔라가 멍하니 고개를 끄덕거렸다. 디에고가 이어 상냥하게 물었다.

"사 드릴까요?"

"네?"

에스텔라가 놀란 얼굴로 디에고를 돌아보았다. 언뜻 봐도 그녀의 봉급은 훌쩍 넘는 물건 같아 보였다. 당연히 거절해야 했으나 왠지 모르게 자꾸 입꼬리가 움찔거렸다. 부담스럽고 왜 이러나 싶으면서도 입가에 피어오르는 미소를 도무지 막을 수가 없다.

소설을 읽을 때도, 실제로 이 저택에 와서도 베르타 공작가의 경제력에 대해서는 똑같은 평가가 이어졌다. 온갖 거부가 모인 수도에서도 손에 꼽게 부유한 가문이라고 말이다. 그렇게 돈이 많다는데 이 정도 지출쯤은 디에고 입장에선 별게 아니지 않을까 싶었다. 에스텔라가 오른손으로 고뇌 어린 얼굴을 감싸며 중얼거렸다.

"난 이래서 여주인공이 아닌가 봐……."

"그건 또 무슨 소립니까."

생뚱맞은 소리에 디에고가 황당하다는 듯 물었다. 에스텔라가 한숨을 내쉬며 대답했다.

"보통 책 속에서는 여주인공들이 이런 거 다 부담스러워하며 거절하잖아요. 돈으로 마음을 살 수 없다는 듯이."

그리 말하며 에스텔라가 황홀한 눈으로 제 손에 낀 반지를 들여다보았다. 디에고는 내심 그녀가 어지간히 활자에 중독되어 있다고 생각했다. 그중에서도 특히나 로맨스 장르에. 남의 연애사는 잘 읽으면서 제 상황에는 대입하지 못한다는 게 조금 웃기는 점이긴 했다.

디에고의 속을 모르는 에스텔라가 벅찬 숨을 내쉬며 감탄했다.

"전 이런 걸 퍼다 주는 남자면 진짜 결혼할 수도 있겠는데요."

"그래요? 그럼 결혼합시다."

디에고가 곧장 받아치자 에스텔라가 재밌다는 듯 깔깔 웃음을 터트렸다. 고개를 젖히며 한참 웃던 에스텔라가 눈가에 고인 눈물을 닦아 냈다. 에스텔라가 손에서 반지를 빼내며 말했다.

"소공작님은 은근 유머 감각이 있으신 것 같아요."

"그런가요."

"네, 가끔 하는 말이 이렇게 막 웃길 때가 있거든요. 재밌으신 분이세요."

"그렇군요. 선생님께서도 꽤 여주인공 체질이십니다."

"어머, 전 소시민이라서 안 돼요."

에스텔라가 그리 말하며 팔찌를 마저 벗었다. 그대로 그것을 천 위에 내려놓자 디에고가 눈을 가늘게 떴다. 탁상 위에 놓인 귀금속들을 내려다보던 그가 어딘가 마음에 들지 않는다는 투로 턱을 매만졌다. 디에고가 탁상의 왼쪽 끝부터 오른쪽 끝까지 가리키며 툭 내뱉듯이 말했다.

"여기서부터 여기까지 다 사죠."

그 말을 듣고 있던 모두가 굳었다. 이런 상황에 보다 익숙한 점원이 반 박자 뒤에 되물었다.

"지금 차 보신 것들은 착용하고 가시겠습니까?"

"아니요, 잠깐만요!"

그제야 정신을 차린 에스텔라가 중재하듯 손을 내밀었다. 에스텔라가 디에고를 향해 몸을 돌리며 심각한 얼굴로 물었다.

"아니, 소공작님. 혹시 뭐 잘못 드셨어요?"

"아직 배탈의 기미는 없습니다."

"그럼 이것들을 가져다 선물할 다른 묘령의 여인은?"

"없습니다. 오해가 없도록 분명하게 말하죠, 선생님께서 착용하실 물건입니다."

도무지 어떤 표정을 지어야 할지 알 수 없었다. 무슨 말을 내뱉어야 할지도 잘 감이 잡히지 않았다. 냉큼 받아먹기엔 부담스러웠고 거절하기엔 자신의 물욕이 턱끝까지 넘실거렸다. 에스텔라가 가까스로 되물었다.

"여기 있는 걸 다 걸치면 전 기인이라고 신문에 날 텐데요······?"

"나도 미스 마거릿을 광대로 만들 생각은 없습니다. 하루에 한 세트씩만 착용해요."

"아니요, 약속한 건 무도회 날뿐이잖아요."

"내 동생들을 가르치는 선생님이 단벌 신사여서야 제 면이 살겠습니까. 억지 같은 부탁을 들어줬으니 이 정도는 그냥 받아요."

에스텔라가 얼떨떨한 표정을 지우지 못한 채 아직 빼내지 못한 목걸이를 매만졌다. 그러고는 불쑥 황당하다는 듯 말했다.

"그거 아세요? 저 남자한테 이런 거 받아 보는 거 처음이에요."

"선생님께선 나와 처음 경험하는 게 참 많으시군요. 거절도 그렇고."

심드렁하게 대답한 디에고가 이어 얄밉게 덧붙였다.

"다른 남자와 올 땐 부디 그 수전증을 고친 후이길 바라죠."

아까 목걸이를 향해 손을 뻗을 때 살짝 몸을 떨었던 걸 지적하는 것이다. 하여간 잘한 걸 입으로 다 깎아 먹는 버릇은 여전했다. 에스텔라가 그를 향해 눈을 흘기며 대꾸했다.

"말만 좀 덜 얄밉게 하시면 훨씬 고마울 텐데요."

"아직 고맙다는 말 들을 생각 없습니다. 벌써 잊으셨나 본데 오늘은 옷을 사러 온 거라서요."

디에고가 그리 말하며 턱짓으로 오른편 문을 가리켰다. 때맞춰 마담 로라가 길고 긴 행거를 밀고 들어왔다. 그 위에는 온갖 드레스가 걸린 채였다. 로라가 가지고 온 것만 해도 많은 수였지만, 옷의 행렬은 그치지 않고 계속해서 이어졌다. 에스텔라는 이곳에서 말하는 '어울리는 스타일을 알아본다'의 의미를 뒤늦게 깨달았다. 산더미 같은 드레스의 등장에 에스텔라의 얼굴이 창백해졌다.

⚜

"역시 난 여주인공이 못 돼……."

에스텔라가 그리 말하며 파티션을 붙잡았다. 이젠 한계였다. 계속 벌리고 있던 팔이 부들거렸고 슬슬 다리도 아팠다. 그나마 다행인 점은 쭉 구두를 신고 서 있었던 건 아니라는 사실이다. 일단은 옷 디자인을 보는 게 중요하다며 마담 로라는 에스텔라가 맨발로 서 있는 것을 허했다. 처음 그 말을 들었을 땐 그냥 그런가 보다 했는데 지금 와 생각해 보면 눈물 나는 배려다 싶었다.

"아가씨, 자세를 바로 하셔야 들뜸이 없도록 끈을 맬 수 있어요."

에스텔라가 거의 파티션 위로 쓰러지려 하자 옆에 있던 점원이 부산을 떨었다. 에스텔라가 드레스를 착용하는 걸 도와주기 위해 따라 들어온 직원이었다. 에스텔라가 힘 빠진 목소리로 물었다.

"이제 몇 벌 정도 남았죠?"

"일단 지금까지 입어 보셨던 것보단 더 많습니다."

점원이 상냥한 목소리로 지옥 같은 소식을 전했다. 에스텔라는 다시 허리에 힘을 주고 바로 섰다. 처음 한두 벌을 입어 볼 땐 제법 신도 났지만 그것이 무수히 반복되자 그야말로 중노동이 따로 없었다.

에스텔라가 거쳐 온 고통을 간단히 정리하자면 이렇다. 하녀들의 도움을 받아 드레스를 입고 마담 로라의 앞으로 가 선다. 마담 로라의 지시에 따라 드레스는 괜찮은 것, 괜찮지 않은 것으로 양분되며 결정의 순간이 끝나면 에스텔라는 다시 탈의실로 돌아간다. 그리고 앞선 과정을 무수히 반복한다.

상황이 이렇다 보니 정작 어떤 드레스도 디에고에게 선보이지 못했다. 일단 왕궁 무도회에 참석하는 당초 목적부터가 디에고를 위해서였으니 그에게 맞추는 게 중요할 텐데, 정작 그의 의견을 구할 틈도 없었다.

"다 됐습니다, 아가씨."

이번 드레스는 이제 착용이 끝난 모양이었다. 에스텔라는 안쓰러운 눈으로 직원의 빨갛게 달아오른 손마디를 응시했다. 저도 고생이지만 끝없이 끈을 묶었다가 풀어야 하는 그녀들의 손이 더 걱정이었다.

에스텔라는 처음에 비해 다분히 성의 없어진 걸음으로 밖으로 향했다. 기다리고 있던 마담 로라가 그런 에스텔라를 한참 응시했다. 원체 말이 많진 않았지만 이번엔 유독 침묵이 길었다. 마담 로라가 고개를 오른편으로 기울이며 뒤편에 있던 조수에게 물었다.

"저 드레스가 신장을 몇 정도 잡고 만들었던 거더라?"

"페르난도국의 공주님께서 방문하셨을 때 영감을 받아 만드셨던 드레스라, 아마 175㎝ 정도 될 거예요."

"키가 그렇게 크지 않아도 잘 어울리네. 줄인 기장으로 다듬어서 팔아도 되겠어."

로라가 그리 말하며 에스텔라에게 다가왔다. 이전까진 보지 못했던 밝은 표정이었다.

"라인이 정말 예쁘네요. 패티 코트 없이 입는 디자인이라 맵시가 중요한데, 따로 하는 운동이라도 있으세요?"

아이들을 업고 뛰어다니는 것도 운동이라면 운동이다. 어린아이들과 어울리다 보니 확실히 보통의 영애들에 비해 운동량은 차고 넘쳤다.

에스텔라는 육아를 통해 기른 근육이라 말하는 대신 어색하게 웃기만 했다. 주름진 부분을 당겨 편 마담 로라가 흡족한 미소를 떠올렸다.

"음, 이거면 되겠네. 레일라? 화장대 앞으로 아가씨를 안내해 드려."

"화장이요?"

생각지도 못한 말에 에스텔라가 얼떨떨한 표정으로 물었다. 이후에 딱히 갈 만한 곳도 없는데 너무 본격적이지 않은가. 에스텔라가 멋쩍은 기색으로 이어 말했다.

"그렇게까지는 필요 없는데요."

"무도회장도 맨 얼굴로 나가실 거예요? 민낯으로 입어 보는 거랑은 생각보다 분위기 차이가 커요."

"음……."

딱히 반박할 말이 없다. 그리고 거절할 이유도 없었다. 생각해 보니 화장을 받기 위해선 자리에 앉아야 하지 않는가. 발바닥이 극심한 고통을 호소하던 차에 적절한 휴식을 줄 수 있겠다 싶었다.

에스텔라는 얌전히 시키는 대로 직원이 안내한 곳으로 가 앉았다. 마담 로라가 그런 에스텔라를 뒤따라왔다. 로라는 화장품이 들어 있는 서랍을 열더니 안쪽을 뒤적거리기 시작했다. 아무래도 화장까지 그녀가 직접 해 줄 모양이었다. 이 드레스 숍의 대표 격인 사람에게 이런 잔일까지 부탁해도 되는 건가. 에스텔라는 재차 당황했다.

"직접 해 주시나요?"

"내가 만든 드레스니 꾸미는 것도 제가 해야죠."

로라가 유쾌한 투로 말하고는 이어 눈을 찡긋했다.

"원래는 제가 직접 안 해요. 이건 특별 서비스."

그리 말하며 그녀가 에스텔라의 얼굴 위로 분첩을 두드리기 시작했다. 덕분에 에스텔라는 무어라 대답할 기회를 잃고 말았다. 코끝에서 향긋한 분 냄새가 느껴졌다.

에스텔라는 눈을 감은 채 제가 마지막으로 화장을 한 지가 얼마나 됐는지 헤아려 보았다. 어림짐작해도 한 달은 족히 넘었다. 세실리아가 곧잘 에스텔라의 뺨이나 입술에 손을 댔기에 몇 번 색조가 번진 이후로는 아예 잘 하지 않게 됐었다. 그게 한결 편하기도 했고.

"지금 저택엔 치장을 도울 만한 인력이 없을 것 같은데, 맞나요?"

하녀들 개개인이 어떤 재능을 가졌는지는 에스텔라가 알 수 없는 바였다. 하지만 보통 치장을 돕는 하녀들은 안주인에게 가 붙기 마련이다. 아마 저택에서 가장 손재주가 좋았던 사용인들은 안나가 인솔하고 있을 것이다. 공작 부인의 손을 탔던 인물에게 치장을 맡기기는 아무래도 찝찝했다.

에스텔라는 잠시 고민하다 고개를 끄덕였다. 로라가 그럴 줄 알았다는 듯이 말했다.

"당일엔 드레스를 들고 제가 직접 갈 거예요. 화장도 지금처럼 제가 해 드릴 거고, 장신구도 그때 한번 다시 볼게요."

"신경을 많이 써 주시네요."

"귀한 손님인데 아무렴요."

에스텔라는 이제 귀빈 대접에 익숙해졌다. 어찌 됐든 디에고의 파트너 자격으로 참석하는 것인데 꾀죄죄한 몰골을 내보이는 것도 실례일 것이다.

분칠이 끝났는지 로라는 이어 눈썹을 그리기 시작했다. 화장대 위엔 지금 입고 있는 드레스 색과 맞춘 색조들이 늘어서 있었다. 가만히 눈을 깜빡이던 에스텔라는 뒤늦게 무언가 이상하다는 걸 깨달았다. 에스텔라가 의아한 목소리로 물었다.

"그런데 화장을 한 상태로 드레스를 봐야 하는 거면, 왜 처음부터 안 하고 지금 권하시는 건가요?"

그리 말하며 에스텔라가 흘끔 로라를 올려다보았다. 그러고는 뒤늦게 로라의 입가를 물들인 장난기를 발견했다. 로라가 눈썹 위로 움직이던 손을 멈추더니 근처에 있던 의자를 끌어와 앉았다. 그녀가 상기

된 목소리로 물었다.

"남자가 얼마나 이벤트에 약한 생물인지 아세요?"

무슨 의도로 하는 말인지 알 수 없어 에스텔라는 눈만 끔뻑였다. 에스텔라가 영문 모를 표정을 짓자 로라가 고개를 틀어 거울 쪽을 넘겨보았다. 그 안엔 고운 드레스를 차려입은 여자가 어색한 얼굴로 앉아 있었다. 아직 많은 단계를 거치진 못했지만 아까 전보다는 확실히 정돈되어 보였다. 로라가 기대 어린 목소리로 말했다.

"문 안으로 들어갔던 여자가 전혀 다른 모습으로 나온다고 생각해 보세요."

에스텔라는 무의식적으로 문밖으로 걸어 나가는 제 모습을 상상했다. 때맞춰 로라가 손을 펴며 짠 하고 효과음을 냈다. 그러고는 꿈같은 목소리로 덧붙였다.

"눈과 눈이 마주치면, 그 순간 마법이 시작되는 거죠."

로라의 연애 코치엔 제법 귀여운 구석이 있었다. 만일 디에고와 에스텔라가 정말 이어지기 직전의 남녀였다면, 로라의 말대로 제법 그 럴듯한 기회가 될 수도 있었을 것이다. 문제가 있다면 그들이 그런 사이와는 거리가 멀다는 사실이겠지. 에스텔라가 곤란한 얼굴로 대답했다.

"마담 로라, 저와 소공작님은 그런 사이가 아니에요."

에스텔라의 부정에 로라의 눈이 커졌다. 에스텔라가 점잖은 투로 마저 설명했다.

"전 베르타 공작가에서 일하는 가정 교사예요. 사교계를 한 번도 경험해 본 적이 없어서 디에고 님께서 배려차 제게 선의를 베풀어 주신 거였어요. 무도회에 한번 참석해 보라고요."

그러나 로라는 에스텔라의 말에 납득하는 대신 알 만하다는 표정을 지었다. 로라가 예의 장난기 섞인 표정을 지우지 않은 채 말했다.

"순진한 말씀을 하시네요. 관심 없는 여자한테 호의를 베푸는 남자는 없어요."

마담 로라는 디에고가 에스텔라에게 장신구를 한 아름 선물했다는 사실을 이미 전해 들은 상태였다. 처음에는 친척인 줄 알았는데 그도 아닌 걸로 판명이 났다. 관심도 없는 여자한테 한 궤짝이나 되는 보석을 선물할 남자는 없다. 로라의 목소리가 한결 진지해졌다.

"지루한 공방에 파묻혀 지내다 보면 얼마나 떠도는 말소리가 많은지 아세요? 그런데도 저 냉철한 공자님이 여자를 드레스 숍에 데려왔다는 소리는, 단언컨대 단 한 번도 들어 본 적이 없어요."

에스텔라도 디에고의 주변에 여자가 없다는 사실쯤은 알았다. 그는 원체 사랑이란 감정에 관심이 없는 남자였다. 그의 심장을 녹인, 아니 녹일 여자는 에스텔라가 알기로 단 한 사람뿐이다. 에스텔라가 한사코 부정했다.

"마담 로라, 여긴 수도예요. 저 같은 시골 여자는 그분 눈에 차지도 않을걸요."

"시골 처녀는 사랑을 꿈꾸지 말란 법 있나요?"

로라가 톡 쏘듯 대꾸하고는 에스텔라의 입에 연지를 발라 주었다. 그녀는 그것으로 그치지 않고 에스텔라의 머리를 위로 틀어 올리기까지 했다. 손이 많이 가는 꾸밈은 아니었지만 머리 장식까지 꽂자 모양이 꽤 그럴듯해졌다.

"자, 다 끝났어요."

로라의 말에 에스텔라는 자리에서 일어섰다. 에스텔라가 보기에도 지금 제 모습은 꽤 괜찮아 보였다. 모처럼 마음에 드는 옷이라 벗기가 아쉽게 느껴질 정도였다. 그러나 로라는 에스텔라의 예상처럼 그녀를 다시 파티션 뒤로 안내하는 대신, 탈의실 바깥으로 끌어냈다.

"잘되면 또 드레스 사러 오세요."

마담 로라가 그리 말하며 에스텔라의 등을 밀었다. 에스텔라는 조금 휘청였다가, 천천히 밖으로 걸어 나갔다. 시키는 대로 하고 나서야 뒤늦게 상황 판단이 되었다.

'잠깐, 지금 이대로 디에고를 보러 가는 건가?'

하지만 이제 와 다시 안으로 돌아가는 것도 이상했다. 원래도 드레스를 고르면 디에고에게 보여 주려고 하지 않았나. 에스텔라는 어색한 걸음걸이로 디에고에게 다가갔다. 직원들이 있는 뒤편에서 작게 깍깍거리는 소리가 들린 것도 같았다.

디에고는 의상들이 그려진 팸플릿을 집중해서 들여다보고 있었다. 덕분에 에스텔라는 헛기침을 해 그를 불러야 했다.

"소공작님?"

에스텔라의 부름에 디에고가 고개를 들었다. 그와 눈이 마주쳤다. 딱히 할 말이 생각나지 않아 에스텔라는 그저 미소 지었다. 잘 어울린다거나, 이런 느낌으로 디자인을 하면 좋겠다거나 하는 대답이 돌아오리라 생각했는데 디에고는 한참 말이 없었다. 꼭 얼빠진 사람처럼 보일 정도였다.

"……뭐 할 말 없으세요?"

에스텔라가 묻고 나서야 디에고는 겨우 그녀에게서 눈을 떼어 냈다. 디에고가 자리에서 일어섰다. 천천히 에스텔라의 앞으로 걸어온 디에고가 이어 팔짱을 꼈다. 그가 제 입가를 문지르다가는 불쑥 입을 열었다.

"고민이 되네요."

"뭘요?"

"선생님과 함께 무도회에 참석해도 될지 모르겠어서."

"……왜요, 많이 이상해요?"

에스텔라가 그리 말하며 치마를 들췄다. 저보다 신장이 큰 사람을 위해 만들었는지 품과 길이가 큰 편이긴 했지만, 놀림을 당할 정도로 우스꽝스러운 차이는 아니라고 생각했는데.

에스텔라의 물음에 디에고는 말없이 웃기만 했다. 에스텔라가 황급히 마담 로라의 안목을 대신 변명했다.

"그래도 이거 좋은 거예요. 동방에서 온 비단을 통으로 드레이프했던데요. 치맛단을 만드는데 옷감을 몇 야드나 썼는지 모르겠어요."

디에고가 또 소리 죽여 웃었다. 결국 에스텔라의 눈이 세모꼴이 되었다. 에스텔라가 못마땅한 태도로 되물었다.

"왜 웃으세요?"

"지금 이 상황에서 재봉 방식이나 평가하고 있는 게 웃겨서요."

"옷 사러 온 건데 옷을 안 보면 뭘 보나요?"

에스텔라가 진심으로 궁금하다는 듯 물었다. 디에고는 점잖은 미소를 포기하고 결국 파안했다. 에스텔라는 그가 그리 호탕하게 웃음을 터트리는 건 처음 보았다. 에스텔라가 당황에 젖어 있는데 디에고가 즐겁다는 기색을 여실히 드러내며 말했다.

"생각보다 옷감 종류를 잘 구별하시네요. 이런 데 관심이 없으신 줄 알았는데."

확실히 평상시 옷차림만 보면 에스텔라의 착장은 무난의 극치였다.

하지만 원래 직장에서 패션쇼를 하고 다니는 사람은 없는 법 아닌가. 에스텔라가 으스대듯이 말했다.

"어느 게 좋은지는 알아요. 다 배웠으니까."

"가정 교사가 재봉사도 아닌데 그런 것도 알아야 합니까?"

"당연하죠. 그게 아니면 왜 굳이 귀족을 고용하겠어요? 권세가의 자식들을 가르치려면 이런 고급품에 대해서도 식견이 깊어야 한다고요. 뭐, 직접 걸치지 못하는 물건이라는 게 좀 슬프지만……."

에스텔라의 어깨가 풀 죽은 것처럼 내려앉았다. 그러나 이는 잠시일 뿐으로, 그녀는 곧 다시 디에고를 향해 고개를 들었다. 에스텔라가 산뜻한 어조로 디에고에게 감사를 표했다.

"인정할게요. 소공작님 덕에 그래도 기분 전환을 하네요."

디에고는 이번에도 말없이 그녀를 응시하기만 했다. 갑작스럽게 찾아든 침묵에 에스텔라가 눈알을 굴렸다.

문득 디에고가 손을 뻗어 에스텔라의 허리로 가져갔다. 다른 사람을 상정하고 만들었기에 옷은 에스텔라의 사이즈에 비해 큰 편이었다. 들떴던 옷감이 그가 누름에 따라 차분하게 내려앉았다.

천 너머로 느껴지는 선명한 온기가 당황스러웠다. 에스텔라는 그의 시선을 피해 살짝 눈을 아래로 내리깔았다. 머리 위에서 낮게 가라앉은 음성이 들려왔다.

"허리가 좀 뜨네요."

그리 말하며 디에고가 에스텔라를 집요하게 내려다보았다. 그를 보지 않고 있는데도 에스텔라는 제 얼굴로 쏟아지는 시선을 느낄 수 있었다. 디에고가 잠시 후에야 불쑥 입을 열었다.

"입술에 뭐 묻었어요."

"……화장한 거예요."

에스텔라가 그리 말하며 슬쩍 눈을 들어 올렸다. 또 제게 잘 보이려고 그랬냐거나 하는 실없는 소리를 할 줄 알았는데, 의외로 상대는 조용했다. 디에고가 앞으로 넘어온 에스텔라의 머리카락을 쓸어 넘겨 주며 나직이 말했다.

"보나 마나 마담의 소행이었겠군요."

웃음기 섞인 목소리였다. 마담 로라의 유치한 수를 들킨 것 같아 에스텔라는 제가 다 얼굴이 화끈해졌다.

그때 뒤에서 헛기침 소리가 들려왔다. 어느새 밖으로 나온 마담 로라가 그들의 뒤에 서 있었다. 그녀가 대단히 자부심이 넘치는 표정으로 물었다.

"어떠세요, 소공작님?"

디에고가 문득 정신을 차리고는 에스텔라의 허리에서 손을 떼어 냈다. 그녀에게서 떨어져 나갔음에도 손가락에 닿았던 감촉이 아직도 선연했다. 디에고는 손을 한 번 쥐었다 폈다. 그가 마담 로라를 돌아보며 여상한 음성으로 말했다.

"이것도 주문하겠어. 수선 기일은 얼마나 걸리지?"

⊶⊷

결국 저택으로 돌아가려고 나왔을 땐 마차에 이미 한 수레의 짐이 실려 있었다. 가게에 도착한 건 해가 중천에 있을 때였는데 벌써 밤이 가까웠다. 마차에 타자마자 에스텔라는 체면도 잊고 어깨를 풀었다. 마음 같아서는 신발도 벗어 던지고 싶었지만 고용주가 코앞에 있어

참은 것이었다.

에스텔라는 흘끔 건너편에 앉은 디에고를 넘겨보았다. 디에고는 이미 재어 둔 치수가 있었기에 옷감 몇 개를 몸에 대보는 것으로 끝났다. 그 말은 에스텔라가 열심히 옷을 갈아입는 동안 디에고는 할 일도 없이 시간을 죽여야 했다는 뜻이다. 몸이 뻣뻣하게 굳은 건 그쪽이어야 할 텐데 디에고는 꽤 멀쩡해 보였다.

에스텔라는 문득 디에고의 손에 들린 자그마한 상자를 발견해 냈다. 제 것은 분명 모두 짐칸에 실었을 텐데, 대체 무엇이기에 그가 직접 들고 있나 싶었다. 에스텔라가 상자를 가리키며 물었다.

"그건 뭐예요?"

디에고가 대수롭지 않게 대답하려다 말고 입가를 굳혔다. 잠깐의 침묵 후에 그가 시선을 창밖으로 비켜 냈다. 말하고 싶지 않다는 기색이 만면에 드러났다.

"……내 건 아닙니다."

"제 것도 아닌 것 같아 보이는데요."

"……."

"혹시, 아이들 건가요?"

에스텔라가 정말 설마 하는 표정으로 질문했다. 그 외에는 딱히 그가 선물을 전할 만한 사람이 없었기 때문이다. 그에게 연인이 없는 것은 익히 알고 있는 바였고 그에게 남은 가족은 세실리아와 세드릭뿐이었다.

디에고는 긍정하는 대신 작게 인상을 찌푸리기만 했다. 그것만으로도 충분한 대답이었지만.

"세상에, 정말요?"

너무도 놀라웠던 나머지 에스텔라는 제 입가를 틀어막고 말았다. 대체 뭘 준비했는지는 모르겠으나, 그가 아이들을 위해 무언가를 샀다는 사실만 해도 충분히 감격스러웠다.

기쁨을 숨길 수 없었던 에스텔라가 만면에 환한 웃음을 드러냈다. 그런 에스텔라를 넘겨보며 디에고가 어딘지 울적한 표정으로 대꾸했다.

"선생님과 있으면 꼭 갱생당하는 것 같은 기분을 지울 수가 없습니다."

"갱생이라뇨. 꼭 범죄자처럼 말씀……."

본격적인 단어 선정에 손을 내젓던 에스텔라가 멈칫했다. 생각해 보니 썩 틀린 표현도 아니란 생각이 들었다. 하지만 확실한 점은 자신이 예전처럼 디에고에게 거리낌을 느끼진 않는다는 사실이다.

에스텔라가 헛기침하며 디에고를 똑바로 응시했다. 그러고는 진심을 담아 말했다.

"소공작님은 좋은 사람이에요."

비교군을 같은 범죄를 저지른 이들로 잡는다면 디에고는 개중 가장 착한 남자다. 그리고 사실 보통의 남자들 속에서도 꽤 괜찮은 편이다. 디에고는 얼마든지 에스텔라와 아이들을 더 나쁘게 대할 수도 있었다. 에스텔라는 세실리아와 세드릭을 아꼈지만, 그 아이들이 디에고에겐 불안의 싹과 같다는 사실 정도는 알았다. 디에고는 그들에게 이미 충분히 최선을 다하고 있었다.

에스텔라의 말이 단순한 위로라고 생각한 듯 디에고가 감흥 없이 대꾸했다.

"그런 말을 듣고 싶었던 건 아닙니다."

"저도 소공작님 기분 달래려고 한 말은 아닌데요."

에스텔라의 말에 디에고가 고개를 돌려 그녀를 응시했다. 그녀의 맑은 금발이 달빛을 받아 지금만은 마치 은빛처럼 보였다. 디에고는 그녀의 푸른 눈동자가 꼭 밤의 색 같다고 생각했다.

그가 말했다.

"밤이 늦었네요. 늦게까지 시간을 뺏은 건 아닌가 모르겠습니다."

갑자스러운 화제 전환에 곧바로 적응하지 못하고 잠시간 멍하니 있던 에스텔라가 곧 아, 하고 제 오른 손가락 위를 쓸었다. 에스텔라가 가장 마음에 들어 했던 장신구 세트는 결국 그대로 착용하고 나왔다. 에스텔라가 섬세하게 세공된 사파이어 위를 문지르며 말했다.

"저야 덕분에 좋은 것들 많이 받았는데요, 뭐. 이렇게까진 안 하셨 어도 됐을 텐데……."

"내일 아침에도 수업이 있는 거 아닙니까?"

"맞아요. 들어가자마자 씻고 잠들어야죠."

에스텔라가 선선히 대답했다. 오늘의 외출은 그냥 놀러 나온 느낌 이라서 딱히 업무의 연장처럼 느껴지진 않았다. 피곤하지 않다면 거 짓말이겠지만 그냥 야근보다야 훨씬 낫다. 그런데 디에고의 생각은 조 금 달랐던 듯, 그가 에스텔라의 표정을 살피며 물었다.

"힘들진 않습니까? 가정 교사 일 말입니다."

의도를 가늠할 수가 없었다. 에스텔라는 잠시 후에야 그가 자신의 생활 전반에 대해 묻고 있음을 깨달았다. 에스텔라가 골똘히 생각하 다가는 대답했다.

"가끔 세드릭이 사고 치면 가슴이 답답하긴 해요. 하지만 둘 다 대 체로 말을 잘 들어서 딱히 엄청나게 힘든 건 없네요."

"이렇게 아이들과 부딪칠 일 없이 편히 살 수도 있었잖습니까."

"⋯⋯아버지가 파산하지 않았다면요?"

디에고가 고개를 끄덕였다. 에스텔라는 인상을 찌푸리며 뒷머리를 긁적거렸다.

"글쎄요, 전 오히려 지금 이 상황이 다행이다 싶은데⋯⋯."

직업 만족도를 논할 때 전생의 경험을 함께 고려하지 않을 수는 없었다. 현대인의 기억을 떠올린 지금, 약혼자와 결혼해 보통의 귀부인 역할을 수행해야 했다면 어땠을까. 아마 그 생활이 대단히 심심하고 무료하게 느껴졌을 터였다. 어떤 보람도 없는 하루하루가 지속됐겠지.

물론 임용시험에 합격하고 인근의 초등학교로 발령받은 후, 일하면서 좋은 일만 있었던 건 당연히 아니다. 대개는 힘들었고 가끔은 모든 걸 관두고 싶을 때도 있었다.

하지만 직접 번 돈으로 맛있는 걸 사 먹거나 여행을 갈 때 느낀 충족감은 다른 것으로 대체할 수 없었다. 제가 가르치는 아이들이 모르는 것을 알아 가며 다음 학년으로 진급할 때는 뿌듯함도 느꼈다. 생계를 책임지는 일은 고행과 같지만 동시에 사람을 움직이는 동력이 되기도 한다. 이러니저러니 해도 에스텔라는 일하는 것을 좋아했다. 지난 생에서나, 지금이나.

"소공작님은 제가 여기서 일하는 게 불쌍해 보이세요?"

"노동 계급으로 전락하고 싶어 하는 귀족은 없으니까요. 당신 같은 경우엔 꽤 그럴듯한 혼처도 있었고."

그럴듯한 혼처라. 에스텔라는 그만 픽 미소 지었다. 현대의 의식을 가지고 있는 그녀로서는 디에고의 의견을 납득할 수 없었다. 그녀가 살았던 지난 세상에선 모두가 일을 하고 살았다. 재벌이나 건물주 같은 대단한 부자들도 처리해야 할 업무라는 게 있었다. 디에고만 해도 영지 관리를 위해 종일 서류 작업에 파묻혀 지내지 않는가.

"전 제 직업에 자부심을 가지고 살아요. 귀족들은 노동을 천하게 여긴다지만, 정작 그들이 하는 투자나 서류 작업도 노동의 범주인걸요."

에스텔라가 조곤조곤한 투로 말을 이었다.

"사람은 일을 안 하면 나태해져요. 세상에 천한 일이란 없고요. 그냥 모두가 각자의 쓸모를 다하며 사는 거죠."

에스텔라를 응시하던 디에고가 조용히 입꼬리를 당겼다.

"그거 압니까?"

"뭘요?"

"미스 마거릿은 참 눈물 나게 재미없는 사람이에요."

디에고가 등받이에 머리를 기댄 채 따분하게도 느껴지는 음성으로 말했다. 가로등 빛이 창틀에 의해 가려지며 그의 눈에 그늘이 졌다. 입가에 띤 미소마저 어둠에 삼켜지자 그는 꼭 무표정해 보였다. 그가 창밖으로 시선을 돌리며 말했다.

"당신과 함께 있다 보면, 당신 같은 사람은 대체 어떻게 생겨난 걸까 자꾸 생각하게 됩니다."

"……"

"사랑만 받고 티 없이 자란 것만 같은데, 그럼 차라리 이해를 할 법도 한데 떡하니 노름빚에 앉은 아버지가 있더란 말이죠. 가계는 더없이 궁핍하고."

디에고가 그리 말하며 피식 웃었다. 확실히 에스텔라의 가정환경은 불행한 편이었다.

가난이 대문으로 들어오면 사랑은 창문으로 도망친다고 했다. 에스텔라의 어머니는 본래 온화한 성품이었으나 가세가 기울수록 차츰 신경질적으로 변했다. 결국 어떤 시점에서, 에스텔라는 결단을 내려야 했다. 고향에 남아 가족들과 함께 병들어 가든 수도로 떠나 새로운 가장이 되든 간에.

사실 이 정도로 어려운 환경에서 자라 왔으면 타인에게 베풀 인정쯤은 남아 있지 않는 게 맞았다. 지난 삶을 기억해 내고 나서, 에스텔라가 가장 놀랐던 점은 전생의 저와 지금의 제가 그다지 성격이 다르지 않다는 사실이었다. 단순히 우연의 일치라 생각하고 넘어갔었는데 디에고의 말을 듣자 감회가 달라졌다. 지금 와 생각해 보면, 자신 안에 전생의 제가 있었기 때문에 이렇게 자라날 수 있었던 게 아닌가 싶기도 했다. 충분히 많이 받았던 사랑이 이미 그녀의 안을 채우고 있었기 때문에.

그러나 에스텔라의 깨달음은 디에고에게 위로가 될 수 없을 것이다. 에스텔라는 전생을 들먹여 그의 불행을 우습게 만들 생각이 없었다. 그의 모든 고통은 오롯이 타인의 흥미에 의해 만들어지고 빚어졌다. 오직 결말까지 달려갈 갈등을 만들어 내기 위해. 그리고 아직 해피엔딩을 맞지 못한 디에고는 여전히 고통 속에서 살고 있었다.

그가 허공 어딘가에 시선을 둔 채 말했다.

"환경의 문제가 아니라면 결국 이 모든 건 나 자신의 문제가 아닌가 생각하게 되는 거죠. 좀 더 괜찮았을 나는, 어쩌면 당신처럼 살 수 있지 않았을까……."

디에고가 그리 읊조리며 쥐고 있던 상자의 뚜껑을 열었다. 그 안엔 세실리아와 잘 어울리는 보랏빛의 머리핀이 들어 있었다. 디에고의 가라앉은 기분과 달리 보석은 아름답게만 반짝였다. 그가 빤히 그것을 들여다보며 말했다.

"시간은 되돌릴 수 없는 건데도, 사람은 어리석기 때문에 지난 잘 못을 지우길 바라죠."

"……."

"이런 내가 미련해 보입니까?"

에스텔라는 천천히 고개를 내저었다. 진심이었지만 디에고는 그다지 믿지 않는 눈치였다. 아니면 진심이든 거짓이든 상관이 없었든지.

"이건 그대가 전해 줘요."

디에고가 들고 있던 상자를 에스텔라에게 내밀었다. 에스텔라가 머뭇거리다 대답했다.

"하지만 직접 전하지 않으면 의미가 없는걸요."

그의 안에서 어떠한 변화가 일어났다고 해도, 누구도 알아주지 않는다면 결국 아무것도 바뀌지 않는다. 에스텔라가 상자를 받아 들지 않자 디에고는 결국 그것을 바로 옆자리에 내려놓았다. 꼭 제 손에서 떼어 내기라도 하려는 듯한 움직임이었다. 그가 쓰게 웃으며 말했다.

"그럼 의미 없게 돼요. 나조차도 뜻을 모르는 일이니."

❦

"이고 이쁘!"

세실리아가 눈을 반짝이며 소리쳤다. 상자 안의 물건에 시선을 고정한 채였다. 보석의 영롱한 반짝임에 세실리아는 도통 눈을 떼지 못

하고 있었다.

한참 후에야 감상을 마친 세실리아가 머리핀을 꺼내 들어 제 머리 위에 꽂았다. 세실리아의 머리칼엔 이미 지난번에 받았던 것들도 양껏 끼워진 상태였다. 머리핀 세 개가 작은 머리에 주렁주렁 매달려 있는 모습은 아무래도 조금 우스꽝스러웠다. 어린애가 저러고 다닌다고 해서 딱히 심미성을 지적할 이는 없을 테지만.

고사리 같은 손으로 착용을 마친 세실리아가 종종걸음을 옮겼다. 교실 뒤편에 달린 거울을 들여다볼 요량인 듯했다. 세실리아의 손이 닿지 않는 높이에 있었던 통에 에스텔라는 직접 그것을 내려 주어야 했다. 거울을 확인한 세실리아가 제 미모에 감탄하며 재차 비명을 질렀다.

"꺄아악!"

세실리아가 진지한 얼굴로 에스텔라를 돌아보며 말했다.

"나 곤쥬님 가타."

"맞아요, 진짜 잘 어울리세요."

"내 눙색이랑 똑가타!"

"어머, 그러게요. 누가 준 건지 몰라도 정말 센스 넘치네요. 그렇죠?"

에스텔라의 맞장구에 세실리아가 신이 나서 고개를 끄덕였다. 에스텔라는 흐뭇한 얼굴로 그런 세실리아를 응시했다.

세실리아가 차고 있는 건 다름 아닌 어제 저녁 디에고가 직접 사들였던 물건이었다. 디에고는 객관적으로 안목이 좋은 편이었고 그가 고른 선물 역시 세실리아에게 제법 잘 어울렸다. 세실리아는 아예 땅바닥에 주저앉아 거울을 들여다보고 있었다. 수업이 시작하기 전에 건네면 집중을 못 할 것 같아 아예 다 끝나고 전해 주었는데 그러길 잘

했다 싶었다.

에스텔라는 세실리아의 앞에 무릎을 굽히고 앉아 눈높이를 맞췄다. 에스텔라가 슬쩍 세실리아의 눈치를 보며 말했다.

"사실 이거 디에고 님께서 주신 거예요. 나중에 뵈면 꼭 감사 인사 드려야 해요, 아셨죠?"

"띠에고가?"

세실리아가 눈을 동그랗게 뜨고는 되물었다. 선물을 의외라 여긴 건 당사자도 마찬가지였던 모양이다. 핀을 매만지던 손이 아래로 미끄러졌다. 세실리아가 어딘지 불안한 얼굴로 물었다.

"왜애……?"

그 모습이 무척 귀여워 에스텔라는 그만 웃음을 터트리고 말았다. 에스텔라가 삐죽 솟은 세실리아의 머리카락을 정리해 주며 말했다.

"왜긴 왜예요. 귀여운 동생한테 선물 하나 한 거죠. 그럴 수 있잖아요?"

"띠에고가……?"

그리 되묻는 세실리아의 목소리엔 불신이 깃들어 있었다. 여전히 의문이 가시지 않은 기색이었다. 확실히 디에고와 그다지 어울리지 않는 행동이긴 했다. 에스텔라만 해도 처음 그가 세실리아를 위한 선물을 준비했다는 걸 알았을 때 굉장히 놀라지 않았던가.

에스텔라는 제가 없는 사이 아이용 장신구를 들여다보고 있었을 디에고의 모습을 상상해 보았다. 저런 걸 준비해 놓고 가게를 나올 때까지 시치미를 떼고 있었던 걸 생각하니 좀 귀엽게 느껴지기도 했다. 정작 전해 주는 역할은 제가 맡게 되었지만.

에스텔라는 목소리를 낮추며 세실리아에게 주의를 주었다.

“네, 근데 작은 도련님껜 비밀로 하셔야 돼요. 알겠죠?”

“뭘 비밀로 하는데?”

에스텔라의 심장이 덜컹 내려앉았다. 문틈 사이로 섬뜩한 보랏빛 눈이 세실리아와 에스텔라를 들여다보고 있었다. 에스텔라는 깜짝 놀라 그대로 바닥에 엉덩방아를 찧고 말았다. 세드릭이 음산한 목소리로 재차 물었다.

“뭐가 비밀인데……?”

“도…… 도, 도, 도련님?”

세드릭이 문을 열고는 안으로 걸어 들어왔다. 차츰 에스텔라에게 가까워지는 모습은 공포에 가까웠다.

에스텔라는 황급히 머리를 굴렸지만 딱히 둘러댈 말이 없었다. 무엇보다 세드릭의 시선은 이미 세실리아의 머리 위로 가 있었다. 낯선 물건을 발견한 세드릭이 인상을 찡그렸다.

“저게 뭐야?”

에스텔라는 간절한 눈빛으로 세실리아를 응시했다. 그러나 눈치껏 굴기에 세실리아는 너무도 어렸다. 세실리아가 해맑은 미소를 지으며 대답했다.

“띠에고가 줘써!”

“뭐?”

세드릭의 눈이 커졌다. 세실리아에게서 시선을 거둔 세드릭이 이번엔 에스텔라 쪽을 돌아보았다. 정말인지 아닌지 판별이라도 해 달라는 기색이었다.

에스텔라는 세드릭의 시선을 피해 슬그머니 자리에서 일어섰다. 디에고가 준비한 선물에 단 한 가지 문제점이 있다면 바로 아이는 둘인데 받을 사람은 하나였다는 점이다. 그렇다. 디에고가 사 온 건 오직 세실리아의 몫뿐이었다.

세드릭이 서운해할 것을 염려해 몰래 전해 주려고 했는데 이렇게 들통이 날 줄이야. 제 수업만 끝나면 신이 나서 연무장으로 달려 나가던 녀석이 무슨 바람이 불어 돌아왔는지 모를 일이었다.

"정말 형이 준 거 맞아?"

세드릭이 추궁하는 투로 물었다. 동심을 파괴하고 싶지 않았으므로 에스텔라는 말없이 눈을 피했다. 그러나 세드릭은 눈앞의 광경에서 더 많은 걸 발견해 냈다. 세드릭이 미간을 좁히며 말했다.

"그것도 못 보던 건데."

세드릭의 시선은 에스텔라의 목걸이를 향해 있었다. 그야말로 매의 눈이었다.

에스텔라는 당황하여 그만 제 목 근처를 손으로 덮었다. 손바닥 아래에서 찬 금속의 감촉이 느껴졌다. 따로 빼 두기가 귀찮아 계속 착용하고 있었던 물건이다. 오늘 아침 거울로 보긴 했지만 대수롭지 않게 여기고 출근했었는데 이런 곤경을 마주할 줄은 몰랐다.

에스텔라가 은근슬쩍 다른 곳을 보며 말했다.

"월급 받은 기념으로 제가 샀어요."

에스텔라의 성의 없는 거짓말에 세드릭은 속아 넘어가지 않았다. 세드릭이 발을 구르며 소리쳤다.

"거짓말, 선생님은 가난하잖아!"

사회적 약자를 향한 배려라고는 모르는 부잣집 도련님 같으니…….

억지웃음을 짓고 있는 에스텔라의 입가에 경련이 일어났다. 확실히 제 돈 주고는 못 살 물건이기에 더 찔렸다. 그러나 디에고와의 남모를 커넥션을 곧이 고해바칠 수도 없는 노릇이었다. 에스텔라는 그냥 뻔뻔하게 우기기로 했다.

"가짜예요."

"거짓말하지 마! 딱 봐도 엄청 비싸 보여!"

부잣집 도련님은 역시 안목마저 좋았다. 아무래도 더 자세하게 살펴볼 기회를 주면 안 되겠다는 생각이 들었다. 에스텔라는 목걸이를 주섬주섬 옷 밑으로 쑤셔 넣었다.

"정말 가짜라니까요, 제가 무슨 돈이 있어서 이런 걸 사요."

"형이 줬겠지."

"……아닌데요?"

다분히 정답에 근접한 대답에 에스텔라가 멈칫했다. 에스텔라의 부정에 세드릭은 코웃음만 쳤다.

"그럼 자세히 보여 줘 봐."

그리 말하며 세드릭이 에스텔라에게로 다가왔다. 에스텔라는 황급히 제게 달려드는 세드릭의 머리를 밀어냈다. 키가 저보다 한참 작긴 해도 손쉽게 저지할 만큼 세드릭이 약하진 않았다. 에스텔라가 안간힘을 쓰며 소리쳤다.

"아니, 제가 뭘 차고 다니든 도련님이 왜 신경을 쓰세요? 베르타 저택에서 가정 교사는 복장 규정이 자율이거든요!"

"안 찔리면 그냥 보여 주면 되잖아!"

세드릭은 아등바등 팔을 흔들며 악을 썼다. 그러나 에스텔라의 필사적인 저지로 결국 목걸이를 들여다보는 데는 실패했다. 세드릭이 씩씩거리며 제자리에 멈췄다. 에스텔라는 숨을 몰아쉬고는 두 걸음 뒤로 물러섰다.

멀어진 에스텔라를 보며 세드릭이 힘없이 어깨를 떨궜다. 세드릭이 믿을 수 없다는 목소리로 물었다.

"형이랑 결혼할 거야? 진짜로?"

에스텔라는 황당한 표정을 지었다. 이 형제들이 제게 왜 계속 결혼을 가지고 돌림 노래를 부르는지 이해할 수 없었다. 에스텔라는 그만 지끈거리는 관자놀이를 문질렀다.

"아니, 왜 자꾸 결혼 소리를 하세요? 그럴 리가 있겠어요?"

"지난번에 형이 직접 말했잖아! 선생님이랑 결혼하고 싶다고!"

"그건 소공작님이 도련님을 놀린 거라니까요."

에스텔라가 타이르듯 대답했다. 더 상대를 해 줄 힘도 없었다. 토씨 하나 안 바뀐 문답을 여러 번 반복하면 누구든 지치고야 말리라. 무엇보다 오늘 에스텔라에겐 정규 과정 외 추가 노동이 예정되어 있었다. 에스텔라는 짐짓 엄한 척 검지를 들어 보였다.

"어쨌든 이제 수업 시간은 끝났으니 선생님은 이제 퇴근이에요. 할 말이 있으면 내일 하세요. 알겠죠?"

그리 말한 에스텔라가 매정하게 뒤돌아섰다. 세드릭이 뒤따라올까 걱정되는 마음에 아예 보폭을 빨리했다. 뒤편에서 세드릭이 비통하게까지 느껴지는 음성으로 소리쳤다.

"형은 안 돼, 형은 안 된다고!"

저 브라콤 같으니.

에스텔라가 질린다는 표정으로 고개를 내저었다. 분명 제가 형의 부인으로 마음에 차지 않으니 저러는 것일 터다. 저와 디에고가 결혼하는 말도 안 되는 일은 벌어지지 않을 테니 쓸모없는 걱정은 접어 두면 좋겠는데. 눈치가 빠르다고 해도 역시 애는 애였다. 당사자도 감히 꿈꾸지 않는 신데렐라 스토리를 점치고 있는 걸 보면 말이었다.

"에스텔라아!"

복도를 돌자 세드릭의 외침이 멀어졌다. 에스텔라는 그제야 걸음을 늦추고는 1층으로 내려가는 계단을 밟았다. 이제는 디에고를 만나러 갈 시간이었다. 디에고의 춤 실력이 어느 정도의 수준인지 모르다 보니 마음이 급했다. 설마 아무것도 모르겠나 싶긴 했지만, 오죽했으면 제게 도움을 청했을까 하는 마음도 있었다.

에스텔라는 서둘러 1층의 중앙홀로 들어섰다. 베르타 공작가에서 모임을 주최할 때 이용하는 공간이었다. 현실감을 더하기 위해 연습은 실제 파티홀에서 진행해 보기로 했다. 약속 장소에 거의 다 도달했을 즈음, 에스텔라는 천천히 걸음을 멈춰 세웠다. 계단의 끝에서 디에고를 발견한 탓이었다.

디에고는 난간에 아슬아슬하게 기대어 서 있었다. 인기척을 들었는지 그가 에스텔라에게로 고개를 돌렸다. 꼭 에스텔라를 기다리고 있었던 것처럼.

눈이 마주치자마자 그가 허리를 세웠다. 에스텔라가 의외라는 목소리로 물었다.

"먼저 와 계셨네요?"

에스텔라가 마저 계단을 밟아 내려갔다. 디에고가 그런 에스텔라에게로 손을 뻗었다. 꼭 에스코트라도 하는 듯한 모양이었다.

"……뭐 하시는 거예요?"

"연습도 실전처럼 해야죠."

디에고가 제 손을 잡으라는 듯 고개를 까딱였다. 에스텔라는 마지못해 그와 손을 겹쳤다. 디에고나 에스텔라나 장갑을 끼지 않고 있었기 때문에 단단한 손마디가 그대로 느껴졌다. 에스텔라는 내색하지 않고 바닥으로 내려섰다. 에스텔라가 눈썹을 들어 올리며 말했다.

"시간 외 수당은 톡톡히 받을 거예요."

"아예 저희 집 창고를 거덜 내 보시죠."

디에고가 그녀를 놀리듯 받아쳤다. 그와 어울리며 에스텔라는 이럴 때 대응으로 적절한 몇 가지 매뉴얼을 얻었다. 개중 가장 효과적인 건 바로 무시였다. 에스텔라는 디에고에게 대꾸하는 대신 곧바로 그와 마주 보고 섰다.

"오늘은 기본 스텝만 익히려고 반주자를 구하진 않았어요. 오늘만 반주 없이 하고, 내일부터는 음악에 맞춰 보는 걸로 할게요."

"그럼 오늘은 단둘이라는 소리군요."

사실이 맞긴 한데 굳이 강조를 하니 좀 의미심장하게 들렸다. 그와 대화를 하다 보면 자꾸 화제가 다른 데로 튀는 느낌을 지울 수가 없다. 에스텔라가 슬쩍 미간을 좁히며 상체를 뒤로 물렸다. 에스텔라가 인내심 있게 물었다.

"뭐부터 배우고 싶으세요?"

"글쎄요. 사실 다 부족하지만……."

디에고가 고뇌 어린 음성으로 말하며 제 턱을 쓸었다. 그의 손이 멎음과 동시에 입가에 야트막한 미소가 어렸다.

"특히 블루스에 취약하죠."

"어머나, 어떡하죠. 전 블루스를 단 한 번도 춰 본 적이 없어서 가르쳐 드릴 수도 없는데요."

에스텔라가 기권이란 듯 양손을 들어 올렸다. 그와 몸을 비비적거리고 싶은 생각은 추호도 없었다. 빠른 파업에 디에고가 고개를 숙이고는 소리 죽여 웃었다. 잠시 후에야 진정이 됐는지 그가 고개를 들었다.

"그냥 제일 기본적인 것부터 가르쳐 줘요."

"그럼 왈츠부터 할게요."

재빠르게 대답한 에스텔라가 디에고의 앞으로 가 섰다. 에스텔라가 오른손을 옆으로 뻗으며 사무적으로 말했다.

"왼쪽 손으로 제 오른손을 마주 잡으세요."

디에고가 잠자코 그녀의 손을 잡았다. 에스텔라는 문득 그와 자신이 지나치게 가깝다는 사실을 깨달았다. 디에고와 에스텔라는 고작 손 한 뼘 정도의 간격을 두고 서 있었다.

마주 잡은 손에 땀이 배어 나올 것 같았다. 에스텔라는 뒤로 물러서려다가, 의식적으로 제 다리를 붙들었다. 춤을 추려면 당연한 일인데 괜한 유난을 떠나 싶었던 탓이다. 에스텔라가 턱을 들며 마저 말했다.

"……이번엔 오른팔을 들어 제 왼팔 아래에 대 주세요. 지탱해 주듯이요."

디에고는 이번에도 그녀의 지시를 따랐다. 에스텔라는 왼손으로 디에고의 오른팔 위를 짚었다.

"왼발을 밖으로 뻗으시고, 이렇게 안쪽으로 끌듯이 당기세요. 느릿하게요."

그리 말하며 에스텔라가 시범을 보이듯 오른 다리를 안쪽으로 당겼다. 에스텔라를 지켜보던 디에고가 그녀의 움직임을 똑같이 따라

했다.

그리 어려운 동작은 아니었지만, 그의 약한 소리를 듣고 지레 겁을 먹었던 것치곤 진도가 수월했다. 이 정도면 그리 가르치기 힘든 학생은 아닌데 왜 춤이 약점이란 듯이 말했을까. 에스텔라가 미간을 찌푸리며 물었다.

"잘하시네요?"

"여기까지는 여러 번 배워서요."

디에고가 천연덕스럽게 대답했다. 하기야 아예 사교댄스를 배우지 않았던 것도 아닐 텐데 시작하는 동작을 모르는 편이 더 이상했다.

"그래서 다음은요, 선생님?"

디에고가 에스텔라를 재촉하듯 말했다. 떠오른 의문을 지운 에스텔라가 마저 설명을 이었다.

"다음은 스텝을 밟으면 돼요. 앞으로 한 발짝, 왼쪽으로 한 발짝, 남은 발을 제자리로 하고. 다시 뒤로 한 발짝……."

디에고는 이번에도 에스텔라의 지도를 잘 따라왔다. 음악이 없었기에 에스텔라는 입으로 직접 하나둘셋 하며 박자를 세어 주었다. 스텝을 살피려 시선을 내리는데, 위에서 디에고의 나직한 음성이 들려왔다.

"선물한 목걸이를 하고 오셨네요."

에스텔라는 무심코 제 가슴팍 위를 살폈다. 아까 세드릭에게서 숨기느라 옷 안으로 넣어 두어 줄만 보이는 상태였는데 용케도 알아챘다 싶었다.

스텝을 멈춘 에스텔라가 팔을 내렸다. 그의 왈츠 동작이 생각보다 훨씬 깔끔했기 때문이다. 이미 잘하는 것에 시간을 낭비할 필요는 없어 보였다.

그 잠깐의 짬을 기회로 여기기라도 한 듯, 디에고가 에스텔라의 목으로 손을 뻗었다. 미지근한 손끝이 그녀의 목덜미에 닿았다. 디에고는 그대로 목걸이를 당겨 메달을 밖으로 빼냈다. 그가 짧게 칭찬했다.

"잘 어울리십니다."

"······감사해요."

에스텔라가 어색한 기분으로 대답했다. 디에고가 다시 그녀의 손을 잡아 왔다. 에스텔라는 얼결에 다시 그와 함께 스텝을 밟게 되었다. 에스텔라가 그를 저지하듯 말했다.

"기본 스텝은 더 안 맞춰 봐도 될 것 같은데요."

"몸풀기라고 생각해요. 사실 진짜 자신 없는 건 다음 단계거든요."

에스텔라는 반박을 꺼내는 대신 입을 다물었다. 하기야 기본 동작을 몇 분 더 맞춰 본다고 해서 뭐가 대수냐 싶었다. 디에고가 물 흐르듯 자연스럽게 대화를 이끌어 갔다.

"다른 것도 차 봤습니까?"

"아뇨, 들어가자마자 잤어요. 그런데 그 보석들, 제 방에 그냥 둬도 될까요?"

무념무상으로 대답하던 에스텔라가 문득 생각났다는 듯 물었다. 어쨌든 받았으니 자신의 물건은 맞는데 타인의 재화로 얻어서 그런지 썩 제 것처럼 느껴지진 않았다. 무엇보다 그런 고가품들을 보관하기에 에스텔라의 방은 너무 비좁고 소박했다. 저택의 사용인들을 의심하는 건 아니지만 객관적으로 누군가 슬쩍하기에 매우 좋은 환경이었다.

"선생님 물건인데 그 방이 아니면 또 어디다 두겠습니까."

"너무 비싼 것들이라서요. 잘 간수할 자신이 없어서 차라리 소공작님께서 맡아 두시면 어떨까 싶은데요."

"잃어버리면 또 사면 되죠."

디에고가 담백한 어조로 대답했다. 마치 당연하게도 다음이 예정되어 있다는 듯이.

에스텔라는 그런 디에고를 잠시간 빤히 응시했다. 박자에 맞춰 움직일 때마다 이마로 넘어온 그의 머리칼이 가지런하게 흔들렸다. 골똘히 머리를 굴리던 에스텔라가 불쑥 말했다.

"세드릭이 삐졌어요."

디에고가 무슨 말이냐는 듯 에스텔라를 쳐다봤다. 에스텔라가 곧바로 설명했다.

"선물이요. 세실리아 것만 사 주셨잖아요."

"세드릭은 장신구에 별로 관심이 없어 보이던데요. 좋아하는 걸 사 줘야 의미가 있죠."

"다른 걸 선물하실 생각이 있긴 하셨어요?"

"흠, 지금 떠올렸으면 어쨌든 된 것 아닐까요?"

디에고의 대답에 에스텔라가 어이없다는 듯 헛웃음을 지었다. 샐쭉한 눈으로 디에고를 응시하던 에스텔라가 휙 스텝을 틀었다. 갑작스러운 변화에 디에고는 당황한 듯했으나 그녀의 움직임을 제법 잘 따라왔다. 에스텔라가 빠르게 말했다.

"여기서 하나둘 하면 도세요."

이번에도 디에고는 타이밍 맞게 뒤돌았다. 일부러 기교를 죽인 듯 특별해 보이진 않았으나 몸에 익은 동작 특유의 노련함이 느껴졌다.

에스텔라는 바보가 아니었고 따라서 디에고가 제게 거짓말을 하고 있다는 사실을 어렵지 않게 알아차렸다. 적어도 디에고는 춤으로 창피당할까 걱정할 솜씨의 소유자는 아니었다. 의문이 있다면 그가 왜 기본 교육조차 받지 못한 척 저를 골려 먹고 있느냐는 점이다.

에스텔라가 눈을 가늘게 뜨며 말했다.

"너무 잘 추시는데요."

"……그럴 리가요."

물론 에스텔라는 디에고의 성의 없는 부정에 넘어가 줄 생각이 없었다. 왜 아까부터 계속 기초 스텝만 고수하나 했더니 실력이 드러날까 봐 그랬던 듯했다. 에스텔라가 유쾌하지 않은 음성으로 물었다.

"이건 제게 야근을 시키려는 목적이신가요?"

"사용인들이 쉬는 꼴을 못 볼 정도로 내가 악독한 고용주는 아닙니다."

디에고가 곤란하다는 듯 대답했다. 수작이 들통났음을 인지한 듯 그의 움직임이 한결 더 유연해졌다. 에스텔라는 그만 한숨을 내쉬었다. 일정 외의 특별 수업이 더 길어지지 않은 건 다행인데 거짓말을 한 상대는 아무래도 좀 괘씸했다.

디에고가 때마침 허리를 붙잡은 손을 놓으며 오른팔을 위로 들었다. 에스텔라가 한 바퀴를 돌자 디에고가 다시 그녀의 허리에 팔을 둘렀다. 디에고의 리드로 에스텔라는 생각지 못하게 상체를 뒤로 젖히고 말았다. 아래로 떨어질 것만 같은 부유감에 놀란 것도 잠시, 에스텔라는 중심을 잡기 위해 디에고의 팔을 움켜쥐었다. 손아래에서 느껴지는 근육은 이미 긴장으로 바짝 당겨져 있었다.

에스텔라가 매서운 눈으로 디에고를 올려다보며 말했다.

"이만 일으켜 주시죠."

디에고의 입술엔 여유로운 미소가 걸려 있었다. 그가 나른한 음성으로 말했다.

"싫은데요."

"지금 거짓말했다고 자수하고 계신 건 아시죠?"

"기회를 놓치지 않는 게 또 사업 비결이라."

그리 말하면서도 디에고는 순순히 에스텔라를 위로 끌어올렸다. 에스텔라는 포기의 한숨을 내쉬었다. 어차피 그의 파트너로 참석할 것이라면 한 번은 춤을 맞춰 봐야 하긴 했다. 에스텔라는 적어도 상대가 무도회장에서 제 발을 밟을 일은 없다는 사실에 만족하기로 했다.

에스텔라를 일으켜 준 디에고가 그대로 순순히 떨어져 나갔다. 마치 연극이 끝났으니 이만 퇴장하겠다는 듯한 태도였다. 디에고가 항복이라고 말하는 것처럼 두 손을 들어 올렸다.

"놀려서 미안해요."

"……지금 사과하신 거예요?"

에스텔라가 의외란 듯 디에고를 응시했다. 설마하니 그가 잘못을 인정할 줄은 몰랐던 탓이다. 디에고가 순순히 마저 해명했다.

"그날 찌르면 찌르는 대로 반응하는 게 재밌어서 장난친 거였어요. 재미로 그런 게 맞으니 변명할 말도 없군요."

그리 말하며 그가 눈을 들어 흘긋 에스텔라를 응시했다. 에스텔라는 딱히 이렇다 할 반응이 없었다. 웃고 있진 않았지만 그렇다고 인상을 구기고 있지도 않다. 도무지 짐작할 수가 없는 반응이었다. 디에고가 검지를 들어 제 뺨을 가볍게 긁고는 물었다.

"화 안 낼 겁니까?"

에스텔라가 한숨을 내쉬며 픽 웃었다. 도무지 미워하려야 미워할 수 없는 사람이라는 생각이 든 탓이었다. 저런 미남자가 눈치를 보며 사과하는데 끝까지 제 분노를 관철할 여자는 없을 것이다. 애초에 자신은 그다지 화가 나지도 않았다. 보통의 학부형들과 달리, 에스텔라는 디에고와 만나 이야기를 나누는 게 그다지 싫지 않았다. 그건 이 우스운 춤 교습 역시도 마찬가지였다.

에스텔라가 눈에서 힘을 풀며 말했다.

"춤 정도는 맞춰 드릴 수도 있죠. 뭐, 어쨌든 추가 수당도 준다고 하셨고."

"미안하다는 말 진심이니까 뭐라도 부탁해 봐요. 할 수 있는 선에서 들어줄 테니."

"그럼 아드리아나 양과……."

"이런 일로 결혼 같은 중대사를 결정지으려는 건 너무 도둑놈 심보 아닙니까?"

디에고가 황당하다는 듯 되물었다. 그에 에스텔라가 웃음을 터트렸다. 저로서도 장난으로 한 말이긴 했다.

부탁이라. 아무리 생각해 봐도 마땅한 것이 떠오르지 않았다. 디에고의 말마따나 고작 이런 일로 아드리아나와의 결혼을 중매 설 수는 없지 않은가. 지금의 에스텔라에겐 아드리아나가 안정을 찾는 것 외엔 다른 목적이랄 게 없었다. 아드리아나의 부탁대로 디에고를 왕궁 무도회로 보내는 것엔 이미 성공했고 말이다.

"없어요, 그런 거. 세드릭한테 아까 약속한 선물이나 전해 주세요."

"고작 그거면 됩니까?"

"소공작님."

에스텔라가 담백하게 디에고를 불렀다. 디에고가 주머니에 손을 넣은 채 그런 그녀를 느긋이 마주 보았다. 숨을 한 번 느리게 들이켠 에스텔라가 목에 힘을 주어 말했다.

"아까 전해 주신 선물을 드렸을 때, 세실리아 아가씨가 아주 좋아하셨어요."

"……"

"그냥 그 말씀을 드리고 싶었어요."

디에고가 무표정한 얼굴로 에스텔라를 바라보았다. 잠시 뒤, 그에게서 허탈한 웃음이 흘러나왔다.

"미스 마거릿은 정말…… 아이 생각만 하는군요."

에스텔라는 말똥말똥 눈만 깜빡였다. 가정 교사가 아이 교육과 관련하여 참견하는 것이 무어 이상한 일이라고 저러는지 모를 일이었다.

웃음 짓던 입가를 추스른 디에고가 전보다 한결 누그러진 태도로 에스텔라를 향해 손을 뻗었다. 그러고는 꼭 연극배우 같은 투로 그녀에게 춤을 권했다.

"한 곡 더 추시겠습니까?"

에스텔라가 그에게로 손을 뻗다 말고 멈칫했다. 미친 척 그의 장단을 맞춰 주기엔 하나 모자라는 게 있었다.

"음악도 없는데요?"

"까짓 허밍으로 불러 드리죠."

디에고가 유쾌한 어조로 받아쳤다. 에스텔라는 순순히 그의 손바닥 위에 제 손끝을 얹었다. 어느새 그와 손을 잡는 것 정도는 익숙해져 아무렇지도 않았다. 그가 에스텔라의 허리를 제 쪽으로 당겨 안았다. 순간 코끝을 부딪칠 뻔할 정도로 둘 사이가 가까워졌다.

에스텔라는 몸을 뒤로 빼는 대신 그저 그를 올려다보았다. 언제 그와 이렇게 스스럼없는 사이가 되었는지 모를 일이라고, 에스텔라는 생각했다.

"둘이 뭐 해……?"

멀리서 들려온 목소리에 디에고와 에스텔라가 동시에 고개를 돌렸다. 홀은 천장이 높았고 상대방의 목소리를 효과적으로 울려 주었다. 덕분에 에스텔라는 아까 느꼈던 공포를 다시 떠올려야 했다. 호러 영화를 연상시켰던 세드릭의 등장이 이번에도 똑같이 반복되었다.

세드릭은 계단 중간쯤에 멈춰서 경악한 얼굴로 그들을 지켜보고 있었다. 디에고와 에스텔라 모두 침묵을 지키자 세드릭이 더욱 언성을 높였다.

"두 사람 지금 거기서 뭐 하냐고!"

보다 못한 에스텔라가 앞으로 나섰다. 대체 뭘 해명해야 하는지는 알 수 없었지만 에스텔라는 꼭 오해를 풀어야 할 것 같은 기분에 사로잡혔다. 에스텔라가 다급히 말했다.

"오해 마세요. 소공작님께서 춤을 잘 못 추신다고 하셔서 제가 가르쳐 드리기로 한 거예요."

상대방이 했던 거짓말을 제 입으로 다시 내뱉는 건 상당히 양심에 찔리는 일이었다. 하지만 그 외에 더 이 상황을 적절히 설명할 수 있는 말이 없었다. 그러나 세드릭은 디에고의 가족이었고, 어쨌든 이 저택에 들어온 지 두 달밖에 안 된 에스텔라보다는 제 형을 잘 알았다. 그러니까 디에고가 춤 교습이 따로 필요하지 않을 만큼 사교댄스에 통달했다는 사실 정도는 이미 인지하고 있었다는 뜻이다.

세드릭은 마치 엄청난 음모자를 보는 듯한 눈빛으로 디에고를 돌아보았다. 마치 디에고가 세실리아에게 봄꽃을 뜯어냈을 때와 같은 반응이었다. 세드릭이 배신감에 물든 얼굴로 소리쳤다.

"선생님은…… 속고 있어!"

디에고는 말없이 어깨만 으쓱여 보였다. 어차피 에스텔라에겐 다 들통이 난 후였으므로 더 잃을 건 없었다. 당연히도 춤을 방해받은 상황은 전혀 달갑지 않았지만.

세드릭이 소란을 피우고 있는데도 주변에서 들려오는 발소리는 없었다. 사용인들에게 방해받지 않기 위해 근처에 오지 말라 언질을 넣었던 게, 오히려 아이들의 접근을 허하는 결과를 낳고 만 모양이었다.

디에고는 피곤한 얼굴로 계단 위편을 올려다보았다. 세드릭을 뒤따라온 듯 세실리아가 꼭대기에서 빼꼼 얼굴을 내밀었다. 둘의 이야기를 훔쳐 들은 건 마찬가지인 모양이었지만 반응은 제 오라비와 조금 남달랐다. 세실리아가 상기된 얼굴로 소리쳤다.

"나도 춤 배울 그야!"

그야말로 난장판이었다.

리오넬은 지루한 낯으로 손목에 감긴 시계를 내려다보았다. 시간은 벌써 자정에 가까워지고 있었다. 분명 아브릴 백작 부인이 이른 저녁에 왕의 침실로 들었다고 전해 들었는데 당사자는 도통 나타날 기미가 없었다.

리오넬은 카밀라가 입궁한 후로 며칠이 지났는지 다시금 셈해 보았다. 결과는 이번에도 같았다. 정확히 일곱 손가락이 꼽혔다. 그건 곧 카밀라가 자정이 지나기 전에 반드시 퇴궐해야 한다는 뜻이기도 했다. 왕족이 아닌 귀족들은 특별한 사유가 없는 이상 일주일 넘게 궁내에서 투숙할 수 없었다. 남편의 정부 문제로 골머리를 앓았던 증조할머니가 만들어 낸 법안이었다.

리오넬은 길게 하품을 하고는 먼 곳을 넘겨보았다. 리오넬이 카밀라를 기다리고 있는 장소는 본궁과 통하는 한 쪽문이었다. 카밀라가 왕의 침소에서 마차가 있는 장소까지 가려면 반드시 거쳐야 하는 통로기도 했다. 좀 더 그럴듯한 길도 있지만 그러려면 10분 정도를 더 에둘러 걸어야 한다. 타인의 시선이 없는 곳에선 아무래도 멋보다 효율을 생각하게 되기 마련이었다.

다행히 상대는 리오넬이 지치다 못해 침실로 돌아가기 전 모습을 드러냈다. 멀리서 걸어오는 카밀라를 발견한 리오넬이 반가운 마음에 휘파람을 불었다. 카밀라의 얼굴을 보고 기분이 상하지 않았던 적이 없으나 오늘만은 달랐다.

카밀라는 흘긋 리오넬을 넘겨보더니 그대로 그를 지나치려 했다. 리오넬이 발을 뻗어 그런 카밀라의 앞을 가로막았다. 문틈에 디딘 다리는 좋은 장애물이 되어 주었다. 카밀라가 고개를 돌려 리오넬을 응시했다. 그제야 그녀가 간드러진 음성을 자아내며 물었다.

"무슨 일이죠, 귀여운 왕자님?"

"이제야 알은체를 해 주시네요."

리오넬이 역시나 상냥한 투로 응대했다. 카밀라가 제 입을 가리며 작게 웃었다.

"경망스러운 휘파람 소리가 들려오기에 그만 처녀를 희롱하는 무뢰한인 줄 알았지 뭡니까. 설마 그게 왕세자 전하시리라고는 상상도 하지 못했어요."

"저런, 사실 저도 확신이 어려워 얼굴을 보고 확인하려던 참이었습니다. 야심한 밤에 사내의 방에 출입하시는 여인이 제가 알던 그 아브릴 백작 부인이 맞으신지."

아브릴 백작 부인 뒤에 서 있던 시녀가 반발하듯 고개를 들었다. 리오넬의 모욕적인 발언을 저지하려는 기색이었다. 확실히 왕세자라 할지라도 리오넬의 태도는 도를 넘어섰다.

그러나 인기척을 알아차린 카밀라가 손을 들어 시녀를 막았다. 카밀라가 물러서란 눈짓을 해 보이자 어깨를 주춤한 시녀가 곧 뒷걸음질 쳤다. 카밀라의 싸늘한 시선이 다시 리오넬에게로 돌아왔다.

"밤에 나돌아 다니면 처신을 탓하실 것이고, 대낮에 만남을 가지면 색에 미쳐 낮밤도 모른다 하실 텐데. 제가 어떤 대답을 드려야 할까요."

리오넬은 잠자코 어깨만 으쓱였다. 카밀라의 말이 틀리지 않았기 때문이다. 그는 그저 습관적으로 아버지의 정부를 할퀴었을 뿐이었다. 리오넬이 안타까운 음성을 자아내며 말했다.

"저런, 제 진심 어린 걱정을 오해하셨나 보군요. 전 단지 행동거지를 조심하실 필요가 있어 보여 드린 말씀입니다."

"그 조언은 어린 왕자님께 돌려드리죠. 전하께서는 아직 정정하시답니다. 왕자님께서도 전하의 부름을 무시하실 수는 없으실진대, 저라고 별수가 있겠습니까?"

카밀라가 당당하게 대답했다. 욕할 거면 제 아비에게 하란 소리다. 평소의 리오넬이라면 그녀의 기분을 망쳤단 사실에 만족하고 이쯤에서 물러섰을 것이다. 하지만 지금의 그에겐 더 꺼낼 패가 남아 있었다.

"제가 언제 아버지를 말씀드렸다 하였습니까?"

리오넬의 웃음기 섞인 말에 카밀라의 표정이 굳었다. 리오넬은 그녀가 이 상황에 대해 계산을 마칠 시간을 주지 않을 생각이었다. 그가 곧장 이어 물었다.

"델메르 대신관은 요즘 잘 지내고 계십니까?"

카밀라의 눈가가 미세하게 움찔했다. 그녀는 침묵을 지킨 채 그저 리오넬을 응시하기만 했다. 이윽고 그녀가 시선을 피하듯 고개를 돌렸다.

"그걸 왜 저한테 물으시는지 잘 모르겠군요."

"아브릴 백작 부인, 피차 다 아는 사이에 멀리 돌아가지 맙시다."

리오넬이 피곤하다는 듯 한숨을 내쉬었다. 슬슬 저린 다리를 바로 세우고는 카밀라를 마주하고 섰다. 리오넬은 팔짱을 낀 채 긴장이 역력한 카밀라의 얼굴을 들여다보았다. 이미 뒷조사야 마친 상태였지만 새삼 어이가 없었다. 당당하지도 못할 거면서 무슨 용기로 이런 일을 벌인 건지 알 수가 없다. 리오넬이 아연한 음성으로 중얼거렸다.

"설마 간 크게 아버지를 두고 그 앙숙을 만나실 줄이야……."

"아까부터 대체 무슨 말씀을 하시는 건지 모르겠습니다. 곧 퇴궐할 시간이니 이만 비켜 주세요."

"궐 밖으로 나가 그대로 평생 돌아오고 싶지 않으면 그렇게 해요."

리오넬이 싸늘한 목소리로 대꾸했다. 말만으로 그치지 않고 아예 옆으로 비켜서기까지 한다.

길을 터 줬음에도 불구하고 카밀라는 좀처럼 발걸음을 떼지 못했다. 리오넬이 진심이라는 것을 그녀도 알아챈 모양이었다. 단순한 의심만으로 말을 꺼낸 것이 아니라는 사실도.

리오넬이 이를 증명하듯 주머니에 찔러 넣었던 편지를 하나 꺼내 들었다. 그가 삐뚜름하게 웃으며 물었다.

"이런 심부름을 시킬 아랫사람은 좀 더 엄선해서 구하시는 게 좋지 않겠습니까?"

카밀라가 느리게 흔들리는 편지 봉투에 시선을 고정했다. 제가 직접 적어 부쳤던 연서였다. 제 이름을 적진 않았지만 왕궁이란 필체만으로 사람을 알아보는 집요한 족속들이 사는 곳이다.

카밀라의 본심을 가렸던 가면이 지워졌다. 그녀가 황급히 손을 뻗어 편지를 채 가려고 했다. 당장 그것을 구겨 입안에 삼키기라도 할 기세였다.

"내놔요!"

신장 차가 컸기에 리오넬은 손을 높이 들어 보이는 것만으로 철저한 방어에 성공했다. 리오넬이 재미있다는 듯한 목소리로 말했다.

"솔직히 부인께서 사내놈들 몇과 붙어먹든 내 알 바는 아닙니다. 난 정조란 것에 그리 집착하는 성격은 아니라서요. 하지만 내 아버지는 옛날 분이라 좀 다르실 것 같지요?"

아무리 달려들어도 소용없음을 깨달은 카밀라가 제자리에 멈춰 섰다. 그녀가 주먹 쥔 손에 힘을 주며 소리쳤다.

"이 파렴치한 같으니! 대체 나한테 왜 이래. 이젠 날 가만 내버려 둘 때도 됐잖아!"

카밀라는 진심으로 억울하다는 표정이었다. 리오넬이 길게 한숨을 내쉬었다.

"솔직히 부인의 외도를 약점 잡아야 하는 내 기분도 그리 유쾌하진 않습니다. 하지만 당신이 베갯머리송사로 내 친구를 괴롭히고 있는 이상, 이 문제를 해결하려면 나도 똑같이 유치해지는 수밖에 더 있겠습니까?"

리오넬의 말에 카밀라가 조용해졌다. 거래할 건수가 남아 있다고 판단한 모양이었다. 리오넬을 노려보는 눈은 여전했지만 조금 전에 비해서는 확실히 진정된 모습이었다.

"베르타 가문의 장자를 말씀하시는 거군요."

카밀라가 한결 차분해진 음성으로 말했다. 반말을 지껄이던 입이 예의부터 다시 장착했다. 그에 리오넬이 입꼬리를 끌어올렸다.

"공작 부인 안나와의 눈부신 우정은 그동안 잘 봤습니다. 한데, 당신에겐 그것보다 중요하게 여기는 것들이 있잖아요?"

카밀라가 불편한 기색으로 리오넬의 시선을 피했다. 그러나 베르타 공작 부인을 돕겠답시고 제 기반을 모두 내던질 수도 없는 노릇이었다.

지금 카밀라를 지탱하는 모든 것은 왕에게서 나왔다. 충동적으로 불장난을 벌이긴 했어도 지금의 여유로운 생활을 내버릴 정도는 아니었다. 애초에 카밀라에게 있어 델메르 대신관의 존재감은 쏠쏠한 부수입 정도에 불과했다. 금방 계산을 마친 카밀라에게서 작은 되물음이 새어 나왔다.

"그쪽의 소공작님께서 작위를 받을 수 있도록 하면 되나요?"

"물론입니다. 모든 것은 순리대로."

만족스러운 대답을 얻은 리오넬이 팔을 내려 카밀라에게 편지를 내밀었다. 카밀라가 의심스러운 눈으로 리오넬을 넘겨보다가는 그것을 받아 들었다. 아직 부탁을 제대로 이행하지도 않았는데 뭘 믿고 증거를 넘겨주나 싶었다.

그러나 카밀라의 의문은 오래가지 못했다. 리오넬이 곧장 섬뜩한 말을 덧붙여 왔으니까.

"답신은 제가 갖고 있겠습니다. 로맨틱하게요."

카밀라의 고개가 번뜩 들렸다. 카밀라의 얼굴이 창백하게 변해 갔다. 그녀가 질렸다는 목소리로 물었다.

"그걸 대가로는 내가 또 뭘 해야 하죠?"

"흠, 그건 차차 생각해 보죠."

리오넬이 여유롭게 대답했다. 어차피 약점이 잡힌 건 제가 아니었다. 카밀라는 분한 듯 이를 앙다물었으나, 더 그에게 비난을 쏟아 내진 못했다. 다만 신경질적으로 편지를 접어 제 품 안에 넣을 뿐이었다. 그녀가 연지가 짙게 발린 입술을 불만스럽게 비죽였다.

"깜찍한 재롱에 뒤통수가 다 얼얼하군요."

"어머니 같은 분이 귀엽게 봐 주시니 저야말로 즐겁습니다."

리오넬은 피식 웃으며 대답했다. 귀엽다는 말을 듣기에 리오넬은 지나치게 장성했고 카밀라 역시 어머니 같다고 비유당할 나이는 아니었다. 카밀라와 리오넬은 고작 네 살밖에 차이가 나지 않았으니까. 실제로 한때 리오넬과 카밀라는 또래처럼 어울렸던 적도 있었다.

카밀라의 품 안에 소중히 갈무리된 증거를 보던 리오넬이 불쑥 물었다.

"고작 금품을 대가로 팔아 치우기엔 그대의 젊음이 아깝지 않습니까?"

의도를 알 수 없는 질문에 카밀라가 그를 빤히 응시했다. 리오넬이 이어 말했다.

"아버지에게 흥미가 떨어졌다면 이제 그만해요. 당신은 새 시작을 하기에 늦지 않은 나이니까."

리오넬의 말에 카밀라가 노골적인 비웃음을 떠올렸다. 그녀는 꼭 배우처럼 과장스럽게 대답했다.

"이봐요, 왕자님. 대신관님은 그저 재미로 만났던 겁니다."

"침대 위에서 둘 사이에 어떤 말이 오갔는지에 따라 당신이 재미만 봤는지, 아니면 정보까지 캐냈는지가 갈리겠지요."

"우린 사랑을 속삭인 죄밖에는 없어요."

"또 모르지, 당신은 배신을 즐기는 여자니까."

그리 말하며 리오넬이 성큼 카밀라의 앞으로 다가갔다. 그의 얼굴이 아슬아슬하게 가까워졌다. 마음만 먹으면 동의 없이 입이라도 맞출 수 있는 거리였다. 실제로 과시라도 하듯, 리오넬이 그대로 카밀라에게로 거리를 좁혔다. 카밀라가 검지를 들어 그런 리오넬의 입술을 막았다. 그녀가 경고하듯 말했다.

"왕자님, 저는 머리에 피도 안 마른 남자한텐 관심이 없답니다."

"아하, 그래서 머리에 피도 안 도는 늙은이들만 골라 만나십니까?"

"젊은 혈기에 아랫도리만 세우는 쭉정이들보단 낫지요. 사람은 시간이 지날수록 많은 걸 축적하기 마련이거든요."

"보통 비위로는 못할 짓 같아 보입니다만."

"이래 봬도 노동량에 비해 얻는 게 많답니다."

카밀라가 여유롭게 생긋 웃어 보였다. 그녀도 제 쓸모에 대해서는 적절히 인지하고 있었다.

리오넬에게 카밀라를 내쫓아야만 할 극렬한 이유는 없다. 왕의 정부는 눈에 거슬리는 존재이되 그럼에도 어느 때건 존재하는 것이니까. 그녀를 치워 봤자 왕은 어차피 다른 여자를 찾을 터였다. 사랑과 사람은 때때로 환상이 되지만, 현실의 세계에선 얼마든지 대체될 수 있었다.

리오넬은 아마 남은 답신을 왕에게 가져다 바치는 것보다 더 효율적인 사용처를 찾아낼 터였다. 그리고 어찌 됐건 그건 나중의 일이었다. 리오넬의 어깨를 밀어낸 카밀라가 문 너머로 발을 내디뎠다.

"로잘리! 이만 가자꾸나."

카밀라의 재촉에 멀리 떨어져 있던 시녀가 뒤따라 붙었다. 시녀는 꼭 리오넬을 불한당처럼 쳐다보고는 사라졌다. 제 주인만큼이나 건방진 대응이었다.

리오넬이 어이없다는 듯 헛웃음을 내뱉었다. 카밀라 같은 여자가 델메르 대신관에게라고 진심을 내보이지는 않았을 것이다. 앙숙의 여자를 뺏어 보겠다고 눈이 벌게진 남자에게서 더한 금전을 뜯어내고 싶었을 뿐일 테지. 제때 꼬리를 끊어 내지 못해 결국 이 사달이 났지만 말이었다.

돌려주지 않은 나머지 연서가 우스운 촌극에 불과하다는 사실은 리오넬이 가장 잘 알고 있었다. 카밀라는 사랑을 믿지 않는 여자였으니까. 리오넬이 뒷머리를 긁으며 발걸음을 돌렸다.

"사람이 참 징글맞다니까."

⊰⊱

"기억하시죠? 사람들한테 뭐라고 설명해야 하는지."

"궁핍한 살림살이 때문에 상경한 가정 교사의 구질구질한 인생에 연민을 느끼고 상류층 기분 한번 내 보라고 적선하듯 자선을 베풀었다. 맞습니까?"

디에고가 기다렸다는 듯 숨 한 번 흐트리지 않고 긴 문장을 읊었다. 따분하다 못해 지겨워하는 목소리였다. 에스텔라는 이쯤에서 돌다리를 두드리는 짓은 관두기로 했다. 질문이 반복될수록 그의 대답이 험악해지고 있었기 때문이다.

"좋아요, 완벽하네요."

에스텔라가 만족스럽게 고개를 끄덕였다. 그럼에도 어쩐지 초조한 기분이 밀려들어 손바닥을 드레스 자락에 닦아 냈다. 무려 두 시간이 넘게 그녀에게 공을 들였던 마담 로라가 봤다면 기함할 만한 장면이었다. 하지만 왕궁에 가까워질수록 긴장이 더해지는 건 어쩔 수 없었다. 창문에 커튼이 내려져 있어 정확히 어디쯤 왔는지 살필 수는 없었으나, 마차에 탄 지 제법 오래되었으므로 도착이 머지않았을 터였다.

에스텔라는 습관처럼 안경을 고쳐 쓰려다가 멈칫했다. 마담 로라가 무도회장에 안경을 쓰고 가는 걸 허락했을 리 없었다. 당연히도 건너편에 앉아 있던 디에고는 에스텔라의 어색한 손짓을 모두 지켜보았다. 머쓱해진 에스텔라가 핀잔하듯 물었다.

"왜 자꾸 여길 보세요?"

에스텔라도 제 말이 억지라는 사실쯤은 알았다. 마주 앉아 있는 마차에서 그녀가 아니면 또 무엇을 보고 있겠는가. 하지만 그의 시선이 과하다 싶을 만치 집요한 건 사실이었다. 디에고가 느긋하게 등받이에 등을 기댄 채 대답했다.

"꼭 다른 사람 같아 보여서요."

"그거 욕인지 칭찬일지 모를 말이네요……."

"칭찬이었습니다, 당연히."

디에고가 어이없다는 듯 해명했다. 그가 꼭 진심인 것처럼 보였기에 에스텔라는 당황했다. 확실히 그가 저를 놀리는 것 같진 않았다. 그녀도 오늘 제 모습이 꽤 봐 줄 만하다는 사실 정도는 인지하고 있었다.

남자한테 칭찬을 처음 들어 본 건 아니었지만 상대가 상대다 보니 감회가 조금 남달랐다. 어색한 기분에 에스텔라가 부산스럽게 옷을 매만졌다.

"마담 로라가 무척 신경 써 줬더라고요. 그 짧은 시간에 어떻게 이 디테일이 나왔는지 신기할 정도예요."

그리 말하며 에스텔라가 치마 밑단을 들어 보여 주었다. 원단 사이에 진주가 알알이 박혀 있었다. 사람 여럿이 달라붙어 족히 3일 밤을 꼬박 새웠을 듯한 장식이었다.

드레스 디자인은 결국 에스텔라가 처음 골랐던 대로 완성이 되었다. 반면 색은 당초 원했던 흰색과 거리가 먼 맑고 진한 파란색으로 결정했다. 마담 로라의 독단적인 결정이었지만 에스텔라가 드레스를 입고 나왔을 때 반대 의견을 내놓은 사람은 아무도 없었다. 흰 피부와 대비되는 로열블루색이 마치 한 몸처럼 잘 어울렸기 때문이다. 그 위에 흰색 레이스를 여러 겹 겹친 폴링 밴드를 걸치자 단아한 분위기마저 느껴졌다.

"한 번 입고 버리기엔 너무 아까운데 어떡하죠?"

에스텔라의 탄식에 디에고가 진심으로 궁금하다는 듯 물었다.

"벌써부터 말씀하신 역할에 이입하시는 겁니까?"

"무슨 역할이요?"

"미스 마거릿이 그리도 강조했던 궁핍한 살림살이의 시골 출신 영애 말입니다. 베르타 공작가의 상속자를 앞에 두고 그런 궁상스러운 말을 하는 건 선생님이 유일하실 겁니다."

에스텔라가 무어라 대꾸하기도 전에 마차가 멈춰 섰다. 입을 벙긋거리는 에스텔라를 두고 디에고가 먼저 밖으로 내려섰다. 방금과는 다르게 매우 신사다운 태도로 그가 손을 내밀었다. 에스텔라는 지난번처럼 제힘으로 뛰어내리고 싶은 충동을 느꼈으나, 근처의 모두가 디에고와 같은 마차를 타고 등장한 자신을 지켜보고 있었다.

에스텔라는 결국 잠자코 디에고의 손을 잡았다. 그녀가 잇새로 말했다.

"파트너의 촌스러운 행동으로 크게 창피를 당하고 싶으신 게 아니라면 자중해 주시죠."

"이왕 역할에 몰입할 거면 오늘은 그냥 즐겨요. 당신 지금 아주 예쁘니까."

그리 말하며 디에고가 미소 지었다. 에스텔라는 그만 말문이 막혔다. 한 권의 책을 통해 그의 인생을 지켜봤던 에스텔라로서도 채 다 파악하지 못했을 만큼, 디에고는 그야말로 종잡을 수 없는 남자였다. 아드리아나에게 디에고와의 결혼을 성사시키겠다고 확언하지 못한 것도 정확히 같은 이유에서였다.

에스텔라는 결국 얌전히 그를 따라 입구로 가 섰다. 도착 시간이 늦은 편이었기에 파티홀은 이미 거의 차 있었다. 많은 인파가 몰렸을 때 흘러나오는 자연스러운 소음이 느껴졌다.

디에고는 대귀족이었고 그와 그의 파트너를 오래 기다리게 할 간 큰 궁인은 없었다. 문 너머의 시종이 곧장 디에고와 에스텔라의 이름을 읊었다. 에스텔라는 안에 있는 사람들이 제 정체를 유추하느라 머릿속의 족보를 헤집고 있으리라 어렵지 않게 예상할 수 있었다. 개중 '몬티엘'이 북쪽에 박힌 소영지의 이름이었다는 사실을 알아챈 자는 없을 테지만 말이었다.

몬티엘가가 기반이었던 땅을 잃은 건 벌써 두 세대 전의 일이었다. 이전 계약을 확실히 하고 싶었던 옆 지역의 영주 때문에 이름은 진작에 바뀌었다. 팔아 치울 수 있었다면 작위조차 남아나지 않았을 것이다.

"제가 가정 교사여서 다행이에요."

"갑자기 왜 그런 생각이 들었습니까?"

"아무리 긴장했어도 예절 교육을 위해 익힌 걸음걸이는 잊는 법이 없거든요."

에스텔라가 그리 속삭이며 계단으로 내려섰다. 확실히 꼿꼿한 허리와 조금 높게 들린 턱은 예법의 정석 대로였다. 디에고가 미소 지으며 그녀에게 말을 잇길 종용했다.

"계속 말해요. 들떠 보이는 편이 좋을 테니까."

하기야 처음 왕궁 무도회에 참석한 영애라면 더없이 설레어 있을 법도 했다. 특히 주인댁 나리의 친절로 얻은 기회라면 더더욱 말이다. 골똘히 머리를 굴리던 에스텔라가 마침 생각났다는 듯이 말했다.

"소공작님, 오늘 아주 멋있으세요."

"선생님께서는 마음에도 없는 말을 참 잘하십니다."

"빈말은 아니었는데요."

디에고 역시 에스텔라처럼 광을 낸 건 마찬가지였다. 원체 잘난 남자긴 했지만 공들여 꾸미고 나니 후광까지 느껴졌다. 계단 밑에선 많은 이들이 디에고에게 말을 붙이려 눈치를 보고 있었다. 그들이 호기심 어린 눈으로 저를 살피는 걸 본 에스텔라가 걱정스러운 목소리로 물었다.

"오늘 몇 시에 들어가실 거예요?"

"정확히는 모르겠지만 아마 꽤 늦겠죠."

"세드릭이 저 없는 사이 제 위치를 캐묻는 일이 없어야 할 텐데……."

무도회 참석 때문에 오늘은 어쩔 수 없이 수업을 건너뛰어야 했다. 아프다고 변명은 해 두었으나 세드릭이 곧이 믿었을지는 알 수 없었다. 에스텔라는 부디 세드릭이 제 오늘 일정을 알아차리지 못하길 바랐다. 디에고와 함께 왕실 무도회에 참석한 걸 알았다간 난리를 칠 게 뻔했기 때문이다.

"세드릭 걱정은 뒤로 미뤄 둬요. 당장 걱정할 건 다른 거니까."

디에고가 말을 마치고는 곧장 에스텔라의 허리에 손을 감쌌다. 여러 번의 경험을 통해 에스텔라는 크게 당황하지 않을 수 있었다. 그가 이를 의도하고 춤을 가르쳐 달라 청한 건 아닌가 싶을 정도로 말이었다.

에스텔라가 자연스러운 미소를 띰과 동시에 기다리고 있던 이들이 몰려들었다. 중년의 부부와 상대적으로 젊은 한 쌍의 남녀가 함께였다. 디에고와 원래 알고 지내던 사이인 듯 그들이 안부를 물어 왔다.

"그간 안녕하셨습니까, 소공작님. 만나 뵙게 되어 영광입니다, 미스 몬티엘."

시종이 미리 이름을 읊어 준 덕에 그들은 에스텔라를 부를 적절한 호칭을 찾을 수 있었다. 그들은 디에고의 옆에 선 에스텔라의 정체가 궁금한 눈치였지만, 그보다 우선해서 주고받을 근황들이 있었다. 대표 격으로 말을 건넸던 중년의 남자가 이어 염려스러운 표정을 지어 보였다.

"늦게까지 얼굴을 비추지 않으시기에 오늘은 꼭 불참하시는 줄 알았습니다."

그런 예상을 한 이유는 명료했다. 에스텔라는 디에고가 왜 이 자리에 참석하고 싶지 않아 했는지 알 것 같은 기분이었다. 베르타 공작에 관한 이야기가 안 나오려야 안 나올 수 없는 환경이었다. 디에고는 예상보다도 더 자연스러운 응대를 내보였지만.

"사실 그러고 싶은 마음이 컸습니다. 하지만 아버지도 안 계실 때에 저라도 힘내서 빈자리를 지켜야 하지 않겠습니까."

베르타 공작의 장례 후, 디에고는 지금까지 사교계에 출입을 일절 삼가 왔다. 단순히 가문의 일을 정리하느라 바빴기 때문이지만 외부인들은 디에고가 베르타 공작의 죽음에 적지 않게 충격을 받아서라고 생각했다. 그도 그럴 것이 병사나 자연사도 아닌 타인에 의한 피살이었다. 유족들의 마음이 무거울 수밖에 없었다. 디에고는 칩거하던 유가족이 내보이기에 적절한 대응을 연기하고 있었다.

디에고가 의연한 어조로 말을 이었다.

"무뚝뚝하고 엄한 아버지셨지만 그건 가주로서의 책임감 때문이었죠. 아마 아버지께서도 제가 이 자리에 참석하길 바라셨을 겁니다.”

에스텔라는 베르타 공작을 기리는 그의 속마음이 어떨지 한번 상상해 보았다. 당연히도 썩 긍정적인 결과가 나오지 않았다.

“전하께서 어서 승계를 승인해 주셔야 베르타 공작가도 원래 궤도를 찾을 텐데 말입니다.”

상대가 작위 승계를 입에 담자 에스텔라의 확신은 더욱 짙어졌다. 디에고의 눈썹이 미세하게 들렸기 때문이다. 물론 디에고가 밖으로 불쾌함을 내비치는 일은 없었다.

“전하께서도 경황이 없으신 게 아니겠습니까. 저도 아버지의 죽음을 채 다 받아들이지 못했습니다. 저희 아버지를 오래 보아 오신 전하께서도 같은 마음이시겠지요.”

그리 능변한 디에고가 여유로운 미소를 지어 보였다.

“결국은 결론이 날 일을 굳이 재촉드리고 싶진 않군요.”

작위를 물려받을 것은 저란 사실을 공고히 하는 말이었다. 디에고가 건재함을 확인하자 관심은 다음 흥밋거리로 넘어갔다. 그 대상은 바로 에스텔라였다.

디에고와 함께 등장한 이 아름다운 여인에게 모두가 호기심을 갖고 있던 차였다. 디에고가 지금껏 여성들과 전혀 교류하지 않았던 건 아니지만 특정한 누군가를 파트너로 데려온 적은 없었다. 그건 곧 이 여인이 디에고에게 특별한 존재라는 사실을 의미했다. 에스텔라의 환심을 사기 위해 그들은 칭찬부터 내던졌다.

“그나저나 미스 몬티엘께서는 정말 아름다우십니다.”

“처음 등장하셨을 때 전 마치 요정이 걸어 들어오는 줄 알았지 뭡니까.”

"사실 전 드레스를 어느 숍에서 맞추신 건지 여쭤보고 싶어 입이 근질근질했답니다."

덕분에 에스텔라는 권력의 힘을 간접적으로 맛보았다. 옆에 디에고가 없었다면 에스텔라가 지금보다 더 아름다웠을지라도 이들이 이처럼 입에 침이 마르도록 극찬하진 않았을 것이다.

어떻게 대답해야 할지 몰라 에스텔라가 곤란을 겪을 때였다. 디에고가 에스텔라를 더욱 가까이 당기며 말했다.

"드레스는 함께 골랐습니다. 어울리는 천을 찾느라고 제가 마담 로라를 꽤 귀찮게 했죠."

디에고가 직접 의상까지 신경 썼다는 말에 관심은 한층 증폭되었다. 궁금증을 참지 못한 남자가 결국 직접적으로 소개를 요청했다.

"괜찮으시다면 이쪽 숙녀분의 소개를 부탁드려도 되겠습니까?"

네 쌍의 눈이 남김없이 에스텔라에게로 향했다. 한 끗 틈이라도 보였다간 뼈째 씹어 먹힐 기세였다. 보다 못한 에스텔라가 설명을 위해 앞으로 나섰다.

"아, 제가 말씀드릴게요. 저는 베르타 공작가의⋯⋯."

"미스 몬티엘?"

디에고가 말을 자르며 다정히 에스텔라를 불렀다. 그가 평소처럼 '미스 마거릿'이 아닌 '미스 몬티엘'로 칭한 통에 에스텔라는 약간의 어색함을 느꼈다. 덕분에 에스텔라에게서는 얼떨떨한 되물음이 새어 나왔다.

"네?"

"그러고 보니 입장 전, 인사를 나눌 은사분이 있다고 말하지 않았습니까? 이만 가 봐요."

은사라니, 그게 대체 무슨 소리인가. 이해할 수 없는 말에 에스텔라가 눈만 깜빡거렸다. 디에고가 그런 그녀의 귓가에 대고 속삭였다.

"계속 식사를 못 했잖습니까. 이쪽은 내가 맡을 테니 가서 뭐라도 들고 와요."

다른 사람은 듣지 못할 크기였다. 에스텔라의 앞에 선 이들은 디에고가 대체 무슨 말을 했을까 궁금한 눈치였다. 디에고의 말을 듣긴 했으되 제대로 이해를 하지 못한 건 사실 에스텔라도 마찬가지였다.

그러나 에스텔라는 아니라며 고사하는 대신 선선히 고개를 끄덕였다. 영문을 알 수 없는 상황이라면 디에고가 시키는 대로 하는 편이 나았다. 그녀가 디에고를 거슬러서까지 이 자리에 남아야 할 이유는 없었다. 에스텔라는 예를 갖춰 자리에 모인 이들에게 인사를 남겼다.

"실례지만 저는 선약이 있어 먼저 자리를 떠나야 할 것 같습니다. 그럼 부디 즐거운 시간 보내시길."

그리 말한 에스텔라가 무리에게서 멀어졌다. 의식적으로 떠나온 자리를 돌아보진 않았지만 뒤통수에서 사람들의 시선이 느껴졌다. 그나마 다행인 건 디에고가 남아 있어 그들이 에스텔라를 뒤쫓아 자리를 뜰 일은 없다는 점이었다.

'그나저나 날 왜 보냈지?'

에스텔라에게 뒤늦은 의문이 찾아들었다. 그러고 보니 사람들을 상대하는 게 싫다고 해 놓고 정작 모든 응대는 그가 도맡았다. 그가 무도회 참석을 고사했던 이유는 이러한 교류가 피곤해서 아니었던가.

'나중에 물어보면 답이 나오겠지.'

어차피 혼자 고민해 봤자 그의 의도를 정확히 짐작해 낼 수는 없었다. 그가 말한 대로 배나 채우고 있어야겠다는 생각이 들었다. 안 그래도 드레스를 입느라 점심을 거른 상태였다. 배를 비우기 위해 아침에도 간단하게 과일 몇 조각만 집어 먹었을 뿐이다. 설마하니 제가 팔자에도 없는 귀족 영애의 파티 전 루틴을 소화하게 될 줄은 몰랐다.

에스텔라가 핑거 푸드를 향해 걸음을 빨리할 때였다. 뒤편에서 누군가 에스텔라를 붙잡았다. 이곳에서 에스텔라를 처음 본 자라면 알리가 없는 호칭으로.

"미스 마거릿."

그러고 보니 급히 인사를 나눌 사람이 있는 건 맞았다. 디에고가 알았다면 유쾌하지 않게 여겼을 대화 상대긴 했지만.

"아드리아나 영애."

에스텔라가 반기운 목소리로 대답했다. 안 그래도 만나 봤어야 하는 상대인데 찾아갈 수고를 덜었다. 아드리아나가 에스텔라에게로 가까이 다가오며 말했다.

"오늘 정말 아름다우세요. 멀리서부터 눈에 띄더라고요."

확실히 오늘의 에스텔라는 언뜻 보아도 고급스러운 차림새를 하고 있었다. 반면 아드리아나는 후작가의 영애치곤 매우 수수한 의상이었다. 적당한 형식은 갖췄으되 도무지 사치의 기미라고는 보이지 않는다. 이는 보통 아스테즈 후작의 검소쯤으로 해석될 테지만 사정을 아는 에스텔라에겐 다른 의미로 읽혔다. 에스텔라가 내색하지 않고 말했다.

"아드리아나 양도 마찬가지예요. 이 무도회장에서 아드리아나 양만큼 빛나는 분이 또 없을 듯하네요."

빈말은 아니었다. 아드리아나는 이 소설의 여주인공이었고 그에 걸맞은 미색을 갖추고 있었다. 에스텔라의 칭찬에 아드리아나가 싱긋 웃었다.

"칭찬 고마워요. 괜찮으시면 잠깐 이야기 좀 나눌 수 있을까요?"

아드리아나와 나눌 이야기라면 디에고에 관한 것밖에 없다. 화제를 고려하면 이야기 장소는 조심스럽게 고르는 편이 나으리라. 에스텔라가 선선히 고개를 끄덕이며 말했다.

"좋아요, 테라스로 나갈까요?"

꩜

아직 파티가 초장이었기에 테라스는 한산했다. 에스텔라는 난간에 손을 대고 밖을 넘겨보았다. 과연 바깥으로는 왕실과 걸맞은 대단한 전경이 펼쳐져 있었다. 왕궁의 위엄은 홀에서도 이미 느꼈지만 진면목은 외려 넓은 야외에서 드러났다. 테라스에서 곧바로 내다볼 수 있는 후원은 그 자체로 한 폭의 그림 같았다. 베르타 공작가 같은 규모 있는 곳에서 일하지 않았더라면 더 촌스럽게 굴었을지도 모르겠다. 에스텔라가 감탄하듯 말했다.

"시간을 죽이기엔 좀 과분한 장소네요."

에스텔라와 달리 아드리아나는 긴장한 기색이 역력했다. 아드리아나는 에스텔라처럼 후원을 구경하는 대신 난간에 등을 댔다. 아드리아나가 초조한 기색으로 손을 모았다. 운명을 결정지을 순간을 눈앞에 두고 있으니 저리 굳는 것도 이상하지 않다.

아드리아나를 넘겨보며 에스텔라는 디에고가 언제쯤 이곳으로 올지 가늠했다. 디에고가 밀린 교류를 나누느라 여념이 없어 보였기 때문에 당장 그를 데려올 수는 없었다. 아드리아나가 때마침 저를 붙잡지 않았더라면 에스텔라도 같은 모양새로 이름 모를 이들에게 둘러싸이지 않았을까. 쉼 없이 오갈 문답을 생각하면 썩 부러운 인기는 아니었다.

디에고가 지나치게 바빠 보였으므로 에스텔라는 지나가던 시종을 멈춰 세워 말을 전해 줄 것을 부탁했다. 테라스에 나가 있을 테니 대강 정리되면 저를 찾아오라고 말이다. 그가 파트너를 한없이 방치해 둘 위인은 아니니 늦게라도 이곳을 찾을 터였다.

"말을 전했으니 조금 기다리면 오실 거예요."

"네, 사실 그래서 더 떨리네요. 마지막으로 뵀을 때 그분 표정이 꽤 무서웠거든요."

아드리아나가 창백한 얼굴로 옅은 미소를 지어 보였다. 마지막 기회로 에스텔라에게 만남을 부탁하긴 했지만, 사실 상황이 썩 희망적이진 않았다.

지난번 아드리아나를 내쫓던 디에고의 태도는 싸늘하기 그지없었다. 친부를 살해한 그의 전적을 입에 담았을 때도 비웃음이나 당했을 뿐이다. 그는 증거도 없는 말을 누가 믿기나 할 것 같으냐며, 어디 할 수 있으면 한번 해 보라고 여유롭게 말했다. 그 냉랭한 태도에 아드리아나는 준비한 제안을 채 다 늘어놓지도 못했다. 그야말로 바늘 하나 들어가지 않을 기세였다.

에스텔라가 아드리아나를 격려하듯 말했다.

"소공작님이 완전히 인정머리 없는 분은 아니세요. 영애가 제안의 효율을 잘 설명한다면 아마 들어주실 거예요."

아드리아나는 잠시간 에스텔라의 상냥한 얼굴을 들여다보았다. 이 여자는 디에고에게서 다른 면모를 보기라도 했을까. 그러고 보면 그리도 싸늘했던 소공작이 그녀에게만은 조금 무른 것도 같았다. 아드리아나가 두 번이나 소공작과 대면할 기회를 얻은 것도 에스텔라 덕분이 아니었던가.

아드리아나가 망설이다 입을 열었다.

"사실 오늘 직접 참석하실 줄은 몰랐어요. 그냥 소공작님께 말을 전해 주시리라고 생각했거든요."

그 말에 에스텔라는 잠시 당황했다. 상황을 객관적으로 정리하면 소개 자리를 주선하겠다고 한 여자가 갑작스레 상대 남자의 파트너로 참석한 것이었다. 오해를 살 여지가 없지 않았다. 그렇다고 곧이 디에고의 얼토당토않은 억지를 언급하기엔 어감이 조금 이상했다. 에스텔라가 짐짓 태연한 체 답했다.

"제가 사교계를 경험한 적이 없어 왕궁 무도회에 가 보고 싶다고 부탁드렸어요."

설마하니 이 변명을 다른 이도 아닌 아드리아나에게 가장 먼저 건네게 될 줄은 몰랐다.

"아무래도 제가 이렇게 직접 상황을 유도하는 편이 자연스러울 것 같기도 했고요. 딱히 남의 말을 잘 들으시는 분이 아니라……."

에스텔라가 그리 말하고는 말끝을 흐렸다. 앞선 해명은 거짓이었지만 이후로 이어진 말들은 진심이었다. 에스텔라가 아드리아나와 만나 달라 신신당부했대도 디에고는 코웃음을 치며 무시했을 것이다. 에스텔라의 말에 아드리아나가 이해했다는 듯 고개를 끄덕였다.

"고마워요. 미스 마거릿 덕분에 제가 이렇게 또 기회를 얻네요."

"저로서도 운이 좋았죠, 뭐."

"아니에요. 사실 부탁을 했을 때, 어느 정도는 미스 마거릿이 해내리란 확신이 있었어요. 소공작님이 미스 마거릿을 대하는 태도가 좀 유하시더라고요."

"저한테요? 그럴 리가요."

말도 안 된다는 듯 대꾸했으나 사실 에스텔라도 영 근거 없는 소리는 아니라고 생각했다. 확실히 근래의 디에고는 그녀에게 과한 친절을 베풀고 있었다.

"아닌 게 아니라, 지난번 정문에서 마주쳤을 때도……."

설명을 늘어놓던 아드리아나의 목소리가 천천히 잦아들었다. 에스텔라는 반사적으로 뒤를 돌아보았다. 디에고가 커튼을 젖힌 채 안을 들여다보고 있었다. 아직 상황 파악이 덜 된 듯 미간을 찌푸린 채였다.

생각보다 이른 방문에 에스텔라도 당황한 건 마찬가지였다. 아무래도 말을 전해 듣자마자 저를 찾아온 모양이었다. 에스텔라가 황급히 앞으로 나섰다.

"아, 우연히 아드리아나 양과 만나 이야기를 나누고 있었어요. 제가 아는 사람이 많이 없잖아요. 그래서……."

에스텔라가 끝내 말끝을 흐렸다. 에스텔라의 해명에도 디에고는 싸늘한 표정을 누그러트리지 않았다. 아드리아나를 데려왔을 때 디에고의 반응이 좋지 않으리라고는 생각했지만 정도가 좀 심했다. 디에고가 어처구니없다는 듯이 말했다.

"갑자기 왜 테라스로 불렀나 했더니……. 이런 수상한 의도가 있었군요."

"아뇨, 아드리아나 영애와는 정말 우연히 만난 건데요."

"그럼 이 유쾌하지 못한 상황의 원인은 저쪽에 있다고 봐도 되겠습니까?"

계속 문 앞에 서 있을 수는 없다 여겼는지 디에고가 천천히 안으로 걸어 들어왔다. 그의 시선이 아드리아나에게로 돌아갔다. 디에고가 냉랭한 음성으로 말했다.

"내가 분명 베르타 공작가엔 얼씬도 말라 말했을 텐데요. 그게 사람도 포함되는 표현이란 사실은 모르셨나 봅니다."

디에고의 섬뜩한 경고에 에스텔라는 당황하지 않을 수 없었다. 아드리아나와 디에고는 그래도 명색이 로맨스 소설의 여주인공과 남주인공이었다. 때문에 계속 만난다면 이유를 알 수 없는 끌림이라도 느끼지 않을까 싶었던 것도 사실이었다. 그런데 디에고가 내보이는 태도는 생판 남을 대하는 것만도 못했다.

"이렇게 반복해 선을 넘으시니……."

그가 가늘게 뜬 눈으로 아드리아나를 내려다보며 말했다. 마치 처분을 고민하는 듯한 목소리였다. 로맨스 소설의 설정을 거두고 보면 아드리아나는 그저 살인 사건의 목격자였다. 그것도 이를 빌미로 간크게 범인을 협박하기까지 했다. 발각을 원하지 않는 범인에게 무슨 짓을 당해도 이상하지 않은 상황이었다.

에스텔라는 자신이 지금 여기서 우연이라 둘러대도 소용이 없다는 사실을 알아챘다. 찰나의 고민을 마친 에스텔라가 디에고의 앞으로 나섰다.

"소공작님, 죄송해요. 멋대로 두 분을 여기로 불러낸 건 저예요."

디에고가 흘긋 에스텔라를 응시했다. 그가 턱을 까딱이며 말했다.

"설명해 봐요."

"아시겠지만 아드리아나 영애는 불행한 결혼을 앞두고 있어요. 그 걸 구제해 줄 수 있는 건 소공작님밖에 없고요. 부디 아드리아나 양 의 사정을 들어 주실 수 없을까요?"

에스텔라가 다급하게 덧붙였다.

"제가 주제넘게 나서고 있다는 건 알아요. 이 건에 대해 어떤 처분 을 내리시든 달게 받을게요. 하지만 아드리아나 영애의 사연을 듣고 가만히 있을 수는 없었어요. 누군가 위험에 처했고 구할 수 있는 여 지가 있다면, 전 마땅히 도움을 주어야 한다고 믿어요."

에스텔라가 말을 마치고는 긴장한 얼굴로 디에고를 올려다보았다. 디에고는 그만 피곤하다는 듯 한숨을 내쉬었다. 아이들을 구하려 간 크게 저를 협박했을 때부터 느꼈지만 에스텔라는 세상의 온갖 귀찮 은 일을 다 몰고 다니는 경향이 있었다. 저 쓸데없는 오지랖은 아무래 도 그녀의 본능인 모양이었다.

디에고가 결국 한결 유해진 목소리로 말했다.

"당사자들끼리 해결할 테니 미스 마거릿은 밖에서 기다려요."

디에고의 허락에 에스텔라가 반색했다. 그럼에도 걱정을 다 벗어던 지지는 못한 듯, 밖으로 걸어가면서도 연신 아드리아나 쪽을 돌아보 았다.

에스텔라가 사라지자 아드리아나와 디에고 사이엔 어색한 공기가 내려앉았다. 아드리아나는 용기를 내 디에고에게 한 발짝 다가섰다.

"소공작님, 우선 멋대로 만남을 청한 것, 사과 올립니다. 귀댁의 사람에게 접촉해 불쾌감을 드린 것까지요."

에스텔라가 사라진 쪽을 응시하고 있던 디에고가 느리게 고개를 돌렸다. 아드리아나는 내심 그가 한결 협조적인 태도를 보이리라고 여겼다. 그가 에스텔라에게 한 수 접고 들어갔던 것을 생각하면 영 터무니없는 바람은 아니었다. 그러나 그녀의 생각이 착각이라고 말하기라도 하듯, 디에고에게서 돌아온 건 비웃음에 가까웠다.

"힘들게 얻어 낸 기회니 한번 나를 설득해 보시죠. 협상 근거가 전보다 얼마나 나아졌을지는 모르겠지만."

조금 전의 누그러졌던 태도는 한 사람에게만 한정된 것인 모양이었다. 아드리아나는 떨리는 손을 말아 쥐었다.

"그런 건…… 없습니다. 전 소공작님의 마지막 자비에 매달리러 온 거예요."

"내 마음을 돌리고 싶었다면 내가 그런 걸로 움직이지 않는 사람이라는 것도 알았어야죠."

디에고가 냉정하게 말했다. 아드리아나는 감내하듯 눈을 감았다. 분명 준비한 말들이 많았는데 머리가 하얗게 변한 듯 떠오르는 게 없었다. 디에고는 침묵하는 아드리아나 대신 그녀가 처한 상황을 읊어 주었다.

"반면 난 당신에 대해 아주 잘 압니다. 아스테즈 후작가의 장녀지만 아버지의 방관을 이유로 천덕꾸러기 신세로 전락했다더군요. 당신 아버지는 무려 당신보다 마흔 살이 많은 사내에게 혼담을 주선하려고 하고 있다죠."

아드리아나의 고개가 번뜩 들렸다. 아드리아나는 의도적으로 제 남편감의 정보를 공개하지 않았었다. 타국의 왕실과 얽힐지도 모른다는 생각에 그가 제안을 고사할까 봐서였다. 그런데 디에고는 아드리아나가 어디로 팔려 갈지 이미 알고 있는 눈치였다.

해쓱해진 아드리아나의 얼굴을 보며 디에고가 입꼬리를 당겼다.

"내가 당신에 대해 조사도 안 하고 손 놓고 있었으리라고 생각한 겁니까?"

아드리아나는 느리게 숨을 들이켰다. 떨리는 가슴을 진정시킨 아드리아나가 차근차근 제 이야기를 꺼내 놓았다.

"예, 맞습니다. 전 아스테즈 후작가의 적법한 후계지만 마땅한 대접을 받지 못하고 있어요. 지난번 방문 때 자세한 가정사까지 꺼내 들진 못했지만, 조사를 하셨다 하니 미스 마거릿이 저를 옹호하신 이유를 소공작님께서도 아시겠군요. 네, 저희 아버지는 어머니를 죽이고 태어난 저를 원망다 못해 증오하십니다."

디에고는 이렇다 할 반응 없이 아드리아나의 말을 듣고만 있었다. 아드리아나의 사연은 꼭 디에고의 과거를 떠올리게 하여 불쾌감을 유발했다. 디에고와 그의 동생들에게 그러했듯, 에스텔라의 염려가 아드리아나에게도 가 닿은 것을 알 수 있었으니까.

"아버지께선 어머니가 죽은 이래 늘 절 시야에서 내치고 싶어 하셨죠. 그리고 이번 해는 아버지가 제 동의 없이 절 먼 곳으로 팔아 치울 수 있는 마지막 기회예요. 곧 그랜튼 3세가 나타나면 아버지는 절 그에게로 안내하시겠죠. 마치 팔아야 할 상품을 내보이듯이요."

아드리아나가 아랫입술을 깨물었다. 의지를 내보이는 것처럼 그녀의 눈이 반항적으로 들렸다.

아드리아나는 평생 자신보다는 남을 우선해 생각해 왔다. 어머니를 잃은 아버지의 슬픔에 이입해 스스로를 억눌렀고, 그녀가 짊어질 필요가 없는 죄책감을 안은 채 쥐 죽은 듯 살았다.

그 결과가 바로 이것이었다. 온갖 불행을 그녀 혼자 끌어안은 채 내쫓기는 것.

디에고를 협박하는 게 옳은 행동이 아니라는 건 아드리아나도 알았다. 하지만, 그렇다고 해서 그녀가 더 무엇을 할 수 있단 말인가?

"전 이판사판이에요. 사지에 몰린 제가 할 수 있는 건 같은 불행으로 끌어들일 동무를 만드는 것뿐이죠."

아드리아나가 디에고를 바라보며 목소리에 힘을 주어 말했다. 궁지에 몰리면 쥐도 고양이를 무는 법이다. 상대가 일개 고양이가 아니라는 게 문제였지만.

"이봐요, 아드리아나 양. 내가 이미 당신에 대해 조사를 마쳤다는 말 못 들었습니까?"

디에고가 헛웃음을 내뱉고는 오른손으로 제 허리를 짚었다. 경고처럼 구두 밑창으로 바닥을 두드리다 말고 발을 멈췄다. 디에고가 가라앉은 눈으로 아드리아나를 보며 물었다.

"내 판단으로는 나를 협박한 간 큰 여자보다, 당신을 못마땅하게 여기는 아버지 쪽과 손을 잡는 게 더 나을 것 같은데 어떻게 생각합니까?"

"그런……."

"당신이 내 비밀을 떠들고 다니기 시작하면 난 아스테즈 후작을 찾아갈 겁니다. 당신의 아버지라면 기꺼이 당신을 정신병원에 처넣어 줄 것 같으니까."

디에고의 경고는 단순한 협박이 아니었다. 아드리아나는 그가 단순히 저를 겁주기 위해 저런 말을 하는 게 아니란 사실을 알아차렸다. 그는 방금 예고한 일을 능히 실행에 옮기고도 남을 인물이었다. 디에고가 빈정거리듯 덧붙였다.

"노인네의 수발 자리 아니면 정신병원이라니, 대단히 고민스러운 선택지군요."

실패다. 떠오르는 직감에 아드리아나는 눈을 질끈 감았다.

에스텔라가 자리를 만들려 힘을 써 주긴 했지만 역시 디에고의 마음을 돌리는 건 무리였다. 상대는 베르타 공작가의 후계자였고 저는 지지 기반도 확실치 않은 일개 영애였다. 두 사람에겐 아버지와 사이가 나쁘다는 공통점이 있었지만 그 결과는 판이했다. 디에고가 승리를 쟁취한 반면 아드리아나는 변변찮은 반항 한 번 못해 본 채 그대로 팔려 갈 예정이었으니까.

"제가…… 어떻게 해야 할까요. 어떻게 해야 저를……."

아드리아나는 말을 채 다 잇지도 못했다. 제가 눈물로 빌든, 앙심을 품고 밖으로 달려 나가 비밀을 까발리든 상대방이 눈 하나 깜짝하지 않으리란 사실을 알았으니까.

아드리아나가 울컥 치솟는 감정을 억누를 때였다. 그런 아드리아나를 지켜보던 디에고가 말했다.

"아무것도 할 필요 없습니다. 난 당신 부탁을 들어줄 거니까."

아드리아나가 번뜩 고개를 들었다. 상대방이 지금 무슨 말을 한 건지 알 수 없었다. 아드리아나는 제가 너무도 간절했던 나머지 환청을 들은 건지도 모르겠다고 생각했다.

"당신과 결혼을 하겠다는 뜻은 아닙니다. 내가 어떤 여자처럼 남이 불쌍하다는 이유로 내 인생을 팔아넘길 박애주의자는 아닌지라."

디에고가 미묘하게 미간을 찡그린 채 말했다. 굳어 버린 아드리아나를 두고 디에고가 알 수 없는 설명을 계속했다.

"이곳을 나가면 왕세자를 찾아가요. 당신 이름을 대면 적절한 대처 몇 가지를 해 줄 겁니다."

"그게 무슨……."

"쉽게 말하면 난 당신 계획에서 남자 주인공을 바꾼 겁니다. 물론 진짜 결혼까지 가지는 않을 테지만, 본국의 왕세자 정도면 그랜튼 3세와의 혼담을 무산시킬 수는 있겠죠. 당신 아버지가 당신을 더 그럴듯한 곳에 팔아 치울 수 있게 되었다고 여길 테니까."

보통 인물을 데려와서는 아스테즈 후작이 그랜튼 3세와의 접점을 포기하지 않을 것이다. 디에고는 리오넬이 적절한 때에 아스테즈 후작을 찾아가 딸의 미모에 대해 극찬하도록 말을 맞춰 두었다.

오래갈 연극은 아니었다. 하지만 성년이 될 때까지만 버티면 아스테즈 후작이 지금처럼 아드리아나의 동의 없이 그녀를 팔아 치울 수는 없게 될 것이다.

"왕세자 전하께선 왜 절 도우시는 거죠?"

겨우 정신을 차린 아드리아나가 물었다. 소공작에게 청혼을 거절당하고 얻은 게 왕세자의 가짜 연인 자리라니. 디에고도 거물이긴 했지만 왕세자는 완전히 차원이 다르지 않은가.

"그도 얻는 게 있으니까요."

그러나 디에고가 돌려준 답은 너무도 함축적이었다. 아드리아나는 그저 혼란스러웠다. 갑작스럽게 쏟아지는 설명을 곧바로 소화할 수가 없었다.

"그 대가는 소공작님이 내주시는 건가요? 그렇다면 절 위해 그렇게까지 하시는 이유가 뭐죠? 그러니까 이건, 너무……."

"내가 원하는 건 당신의 침묵입니다."

그러니까 이건 고작 그녀의 입을 막기 위해 들이기엔 너무도 과한 노력이었다. 오히려 디에고로선 방금 말했던 대로 그녀를 정신병원에 처넣는 편이 더 효율적이었을 것이다.

혼란을 추스르지 못한 아드리아나에게 디에고가 물었다.

"내 제안을 받아들일 겁니까?"

아드리아나의 입술이 떨렸다. 그녀는 제게 들이닥친 이 기막힌 행운을 믿을 수 없었다. 그럼에도 아드리아나는 곧이 대답하는 것을 잊지 않았다. 그녀는 주어진 기회를 놓칠 얼간이가 아니었으니까.

"제게 다른 선택권이 있나요? 협박범을 위해 준비한 대안치곤 황송하기까지 한데요."

디에고가 무슨 변덕으로 이러는지는 알 수 없었으나 어쨌든 이건 그녀에게 있어 다신 없을 행운이었다. 아드리아나의 눈빛이 진지하게 변했다. 아드리아나가 맹세하듯 말했다

"그날 신전에서 무슨 일이 있었는지는…… 무덤까지 가지고 가겠습니다."

"좋은 생각입니다. 그리고 영애가 해 줄 일이 한 가지 더 있어요."

"그게 뭔가요? 제가 할 수 있는 일인가요?"

아드리아나가 침을 삼키며 되물었다. 디에고는 의도를 짐작할 수 없는 대답을 돌려주었다.

"물론입니다. 짧은 고통과 아주 약간의 연기력이면 됩니다."

"영애, 제가 춤을 청해도 되겠습니까?"

정확히 열두 번째 제의였다. 에스텔라는 언제나 그랬던 것처럼 상냥한 거절을 돌려주었다.

"아니요, 파트너를 기다리고 있어서요."

남자의 기대감에 찬 웃음이 아쉽다는 듯 허물어졌다. 제법 멀끔한 생김새의 영식은 거절 후의 대응도 신사적이었다. 남자는 다음 기회가 있었으면 좋겠다는 논조의 말을 몇 마디 남기고는 뒤돌아섰다.

이렇듯 싫다고 하는데도 길게 질척대는 이들은 없었다. 한둘 정도는 출신이나 나이를 물으며 추근대기도 했지만 머지않아 그의 지인으로 보이던 자들이 끌고 갔다. 에스텔라는 그들이 친우에게 경고하듯 소리치는 걸 어렵지 않게 훔쳐 들을 수 있었다.

"이 얼간아, 베르타가의 소공작과 함께 온 영애야!"

그것이 베르타 가문을 보고 한 말인지, 아니면 디에고의 미색에 못 미치는 친구의 얼굴을 비난한 것인지는 분별할 수 없는 바였다. 어찌 됐건 디에고와 함께 입장했다는 사실은 에스텔라에게 좋은 방패막이 되었다.

에스텔라는 곁눈질로 근처의 테라스를 살폈다. 굳게 쳐진 커튼은 한참을 열리지 않았다. 에스텔라는 바로 그 옆에서 디에고를 기다리며 시간을 죽이는 중이었다. 좋은 결과가 있길 바랐으나 성공을 점칠 근거는 빈약하기 그지없었다. 에스텔라는 제가 본 책 속의 미래에 매달리고 있는 것뿐이었으니까. 심지어는 이미 뒤틀려 버린 것에 말이다.

"미스 몬티엘, 어쩐 일로 혼자 계십니까?"

심경이 복잡했기 때문일까. 열세 번째 접근엔 결국 한숨을 흘리고 말았다. 에스텔라는 거절을 반복하기 위해 고개를 들었다. 그러나 이전처럼 빈틈없는 응대를 보여 줄 수는 없었다.

에스텔라는 그만 홀린 듯 남자의 적안을 들여다보았다. 디에고에 버금가는 대단한 미남이었다. 그렇다고 둘의 우열을 가릴 수는 없었는데, 굳이 표현하자면 디에고에겐 정돈된 우아함이 있었고 이쪽은 보다 자유로웠다. 그의 새까만 머리카락은 단정함보다는 성적 매력을 드러내는 역할에 치우쳐 있었다.

뒤늦게 정신을 차린 에스텔라가 대답했다.

"파트너를 기다리고 있어요."

이 정도면 물러가리라고 생각했는데 남자는 아예 에스텔라 옆 벽에 등을 기대고 섰다. 그렇다고 에스텔라에게 다른 말을 꺼낸 것도 아니었다. 결국 먼저 질문을 건넨 건 에스텔라였다.

"영식께서는 제게 다른 볼일이라도 있으신가요?"

"영식?"

상대가 재밌다는 듯이 큰 웃음을 터트렸다. 저 보편적인 존칭이 무엇이 그리 걸려서 저러는지 모를 일이었다. 신명 나게 웃던 남자는 사레가 들렸는지 사나운 기침까지 터트렸다. 한참 뒤에야 그가 재미있다는 기색으로 되물었다.

"날 모르는군요?"

"어디서 뵌 적이 있던가요?"

에스텔라가 긴가민가한 표정을 지어 보았다. 머릿속을 헤집어 보아도 답이 나오진 않았다. 눈앞에 있는 남자는 분명 기억에 없는 얼굴이었다. 저 대단한 미남을 자신이 잊어버렸을 리 없으니까.

에스텔라가 영문 모를 표정을 짓자 남자가 급히 화제를 돌렸다.

"아닙니다. 영식이라, 그거 틀린 말은 아니네요."

"……혹시 기혼자이신가요?"

유부남이 총각 소리를 들었다면 즐거워할 법도 하다. 타당한 추측이라고 생각했으나 남자는 곧장 질색했다.

"제 사전에 결혼이란 없습니다."

"그거 흔치 않은 결심이시네요."

"순정을 짓밟힌 남자는 여자란 생물을 믿지 못하게 되는 법이죠."

농담처럼 대답한 남자가 정중하게 몸을 바로 세웠다. 그러고는 다른 영식들처럼 예를 갖춘 인사를 남겼다.

"그러고 보니 소개가 늦었네요. 사실 전 귀댁에 있는 성격 이상자와 오랜 친구 사이입니다."

"소공작님과요?"

에스텔라가 의외란 듯 되물었다. 하기야 영 사회생활을 안 하는 것도 아닌데 디에고에게 친구 하나쯤은 있을 법도 했다. 어쩌면 베르타 공작가에 드나들며 상대가 저를 봤을 수도 있겠다는 생각이 들었다. 그러니 본인을 모르냐고 물어 왔겠지. 공작 일가가 기거하는 방 쪽으로는 잘 걸음하지 않았던 에스텔라로서는 전혀 모르는 얼굴이었지만 말이다.

에스텔라가 한결 친절해진 음성으로 말했다.

"소공작님은 지금 테라스에 나가 계세요."

"아뇨, 내가 보러 온 건 미스 몬티엘입니다만."

"저를요?"

디에고의 위치를 물으러 왔다고 생각했는데 상대는 생각지 못한 답을 돌려주었다. 본인 말로는 여자란 생물을 못 믿겠다 하니 작업을 걸려는 것도 아닐 텐데. 왜 한가하게 제게 말을 붙이고 있을까.

디에고의 친구라면 에스텔라가 어떤 위치의 인물인지 이미 알고 있을 터였다. 그러니까 저를 보고 웅성거리는 이들처럼 디에고와 자신의 연애사를 점치고 있진 않으리란 거다.

"아시다시피 디에고 놈이 자기 동생들과 썩 사이가 좋진 않았잖습니까? 한데 요즘 들어서는 답지 않게 꽤 친밀해 보이더란 말이죠. 수상해서 하비에르에게 캐물으니, 미스 몬티엘이 그에 혁혁한 공을 세웠다는 답이 돌아와서요."

리오넬이 제 턱을 쓸며 실없는 웃음을 흘렸다. 그가 얼굴을 장난스럽게 구기며 말을 이었다.

"그 목석같던 놈이 갑자기 드레스 숍에 갔다질 않나, 여자 손을 잡고 등장하질 않나……."

"아, 거기엔 깊은 사정이 있어요."

에스텔라가 재빠르게 나섰다. 사교계에서 얼음 공작의 마음을 녹인 여인으로 소비되는 낯간지러운 일은 사양이었다. 에스텔라는 마음에 새기다 못해 완전히 몸에 배어 버린 설정을 읊었다.

"소공작님께서는 사교계를 경험해 보지 못한 저를 배려하는 마음으로……."

"이봐요, 미스 몬티엘. 그놈은 남을 배려하는 마음이라는 게 존재할 수가 없는 새끼입니다."

리오넬이 말도 안 된다는 듯 미간을 찌푸리며 말했다. 진심으로 비위가 상했다는 듯한 반응이었다. 덕분에 에스텔라는 당황하여 입을 다물고 말았다. 상대의 말을 끊는 건 예의 있는 태도가 아니었거니와 무엇보다 결론적으로는 디에고를 욕하는 말이었다.

여기서 가만히 있는 건 오늘 걸치고 나온 물건들에 대한 도리가 아니다. 에스텔라가 대번에 표정을 굳히며 말했다.

"친한 친구분이라고 하셨으면서 말씀이 좀 과하시네요."

에스텔라의 지적에 리오넬이 벙찐 표정을 지었다. 그러고 보면 제대로 신분도 밝히지 않았는데 진짜 친구인지 앙숙인지 알 게 무엇인가. 더 이상의 불쾌한 대화는 사양이었다. 에스텔라가 목소리에 힘을 주어 말했다.

"소공작님께서는 좋은 분이세요. 소공작님에게서 배려를 느껴 보신 적이 없다면, 그건 공자께서 애초에 그런 걸 바랄 인물이 아니어서가 아닐까 싶네요."

그리 쏘아붙인 에스텔라가 자리를 뜨려 할 때였다. 미동도 없던 테라스의 커튼이 벌어졌다. 그 사이를 헤치고 나온 것은 아드리아나였다. 그녀는 손을 들어 제 얼굴을 가린 채 비틀거리고 있었다. 손가락 사이로 언뜻 비친 눈은 분명 불긋했다.

당황한 에스텔라가 그만 제자리에 멈춰 섰다. 에스텔라를 발견한 아드리아나가 그대로 시선을 피했다. 에스텔라는 황급히 아드리아나에게로 다가갔다.

"무슨 일이에요?"

아드리아나는 곧장 입술을 깨물었다. 에스텔라는 그것만으로도 결과를 예상할 수 있었다. 아니나 다를까 아드리아나가 곧 처연한 목소리로 대답했다.

"실패했어요."

아드리아나가 말하기 힘들다는 듯 잠시간 숨을 골랐다. 에스텔라는 어쩔 줄 몰라 그런 아드리아나의 등을 쓸어 주었다. 아드리아나가 힘겹다는 듯 에스텔라에게 몸을 기댔다. 아드리아나는 한참 후에야 겨우 입을 열었다.

"미안해요, 미스 마거릿. 그렇게 도와주었는데 소공작님 마음을 돌릴 수는 없었어요."

"소공작님께서…… 거절하시던가요?"

에스텔라가 떨리는 목소리로 물었다. 아드리아나가 힘겹게 고개를 끄덕였다.

"이를 어떡하죠. 저는 이제 하는 수 없이……."

아드리아나가 참지 못하고 왈칵 울음을 터트렸다. 그러나 이는 찰나일 뿐으로, 아드리아나는 곧 어른스럽게 설움을 삼켜 냈다. 아드리아나가 한결 초연해진 음성으로 말했다.

"아니에요, 괜찮아요. 사람이 죽으라는 법은 없겠죠. 미스 마거릿에게는 고마움을 다 이루 말할 수가 없어요. 생각해 보니 그랜튼 3세와 혼인하게 된다고 해서 그대에게 보은을 할 수 없는 건 또 아니네요. 지금과 달리 제게도 품위 유지비라는 게 떨어질 테니까."

아드리아나가 말을 맺으며 쓰게 웃었다. 아드리아나의 체념 어린 태도에 에스텔라는 심장이 내려앉는 기분이었다. 아드리아나가 이대로 모든 걸 포기했다간 끝장이었다. 그러면 아드리아나는 물론 디에고마저도 구원받지 못하게 된다.

에스텔라는 지난번 마차에서 보았던 디에고의 공허한 얼굴을 떠올려 보았다. 디에고는 아직까지도 그를 괴롭혔던 과거에 잔류하고 있었다. 그런 디에고를 고통 속에서 꺼내 주는 게 바로 아드리아나의 역할이었다. 여느 로맨스 소설의 공식처럼, 그녀는 그의 비어 버린 심장을 채울 남은 조각이었으니까.

"아니요, 그런 말 하지 마세요. 무언가, 무언가 다른 방법이 있을 거예요."

에스텔라가 황급히 아드리아나를 만류했다. 그러고는 결연한 투로 말했다.

"제가 소공작님께 다시 한번 얘기해 볼게요."

제가 나선다고 해서 디에고가 마음을 바꾸리라고 확신할 순 없지만, 그래도 시도조차 않는 것보단 나았다. 에스텔라는 아드리아나의 손을 한 번 위로하듯 잡아 주고는 그대로 테라스로 나갔다.

아드리아나는 그런 에스텔라의 뒷모습을 안타까운 눈으로 지켜보았다. 에스텔라의 모습이 보이지 않게 되자 저도 모르게 한숨이 터져 나왔다.

아드리아나는 복잡한 심경으로 제 오른 허벅지 위를 쓸었다. 제 손으로 꼬집었던 부위가 아직도 얼얼했다. 덕분에 눈물을 한 움큼 쏟아 내는 데는 성공했지만 말이었다.

"평생 미안한 마음 가지고 살아요. 지금 멀쩡한 한 사람 인생 망친 거니까."

뒤에서 들려온 목소리에 아드리아나가 깜짝 놀라 고개를 돌렸다. 리오넬이 주머니에 손을 넣은 채 테라스 너머로 사라진 에스텔라를 지켜보고 있었다.

리오넬의 지금 심경을 한마디로 표현하자면 '어이없다'가 될 터다.

디에고가 얼마나 저 여자 앞에서 가증을 떨었기에 좋은 분이란 소리까지 나오는 건가. 리오넬은 짧게 혀를 찼다.

문득 옆에서 시선이 느껴져, 리오넬은 흘긋 왼쪽을 돌아보았다. 정황상 제가 적절한 인물에게 적절한 말은 건넨 것 같긴 했으나 확실히 해서 나쁠 건 없었다. 리오넬이 확인차 물었다.

"혹시 영애의 성함이?"

뒤늦게 상대방의 정체를 알아차린 아드리아나가 황급히 고개를 숙였다. 리오넬은 수도의 사람이라면 절대 몰라볼 수가 없는 인물이었다. 아드리아나가 최대한 예를 갖춰 인사했다.

"안녕하십니까, 왕세자 전하. 아스테즈 후작가의 여식 아드리아나입니다."

건성으로 아드리아나의 인사를 받아넘긴 리오넬이 역시나 대수롭지 않은 음성으로 대꾸했다.

"덕분에 멀리 걸음할 필요가 없어졌군요. 그럼 우리는 이만 그대의 돼먹지 못한 아비를 만나러 갑시다."

⚜

에스텔라가 다시 테라스로 들어섰을 때, 디에고는 난간에 기댄 채 밖을 내다보고 있었다. 순간 에스텔라는 마치 그를 처음 만났을 때로 돌아간 듯한 기분에 사로잡혔다. 그에게서 더없이 냉랭한 분위기가 느껴진 탓이었다. 에스텔라는 새삼 근래의 디에고가 그녀에게 많이 유했었다는 사실을 깨달았다.

디에고의 시선이 에스텔라에게로 느리게 돌아왔다. 확실히 그는 불처럼 분노하는 종류의 사람은 아니었다. 아버지의 마지막 배신을 알아챘을 때도 그는 조용히 홀로 제 감정을 삭여 냈었다.

에스텔라가 조심스럽게 입을 열어 그를 불렀다.

"소공작님."

"미스 마거릿, 난 지금 매우 화가 났습니다."

"……."

"그 이유는 선생님께서도 익히 아시리라 생각됩니다."

해가 완연히 내려앉은 탓에 어느새 공기마저 서늘해져 있었다. 에스텔라는 짧게 침을 삼켰다. 에스텔라로서도 딱히 변명할 말은 없었다. 에스텔라가 순순히 사과했다.

"죄송합니다, 소공작님. 제가 월권을 휘둘렀어요."

디에고는 이미 에스텔라가 의도적으로 아드리아나와의 자리를 만들었다는 걸 알고 있었다. 에스텔라는 디에고가 적어도 제가 금전을 바라고 이런 일을 벌인 건 아니란 걸 알아 줬으면 했다. 에스텔라가 머뭇거리며 입을 열었다.

"제게 다른 뜻이 있어서는 아니었어요. 저는 그저……."

"아드리아나 영애를 구하고 싶었겠죠."

"……."

"아닙니까?"

디에고가 그리 되물었다. 의도적으로 위압적인 분위기를 내고 있는 건 맞았지만 그렇다고 그녀에게 화가 나지 않은 건 아니었다.

에스텔라는 그를 협박범의 품으로 반복적으로 밀어 넣으려 하고 있었다. 에스텔라가 목적을 위해 디에고를 수단으로 휘두른 건 비단 아드리아나의 경우만이 아니었다. 같은 방법으로 보호받은 건 세실리아와 세드릭도 마찬가지였으니까.

모두에게 상냥한 그녀가 디에고에게만은 꼭 불한당처럼 굴고 있었다. 그건 아마 자신이 그런 취급을 받아도 상관없는 악당이고, 그녀는 모두를 구제하지 않고서는 배겨 내지 못하는 착한 여자라서일 것이다.

그렇다면 저 같은 인간 말종을 거두는 데 이만한 적임자도 또 없을 테지.

디에고가 팔짱을 풀지 않은 채 가는 눈으로 에스텔라를 응시했다.

"그대가 아드리아나 영애를 데려온 덕에 내가 아주 귀찮은 일을 겪었다는 건 알고 있겠죠."

"드릴 말씀이 없습니다."

"그렇겠죠. 난 미스 마거릿처럼 염치를 모르는 사람을 또 본 적이 없습니다."

디에고는 구조물에 느슨하게 기대어 서 있었지만, 그 여유로운 자세가 반대로 에스텔라에겐 큰 압박감을 주었다. 디에고가 지긋이 에스텔라를 응시하며 물었다.

"미스 마거릿, 내가 아드리아나 양을 돕길 바랍니까?"

"……네."

"그녀와 결혼을 해서까지?"

에스텔라는 이번에도 긍정하려 했으나 막상 쉽게 입이 떨어지진 않았다. 에스텔라에게 디에고와 아드리아나는 이루어져야만 하는 사이였다. 그 연결에 집중하느라 정작 디에고의 기분을 고려치 못했던 건 사실이었다. 그러나 좋은 게 좋은 거라며 넘기기엔 디에고의 심기를 정도 이상으로 불편하게 만들고 말았다.

"그대는 좋은 사람이 되고, 짐이란 짐은 내가 다 짊어지게 하면 끝인 겁니까?"

디에고가 날카롭게 지적했다. 에스텔라는 몹시 당황하여 디에고에게로 한 발짝 더 가까이 다가갔다. 그녀가 다른 변명을 꺼내기도 전 디에고가 딱 잘라 거절했다.

"그런 대가 없는 친절을 베풀 만큼 내가 착한 성격은 아닙니다. 아시겠지만."

"아니에요, 소공작님. 절대 그런 염치없는 부탁을 드리려던 건 아니었어요."

"그렇다면 내가 아드리아나 영애의 사정을 들어주는 대가로, 당신은 내게 뭘 줄 수 있습니까."

디에고의 물음에 에스텔라는 멈칫했다. 그의 말이 틀리지 않았다. 디에고는 아드리아나의 불행을 일방적으로 구제하는 입장일 뿐, 이 결혼에 그가 얻는 이득이라고는 존재하지 않았다.

둘의 사랑을 당연하게 여길 수 있는 건 책 안에서 뿐이다. 분명 지금 그들은 소설 속에 있되, 그 안에서 실제로 살아 숨 쉬고 있었다. 이곳에서 디에고는 종이로 만들어진 인간이 아니다. 이쪽의 디에고를 움직이기 위해선 다른 근거가 필요했다.

하지만 일개 가정 교사가 베르타 공작가의 후계자에게 대체 무엇을 해 줄 수 있단 말인가?

디에고는 잠시간 에스텔라의 혼란스러운 얼굴을 들여다보았다. 에스텔라가 곧바로 해답을 찾아내리라고는 생각되지 않았다. 그가 말했다.

"미스 마거릿, 다시 제의하죠. 나와 약혼합시다."

"네?"

에스텔라는 몹시 당황하여 놀란 눈으로 그를 응시하기만 했다. 얼어 버린 그녀를 위해 디에고가 친절하게 설명을 이었다.

"그대가 나와 결혼을 약조하면 아드리아나 영애가 혼담을 피할 방안을 만들어 주죠. 난 저 여자와 엮일 마음이 눈곱만큼도 없고, 그럼에도 당신이 그걸 원하니까."

에스텔라는 잠시 후에야 정신을 차렸다. 실수로 크게 베어 물었던 음식을 겨우 씹어 넘기듯 천천히 그의 말뜻을 소화해 냈다. 제안 자체가 어이없기도 했지만 그가 요구한 대가도 터무니없긴 마찬가지였다. 에스텔라가 부탁한 건 그와 아드리아나가 결혼하는 것인데 디에고는 신붓감으로 에스텔라를 지목하고 있었다. 결혼식장에 하나의 신랑과 두 명의 신부가 존재할 수는 없는 법이다.

에스텔라는 그가 아드리아나의 일을 혼사를 통해 해결하려는 게 아님을 알아챘다. 에스텔라가 한층 진지해진 표정으로 물었다.

"아드리아나 영애의 일을 어떻게 해결하실 건데요?"

"확답을 듣기도 전에 영업 비밀을 누설하는 얼간이도 있답니까?"

그리 되물은 디에고가 느긋이 제 팔 안쪽을 손가락으로 두드렸다. 곧이 대답을 내놓지는 않을 태세였다.

에스텔라는 인정했다. 지금 몸이 단 쪽은 디에고가 아닌 자신이었다. 디에고는 아드리아나에게 어떠한 책임감도 갖지 않고 있는 반면, 에스텔라는 그처럼 속편한 입장이 아니었으니까.

에스텔라가 한숨을 삼키며 다른 질문을 꺼냈다.

"그럼 다른 걸 여쭐게요. 솔직히 말해서 저는 소공작님의 뜻이 잘 이해가 가지 않습니다. 왜 제게 자꾸 결혼을 권하시는지요. 소공작님께서는 저와 결혼해서 얻을 이득이 없으니까요."

"내가 그대에게 청혼한 이유에 대해서는 익히 설명해 왔던 것 같은데요. 지금까지 그대에게 했던 말들이 다 농담 같았습니까?"

"……솔직히 말하면 대단히 진중하게 들리지는 않았습니다."

"제게서 절절한 사랑 고백을 바라신 건 아닐 텐데요."

"하지만 당위마저 모자랐으니까요."

에스텔라는 그와 자신이 약혼을 발표했을 때 어떤 반응이 돌아올지 익히 짐작이 되었다. 아마 모두 저를 운 좋게 최고의 신랑감을 낚아 챈 최고의 행운아라고 부를 것이다. 겉으로 보기에 디에고가 에스텔라를 선택해 얻을 이득은 존재하지 않았기 때문이다.

기실 에스텔라는 속사정을 들여다보아도 마찬가지의 결과가 나오리라고 생각했다. 객관적으로 그가 자신에게 한 청혼은 자선사업 이상의 의미가 될 수 없었다. 심지어 당사자조차 내켜 하지 않는.

에스텔라의 불신 어린 표정을 본 디에고가 인내심 있게 설명했다.

"그대에게 결혼을 제의한 건 내가 제대로 된 가정을 이룰 수 없는 인간이기 때문입니다. 아내에게 평생의 비밀을 만들고 살고 싶지도 않았고."

"방금 아드리아나 영애와 결혼해야 하는 이유를 하나 인정하신 거예요. 그분도 공작님이 저지른 일을 알고 있다면서요?"

"달라요."

디에고가 눈썹을 들어 올리며 대답했다. 그는 에스텔라가 또 아드리아나의 이야기를 꺼낸 게 몹시 불쾌한 눈치였다. 그가 재차 주지하듯 말했다.

"다릅니다. 내가 당신을 믿으니까."

"……."

"난 배우자에게 배신당해 죽은 여자를 하나 알고 있어요. 그건 매우 비참한 일이었죠."

농담처럼 흘려보낼 수도 없는 진중한 음성이었다. 디에고의 말은 먼 과거의 기억을 더듬고 있었지만, 시선만은 그녀를 똑바로 향해 있었다.

에스텔라는 당혹스러운 기분에 입을 다물었다. 아드리아나에겐 없는 신뢰가 자신에게는 있단 뜻일까. 그렇다면 그 차이는 무엇인가.

아드리아나와 자신의 접근 방식이 그리 다르다고는 생각되지 않았다. 어찌됐든 에스텔라도 베르타 공작의 죽음을 빌미 삼아 그의 인정을 훔친 건 마찬가지였다.

에스텔라는 느리게 침을 삼켰다. 에스텔라가 회의적인 태도를 버리지 못한 채 물었다.

"전 몰락 귀족이에요. 노동을 했던 여자가 어떻게 공작 부인 자리에 앉겠어요?"

"선생님께서 보시기엔 별관에 갇힌 여자의 출신이 그리 대단해 보이던가요."

디에고가 그건 문제도 아니라는 투로 대답했다. 안나가 공작 부인이 될 때라 해서 반향이 없었던 건 아니다. 그러나 베르타 공작이 완강하게 강행하자 결국 반대는 수그러들고 말았다.

이후의 결과는 또 어떤가. 안나가 베르타가의 안주인으로서 완전히 자리 잡은 후엔 누구도 감히 그녀에게 자격을 운운하지 못했다. 평민 출신의 코르티잔도 그러했을진대 에스텔라가 같은 자리에 앉지 못할 이유는 없다. 디에고가 단언하듯 말했다.

"내가 당신에게 넋을 뺀 얼간이처럼 행동하며 성대한 약혼식까지 치르고 나면, 누구도 그대를 무시하지 못하게 될 겁니다."

디에고가 생각하는 이 계획에 단 한 가지 단점이 있다면 그건 아드리아나에겐 아무런 손해가 없다는 점이었다. 확실히 아드리아나는 운이 좋은 편이었다. 하고 많은 사용인 중 하필 에스텔라에게 도움을 요청한 점까지 그러하다. 디에고가 맹랑하게 저를 협박하던 아드리아나의 얼굴을 떠올리며 말했다.

"난 혹시 모를 불안을 남겨 두고 싶지 않습니다. 그대가 나와 약혼하면 다른 여자들이 귀찮게 내게 접근하는 일도 없겠죠. 아드리아나 양의 경우처럼 말입니다."

"……아드리아나 영애는 그랜튼 3세를 피하는 것만을 바라고 계세요. 아마 소공작님이 이 일을 해결해 주시면 더 결혼을 요구하진 않을 거예요."

에스텔라가 아드리아나의 명예를 비호하고 나섰다. 아드리아나가 여느 여자들처럼 그에게 반해서 이런 일을 치른 것은 아니었기 때문이다. 디에고에겐 비웃음만 돌아왔을 뿐이었지만.

"사람 마음이 얼마나 간사한지 압니까? 한 번 부탁을 들어주면 더한 걸 욕심내기 마련이에요. 난 그걸 원천 차단하고 싶은 겁니다."

황당한 일이었다. 남주인공이 여주인공을 원천 차단하고 싶어 한다니. 이런 말도 안 되는 전개는 듣도 보도 못했다. 에스텔라를 미치게 하는 가장 큰 이유는 그 원인이 바로 저 때문이라는 사실이었다.

에스텔라는 그만 한숨을 내쉬었다. 에스텔라가 아직 결정을 내리지 못했다고 판단한 디에고가 표정을 굳혔다.

"내가 이만큼 물러선 건 어디까지나 미스 마거릿의 얼굴을 봐서입니다. 만약 당신이 내 제안을 거절하면 난 아무도 아드리아나 영애의 주장을 믿지 않게 만들 수밖에 없어요."

"어떻게요?"

"제정신이 아닌 여자의 말은 아무도 귀담아듣지 않겠죠."

멀쩡한 사람을 '제정신이 아닌 여자'로 만드는 방법은 간단하다.

에스텔라는 지난번 베르타 공작 부부의 비밀 이야기를 훔쳐 들었을 때를 떠올렸다. 디에고는 에스텔라에게 자신의 약점을 쥔 것이 아닌, 더 행동을 조심해야 할 입장에 올랐다고 말했다. 에스텔라는 그것이 아드리아나에게도 해당되는 이야기임을 인지했다. 그리고 아드리아나는 이미 선을 넘었다.

에스텔라는 느리게 침을 삼켰다. 그녀에겐 그를 받아들이면 안 될 근거가 많았지만, 그럼에도 거절할 수 없는 이유 역시 무수히 있었다. 복잡하게 얽혔던 머릿속이 이제야 정리가 되었다.

디에고가 결혼을 제의하긴 했으나 아마 이른 시일 내에 식을 치르진 않을 것이다. 디에고가 말한 것처럼 당장 들이닥친 과제는 약혼식이었다.

에스텔라는 디에고와 자신이 실제로 결혼까지 갈 확률은 적다고 판단했다. 어차피 자신이 이 제안을 수락하면 아드리아나는 메스키다 왕국에 남게 된다. 디에고가 아드리아나를 사랑하게 되기까지 충분한 여유를 얻게 되는 셈이었다.

파혼은 에스텔라에게 있어 더는 흠이 아니었다. 첫 경험에 의거한 바, 조금 귀찮긴 해도 딱히 못 할 만한 짓은 아니었다. 기껏해야 결혼 시장에서의 값어치가 더욱 바닥을 칠 뿐일 터다. 어차피 디에고와 파혼한대도 다른 남자와 결혼할 생각이 없었으므로 상관없는 일이었다.

결국 에스텔라가 결연한 투로 수락을 내뱉었다.

"좋아요. 그 제안 받아들일게요."

디에고의 입가에 만족스러운 미소가 일었다. 그가 난간에 완전히 걸터앉더니 가볍게 제 옆자리를 두드렸다. 가까이 와 앉으라는 투였다. 에스텔라가 쉽게 다가가지 못하고 망설이자 디에고가 그녀를 재촉했다.

"다른 사람 앞에서도 그렇게 어색하게 굴 겁니까?"

하기야 연인을 불편하게 여기는 것도 이상한 일이다. 에스텔라는 결국 디에고가 의도한 대로 그의 옆으로 가 앉았다. 거리가 가까워지자 그의 얼굴도 더 자세히 들여다볼 수 있게 되었다. 그의 눈엔 미묘한 즐거움이 어려 있었다. 진짜 약혼자처럼 제법 다정한 목소리를 내기까지 한다.

"그럼 상황 정리를 하죠."

"무슨 상황 정리요?"

"우리가 그런 사이가 된 나름의 역사가 있어야 할 것 아닙니까."

에스텔라는 잠자코 고개를 끄덕였다. 확실히 '어쩌다 두 분이 만나게 됐나요?' 따위의 물음이 들려왔을 때 서로 다른 대답을 내놓아선 곤란했다.

에스텔라에게서 답을 찾기라도 하는 것처럼, 디에고가 그녀의 얼굴을 빤히 들여다보았다. 이윽고 그가 제안했다.

"그냥 첫눈에 반했다고 할까요?"

"그건 너무 개연성이 없는데요."

첫눈에 반하다니, 그런 성의 없는 설정은 다년간의 로맨스 독자로서 용납할 수 없었다. 에스텔라의 거부에 디에고가 미간을 좁혔다. 잠깐의 침묵 끝에 그가 다시 입을 열었다.

"그럼 아이들을 돌보는 엄마 같은 모습이 가슴을 울려서?"

"엄마 같아서 반했다니. 그거 소름 끼치잖아요……."

에스텔라가 양팔을 문지르며 말했다. 엄마 같아서 반했다니. 그런 무서운 말이 또 없었다. 마치 디에고의 온갖 뒤치다꺼리를 다 하게 될 것만 같은 기분이 들지 않는가.

앞서 낸 의견을 다 묵살당하자 디에고의 스토리텔링에도 성의가 없어졌다. 그가 건성으로 세 번째 의견을 냈다.

"그럼 그냥 서서히 젖어 든 걸로 해요. 같은 집에서 계속 부딪치다 보니 어쩔 수 없이 마음이 갔다고."

스스로가 보기에도 어이가 없었는지 디에고는 머쓱하게 한쪽 입꼬리를 끌어올렸다. 말하다 보니 꽤 이입이 되었는지 디에고가 곧바로 설명을 덧붙였다.

"아버지의 죽음으로 힘들어하는 사이 당신이 내게 큰 존재가 되어 버린 거죠."

얼토당토않은 거짓말에 에스텔라는 웃어야 할지 울어야 할지 모를 기분이 되었다. 베르타 공작의 죽음으로 그들이 가까워진 건 맞으나 경위는 좀 달랐다.

에스텔라는 더 나은 답을 찾아 머리를 굴리다가 그만 포기했다. 이 이상의 좋은 방안이 나올 것 같지는 않았다. 몇 번의 연애를 경험해 보긴 했지만 딱히 진짜 사랑이란 감정을 느껴 본 적은 없다. 지고하신 신분의 공자님이 가정 교사에게 목을 뺄 정도의 대단한 감정은 에스텔라로서도 상상이 되지 않았다. 적어도 디에고의 마지막 의견은 사람들이 납득할 정도의 설득력은 있었다.

"그럼 그렇게 해요. 뭐, 어찌됐든 한 집에 사는 게 정분이 나기 좋은 환경은 맞네요."

에스텔라가 순순히 고개를 끄덕이며 대답했다. 디에고는 그녀의 대답이 재밌다는 듯 미소 짓고 있었다.

그 시선이 어딘지 부담스러워 에스텔라가 몸을 뒤로 뺐다. 보복이라도 하듯 디에고가 그런 그녀에게 더욱 상체를 기울였다. 손을 뻗어 뒤편을 짚은 에스텔라가 턱을 밑으로 당겼다. 에스텔라가 그의 시선을 피하며 말했다.

"저기, 소공작님…… 좀 비켜 주시겠어요?"

"가까이서 날 보는 훈련을 좀 해요. 그렇게 피하지만 말고."

"나중에 할게요, 나중에."

"아, 그러고 보니 호칭도 바꾸는 편이 좋으려나? 미스 마거릿은 어떤 게 좋습니까?"

디에고가 문득 생각났다는 투로 물었다. 여보, 자기, 달링 등의 온갖 낯간지러운 애칭을 떠올린 에스텔라의 얼굴이 희게 질려 갔다. 에스텔라는 황급히 화제를 돌렸다.

"잠깐만요, 그럼 저는 왜 소공작님한테 반한 건데요?"

디에고가 에스텔라에게 반한 이유를 만들어 냈으니, 이젠 반대로 에스텔라의 이야기를 지어 낼 때였다.

그러나 방금 본인 입장을 진중하게 고민했던 것과 다르게 디에고는 대놓고 성의가 없어졌다. 에스텔라의 물음에 디에고가 대수롭지 않게 대답했다.

"그건 생각 안 해도 됩니다. 아무도 안 물어볼 테니까."

"왜요?"

당당한 단언에 에스텔라가 미간을 찌푸리며 되물었다. 디에고가 재수 없는 미소를 지으며 대답했다.

"일하러 온 집에 나 같은 사람이 있으면 당연히 반하게 되지 않겠습니까."

"아, 네……."

이 졸속 약혼이 과연 제대로 굴러갈까 심각하게 고민되는 순간이었다.

〈패륜 공작가에는 가정교육이 필요하다〉 2권에서 계속